BEVERLY JONES

Der Preis des Schweigens

GOLDMANN
Lesen erleben

Buch

Jennifer Johnson hat einen tollen Job in der Polizeipressestelle von Cardiff und ist seit fast zehn Jahren in einer Beziehung mit Dan, Inspector bei derselben Polizeistelle und ein Prachtexemplar von einem Mann: groß, gut aussehend, intelligent. Doch je näher die geplante Hochzeit der beiden rückt, desto häufiger zweifelt Jen, ob Dan wirklich der Richtige ist: Er liest kaum, hört uncoole Musik, interessiert sich nicht für fremde Länder und Kulturen. Aber: Er liebt sie aufrichtig.

Das zumindest glaubt Jen, bis sie eines Tages, als sie und Dan gerade zu einem romantischen Wochenende an der Küste aufbrechen wollen, eine schockierende Entdeckung macht: Als Dans Handy klingelt, geht sie ran und hat eine fremde Frau am Apparat, die Dan gut zu kennen scheint. Die sonst so zurückhaltende, auf Harmonie bedachte Jennifer verliert die Kontrolle. Verzweifelt und angetrunken schleppt sie in einer Bar einen Fremden ab – eine Nacht mit Folgen: Kurz darauf erhält sie pikante Videoaufnahmen mitsamt einer Geldforderung. Jennifer beschließt, sich auf eigene Faust auf die Suche nach dem Erpresser zu machen. Ein Katz-und-Maus-Spiel beginnt, in dem sich Jen irgendwann fragen muss: Wie gut kennt sie ihren zukünftigen Ehemann wirklich?

Autorin

Beverly Jones arbeitete viele Jahre als Journalistin, bevor sie ihren jetzigen Job als Pressesprecherin annahm. Erfahrungen, die auch in ihre Romane eingegangen sind. Beverley Jones lebt in Wales.

Außerdem von Beverly Jones bei Goldmann lieferbar:

Die Saat der Lüge. Psychothriller (auch als E-Book erhältlich)

Beverly Jones

Der Preis des Schweigens

Psychothriller

Übersetzt
von Verena Kilchling

GOLDMANN

Die Originalausgabe erschien 2012
unter dem Titel »Holiday Money«
bei Cutting Edge Press, London.

Dieses Buch ist auch als E-Book erhältlich.

MIX
Papier aus verantwortungsvollen Quellen
FSC® C014496

Verlagsgruppe Random House FSC® N001967
Das FSC®-zertifizierte Papier *Holmen Book Cream* für dieses Buch
liefert Holmen Paper, Hallstavik, Schweden.

1. Auflage
Deutsche Erstveröffentlichung Juni 2013

Umschlaggestaltung: UNO Werbeagentur, München
Umschlagbild: plainpicture/Millennium/Wang Ping
Corbis/Flirt/Joson
Redaktion: Babette Leckebusch
LT · Herstellung: Str.
Satz: omnisatz GmbH, Berlin
Druck und Bindung: GGP Media GmbH, Pößneck
Printed in Germany
ISBN: 978-3-442-47717-3
www.goldmann-verlag.de

Besuchen Sie den Goldmann Verlag im Netz:

1.

Ich hatte schon das Telefon in der Hand, um die ganze Sache abzusagen: die reservierten Hotelzimmer, die Blumen, den aufgeblasenen Fotografen, die alberne bombastische Torte.

Als ich mein rosafarbenes Notizbuch aufschlug, das einen akribischen Schlachtplan für den großen Tag enthielt, segelte ein Bündel bonbonfarbener Visitenkarten und ausgeschnittener Zeitschriftenartikel zu Boden, aber mir war die Unordnung ausnahmsweise egal.

Ich war blind vor Wut, von einem glühenden Urinstinkt getrieben, etwas zu zerschlagen, in Stücke zu reißen, zu zerstören. Mein Zorn stand in krassem Gegensatz zu den femininen Blumenarrangements und Luxusartikeln aus meinem Notizbuch. Langsam, aber sicher verdichtete sich mein Ärger, braute sich zusammen wie ein Wirbelsturm, der unaufhaltsam durch den bisher so geordneten Verlauf unseres gemeinsamen Lebens fegen würde, der die Trümmer unserer Beziehung in die Höhe reißen und vor sich hertreiben würde. Wenn ich schnell und unbeherrscht genug reagierte, traf ich Daniel vielleicht unvorbereitet und überraschte ihn auf freiem Feld, bevor er in Deckung gehen konnte.

Ich bin der Tornado unter den Verlobten, der Hurrikan unter den Bräuten – fürchtet euch vor meinem Zorn!

In der letzten halben Stunde dieses Vormittags hatten wir so gebrüllt, dass ich jederzeit eine Einmischung besorgter Nachbarn fürchtete, gefolgt von einem auf den Boden geschleuderten Verlobungsring (ich), einem in die Ecke gepfefferten Notizbuch (ich) und einer nicht unerheblichen Menge an Kraftausdrücken (überraschenderweise ebenfalls ich). Ich konnte zunächst überhaupt nicht weinen. Während Daniel sich ins Badezimmer zurückzog, um tief durchzuatmen, holte ich das Notizbuch wieder hinter dem Sofa hervor, wo es gelandet war, nachdem Daniel es beinahe an den Kopf bekommen hatte, und wählte die ersten fünf Ziffern der Telefonnummer von Blooming Marvellous, dem Blumenladen, den wir mit unserer Hochzeitsdekoration beauftragt hatten. Ich war fest entschlossen, Stanley, dem schwulen Floristen, mitzuteilen, dass wir nun doch weder die von ihm vorgeschlagenen Schwertlilien mit versilberten Stielen und Blütenblättern noch die absolut trendigen Blumendiademe für die Braujungfern brauchen würden. Vielen Dank für Ihre Mühe, ich bin sicher, Sie verstehen das!

Aber dann fingen der Finger, mit dem ich die Nummer wählte, und mein Kinn gleichzeitig an zu zittern, und das Zimmer verschwamm vor meinen Augen. Ich begann so heftig zu weinen, dass ich ohnehin vor lauter Schniefen und Schluchzen kein vernünftiges Wort herausgebracht hätte, sobald ich Stanleys hochnäsige Stimme am anderen Ende der Leitung vernommen hätte. Mich – ausgerechnet mich – hatte eine simple Aneinanderreihung von Wörtern sprachlos gemacht, eine einfache, direkte Frage: »Was wünschen Sie sich zur Hochzeit?« Geäußert von *dieser* Frau, vor dreißig Minuten.

Tränen schossen mir in die Augen, und meine Stimme ertrank.

Ich ließ die Hand mit dem Telefon auf den Tisch sinken und stand eine gefühlte Ewigkeit lang reglos da, während ich davonfloss wie die Niagarafälle bei Hochwasser oder ein Gletscher zur Schneeschmelze. Dann hob ich die Hand und knallte das Telefon mit einer Heftigkeit auf die Station, dass mein Arm vibrierte und ein Ruck durch meinen ganzen Körper ging. Das fühlte sich schon besser an. Mein Zorn kehrte zurück, ein neuer Wirbelsturm braute sich zusammen.

Ich wiederholte das Ganze aus immer größerer Höhe, bis das Telefon mit einem befriedigenden Knall zerbarst. Wie so oft folgte auf Gemetzel tiefe Stille. Das Wohnzimmer schien die Luft anzuhalten. Ich schniefte und atmete schwer und tat dann etwas, was ich noch nie zuvor getan hatte. Ich hörte auf zu denken, putzte mir die Nase an meiner Strickjacke ab, schnappte mir den Autoschlüssel und meinen bereitstehenden Koffer und verließ das Haus.

Noch heute staune ich darüber, wie schnell und heftig das alles über die Bühne ging. Als ich wieder zu mir kam, saß ich im Auto und fuhr die Straße entlang, weg von Dan, weg von unserem Haus. Bis zu diesem Tag waren Wutanfälle und hysterische Ausbrüche eher untypisch für mich gewesen. Normalerweise erhob ich noch nicht einmal die Stimme. Und Flüche kamen noch viel seltener vor. *Du verdammtes Arschloch von einem Lügner!* Ich war immer stolz auf meine umgängliche Art gewesen, auf meine Beherrschung, meine Vernunft, meine stilvolle Eloquenz. An diesem Vormittag überraschte ich mich selbst am meisten.

Ich war seit meiner Geburt im Prinzip ein Ausbund an Ruhe und Gelassenheit gewesen. »Unbekümmert« hatte mich meine Mutter genannt, als ich ein Kleinkind mit rosigen Wangen und großen blauen Augen gewesen war. Während andere Zweijährige ihre Mütter zur Verzweiflung brachten, saß die kleine Jennifer zufrieden mit einem Stoffbuch auf dem Teppich und bestaunte stundenlang freundlich blickende Bauernhoftiere. Mit sieben Jahren erhielt ich von meiner Mutter das Prädikat »friedlich«, und nachdem ich ohne nennenswerte Probleme die Pubertät durchlaufen hatte, galt ich als »vernünftig«.

Diese lobend gemeinten Adjektive waren absolut zutreffend

und forderten mich auch nicht dazu heraus, sie trotzig zu widerlegen. Mir war es schlicht zu peinlich und zu würdelos, hysterisch zu toben und herumzuschreien, wie es die anderen Mädchen taten. Ich verstand meine Mitschülerinnen nicht, die sich ständig zankten, heimlich miteinander tuschelten und ihren Feindinnen eisige Blicke zuwarfen. Später an der Uni ging es ebenso weiter, und auch meine Arbeitskolleginnen schienen einen Großteil ihrer Zeit damit zu verbringen, sich aus unglücklicher Liebe in der Toilette die Augen auszuheulen, oder sich gegenseitig am Fotokopierer die kalte Schulter zu zeigen, weil die eine angeblich einen verächtlichen Blick auf den Hintern der anderen geworfen hatte.

Vielleicht hatte ich einfach Glück gehabt, weil ich mein Leben lang von ausgeglichenen Menschen umgeben gewesen war, die »es gut mit mir meinten« und die »das Herz am rechten Fleck« hatten. Meine Familie besteht ausschließlich aus Organisatoren, nicht aus Aggressoren – wir sind praktisch, freundlich, unkompliziert und nur schwer aus der Ruhe zu bringen. Daher war ich immer der Ansicht gewesen, dass sich Probleme grundsätzlich vermeiden ließen, indem man erst nachdachte, bevor man handelte, und, wenn man doch einmal in Schwierigkeiten geriet, mit Logik und Bedacht vorging und den eigenen Standpunkt ruhig und ausführlich erklärte.

Natürlich ärgerte auch ich mich manchmal und hatte eine scharfe Entgegnung auf der Zunge, aber in solchen Momenten griff ich auf eine Methode zurück, die meine Mutter wie ein Mantra zu wiederholen pflegte: *Einfach bis zehn zählen und dann noch einmal in Ruhe darüber nachdenken.* Dieser Leitsatz leistete mir im Alltag immer wieder gute Dienste, und selbst wenn es manchmal ein wenig brodelte in meinem Inneren, blieb meine Oberfläche glatt wie die See an einem windstillen Tag, während ich dachte: *Was die für einen Aufstand machen!* Oder: *Was soll das Theater? Also wirklich!*

Die letzten achtundzwanzigeinhalb Jahre hatten mich also in keiner Weise auf meine Reaktion an diesem scheinbar normalen Oktoberfreitag vorbereitet.

Der Tag, an dem ich zum Hurrikan Jennifer wurde, hatte harmlos angefangen. Dan und ich hatten uns den Freitag freigenommen, um übers Wochenende zu verreisen, und gegen elf Uhr morgens saß ich angezogen im Wohnzimmer und las Zeitung, während ich meine zweite Tasse Tee des Tages trank und mir mein übliches ballaststoffreiches Frühstück aus Naturjoghurt, Bioaprikosen und kleingeschnittener Banane schmecken ließ. Sonnenstrahlen fielen durch unser großes Erkerfenster ins Zimmer. Es war kühles, trockenes Wetter vorhergesagt, und das galt auch für unsere Beziehung.

Am Vorabend hatten Dan und ich eine kleine Meinungsverschiedenheit gehabt, aber er vermied es geflissentlich, sie zu erwähnen. Stattdessen sprach er über das Wetter und überlegte laut, ob er einen dickeren Pullover einpacken sollte, für den Fall, dass der Wind am Nachmittag auffrischte.

Ich wusste natürlich, dass etwas nicht stimmte. Er wusste ebenfalls, dass ich es wusste, wollte es aber nicht wahrhaben. Die gedämpften nächtlichen Telefongespräche, wenn er glaubte, ich würde schlafen. Die plötzliche »wichtige Konferenz« in London. Eine Quittung für Blumen, die ich nie bekommen hatte.

Natürlich hatte er immer eine plausible Erklärung parat, wenn ich ihm Fragen stellte, und konnte meine Zweifel mit logischen Argumenten zerstreuen. Aber ich war nicht dumm und ließ mich nicht so einfach an der Nase herumführen. Also hatte ich vor, ihn bei nächster Gelegenheit erneut darauf anzusprechen, aber wenn es eins gab, was Dan auf die Barrikaden brachte, dann ein Überfall aus dem Hinterhalt beim Frühstück. Wenn ich ihn noch vor seinem ersten Kaffee in die Enge trieb, erreichte ich damit nur, dass er davonstürmte und sich irgendwo verkroch. Dann war ich in der Bittstellerposition und musste ihn anflehen, wiederzukommen und die Sache mit mir auszudiskutieren. Außerdem wollte ich keinen ausgewachsenen Streit riskieren, bevor wir in unser gemeinsames Wochenende aufgebrochen waren. Also wartete ich.

Dan zog gerade den frisch gemahlenen Kaffee aus der Mühle und verstreute dabei das Pulver auf der ganzen Arbeitsplatte. Als sein Handy, das zum Aufladen auf dem Fensterbrett lag, zu klingeln begann, warfen wir uns gegenseitig einen Blick zu, der bedeutete: *Wer ist denn das schon wieder? Kann man nicht ein Mal seine Ruhe haben?*

»Lass es einfach klingeln«, sagte Dan und legte einen Papierfilter in die Kaffeemaschine ein. »Heute ist unser freier Tag.«

Aber mir fällt es schwer, ein klingelndes Telefon einfach zu ignorieren, also stand ich mit einem Seufzer auf und ging dran. Ich erwartete einen Kollegen von ihm, der noch eine letzte Frage hatte, oder eine Computerstimme, die verkündete, dass Dan einen Luxusurlaub gewinnen könne, wenn er folgende kostenpflichtige Nummer wähle.

Stattdessen war *sie* am Telefon.

»Hallo?«, fragte ich mit der freundlichen, ruhigen, kompetenten Telefonstimme, die ich mir bei der Arbeit antrainiert habe, um Vertrauen zu erwecken und den Eindruck von Harmlosigkeit zu vermitteln.

»Wer sind *Sie* denn?«, fragte die Frau selbstsicher zurück. Sie sagte nicht: *Könnte ich bitte mit Soundso sprechen?*, oder: *Ist das nicht die Nummer von Soundso?* Nein. Dass sie das *Sie* betonte, verriet, dass sie überrascht war, nicht Dans Stimme zu hören. Ich war nicht die Person, mit der sie gerechnet hatte. Sie hatte einen ausländischen Akzent – ganz leicht nur, aber unverkennbar. Ich bin es gewohnt, auf Stimmen zu achten. Manchmal verrät der Tonfall mehr als tausend Worte. Wenn ich gewusst hätte, dass dieser eine Anruf meine Welt für immer aus den Angeln heben würde, hätte ich aufmerksamer auf die Stimme dieser Frau geachtet und mir jede Einzelheit eingeprägt. Stattdessen wollte ich das Gespräch so schnell wie möglich beenden.

»Wer spricht da bitte?«, sagte ich, wobei meine Stimme aus alter Gewohnheit immer noch fröhlich und freundlich klang.

Die Frau zögerte kurz und sagte dann vorsichtig: »Könnte ich bitte mit Dan sprechen? Das ist doch seine Nummer, oder?«

Die plötzliche Höflichkeit der Frau ärgerte mich mehr als ihre anfänglich kühle Selbstsicherheit. Mein Misstrauen war geweckt.

»Sie haben mir immer noch nicht gesagt, wer Sie sind«, wiederholte ich.

»Das ist auch besser so«, gab sie zurück, wobei ein leichter Hauch von Belustigung zu hören war. »Und wer sind *Sie*?«

»Ich bin seine *Verlobte*!«, antwortete ich mit Nachdruck, und meine Stimme war jetzt ein wenig lauter als notwendig. Dan, der gerade Tassen aus dem Schrank holte, während der Kaffee blubbernd in die Kanne tropfte, hob fragend die Augenbrauen.

Ich hatte mich noch immer nicht an das Wort *Verlobte* gewöhnt und benutzte es nur selten, aber das flaue Gefühl, das sich plötzlich wie eine dunkle Vorahnung in meinem Bauch einnistete, löste höchst ungewöhnliche Besitzinstinkte in mir aus. Ich spürte, dass dieses Gespräch kein erfreuliches Ende nehmen würde.

Nach einem langen, beklemmenden Moment des Schweigens lachte die geheimnisvolle Frau leise auf und sagte: »Ah, das erklärt einiges. Er hat Ihnen offensichtlich nichts von uns erzählt. Das ist zwar schmerzlich, aber irgendwie auch verständlich.«

»Mit wem spreche ich, bitte?«, wollte ich erneut von ihr wissen. Allmählich verlor ich meine Gelassenheit.

»Sie sind also seine Verlobte«, fuhr sie ungerührt fort. »Dann sollte ich Sie vielleicht fragen, was Sie sich von mir zur Hochzeit wünschen.«

»Ich will endlich wissen, wer Sie sind«, wiederholte ich.

Dan machte jetzt ein besorgtes Gesicht und gab mir mit einem Winken zu verstehen, dass ich ihm das Handy geben sollte.

»Ich bin Sophie«, antwortete die Frau leichthin, und in dieser Antwort lag eine Selbstverständlichkeit, als hätte sie sich gerade als Premierminister oder als David Beckham zu erkennen gegeben, weshalb keine weiteren Erklärungen erforderlich waren.

Sophie? Wir kannten keine Sophie. Zumindest kannte ich keine. »Sophie, und weiter?«, fragte ich ein wenig schrill. »Und was meinten Sie mit ›uns‹? Von wem hat er mir nichts erzählt?«

»Diese Frage sollten Sie vielleicht lieber Dan stellen.« Ich konnte ihr Lächeln natürlich nicht sehen, aber ich spürte es.

Für den Bruchteil einer Sekunde war ich wie benommen, aber ich befand mich immer noch in meinem eigenen Wohnzimmer, und meine schwarzen Wildlederstiefel standen fest auf unserem violetten Teppich, es war also nicht zu befürchten, dass ich den Halt verlor. Aber dann fiel mein Blick auf Dans schuldbewusstes, entsetztes Gesicht, und mir war klar, was das bedeutete. Während die Zimmerwände vor mir zurückwichen und der Boden unter mir nachgab, während mein Verstand wild fuchtelnd um sein Gleichgewicht kämpfte, verstand ich, wer Sophie war. Und ich verstand, was das »uns« bedeutete.

O Gott, wie furchtbar, wie vorhersehbar, wie klischeehaft.

Ich brauchte fünf Sekunden, bis ich diese Information verarbeitet hatte, und eine weitere Sekunde, bis in meinem Gehirn ein Kurzschluss stattfand und das Zimmer in schwindelerregendem Tempo wieder seine normalen Ausmaße annahm. Meine Knie wurden weich, und ich geriet kurzzeitig ins Wanken.

Dann beendete ich mit ruhiger Stimme das Gespräch und legte Dans Handy auf dem Tisch ab, bevor ich tief Luft holte und das Notizbuch nach ihm warf. Darauf ließ ich den Verlobungsring folgen, der ihn an der Wange traf. Und schließlich begann ich zu brüllen und hörte nicht mehr auf.

Er war zutiefst erschrocken, verständlicherweise. Dass ich eine Erklärung von ihm verlangte, ihn mit Vorwürfen überschüttete, vielleicht sogar in Tränen ausbrach, muss er erwartet haben (»Wer ist diese Frau? Warum, Dan? Warum?«), aber nicht, dass meine unerschütterliche Rationalität und meine ruhige Gelassenheit wie weggeblasen waren und an ihre Stelle ein Urschrei trat, eine völlig entfesselte Wut.

Er versuchte natürlich, vernünftig mit mir zu reden, mir ein wirres Ammenmärchen aufzutischen, sich Erklärungen für die Hotelrechnung und die Quittung über siebenundzwanzig Lilien auszudenken, die ich gefunden hatte. Er hob meinen Verlobungsring vom Boden auf und flehte mich an, ihm doch bitte zuzuhören, aber je mehr er redete und je mehr Lügen seinen Mund verließen und in einer kleinen Prozession durch die Luft schwebten, desto wütender wurde ich.

Und dann explodierte ich, schoss aus dem Boden und reckte mich zum Himmel, durchbrach mit nuklearer Heftigkeit die Wolken. Kurz darauf ließ ich den Motor an und fuhr davon, während Dan ein paar Sekunden zu spät aus dem Badezimmer geschossen kam und wild gestikulierend und mit bestürztem Gesicht am Gartentor stand. Die Randbezirke von Cardiff, die M4, Port Talbot, Swansea – das alles rauschte an den Fenstern meines Ford Focus vorbei wie Studiobilder in einem alten Film, während ich fluchend und mit der Handfläche das Lenkrad malträtierend Richtung Westen fuhr.

Ohne mir dessen bewusst zu sein, raste ich eine Stunde die Küste entlang, bis ich die Halbinsel Gower erreicht hatte, wo ich in eine kleine, halb überwucherte Landstraße einbog und schließlich die letzte Kurve meiner Fahrt nahm. Urplötzlich brach die Landmasse vor mir ab, und das Meer winkte mir mit salzigen Fingern entgegen, während die Nachmittagssonne den Himmel in gleißendes Licht tauchte.

Vor mir lag mein Ziel, und sein Anblick war so schmerzlich schön, dass ich anhielt, das Autofenster herunterließ und die klare Meeresluft einatmete, um meinen vom Gebrüll wunden Hals zu kühlen.

Das Hotel hieß Watch-House und thronte auf einem Klippenvorsprung, unter dem die Brandung an die gischtnassen Felsen schlug. Geheimnisvoll ragte das historische Gebäude aus dem Sprühnebel und erinnerte krumm und verwinkelt an den Schauplatz eines alten Seefahrerromans. Über dem Schornstein schwebte eine nach oben hin dünner werdende Rauchschwade, die nach Herbst und Gemütlichkeit roch. Ich war auf der Stelle verzaubert.

Durch die windschiefen Fenster fiel sanftes Licht nach draußen, die antike Holztür zur Hotellobby stand offen und gab den Blick auf einen brennenden Kamin frei, der fast zu behaglich wirkte, um real zu sein. Unter dem Gesims des Schieferdachs nisteten Tauben und hießen mich mit ihrem Gurren willkommen. Dieser Ort war absolut vollkommen. Oder hätte es zumindest sein sollen. Dan hatte ihn anhand einer Hotelbeschreibung ausgesucht, die er im walisischen Hotelführer *Cool Cymru* entdeckt hatte. Das Watch-House war in der Reisebeilage der *Times* und in der Zeitschrift *Elle* lobend erwähnt worden und bot zehn Luxussuiten, Spa-Anwendungen auf den Zimmern und ein preisgekröntes Restaurant, in dem nur biologisch angebaute Lebensmittel aus der Region auf den Tisch kamen.

Das Wochenende war als romantischer Entspannungstrip vor der Hochzeit gedacht gewesen, als kleine Flucht vor dem Arbeitsstress und dem riesigen Projekt, zu dem sich die Hochzeitsvorbereitungen allmählich auswuchsen. Ich hatte mich umso mehr darauf gefreut, als Dan eigentlich nicht der romantische Typ war, der mich spontan irgendwohin entführte oder mit Blumen überraschte. Er hielt solche Gesten für einfallslos, für einen reinen Konsumhype. Also verzichtete er grundsätzlich darauf, vermutlich um sich vom Rest der Masse »abzuheben«.

Aber zwischen uns herrschte nun schon seit einiger Zeit angespannte Stimmung, und die Hochzeitsplanung machte alles nur noch schlimmer. Der Aufenthalt im Watch-House sollte Balsam für unsere strapazierten Nerven sein, Aromatherapie für erregte Gemüter, entspannende Massage für ewige Streitereien.

Nachdem Dan mir eröffnet hatte, dass er mich für ein Wochenende entführen wollte, hatte ich mir im Internet immer wieder voller Vorfreude unsere Suite angesehen, die Henry-Morgan-Suite, die wie alle Zimmer der ehemaligen Hafenmeisterei den Namen eines Seefahrers oder Schiffes trug. Henry Morgan, der berüchtigte Pirat und Gouverneur von Jamaika, stammte nämlich – was viele nicht wissen – ursprünglich aus Wales. Im Hotel gab es außerdem noch eine Black-Bart-Suite (oder in einheimischer Mundart *Barty Ddu*-Suite), die nach dem walisischen Piraten Bartholomew Roberts benannt war, eine Captain-Flint-Suite (nach dem Kapitän aus *Die Schatzinsel*) und eine Mary-Celeste-Suite, die ich mir nicht unbedingt ausgesucht hätte, weil sie ihren Namen dem berühmten Geisterschiff verdankte.

Zum Glück waren die Suiten nicht mit verstaubten Stoffen

und Motiven aus der Seefahrt überfrachtet, was diesem »pittoresken Juwel an der Küste Gowers«, wie das Hotel im Führer genannt wurde, bestimmt nicht gutgetan hätte. Stattdessen herrschte »maritimer Chic, wie er eleganter nicht vorstellbar ist«. Beim Lesen der Beschreibung hatte ich das Wochenende in diesem »versteckt gelegenen Kleinod« regelrecht herbeigesehnt und es kaum noch erwarten können, nach einem ausgiebigen Spaziergang am windumtosten Strand bis zur Nase in luxuriösem Badeschaum zu liegen, in der Hoffnung, dass Dan sein »einfallsloses« Verhalten beibehielt und mich drei Tage lang mit Champagner und zärtlichen Worten verwöhnte. Vielleicht gelang es ihm so, mir wieder ins Gedächtnis zu rufen – oder mich vielmehr überhaupt erst davon zu überzeugen –, dass diese Hochzeit die richtige Entscheidung und nicht nur der logische nächste Schritt in unserer langjährigen Beziehung war.

Und nun stand ich an diesem strahlenden Oktobernachmittag allein in der Postkartenidylle, einsam und verlassen, mit Wut im Bauch und verquollenen Augen.

Stoisch schleifte ich meinen Koffer zum Eingang, bevor ich es mir doch noch anders überlegte. Was um alles in der Welt tat ich hier? Wollte ich wirklich in eine Luxussuite einziehen, die mich schmerzhaft daran erinnern würde, dass sich mein Zukünftiger soeben als mieser, untreuer Lügner entpuppt hatte? Aber wo hätte ich sonst hingehen sollen? Ich wollte Dan weder sehen noch mit ihm sprechen, wollte nicht noch mehr unsinnige Erklärungen und Ausreden hören. Außerdem war die Suite bereits bezahlt – inklusive Frühstück, dreier Abendessen und einer kostenlosen Flasche Wein. Vielleicht fand ich hier Zeit zum Nachdenken – und zum Durchatmen. Also holte ich tief Luft und betrat die beleuchtete Eingangshalle.

Die elegante Empfangsdame thronte auf einem hohen Stuhl und blätterte in der *Vanity Fair*. Sie trug ein schickes Ensemble aus schwarzem Rollkragenpullover und schwarzer

Hose, und ihre verdächtig lackschwarzen Haare waren zu einem messerscharfen Bob geschnitten. Dazu hatte sie ein natürlich wirkendes Make-up aufgelegt, von dem ich wusste, dass es im Kosmetikladen ein Vermögen kostete. Sie klappte diskret die Zeitschrift zu, als ich näher kam, lächelte professionell und musterte dann teilnahmsvoll meine rotgeheulten Augen und meinen ramponierten Koffer. Ohne das offensichtliche Fehlen meiner Begleitung zu kommentieren, schob sie mir das Anmeldeformular zu, fragte mich, ob ich eine Morgenzeitung wünschte, und zeigte mir auf einem Plan die Notausgänge. Zum Glück war das Zimmer schon frei, sodass ich es sofort beziehen konnte.

»Die Henry-Morgan-Suite ist unsere schönste Suite und bietet ein besonders romantisches und intimes Ambiente«, zitierte sie aus dem Werbeprospekt, bevor sie mir endlich den Zimmerschlüssel gab, der an einem Stück Treibholz befestigt war. Dann blickte sie betreten zur Seite, weil sie offenbar gemerkt hatte, wie fehl am Platz diese Bemerkung war. »Abendessen gibt es um 19 Uhr. Für wie viele Personen darf ich reservieren?« Mit jeder Sekunde, die mein Schweigen andauerte, wanderten ihre Augenbrauen ein Stückchen weiter nach oben.

»Für eine, bitte«, brachte ich schließlich hervor.

»Natürlich, gerne.« Sie lächelte aufmunternd, als hätte ich ihr gerade anvertraut, dass ich auf das Ergebnis einer Krebsuntersuchung wartete. »Lassen Sie es mich wissen, wenn Sie noch etwas brauchen. Einfach auf dem Zimmertelefon die Null wählen und nach Vivienne fragen.«

Die Suite war tatsächlich wunderschön – krumm und verwinkelt wie das ganze Gebäude, aber in wohltuend dezentem Cremeweiß, Hellblau und Taubengrau eingerichtet. Ein riesiger Flachbildschirm schwebte dunkel über einer antiken Frisierkommode, an der ein Jugendstilspiegel zum Ausfahren befestigt war. Durch das Sprossenfenster mit der breiten Fensterbank sah man, so weit das Auge blickte, wogendes Meer und blauen Himmel. Ein riesiges Doppelbett mit weicher Federdecke nahm den Großteil des Raumes ein.

Vivienne hatte nicht gelogen: Das Zimmer *war* intim. Und romantisch.

Ich sank auf eine samtbezogene Chaiselongue, schmiegte mich in eine handgewebte walisische Wolldecke und weinte salzige Tränen, die selbst die auflaufende Flut in den Schatten stellten.

»Warum, Dan? Warum? Wie konntest du nur? Wir hätten eigentlich zusammen hier sein sollen«, schluchzte ich in den feinen Wollstoff. Jetzt, wo ich einmal den Stecker gezogen und jede Zurückhaltung aufgegeben hatte, geriet ich regelrecht in einen Gefühlsrausch und fand, dass ich durch meine bisherige Selbstbeherrschung einiges verpasst hatte.

Nachdem ich mich eine Stunde lang meinen Tränen und meinem Selbstmitleid hingegeben hatte, stand ich auf, schnäuzte mich und beschloss, die Flasche Merlot aufzumachen, die als Geschenk des Hauses neben dem Bett wartete. Zwei Gläser Wein und sechs durchweichte Taschentücher später nahm ich überrascht den strengen Tonfall zur Kenntnis, den ich mir gegenüber anschlug. Es war, als stammte die Stimme, die da mit mir sprach, von jemand ganz anderem. Ich stellte mir eine Lehrerin aus den Vierzigerjahren mit hochgeschlossener Spitzenbluse vor, was seltsam tröstlich wirkte.

Du hast zwei Möglichkeiten, sagte die Stimme unnachgiebig. *Entweder du bleibst wimmernd auf der Chaiselongue liegen und suhlst dich weiter im Selbstmitleid – was übrigens äußerst unattraktiv aussieht –, bis du schwach wirst, Dan anrufst und seinen Ausreden glaubst. Oder du duschst, ziehst dich an, besorgst dir etwas zu essen und fängst dich wieder. Bewahr dir wenigstens ein bisschen Würde und lass ihn eine Weile zappeln, damit* er *sich zur Abwechslung mal um* dich *Sorgen macht. Dieser verlogene, unehrliche …*

Ich brachte die Stimme mit einem Schluck Wein zum Schweigen. Dann leerte ich den Rest des Glases in einem Zug und zog mich aus. Teure Kosmetikartikel und ein wunderschönes großes Badezimmer, in dem Captain Morgan und die Hälfte seiner Besatzung Platz gefunden hätten, erwarteten mich.

Am liebsten hätte ich Dan angerufen und ihn angefleht, mir zu sagen, dass alles nur ein Irrtum sei, aber ausnahmsweise zählte ich nicht bis zehn, sondern bis zwanzig und überlegte es mir anders.

Ich entdeckte *ihn* nach dem Abendessen.

Inzwischen war ich mehr als nur ein wenig beschwipst, aber dass ich mich benommen und irgendwie komisch fühlte, kam mir nach den Ereignissen des Vormittags nur logisch vor. Einen solchen Streit hatte es zwischen Dan und mir nie zuvor gegeben. Ich hatte niemals eine fremde Frau am Telefon ausgefragt, Gegenstände durchs Zimmer geworfen oder eine Verlobung gelöst, woher sollte ich also wissen, wie man mit so einer Situation umging?

Im offenen Kamin mit dem alten, geschwungenen Sims prasselte ein munteres Holzfeuer, das die wärmenden Rot- und Brauntöne der Hotelbar, die sich »Schmugglernest« nannte, noch unterstrich. Ich saß allein in einer Sitznische am Fenster und fühlte mich ein wenig unbehaglich, weil ich ohne Begleitung hier war. Zum Abendessen hatte es lauter Köstlichkeiten gegeben, die ich mir normalerweise niemals gönnen würde, weil sie so schlecht für die Figur sind: mit Brie gefüllte Pilze, Krebsschwänze in Rahmsoße und hausgemachten Käsekuchen mit Honigkruste.

Mit vollem Magen beäugte ich die verliebten Paare, die sich in den tränenreichen Stunden seit meiner Ankunft wie aus dem Boden schießende Pilze vermehrt hatten. Mit ihren glänzenden Haaren und ihren teuren, aber lässigen Freizeitpullovern bildeten sie im Hotelrestaurant und im kerzenbeleuchteten Schmugglernest ein Heer aus wohlhabenden, glücklichen Liebespaaren. Selbst die hoteleigenen Katzen, zwei riesige rote Exemplare, hatten sich auf der Fensterbank zärtlich aneinandergekuschelt.

Ein bisschen zu viel Idyll für eine einsame Frau, dachte ich traurig, auch wenn mir klar war, dass es hier für ein verliebtes Paar der Himmel auf Erden sein musste. Die Nacht und der Wein und das knisternde Feuer verstärkten die windumtoste Romantik dieses Ortes noch, und die späte Stunde schien wie gemacht für Vertraulichkeiten und zufällige Begegnungen.

Ich hatte den Roman *Gasthaus Jamaika* von Daphne du Maurier mit ins Schmugglernest genommen, den ich neben ein paar anderen säbelrasselnden Romanen aus dem neunzehnten Jahrhundert, dem obligatorischen Lyrikband von Dylan Thomas und einer Sammlung walisischer Volkssagen in einem diskret in die Fensternische eingebauten Bücherregal auf meiner Suite entdeckt hatte. Inzwischen war ich bei meinem vierten Glas Merlot angekommen und erwartete regelrecht, dass ein regennasser Fremder durch die Tür der Bar trat, um uns Landratten furchterregende Geschichten vom Leben auf See zu erzählen. Er wäre mir hochwillkommen gewesen, wie alles, was mich die Realität vergessen ließ, den Umstand, dass ich allein hier war, und die Gründe dafür. Statt auf die Bremse zu treten und langsamer zu trinken, flüchtete ich mich in den Alkohol.

Und dann sah ich *ihn*. Er saß eingezwängt in einer Nische am Ende der Theke und war seinerseits in einen Roman vertieft, ohne der Tür oder den eng umschlungenen Pärchen in ihren Sitzecken auch nur die geringste Aufmerksamkeit zu widmen. Den Titel seines Buchs konnte ich nicht entziffern, aber der Einband und das Schriftbild verrieten, dass es sich um ein *richtiges* Buch handelte und nicht um einen reißerischen Kriegsroman im Stil von *Hinter feindlichen Linien* oder eine Sportlerbiographie. Hin und wieder riskierte ich einen flüchtigen Blick auf den Fremden, aber er sah nicht von seiner Lektüre auf, sondern schob sich nur hin und wieder die dunkelblonden halblangen Haare aus der Stirn.

Er wirkte lässig und entspannt, wie aus der Zeit gefallen im antiquierten Ambiente des Schmugglernests. Zu seiner ausgewaschenen Jeans trug er ein weites Surfer-T-Shirt und lederne Flip-Flops, und die Haut an seinen Füßen war noch tiefer gebräunt als der Rest seines Körpers. Um seine Augen zog sich ein Kranz aus Sonnenfältchen, die einen den kühlen walisischen Oktober vergessen ließen, und er nippte an einem echten einheimischen Ale – keinem Stella aus Belgien und auch keinem Cider. Zusammen mit dem Buch und seinem Aussehen war diese Getränkewahl ein vielversprechendes Zeichen. Ich hatte möglicherweise einen gebildeten Mann vor mir, einen Mann, der Geschmack hatte und vielseitig war, aber nicht oberflächlich.

Einmal ertappte er mich dabei, wie ich ihn anstarrte. Ich spürte, wie ich errötete. Für ungefähr vier Sekunden – so lange begegneten sich unsere Blicke – vergaß ich Dan vollkommen, und das erschien mir in diesem Moment durchaus wünschenswert. Wenn ich mir Mühe gab, konnte ich die vier Sekunden beim nächsten Mal vielleicht auf sechs ausdehnen, und dann auf zwölf, und wer weiß, wie lange noch. Mir gefielen seine Locken.

Als er meinen bewundernden Blick bemerkte, lächelte er freundlich, wandte sich aber rasch wieder seinem Buch zu. Ich legte meinen Roman neben mir auf die Sitzbank und zog einen Gedichtband von Robert Frost aus meiner Handtasche, den ich immer dabeihabe. Ich schlug ihn auf und versuchte, ihn beim Lesen so zu halten, dass der Fremde den Titel erkennen konnte. Er sollte mich nicht für eine durchgeknallte Leserin erotisch angehauchter historischer Literatur halten. Dafür war ich viel zu klug und vernünftig. Während ich mir Mühe gab, möglichst würdevoll und wohlüberlegt, gebildet und interessant zu wirken, wurde ich von Minute zu Minute beschwipster.

Ich war hin- und hergerissen. Einerseits wünschte ich mir, dass er noch einmal hersah, und andererseits fürchtete ich mich davor, aus Angst, er könnte ein Gespräch darüber anfangen, dass wir die einzigen Singles in der romantischsten Bar der Welt waren und nur unsere Bücher hatten, um unsere einsamen Herzen zu trösten.

Dan und ich waren schon so lange ein Paar, dass ich keine Ahnung hatte, wie ich reagieren würde, falls dieser Mann tatsächlich zu mir kam und ein Gespräch mit mir anfing. Bestimmt würde ich rot anlaufen und irgendetwas Unverständliches vor mich hin lallen. Wenn ich ehrlich bin, hatte ich dennoch längst verheißungsvolle Schwingungen in den dunklen Winkeln des Schmugglernests wahrgenommen, Schwingungen, die ihr Echo in meinem vollen Magen fanden, in meinen rosigen Wangen: eine Zufallsbegegnung, ein Richtungswechsel, eine Möglichkeit zur Rettung, zur Flucht, vielleicht sogar zur Rache. Jedenfalls zu etwas vollkommen Unvernünftigem, etwas Neuem.

Eine stürmische Nacht in einem uralten Pub, in dem sich zwei Augenpaare treffen und in dem vielleicht eine Liebesgeschichte ihren Anfang nimmt …

Noch bevor ich mich eingehender mit diesem Gedanken beschäftigen konnte, merkte ich, dass ich dringend auf die Toilette musste. Nachdem ich meine weingefüllte Blase entleert und noch ein wenig Lipgloss aufgetragen hatte, kehrte ich in die Bar zurück, zu allem bereit. Aber der Fremde war verschwunden. Mit Überraschung stellte ich fest, dass ich erleichtert war, aber gleichzeitig spürte ich einen kleinen Stich der Enttäuschung. Meine Wut und meine Unsicherheit wegen des Streits mit Dan hatten nicht verhindert, dass ich mit Interesse auf einen Fremden reagiert hatte, was ich noch gestern nicht für möglich gehalten hätte. Andererseits hatte ich gestern noch nichts von *dieser* Frau gewusst, und Dan war noch nicht der Mann gewesen, der er heute war.

Die Treppe des Hotels kam mir noch steiler und gewundener vor, als ich mich mühsam nach oben in mein Zimmer schleppte. Der Boden unter mir schien zu schlingern, aber irgendwie schaffte ich es in mein Kingsize-Bett, wo ich eine Zeit lang an die Dachgiebel der Henry-Morgan-Suite starrte. Das einzige sichtbare Zugeständnis an ihren berüchtigten walisischen Namenspatron war ein gerahmtes Reklameplakat für Captain Morgan's Rum aus den Vierzigerjahren, das mich auf eine Idee brachte. Ich stand auf und holte mir zwei Fläschchen Rum aus der diskret versteckten Minibar. Um meine Leber würde ich mir morgen Gedanken machen. Ich hatte heute an einem Tag mehr getrunken als sonst in einer, vielleicht sogar in zwei Wochen. Gar nicht schlecht, dachte ich.

Von Schwindelgefühlen und Übelkeit überwältigt ließ ich mich zurück aufs Bett sinken und fing wieder an zu weinen und Dan und das Lügengerüst zu verfluchen, das er über Jahre hinweg aufgebaut hatte. Irgendwann schlief ich ein und träumte von einem Piraten mit Dreispitz auf dem Kopf, Flip-Flops an den Füßen und einer gebräunten Hand, mit der er sich die sonnengebleichten Locken aus den meergrünen Augen strich, bevor er sie mir durch den Nebel entgegenstreckte.

Als ich aufwachte, sickerte schwaches Tageslicht ins Zimmer, und die trippelnden Vogelkrallen auf dem Dach und die donnernden Wellen lieferten sich einen Wettstreit in meinem dröhnenden Kopf. Dan hatte mehrere Mailbox-Nachrichten hinterlassen und eine SMS geschickt. Ich beantwortete sie nicht.

Mein übliches dringendes Bedürfnis, mich nach einem Streit so schnell wie möglich mit Dan zu versöhnen und meine Welt wieder ins Gleichgewicht zu rücken, hatte sich auch mit dem neuen Tag nicht wieder eingestellt. Normalerweise sah eine Versöhnung bei uns so aus, dass ich den ersten Schritt machte und sagte: »Bitte lass uns wieder Freunde sein, Dan, ich ertrage es nicht, wenn wir streiten. Das ist es nicht wert.« Nie schaffte ich es, ihn »zappeln zu lassen«, wie es andere Frauen mit ihren Männern taten, weil meine Angst, dass Chaos über uns hereinbrechen würde, wenn wir nicht vernünftig miteinander redeten und uns wieder vertrugen, stärker war als mein Stolz.

Aber an diesem Morgen war mein Kopf kühl und leer. Ich genoss dieses neue Gefühl, schaltete mein Handy aus und ließ es im Hotelzimmer zurück. Mir fiel ein, dass mein Verlobungsring immer noch zu Hause auf dem Wohnzimmertisch lag.

Nach dem Frühstück kam die Sonne heraus, und ich spielte die elegante Kurzurlauberin und machte in meinem übergroßen kuschligen Cardigan einen Strandspaziergang, verspeiste ein Bio-Vanilleeis und sah mich in der winzigen Kunstgalerie eines alternden Hippies mit Dreadlocks um. Dann genehmigte ich mir eine Bruschetta und einen Cappuccino in einem kleinen Strandcafé und sah zu, wie die Wellen im grellweißen Mittagslicht ihre Gischt versprühten.

Ich wappnete mich in einem Pub mit zwei großen Gläsern Rotwein und einem Irish Coffee gegen die kühle Atlantikbrise und kaufte mir spontan ein neues Oberteil und ein paar bunte Holzperlenarmbänder in einer kleinen Surferboutique am Hafen.

Bei alldem war mein Kopf seltsam leer und weit. Alles schien zu plätschern und zu wogen: die Brandung, der Strand, der Himmel. Es war ein neues, angenehmes Gefühl, zur Abwechslung einmal völlige Leere im Kopf zu spüren, in die der Wind pfiff und mich mit Meeresgeräuschen anfüllte, und mit sonst nichts.

Am Abend war ich enttäuscht, als ich in die Hotelbar kam und sie nahezu leer vorfand. Zum Abendessen hatte es walisischen Lammeintopf und köstliche regionale Käsesorten gegeben, und jetzt war ich bereit, es mir mit meinem Buch und einem weiteren Glas Merlot im Schmugglernest gemütlich zu machen. Aber die romantisch-geheimnisvolle Stimmung vom Vorabend hatte sich verflüchtigt. Tom, der große, rot getigerte Kater, lag ausgestreckt auf der Theke, und seine Gefährtin war nirgendwo zu sehen. Ein gut situiertes grauhaariges Pärchen mit gebräunten Segler-Gesichtern hielt Kaffeebecher in den Händen und hatte sich mit farblich passenden Berghaus-Jacken aneinandergekuschelt, aber sonst waren keine Gäste in der Bar. Nach einem weiteren Glas Wein beschloss ich, loszuziehen und die umliegenden Pubs zu erkunden. Warum auch nicht? Ich war eine erwachsene Frau, die auf sich selbst aufpassen konnte.

In einen überlangen gestreiften Schal gewickelt marschierte ich die unbeleuchtete Landstraße entlang und erreichte nach mehreren Hundert Metern die Ausläufer des nächsten Dorfs. Ein halb zerfallener, von Sand und Wind gebleichter Burgfried ragte über die im Wind raschelnden Bäume, und über allem leuchtete der Mond, der auf den vorbeiziehenden Wolken zu reiten schien. Ich fühlte mich an ein Gedicht von Alfred Noyes erinnert, das wir in der Schule durchgenommen hatten. Es handelte von einem Straßenräuber, der auf seinem Pferd über das windgepeitschte Moor zu seiner Geliebten unterwegs ist, während über ihm der Mond über den Sturmhimmel reitet. Auch zu dieser Landschaft und dem wunderbar windigen Abend hätte ein berittener Straßenräuber gut gepasst.

Unterhalb der massiven Burgmauern funkelten mir die Lichter eines alten Pubs einladend entgegen. Das Mochyn Ddu wurde ebenfalls im *Cool Cymru*-Führer beschrieben: »anspruchsvolle kulinarische Köstlichkeiten und regionale Biersorten bei gemütlichem Kerzenschein«. Vom Messingtürklopfer bis zu den viktorianischen Buntglasfenstern sah der Pub tatsächlich aus wie einem Reiseprospekt entsprungen. Zögernd blieb ich vor der Tür stehen. Ich war noch nie abends allein in einem Pub gewesen, es sei denn, um auf eine Freundin zu warten, die sich verspätet hatte. Aber ich nahm all meinen Mut zusammen und machte die Tür auf.

Für einen Moment hatte ich das Gefühl, dass sich etwas grundlegend verändern würde, sobald ich über die Schwelle trat, dass ich mich auf einen Handel mit dem Schicksal einließ, während die Burg würdevoll auf mich herabblickte und der Wind abwartend verstummte. Ich kam mir vor wie die Heldin eines Märchens. Es war einmal eine junge Frau, die sich sagte: *Ach, was soll's? Was ist das Schlimmste, was passieren kann?* Fortan lebte sie glücklich und zufrieden an einer abgelegenen Küste, und zwar ohne ihren Verlobten, diese verlogene Ratte.

Was schadete es, hier ein Bier zu trinken, bevor ich zurück auf mein Zimmer ging, um dort erneut meinen Frust in Wein zu ertränken? Was konnte mir an einem so schönen Ort in einer so schönen Nacht schon passieren?

Im Inneren des Pubs war es voll und laut. Paare mittleren Alters und Grüppchen junger Leute drängten sich um die kleinen Tische oder standen an der Bar, wo sie sich lachend und gestikulierend unterhielten. Während ich mir meinen Weg zur Theke bahnte, stand *er* plötzlich vor mir: Mr Ich-bin-Surfer-und-interessiere-mich-für-Literatur. Genau wie am Vorabend trug er Pullover, Flip-Flops und zerzaustes Haar, und in mir erwachte eine unerhörte, völlig irrationale Freude. Natürlich war von Anfang an *er* der Grund für meinen Ausflug ins Dorf gewesen, das war mir durchaus klar. Den ganzen Tag hatte ich mich danach gesehnt, ihn wiederzusehen. Ich hoffte, dass mein Gesicht nur freundliche Aufgeschlossenheit signalisierte und nicht verriet, dass ich innerlich vor Begeisterung Purzelbäume schlug. Er gab mir mit einem kurzen Lächeln zu verstehen, dass er mich erkannt hatte, und ich lächelte leicht beschwipst zurück und dankte den Schicksalsgöttern dafür, dass sie auch ihn an diesen Ort geführt hatten.

Wieder schien ich mir selbst von außen dabei zuzusehen, wie ich mich ihm windzerzaust und mit einem souveränen Lächeln auf den Lippen näherte, wie ich mit wehendem Schal und einem Glorienschein aus dunkelblonden Haaren um seine Aufmerksamkeit buhlte, wie meine Augen im Kerzenschein funkelten, dramatisch und verwegen.

Eine einzige Nacht kann vieles verändern, dessen war ich mir vage bewusst, aber ich hatte keine Angst davor. Ich *wollte*, dass etwas passierte, etwas, was nichts mit jenem verhängnisvollen Anruf zu tun hatte, mit dem Klang von Sophies Stimme oder dem Ausdruck auf Dans Gesicht. Ich wollte endlich etwas erleben, was nicht vorhersehbar und banal war.

Mein Wunsch wurde mir erfüllt. Ich sollte tatsächlich etwas erleben. Und wenn ich aufmerksam die Ohren gespitzt hätte, hätte ich vielleicht gehört, wie sich die Schicksalsgötter ins Fäustchen lachten.

2.

Ich bin die gute Fee, die alle Wünsche erfüllt«, antwortete ich und rief das Tagesprotokoll auf meinem Bildschirm auf, um Einblick in den neuesten polizeilich erfassten Vorfall zu erhalten. Mit der linken Hand versuchte ich die Klimaanlage anders einzustellen, die neuerdings unentwegt auf höchster Stufe zu laufen schien und sich nicht mehr herunterfahren ließ. Meine Finger fühlten sich an wie Eiszapfen, und ich hätte mich nicht gewundert, wenn ich eine Atemwolke vor meinem Mund gesehen hätte.

»*Was* sind Sie?«, fragte Jack verwirrt und ein wenig eingeschnappt. Seine Stimme am anderen Ende der Leitung war nicht mehr weit von der üblichen gereizten Weinerlichkeit entfernt.

Mir ging auf, dass ich laut gedacht hatte. Aber Jack würde sowieso gleich weiterschwadronieren, daher konnte ich mir eine Antwort sparen.

»Ein bisschen gesunder Menschenverstand würde mir schon reichen!«, polterte er. »Ich brauche die Informationen so schnell wie möglich. Ich habe eine Deadline einzuhalten, wie Sie vielleicht wissen.«

Natürlich wusste ich das. Journalisten haben immer Deadlines. Meinen Job *gibt* es überhaupt nur, weil Pressevertreter Deadlines einzuhalten haben.

Jack arbeitete bei der Nachrichtenagentur NewsBeatWales, weshalb wir ihn Jack NewsBeatWales nannten. Ich hasste seinen zackigen »Kommen wir zur Sache, ich bin furchtbar beschäftigt und natürlich wahnsinnig wichtig«-Tonfall. Wenn ich den Hörer abnahm, dauerte es meist keine drei Sekunden, bis seine Forderungen auf mich einprasselten, noch bevor ich die vorgeschriebene Begrüßung zu Ende gesprochen hatte: »Polizeipressestelle, guten Morgen.«

Es war Donnerstag. Ich war seit fünf Tagen aus dem Watch-House zurück und seit vier Tagen wieder bei der Arbeit. An diesem Morgen hatten wir uns bereits mit Presseanfragen bezüglich zweier plötzlicher Todesfälle, vier Autounfällen, einer Evakuierung wegen eines Gaslecks und eines großen Pädophilen-Prozesses herumgeschlagen, der um 10 Uhr im Gericht begann. Außerdem waren wir unter Berufung auf das Informationsfreiheitsgesetz gefragt worden, wie viel der Betrieb des Polizeihelikopters den Steuerzahler monatlich kostete. Zusätzlich hatte ich sechs weitere Vorfälle auf meinem Notizblock stehen, die ich für verschiedene Journalisten recherchieren musste, die natürlich alle einen mehr oder minder drängenden Abgabetermin einzuhalten hatten. Business as usual also.

Zwei Minuten bevor ich laut gedacht und mich als gute Fee bezeichnet hatte, hatte Jack zum dritten Mal in der letzten halben Stunde angerufen, um herauszufinden, ob bereits eine Ursache für das vorzeitige Ableben des siebenundzwanzigjährigen Craig Michael Brockway aus Slipways, Cardiff Bay, feststand.

Ich wusste längst, dass sich Mr Brockway in der Wohnung seines Lebensgefährten Philipp im begehbaren Kleiderschrank erhängt hatte, mithilfe der Krawatte seiner ehemaligen Schuluniform, und dass er in der örtlichen Rugbymannschaft gespielt hatte. Im Schlafzimmer waren »Drogenutensilien« gefunden worden, wie die Medien es gerne nannten. Eine gute Story.

Aber bisher kannte nicht einmal Mr Brockways Familie die

Einzelheiten, jedenfalls nicht alle. Der Selbstmord war erst vor einer Stunde entdeckt worden. Offenbar wusste die Familie noch nicht einmal von Philipp, dem Lebensgefährten. Aber auch so hätte ich meine Informationen niemals an »Jack NewsBeatWales« weitergegeben, bis die offizielle Pressemitteilung veröffentlicht war.

Also hatte ich ihm zum dritten Mal in Folge erklärt, dass ich bis dato nur bestätigen könne, dass ein siebenundzwanzigjähriger Mann tot aufgefunden worden sei und die Ermittlungen »auf Hochtouren« liefen. Es sei noch zu früh, um mit Sicherheit sagen zu können, ob Mr Brockway unter zweifelhaften Umständen zu Tode gekommen sei.

Wie immer protestierte Jack, dass er »etwas ganz anderes« gehört habe und es außerdem »im Interesse der Öffentlichkeit« sei, dass sie schnellstmöglich informiert werde. Bla, bla, bla.

»Ich weiß leider auch nicht mehr, Jack«, entgegnete ich. »So leid es mir tut.« (Es tat mir natürlich nicht leid, aber die unterschwellige Botschaft, die ich damit vermittelte, war: Ich gebe nur weiter, was mir mitgeteilt wurde, weil ich eine unbedeutende kleine Pressereferentin bin, der niemand etwas sagt.) Und so drehten wir uns wie immer im Kreis, ein altbewährter Reigen. Ich weiß, dass du etwas weißt, und du weißt, dass ich es weiß.

»Aber meine Deadline ist in einer Viertelstunde!«, jammerte Jack.

»Kann nicht sein. Redaktionsschluss ist erst um zwölf.«

»Ja, aber die Website! Auf der Website müssen die Meldungen ständig aktualisiert werden!«

Jack flehte mich an, ihm zumindest inoffiziell zu bestätigen, dass der junge Mann sich erhängt hatte. Während ich mein Schweigen auf ihn wirken ließ, fing ich an, eine Packung Kekse aufzureißen. Fast konnte ich die Wut in ihm kochen hören.

Ich war Jack noch nie begegnet, obwohl wir täglich miteinander telefonierten und ich inzwischen sein gesamtes Überzeugungsarsenal kannte: Er drängte und flehte, forderte und drohte, seufzte und schmollte. Manchmal schmeichelte er mir sogar. Ich wiederum hob die Augenbrauen und lächelte milde oder gab mich streng und unnachgiebig, während ich sparsame Informationshäppchen oder Versprechungen gewährte. Wir verhielten uns wie ein altes Paar, das seine Beziehung jeden Tag zu bestimmten Uhrzeiten auslebte, jede Woche aufs Neue. Der einzige Unterschied bestand darin, dass Jack mich auf jeden Fall wieder anrief, egal, wie unser letztes Gespräch verlaufen war und wie wütend ich ihn gemacht hatte, denn ich hatte, was er brauchte: Namen der Beteiligten, Zeitpunkt und Ort des Vorfalls, Zeugenaussagen, Automarken, Waffentyp, Beschreibung der Tatverdächtigen, O-Töne oder Nachrufe von Familienmitgliedern, Fotos der Toten und Verdammten, der Bloßgestellten und Verurteilten – kurz, ich hatte die Fakten.

Meine Stimme war mein Machtinstrument, ich war der telefonische Zugang zur Pressestelle der Polizei von Cardiff, einer sterilen, weiß gestrichenen, klimatisierten Dekontaminierungszone, in der Blut und Gewalt und Trauer abgewaschen wurden, bis die mir vorliegenden Informationen öffentlichkeitstauglich waren und an die Presse weitergegeben werden konnten. Mithilfe weniger Mausklicks konnte ich den Journalisten die gewünschten Auskünfte beschaffen, wenn ich es für richtig hielt. Im Moment hielt ich es nicht für richtig. Nicht bei Jack.

Wie üblich saß ich aufrecht und aufmerksam auf meinem Schreibtischstuhl, in einer schicken schwarzen Hose, einem eleganten engen Oberteil und einer cremefarbenen Strickjacke. Dazu trug ich niedrige Absätze, einen straffen Pferdeschwanz und dezenten Lippenstift. Ich ließ mich nicht aus der

Fassung bringen, blieb aufreizend höflich und gab die freigegebenen Informationen an verzweifelte Journalisten weiter, die ihre Deadlines näher rücken sahen, während ich mir die glänzenden hellen Ponyfransen aus dem Gesicht strich. Kurz, ich war der Inbegriff von Professionalität und Fairplay.

Von Jack hatte ich nur einmal ein Foto gesehen, das neben einem geschmacklosen Artikel über Teenager-Selbstmorde abgebildet gewesen war, den er an den *Guardian* verkauft hatte. Er war etwa dreißig, gut aussehend und großspurig.

Während er weiter auf mich einredete, starrte ich sehnsüchtig auf ein ausgedrucktes Foto, das ich neben meinem Computermonitor an die Wand gehängt hatte. Darauf war ein wunderschöner Strand in New England abgebildet, mit hellgelbem Sand, strahlend blauem Himmel und einem ruhigen, entrückten Meer. Im Vordergrund sah man einen niedrigen weißen Palisadenzaun und einen weißen Leuchtturm, und die untergehende Sonne tauchte den Strand in ihr warmes rötliches Licht. Ein krasser Gegensatz zu der immer eisiger werdenden Kälte im Büro. Ich stellte mir vor, dass ich am Strand stand und aufs Meer starrte, in dem Jack wild strampelnd um Hilfe rief. Tatenlos sah ich zu, wie sein Kopf immer tiefer abtauchte und schließlich unter der Wasseroberfläche verschwand. Ich lächelte.

Manchmal stellte ich mir auch vor, dass Jack ein altmodischer Wasserkessel war, der zu pfeifen anfing, wenn man ihn zum Kochen brachte. Weil ich wusste, dass es gleich wieder so weit war, beschloss ich, noch ein wenig Hitze hinzuzufügen. »Es tut mir wirklich leid, Jack, aber ich kann nun einmal nur das bestätigen, was mir an gesicherten Informationen vorliegt. Versuchen Sie es doch einfach später noch mal, vielleicht nach der Mittagspause.«

»Und was ist mit meiner Deadline?«

»Tja, tut mir leid.«

Jetzt hörte ich deutlich das Pfeifen, das ankündigte, dass er gleich Dampf ablassen würde.

»Wozu seid ihr verdammten Pressereferenten überhaupt da?«, zischte Jack. »Was genau ist eigentlich eure Aufgabe?«

Ich bin die gute Fee, die Wünsche gewährt, dachte ich wieder. *Die Wünsche von euch schmierigen, sensationsgierigen Schreiberlingen.* Es brachte nichts, Jack diesen Umstand zu erklären, und es war auch nicht mehr nötig. Er hatte bereits aufgelegt. Mit einem gelassenen Lächeln legte ich das Telefon beiseite.

»War das Jack NewsBeatWales?«, fragte mein Chef, offiziell Leiter der Pressestelle und inoffiziell »Alptraum-Nigel«. Das mit dem Alptraum war ironisch gemeint, ein Running Gag unter uns Pressereferenten. Nigel war der vermutlich netteste Vorgesetzte auf der ganzen Welt.

»Wer sonst?«, antwortete ich mit gespielter Resignation.

»Hat er wieder einmal einfach so aufgelegt? Wenn ich diesem arroganten kleinen Mistkerl je in einem Pub über den Weg laufe, knöpfe ich ihn mir so richtig vor. Er ist dir doch hoffentlich nicht verbal zu nahe getreten, oder?«

Verbal zu nahe getreten – der gute alte Nige! »Nicht doch. Er hat nur das übliche allgemeine Geschimpfe über uns nutzlose Pressereferenten vom Stapel gelassen.«

»Der hat Nerven! Glaubt er, wir wären nur dazu da, ihn und sein billiges Boulevardblatt mit blutrünstigen Details zu versorgen? Wenn er noch einmal einfach auflegt, wenn er mit dir redet, hole ich eine Polizeisirene und halte sie ans Telefon, bis ihm das Trommelfell platzt.«

Er strahlte über seinen Einfall und schob die trendige quadratische Brille auf seiner schmalen Nase nach oben. Heute trug er eine rosa und lila changierende Krawatte à la Tom Ford und einen eleganten grauen Anzug. Nige war sechs Jahre älter als ich und der bestangezogene Mitarbeiter der gesamten Etage, vielleicht sogar des ganzen Gebäudes. Er experimentierte gerne mit gewagten Ensembles, die er in Männermagazinen gesehen hatte. Jetzt zupfte er sorgfältig seine Krawatte zurecht und sagte: »Keine Ahnung, wie du so ruhig und höflich bleiben kannst. Du bist einfach zu nett, Jen. Beim nächsten Mal sagst du ihm, dass er sich seine Anfrage in den Hintern schieben kann.«

»Ich bin nicht nett, nur professionell.«

»Das bist du, keine Frage. Aber du bist viel zu freundlich zu diesen Menschen. Wenn er das nächste Mal anruft, stellst du ihn einfach zu mir durch. Ich werde schon mit ihm fertig.«

Nein, Nige, wirst du nicht, weil Jack dich erstens in Grund und Boden redet und ich zweitens sehr gut allein klarkomme. »Mach ich.«

»Sehr gut. Könntest du um elf an der Terrorismus-Sitzung teilnehmen, wenn du bis dahin deine Köder für die Presse ausgeworfen hast?«

»Muss ich wirklich?«

»Einer muss hin.«

»Dabei kommt doch nichts als Blödsinn raus. Als ob jemand tatsächlich den Bahnhof von Pontypridd in die Luft jagen oder Milzbrandsporen an die Mitte-links-Partei in Mumbles verschicken würde!«

»Ja, aber die Kollegen von der Terrorbekämpfung fühlen sich nun mal sicherer, wenn wir Medienprofis mit im Zimmer sitzen und an ihren Lippen hängen.«

»Also gut. Aber dann muss Serian die Gasleck-Evakuierung und die Helikopter-Anfrage übernehmen.«

»Geht klar. Siehst du, du bist schon wieder zu nett! Du hättest mich so lange zappeln lassen können, bis ich den erhängten Mann auch noch an einen anderen Mitarbeiter übertragen hätte.«

»Das ist übrigens eine sehr hübsche Krawatte, die du da trägst«, bemerkte ich. »Und der Anzug auch. Ist der neu? Die Farbe steht dir.«

»Das habe ich auch gesagt, aber meine Frau findet die Krawatte ein bisschen …« Er unterbrach sich und hielt sich die Hand vor den Mund, um diskret zu flüstern: »Schwul.«

»Nein. Fröhlich ja, aber nicht schwul.«

Ich schnappte mir meinen Notizblock und machte mich auf den Weg zur Tür, wobei ich einige ungeöffnete Farbeimer und Kartons umrunden musste. Unser Revier wurde gerade einer Generalüberholung unterzogen, die bei uns und den hohen Tieren, mit denen wir uns das oberste Stockwerk teilten, anfing und sich von hier nach unten vorarbeitete, im wörtlichen wie im übertragenen Sinne, zuerst zu den Büros der Kriminalpolizei und der Spurensicherung, von dort zu den Dienstzimmern der einfachen Polizisten, zu Kantine, Küche und Lagerräumen und schließlich zu den Arrestzellen im Untergeschoss. Eines Tages würde auch das Urgestein der Wache, Sergeant Stan (ich war mir nie ganz sicher, ob das sein Vor- oder Nachname war), sein unterirdisches Reich zwischen den Regalen und Kisten der Asservatenkammer räumen und blinzelnd eine neue Welt betreten müssen, in der Energiesparlampen und ergonomisch geformte Schreibtische und Stühle das Bild beherrschten.

Bei uns in der Pressestelle beschränkte sich die Umgestaltung im Wesentlichen auf ein bisschen Wandfarbe, ein paar neue Jalousien und »moderne Aufbewahrungslösungen«, wie es die dicke Paula aus der Verwaltung hochtrabend genannt hatte. Jetzt stand sie in der Tür und ließ ihren Blick missbilligend über die feueranfälligen Stapel mit Zeitungen und Polizeipublikationen schweifen, die bei uns überall herumlagen. Sämtliche verfügbaren Flächen auf den Schreibtischen und in unserer kleinen Besprechungsecke waren mit Unterlagen bedeckt. Zwei Mitarbeiter von der Abteilung für Gesundheitsschutz und Sicherheit am Arbeitsplatz hantierten mit Maßbändern und notierten stirnrunzelnd Zahlen auf ihren Klemmbrettern.

Erstaunlich, wie schnell das Alltagsgeschäft und die tägliche Bürokratie wieder die Führung übernehmen, wie schnell alles andere in den Hintergrund gerät, wenn man eilige Pressemeldungen herausgeben und wieder einmal ein Gespräch mit der dicken Paula über das ordnungsgemäße Abmelden vom Arbeitsplatz führen muss. Zum x-ten Mal erklärte ich ihr geduldig, dass ich als Pressereferentin nicht die Zeit hatte, mich jedes Mal ins Abwesenheitsbuch einzutragen, wenn ich für ein paar Minuten das Büro verließ, zum Beispiel um für eine eilige Pressemitteilung einen Kommentar von der Kripo einzuholen.

Mein Wochenende im Watch-House kam mir schon jetzt wie eine kleine, in weiter Ferne liegende Flucht vor, ein kurzes Abweichen vom normalen Kurs. Ich hatte alles, was dort passiert war, tief in mein Unterbewusstsein zurückgedrängt, hatte es mit Klebeband zusammengebunden und verstaut wie ein verloren gegangenes Gepäckstück, das jemand ganz anderem gehörte. Die Realität hatte mich wieder fest im Griff, und mein Leben ging seinen normalen Gang. Na ja, fast normal. Ich reagierte ungewöhnlich sensibel auf meine Umgebung. Der Farbgeruch, der im Raum hing, verursachte leichte Übelkeit, und eine gelangweilte Gesamtschülerin, die gerade ein Praktikum bei uns machte, brachte mich mit ihrem schrillen Geschwätz über *Gossip Girl* völlig aus dem Konzept und lenkte mich von der Arbeit ab.

Da Nige mich darum gebeten hatte, schlenderte ich zur Terrorismus-Sitzung hinunter, die in einem großen Besprechungsraum im ersten Stock stattfand, den wir »Kommandozentrale« nannten, auch bekannt als »Kellys Reich«, weil Chief Superintendent Kelly Cavendish hier gerne und häufig sein Kommandoteam versammelte (zu dem sämtliche ranghöheren Polizeibeamten des Bezirks gehörten). Obwohl er einen weiblich klingenden Vornamen und einen lächerlichen Regimentsschnurrbart trug, forderte er von seinen Untergebenen den vollsten Respekt und spielte sich gerne als Aufseher auf. Dann erteilte er mit dröhnender Stimme Befehle oder richtete mit seinem deftigen Yorkshire-Akzent ausschweifende Motivationsreden an seine Mannschaft.

»Kellys Reich« war mit hochmodernen Monitoren ausgestattet, die Videokonferenzen mit dem Polizeipräsidium und anderen Revieren ermöglichten. Cavendish war bereits vor Ort und diskutierte mit einem Mitarbeiter aus der Buchhaltung, der ungeschickt auf der Fernbedienung herumdrückte und versuchte, die Monitore einzuschalten.

»Jen!«, rief Cavendish. »Wissen Sie, wie dieses verdammte Ding funktioniert? Wir wollen eine Verbindung zum Präsidium herstellen, und Steve und ich sind absolute Technikbanausen.«

»Normalerweise richtet Behnaz die Schaltung ein, aber ich kann es gerne versuchen, Chef.«

»Nein, schon gut. Aber würden Sie mir einen Gefallen tun? Flitzen Sie doch bitte zur Kriminalpolizei hinüber und sehen Sie nach, ob Detective Superintendent Sellers da ist. Ich weiß, dass sie heute im Haus ist, aber sie geht nicht an ihr Handy, wahrscheinlich weil sie weiß, dass ich es bin. Aber ich hätte sie gerne bei dieser Sitzung dabei. Könnten Sie das für mich tun?«

»Natürlich«, antwortete ich mit einem fröhlichen Lächeln. Ich war es gewohnt, dass ich als IT-Fachfrau und Mädchen für alles missbraucht wurde. Also ging ich den Flur entlang zum Großraumbüro der Kriminalpolizei.

Schon als ich mich der Tür näherte, hörte ich eine vertraute Stimme sagen: »DSS hätte gerne, dass der Bericht der AHMV an die ZPE weitergeleitet wird, damit sie die F1 machen können und die SpuSi die ganze Chose an die SAS schicken kann.«

»Ich hab kein Wort verstanden, Kumpel. Geht das Ganze auch ohne Fachchinesisch?«

»Detective Superintendent Sellers hätte gerne den Bericht von der Abteilung für Häuslichen Missbrauch und Vermisstenmeldungen, damit die Kripo die Zeugenaussage beifügen und die Spurensicherung das Ganze an die Staatsanwaltschaft weiterleiten kann.«

»Eine F1 ist aber keine Zeugenaussage, sondern eine ›Durchsuchung verdächtiger Personen‹, du Trottel.«

»Da hat die Chefin aber was anderes gesagt.«

»Ganz sicher nicht, du Superhirn.«

»Dann ruf sie doch an und frag sie, was sie gemeint hat.«

»Ich kann schlecht bei der Chefin anrufen und sagen: ›Tut mir leid, aber könnten Sie mir noch mal sagen, was Sie haben wollen? Mein Kollege war leider zu blöd, um es sich zu merken.‹«

»He!« Der empörte Aufschrei wurde von einem Antistressball begleitet, der quer durchs Zimmer flog und krachend in der Klimaanlage landete.

»Darf ich euch kurz stören, Jungs? Oder ist euer kleiner Schlagabtausch streng vertraulich?«, erkundigte ich mich lächelnd.

Bodie und Doyle grinsten breit und winkten mich ins Zimmer.

»Die entzückende Jen! Wir haben dich schon vermisst!«, rief Bodie donnernd.

Detective Constable Bodie hieß eigentlich Marc Ryan – in der vornehmen Schreibweise mit c wie Marcus Aurelius und nicht in der alltäglichen Variante mit k, wie er immer wieder betonte, wenn ich seinen Namen in einer Pressemitteilung nennen wollte. Passenderweise trug Bodie zu seinem Julius-Cäsar-Haarschnitt und seinem muskulösen Körperbau neuerdings Ziegenbart und Koteletten, was seine Ähnlichkeit mit Russell Crowe in *Gladiator* noch unterstrich, ein beabsichtigter Effekt, da war ich mir sicher. Allerdings war Bodie wesentlich jünger und gesprächiger als sein filmischer Doppelgänger.

Detective Constable Doyle hieß eigentlich Jim Williams und wurde auch Jimmy oder Jimbo genannt. Er war kleiner und dünner als Bodie, hatte Locken, ein jungenhaftes Gesicht und ein listiges Grinsen. Was Bodie an Muskeln zu bieten hatte, brachte Doyle an Grips und Schnelligkeit mit. Die halbmondförmige Harrison-Ford-Narbe an seinem Kinn hatte er einem Schläger zu verdanken, der den Fehler gemacht hatte, ihn durch das Fenster eines Pubs nach draußen zu befördern. Jimmy hatte dem Kerl daraufhin eine unerwartete Tracht Prügel verpasst und drei Jahre hinter Gittern aufgebrummt. »Flink wie eine Klapperschlange und elegant wie eine Raubkatze«, hatte Jim damals grinsend geprahlt und sich stolz über die Stiche an seinem Kinn gestrichen. Seither hatte sich niemand mehr mit ihm angelegt.

Bodie und Doyle traten normalerweise im Doppelpack auf und kabbelten sich wie ein altes Ehepaar, vermutlich um ihre tiefe, männliche Liebe zueinander zu überspielen, die natürlich rein platonisch war.

»Hereinspaziert!«, polterte Bodie in einer Lautstärke, die nicht nur mein Trommelfell, sondern auch die auf dem Fensterbrett gestapelten Aktenordner und Zeitungsausschnitte vibrieren ließ. Er schrie mich nicht aus bösem Willen an, denn dieser Ton war unter Kriminalbeamten durchaus üblich. Sobald ein Polizist vom Police Constable zum Detective Constable aufstieg, schien er jede Kontrolle über seine Lautstärke zu verlieren. Bodie war derzeit sogar stellvertretender Detective Sergeant, während seine direkte Vorgesetzte im Mutterschaftsurlaub war, wodurch seine Stimme in den letzten drei Wochen offenbar noch ein Stückchen lauter geworden war.

»Ich will euch aber nicht stören, wo ihr doch gerade so wahnsinnig beschäftigt seid.«

»Für dich haben wir immer Zeit, Schätzchen«, erklärte Doyle grinsend. »Wir haben nur gerade unsere Ablage auf den neuesten Stand gebracht. Setz dich doch«, forderte er mich auf und beförderte einen großen Stapel mit unbearbeiteten Akten vom Stuhl auf den Boden, damit ich mich setzen konnte.

Ich war immer schon der Meinung gewesen, dass ich eine gute Kriminalbeamtin abgegeben hätte. Wenn der Eindruck stimmte, den Bodie, Doyle und ihre Kollegen mir täglich vermittelten, konnte die Arbeit nicht allzu schwer sein. Zur Aufklärung von Verbrechen braucht man gesunden Menschenverstand, einen Blick für Details und einen ausgeprägten Sinn für Logik. In neun von zehn Fällen ist ein Delikt weder clever durchdacht noch besonders gut getarnt. Stattdessen wird es in Panik und Hast durchgeführt und ist dementsprechend leicht durchschaubar. Ein durchschnittlicher Detective Constable brauchte lediglich Geduld und die Bereitschaft, Aktenberge durchzuackern und sich die Nächte um die Ohren zu schlagen. Alles andere nahmen ihm die Kollegen ab, die unbedingt befördert werden wollten – Bodie, zum Beispiel.

»Jen, Jen, Jen!«, rief er lautstark. »Wir brauchen eine deiner unnachahmlichen Pressemitteilungen über ein verirrtes Schäfchen, das von seinen Drogenkumpels auf Abwege geführt wurde. Bitte sag, dass du uns hilfst!«

»Ich bin auf dem Weg zur Terrorismus-Sitzung, aber um was geht es denn genau? Der Chief will übrigens, dass Detective Superintendent Sellers sofort in die Kommandozentrale kommt. Habt ihr sie irgendwo gesehen?«

»Ja, sie ist kurz eine rauchen gegangen«, antwortete Doyle. Raucherpausen waren seit dem generellen Rauchverbot in öffentlichen Gebäuden eigentlich nicht mehr möglich. Wer sich nicht zurückhalten konnte, musste das Gelände verlassen, aber draußen war es feucht und kalt, während man es im Heizungsraum warm und gemütlich hatte und unbeobachtet war.

Obwohl wir alle drei wussten, wo Sellers ihre Zigarette rauchte, öffnete Bodie demonstrativ das Fenster und rief mit seinem Überschallorgan in den Hof hinunter: »Chefin! Chief Superintendent Cavendish verlangt nach Ihnen, und zwar umgehend! Terrorismus-Sitzung!« Kurz nachdem sein Ruf verhallt war, hörte ich Superintendent Sue Sellers' Reibeisenstimme dreimal kurz hintereinander »Mist!« sagen. Ich hatte genau vor Augen, wie sie ironisch den Daumen hob und widerwillig ihre Zigarette ausdrückte. »Auftrag ausgeführt«, sagte Bodie strahlend. »Wir garantieren volle Kundenzufriedenheit, wie immer. Jim-Bob, erzähl Jen doch bitte von unserem gestrigen Action-Abenteuer, das fortan als ›der Große Bierraub von Twn Row‹ in die Geschichte eingehen wird.«

»Das würde ich ja gerne tun, wenn du endlich die Klappe halten würdest, mein lieber *stellvertretender* Sergeant. Das Ganze war ein echter Klassiker, Jen, ein echter Klassiker«, grinste Doyle und stürzte sich in eine anschauliche Schilderung des Tathergangs: »Bei uns ging gegen zwölf Uhr mittags ein Anruf aus Twn Row ein, von einem ›besorgten Nachbarn‹, der uns erzählte, er habe in der Wohnung nebenan eine junge Frau auf dem Boden vorgefunden, der die Unterhose auf den Knöcheln gehangen und die Zeter und Mordio geschrien habe. Wir rasen also hin und verschaffen uns Zugang zur Wohnung, nur um unsere Lieblings-Crackhure Catherine Mansfield in einer Lache ihres eigenen Erbrochenen vorzufinden, wie üblich. Mickey Ming Mong, unser äußerst produktiver Lieblings-Kleinkrimineller, sitzt unterdessen mit blutiger Nase im Badezimmer und versinkt in Selbstmitleid. Wie sich herausstellt, war er gerade dabei, Catherine durchzuvögeln, bis dahin also alles normal. Nur ist sie derzeit offenbar mit Mickey Half-Pipe ›liiert‹, einem weiteren Tunichtgut aus dem Viertel.«

»Sie heißen beide Mickey?«

»Ja, aber unterbrich mich bitte nicht, sonst verliere ich den Faden. Wir durchsuchen Mickey Ming Mong und finden mehrere Herointütchen in seiner vor Dreck starrenden Hose. Catherine wird in der Zwischenzeit von unserem Sanitäter mit Naloxon wieder aufgepäppelt, übrigens schon das dritte Mal in diesem Monat.« (Naloxon ist die »Wunderspritze«, mit der Drogensüchtige nach einer Überdosis wieder auf die Beine gebracht werden.) »Es stellt sich heraus, dass Mickey Half-Pipe die beiden beim Poppen erwischt und Mickey Ming Mong eine ordentliche Tracht Prügel verpasst hat«, fuhr Doyle fort. »Anschließend hat er sich in seine Wohnung verzogen, um ein *Hilfsmittel* zu besorgen, mit dem er Mickey so richtig vermöbeln und ihm ein für alle Mal klarmachen kann, dass er nicht sein Mädchen zu bumsen hat. In der Zwischenzeit fällt Catherine in Ohnmacht, und zwar vor lauter Aufregung, wie wir vermuten, und nicht wegen des Schusses, den sie sich gerade gesetzt hat. Noch während wir uns um sie kümmern, steht plötzlich Mickey Half-Pipe mit seinem Baseballschläger in der Wohnung und ergreift die Flucht, als er uns im Wohnzimmer entdeckt.

Bodie macht sich sofort an die Verfolgung und hechtet wie Bruce Willis über Motorhauben, um Mickey zu schnappen, der über die Straße rennt und in einem Park verschwindet. Dort wirft er eine Tüte in die Büsche, die ich sofort sicherstelle: eine ordentliche Ladung Pillen und Koks. Hundert Meter von mir entfernt fliegt Bodie geradezu durch die Luft und springt Mickey von hinten an. Paff! Die beiden rollen den Abhang hinunter und landen direkt vor einem Friseursalon, in dem lauter hübsche junge Dinger und alte Tanten sitzen, die anfangen herumzukreischen. Bodie zieht seine Handschellen aus der Tasche und ruft: ›Hab ich dich, Freundchen!‹«

Doyle unterstrich seine Worte, indem er mit unverhohlener Begeisterung die Hand auf den Schreibtisch knallte.

»Aber das Beste kommt noch: Weißt du, was Mickey Half-Pipe gesagt hat, als wir ihn zurück in die Wohnung geschleift haben, um die Sache zu klären? ›Du hast Mickey Ming Mong also vermöbelt, weil Catherine mit ihm fremdgegangen ist?‹, habe ich ihn gefragt. Und er daraufhin: ›Scheiß auf die Alte! Der Wichser hat zwanzig Bierdosen von mir getrunken und mein ganzes Koks aufgebraucht!‹ Wir haben in der Wohnung noch ein halbes Kilo Heroin unter dem Bett gefunden, und einen Taser, o ja, ein Elektroschockgerät, und zwar im Fernsehschrank. Ein fetter Fisch, der uns da ins Netz gegangen ist, würde ich sagen!«

Doyle lehnte sich auf seinem Stuhl zurück, verschränkte die Hände im Nacken und streckte sich zufrieden. Dabei entblößte er absichtlich mehrere Zentimeter seines gebräunten Waschbrettbauchs. »Leider wird Catherine auch morgen noch vögeln und Unruhe stiften, aber wir haben beide Mickeys wegen Ruhestörung, Drogenbesitzes mit vermuteter Handelsabsicht und Widerstandes gegen die Staatsgewalt verhaftet. Daher wird von nun an Frieden herrschen in den Vorstädten von Cardiff«, schloss er, »und die braven Bürger von Twn Row können wieder beruhigt schlafen. Ende der Geschichte.«

Ich verkniff mir mühsam ein Lachen, weil ich für das Image der Polizei in der Öffentlichkeit zuständig war und daher wusste, dass ich diese schillernde und vollkommen unangemessene Darstellung der Ereignisse nicht gutheißen durfte.

»Es war ein Bild für die Götter, wie ich durch die Luft geflogen bin und ihn zu Boden geworfen habe«, fügte Bodie hinzu und spendete Doyles Bericht anerkennend Applaus. »Du hättest Mickeys Gesicht sehen sollen! Wie gut, dass ich so ein Ausbund an Fitness und Manneskraft bin, nicht wahr? Na los, fühl mal meine stählernen Arschbacken, Jen!«, drängte er und hob lachend eine Gesäßbacke vom Stuhl, wohl wissend, dass ich so etwas nicht im Traum tun würde.

In diesem Moment kam Dan ins Zimmer.

Bodie und Doyle versteiften sich sofort, und zu meiner Belustigung sprang Bodie sogar auf und stand mit gezücktem Notizbuch stramm, ein folgsamer kleiner Soldat.

»Ihr belästigt doch hoffentlich nicht meine Verlobte, Jungs?«, fragte Dan.

»Tut uns leid, Boss«, grinste Bodie verlegen. »Wir haben ihr nur gerade die Geschichte von den beiden Mickeys erzählt und uns ein bisschen von unserer eigenen Begeisterung mitreißen lassen. Hättest du gerne etwas Warmes zu trinken, Dan? Worauf wartest du, Jim? Hol dem Inspector einen Tee. Siehst du, was ich mit dem Kerl alles ertragen muss, Boss?«

»Ich bin mir sicher, dass du diese Herausforderung mit Bravour meisterst, Marc«, antwortete Dan und verkniff sich ein Grinsen. »Darf ich euch eure Pressereferentin für einen Moment entführen, wenn ihr fertig seid mit euren Unflätigkeiten?«

»Wie geht's dir, Schatz?«, fragte er lächelnd und schob mich zu den Regalen im hinteren Bereich des Großraumbüros, wo es etwas dunkler und intimer war. »Haben dich diese beiden Neandertaler belästigt?«

»Natürlich nicht«, antwortete ich und erwiderte sein Lächeln.

Er umarmte mich flüchtig und ließ mich dann gleich wieder los, weil er auf keinen Fall hinter einem Regal beim Schmusen erwischt werden wollte, und sei es mit seiner zukünftigen Frau. Das gehörte sich nicht für jemanden, der gerade zum Inspector befördert worden war.

Zwischen uns herrschte ein brüchiger Waffenstillstand. Seit ich von meinem Wochenende im Watch-House zurück war, hatten wir uns mehrmals im Wohnzimmer zusammengesetzt und intensive Gespräche geführt. Dan schwor, dass er mir alles erzählt hatte und dass diese Geschichte zwischen uns nicht das Geringste ändern würde. Er wünschte sich nichts sehnlicher, als unser gemeinsames Leben weiterzuführen, wie wir es geplant hatten.

Aber ich wollte es erst von Sophie hören. Nicht in allen Einzelheiten, denn der Teufel liegt bekanntlich im Detail, und ich wollte keine Spirale beunruhigender Gedanken in Gang setzen. Nein, sie sollte mir einfach nur bestätigen, was Dan gesagt hatte – dass es eine einmalige Sache gewesen war, nicht mehr und nicht weniger.

Genau das tat sie auch, und sie gestand mir außerdem, dass sie genauso überrascht von meiner Existenz gewesen sei wie ich von ihrer. (Das hielt ich für ziemlich unwahrscheinlich, was ich ihr auch sagte.) Dan saß mir während des gesamten Telefonats auf einem Stuhl gegenüber und presste sich nervös die langen Finger vor den Mund, als wollte er verhindern, dass er uns unterbrach. Es muss unangenehm für ihn gewesen sein, tatenlos und stumm zuzuhören. Schließlich war er es von seiner Arbeit gewohnt, dass *er* die Befragungen durchführte. Aber er ertrug es schweigend.

Natürlich hätte es sein können, dass er Sophie vorher angerufen und gebeten hatte, seine Version der Dinge zu stützen. Es hätte durchaus sein können, dass auch sie mich anlog, aber ihre Stimme klang aufrichtig und sachlich. Ich glaube, ich hätte es ihr angehört, wenn sie etwas für ihn erfunden hätte. Was ich aus ihrer Stimme vor allem herauszuhören glaubte, war eine gewisse Verlegenheit.

Ich legte ihr nahe, nie wieder Kontakt zu Dan aufzunehmen oder bei uns zu Hause anzurufen, und sie antwortete, dass sie allem Anschein nach auch keinen Grund dafür haben würde. Dann legte ich auf und war stolz darauf, dass ich so erwachsen und vernünftig mit der Angelegenheit umgegangen war.

Seither befanden Dan und ich uns in einer Art Probezeit. Wir hatten beschlossen, unserer Beziehung noch eine Chance zu geben, und Dan bemühte sich sichtlich, mich davon zu überzeugen, dass ich die richtige Entscheidung getroffen hatte. Dafür sprach auch sein heutiger Besuch auf der Wache. Dan selbst arbeitete nicht im südlichen Dezernat, sondern hatte sein Büro in einer kleineren, für den Norden Cardiffs zuständigen Wache und kam nur hin und wieder zu uns, wenn ihn die Arbeit herführte.

»Wollen wir uns heute Abend irgendwo zum Essen treffen, Jen? Ich könnte früher Feierabend machen. Der Tisch ist schon reserviert. In welchem Restaurant, bleibt mein Geheimnis«, flüsterte er.

»Ich mag aber keine Geheimnisse, Dan.«

»Diesmal schon, das garantiere ich dir, Süße. Wenn du willst, kannst du dich ein bisschen in Schale schmeißen. Du beschwerst dich immer, dass wir nie ausgehen. Also: Heute gehen wir aus.«

»Na gut. Einverstanden.«

Er drückte meine Hand. »Ich hole dich direkt nach der Arbeit zu Hause ab. Sagen wir um sieben? Also, Jungs«, wandte er sich an Bodie und Doyle, die plötzlich auffallend fleißig auf ihren Tastaturen herumtippten. »Dann zeigt mir mal, was ihr alles tut, damit sich der brave Bürger auf unseren Straßen wieder sicher fühlen kann und die Zufriedenheit der Bevölkerung mit der Polizei steigt.«

»Kein Problem. Du hast doch sicher schon vom großen Bierraub von Twn Row gehört, oder, Boss?«

»O Gott, ja, schon zweimal. Das reicht vollkommen«, antwortete Dan mit gespielter Panik und hob die Hand, um eine erneute Schilderung der Ereignisse zu verhindern.

Dan war Jims und Marcs Sergeant und damit ihr direkter Vorgesetzter gewesen, als sie noch Dienst in Uniform geschoben hatten. Seither verstanden sich die drei blendend und gingen sogar ab und zu ein Bier miteinander trinken. Durch Dans erneute Beförderung war allerdings eine unsichtbare Kluft zwischen den Männern entstanden.

Während Dan sich ein wenig verlegen im Büro umsah, fiel sein Blick auf einen Computerbildschirm neben der Tür. Er wusste, dass es seine Pflicht war, Bodie darauf anzusprechen.

»Marc, sichere bitte deinen Rechner, wenn du in der Datenbank recherchierst.« (In der Nationalen Polizei-Datenbank sind die Namen und Daten sämtlicher registrierter Verbrecher verzeichnet.) »Wie oft soll ich dir noch sagen, dass du dich nach jeder Sitzung ausloggen und vor der nächsten Sitzung neu einloggen musst?«, mahnte Dan und schloss die Suchmaske der Datenbank. »Oh, und dein NOMAD-Programm ist auch offen, damit jeder Idiot, der zur Tür hereinkommt, den vollen Zugriff hat. Großartig! Reiß dich ein bisschen zusammen, Marc!«

»Ich weiß, Boss, tut mir leid. Irgendwie bin ich wie blockiert, wenn es um dieses Thema geht. Aber die Renovierung macht es mir auch wirklich schwer. Während mein Einzelbüro neu gestrichen wird, hüpfe ich hier im Großraumbüro von Schreibtisch zu Schreibtisch.«

»Solche Ausreden mögen ja für einen Detective Constable gelten, aber du bist jetzt Detective Sergeant und hast eine gewisse Vorbildfunktion«, dozierte Dan und spielte die Autorität, die ihm sein höherer Dienstgrad verlieh, voll aus. »Schon mal von Datenschutz und Informationssicherheit gehört? Na also, dann geh mit gutem Beispiel voran!«

»Wird gemacht, Boss«, nickte Bodie ohne jeden Groll. Er kannte die Spielregeln.

»Böser Bodie!«, zog ihn Jimmy auf, nachdem Dan gegangen war.

»Du kleiner *Detective Constable* hast mir gar nichts zu sagen«, konterte Bodie gutmütig. Schon bald würde er selbst gegenüber Jimmy seine Autorität ausspielen, das wussten sie beide.

Mit einem Lächeln drehte sich Bodie zu mir um und fragte: »Schreibst du eine deiner brillanten Pressemitteilungen zu unseren beiden Verhaftungen und sorgst dafür, dass wir möglichst professionell und heldenhaft rüberkommen?«

»Gerne, aber nicht heute. Ich habe Terrorismus-Sitzung.«

»Aber du könntest es doch dazwischenschieben, oder? Weil wir es sind? Es sollte möglichst morgen in der Zeitung stehen. Der unermüdliche Kampf der Polizei gegen den Drogensumpf, und so weiter.«

Die Deadline für Pressemitteilungen, die es in die morgige Zeitung schaffen sollten, war um fünf Uhr nachmittags, und es würde eine Weile dauern, bis ich aus Jimmys wilder Story die Fakten isoliert hatte. Das meiste durfte ich ohnehin nicht erwähnen, weil Gerichtsverhandlungen anhängig waren, und den Rest würde ich gehörig zensieren müssen. Um die Geschichte in das übliche Format zu pressen, war ein langer Prozess aus Aussortieren und Zusammensetzen nötig. Zunächst verriet die Pressemeldung, *was* passiert war, *wo* es passiert war, *wem* es passiert war und *wann* es passiert war, dann folgten Namen, Alter und Adressen der Beteiligten, Informationen zu Verhaftung und Gerichtsverhandlungen, Zitate, Kontaktnummern. Alles fein säuberlich hintereinander.

Am Ende würde die Meldung keinerlei Ähnlichkeit mehr mit Jimmys Heldenepos aufweisen, aber sie würde die Wahrheit enthalten, die nackten Tatsachen – gerade so viel, wie die Reporter und die Öffentlichkeit wissen mussten.

»Ich glaube nicht, dass ich heute noch Zeit finde. Auf meinem Schreibtisch stapelt sich die Arbeit«, protestierte ich.

»Aber du nimmst dir doch sonst auch für uns Zeit! Bei dir klinge ich immer so eloquent, wenn du mich zitierst«, bettelte Bodie, der genau wusste, wie er mich um den Finger wickeln konnte.

»Der Kampf gegen das Verbrechen ist nun mal ein Fulltimejob«, fügte Doyle mit todernstem Gesicht hinzu. »Das versteht dein Verlobter schon. Schließlich musst auch du *mit gutem Beispiel vorangehen.*«

»Du kriegst ein Kit-Kat, wenn du es machst«, versprach Bodie und wedelte mit dem Schokoriegel vor meiner Nase herum.

»Ich esse keine Schokolade«, sagte ich lächelnd. »Also gut. Weil ihr es seid.«

»Wir nutzen dich schamlos aus, oder?«, grinste Bodie. »Das ist unsere absolute Lieblingsbeschäftigung.«

Die Pressemitteilung für Bodie und Doyle brachte meinen Zeitplan natürlich vollkommen durcheinander. Ich schrieb sie zwischen einem Update zu einem Brandstiftungsfall, das ich im Auftrag eines Inspectors herausgeben musste, und dem Versuch, mit der Lokalzeitung einen Fototermin für das neue Polizeiteam von Pontypridd auszumachen. Auf dem Heimweg musste ich noch Dans Anzug von der Reinigung mitbringen und Geld von der Bank holen, um den Milchmann zu bezahlen, der immer am letzten Donnerstag im Monat klingelte. Um zehn nach sieben saß ich mit Dan im Auto und versuchte, mir auf der Fahrt zum Restaurant das Gesicht zu pudern und ein wenig Lippenstift aufzulegen. Dan fummelte unterdessen an seinem iPod herum und schloss ihn an das Autoradio an, damit er mir die Songs vorspielen konnte, die er von iTunes heruntergeladen hatte.

Überhaupt war iTunes seine neue Leidenschaft. Er war wahnsinnig stolz auf sein hochmodernes Smartphone mit Internetfunktion. (Ich hingegen schaffte es mit Mühe und Not, auf meinem Handy eine SMS zu tippen, allerdings nur, wenn die Texterkennung ausgeschaltet war.) Dan trug seinen iPod überall mit sich herum, aber seine Musikauswahl war meist recht antiquiert und traf ganz und gar nicht meinen Geschmack.

Ich interessierte mich sehr für Musik, allerdings war sie für mich nie Ausdruck eines bestimmten Lebensstils gewesen. »Was hörst du so, Jen?«, war ich an der Uni regelmäßig gefragt worden, als wäre die Antwort, die man darauf gab, ein Gradmesser dafür, ob man cool war oder nicht. Antwortete man mit Coldplay, galt man als Gipfel der Coolness. Mein Musikgeschmack ließ sich am besten mit *Glamorous Indie Rock and Roll* beschreiben, wie es die Killers in ihrem Song nannten. Ich hatte schon immer ein gutes Gespür für kommende Trends besessen und hörte die Killers bereits ein gutes Jahr vor Ausbruch des allgemeinen Hypes. Genauso war es mit den Kings of Leon, die ich für mich entdeckte, bevor sie sämtliche Musikpreise abräumten und über Nacht plötzlich bei Jung und Alt gleichermaßen beliebt waren. Danach wurde es beinahe uncool, sie zu hören. Einmal war ich an der Poststelle unserer Polizeiwache vorbeigekommen und hatte gehört, wie Tony, der stellvertretende Bereichsleiter mit den über die Stirnglatze gekämmten Haaren und den Lederslippern, dem Fotokopierer eine ziemlich schräge Version von »This Sex is on Fire« darbrachte. Peinlicher ging es nicht.

Dan wiederum lehnte Musik, die nach 1995 herausgekommen war, grundsätzlich ab und hatte zu meinem unausgesprochenen Entsetzen eine Schwäche für Synthie-Pop aus den Achtzigern. Er stand auf Depeche Mode und Peter Gabriel und hörte sogar hin und wieder Ska. Seit Neuestem hatte er eine Vorliebe für »Classic Rock« entwickelt, die mich vor Scham im Erdboden versinken ließ, wenn wir mit offenen Fenstern durch die Stadt fuhren und an einer Ampel hielten. Dann kam ich mir regelmäßig vor wie in einer Werbung für diese Vatertags-Sampler à la *Rock für echte Männer*. Dabei war Dan erst zweiunddreißig.

Aber er bemühte sich wirklich sehr, die Wogen zu glätten, daher beschwerte ich mich nicht, als er auf der Fahrt ins Restaurant Peter Gabriel spielte. Seit »dem Anruf«, wie wir ihn nur noch nannten, war er besonders aufmerksam und hatte mir bereits einen Strauß gelber Rosen gekauft, mir zweimal unaufgefordert eine heiße Schokolade ans Bett gebracht und einmal sogar versucht, eine Folge *Lost* mit mir zu gucken, ohne ständig dazwischenzureden und zu lästern.

Ich glaube, es hatte ihm einen gehörigen Schrecken eingejagt, ein beschwipstes und trübsinniges Häufchen Elend vorzufinden, als er mich im Watch-House abgeholt hatte.

Als Friedensangebot hatte er uns für den heutigen Abend einen Tisch im Pomegranate reserviert, dem besten Restaurant von Cardiff und Umgebung. Mir war das Ambiente dort viel zu steril. Das Restaurant lag direkt am Hafen, und sein Interieur aus funkelndem Glas und Stahl trieb den Minimalismus auf die Spitze. Aber ich wollte Dan auf keinen Fall dafür kritisieren, dass er eine romantische Geste machte. Schließlich hatte ich mich oft genug darüber beschwert, dass er das so selten tat. Während wir bei Kerzenschein an unserem Tisch saßen und durch die riesigen Fenster auf die funkelnden Lichter der Stadt blickten, wandte sich unser Gespräch wie von selbst unserer geplanten Hochzeit zu.

»Ich weiß, dass die letzte Woche nicht leicht für dich war, aber ich wünsche mir trotzdem, dass du meine Frau wirst, mehr als alles andere«, sagte Dan eindringlich. »Du wirst bestimmt absolut umwerfend aussehen als Braut.«

Dass er ausgerechnet in der kalten, unpersönlichen Atmosphäre dieses Restaurants so ins Schwärmen geriet, war mir unerträglich. Der nervtötende Fahrstuhl-Jazz, der im Hintergrund lief, war deutlich zu hören, aber von den anderen Tischen drang nur leises Gemurmel zu uns. Die unbequemen, aber stylischen Möbel aus Metallröhren schienen eine einschüchternde Wirkung zu haben. Einmal klirrte es laut, weil jemand sein Buttermesser auf den kalten, gekachelten Boden fallen gelassen hatte, woraufhin bis dato untätige Lakaien in gestärkten weißen Hemden herbeieilten, die sich offenbar freuten, endlich etwas zu tun zu haben.

»Du glaubst mir doch hoffentlich, oder, Jen?«, fuhr Dan unbeirrt fort. »Ich wollte dich nicht verletzen, und ich wollte auch nie eine andere Frau als dich. Von jetzt an gibt es keine Geheimnisse mehr zwischen uns. Glaubst du mir?«

Keine Geheimnisse mehr. Ich wollte ihm glauben. Zumindest glaubte ich ihm, dass er es so meinte. Aber Täuschung und Betrug sind die Vergehen, über die man am schwersten hinwegkommt. Wenn man weiß, dass man von jemandem belogen wurde, kann man zu dieser Person keine Nähe mehr empfinden, weil sich ihre Lügen in jedes Gespräch schleichen, in jede Liebkosung, bis die Fragen immer mehr werden, statt weniger. Ich hatte immer noch so viele unbeantwortete Fragen. Einige davon musste ich mir selbst stellen, nicht Dan. Allerdings wusste ich nicht, ob ich für die Antworten schon bereit war. Also aßen wir erst einmal.

Als wir beim Hauptgang angekommen waren, schwoll das Gemurmel der anderen Restaurantgäste, die inzwischen bei der zweiten oder dritten Flasche überteuerten Weins angekommen waren, zu einer blechernen, überwältigenden Geräuschkulisse an. Ich stocherte in meinem Seehecht mit Kräuterkruste und Gurkencoulis herum und wünschte mir, er wäre statt mit drei winzigen Frühkartoffeln mit einer ordentlichen Portion Pommes frites serviert worden. Plötzlich war mir nach einem großen Jack Daniel's mit Cola und Eis, aber es kam mir ungehobelt vor, zum Hauptgang ein solches Getränk zu bestellen. Also stürzte ich hastig noch mehr Wein hinunter.

Dan erzählte aufgeregt von einem bevorstehenden Einsatz, bei dem zwei wesentliche Drogendealer dingfest gemacht werden sollten, was natürlich strengster Geheimhaltung unterliege. Als ob mir das nicht klar gewesen wäre! Ich täuschte Interesse vor und tat so, als würde ich das Essen genießen, schließlich kostete der Abend Dan eine Stange Geld. Er hatte mir schon immer Dienstgeheimnisse anvertraut, weil er wusste, dass ich verschwiegen war und dichthalten würde. Ein Geheimnis, das man für sich behält, verleiht Macht, das hatte ich durch meine Arbeit zutiefst verinnerlicht. Auch privat klatschte und tratschte ich nicht – Wörter, die man ausschließlich auf Frauen anwendet, was nur bedeuten kann, dass man sie in puncto Geheimhaltung für unzuverlässig hält.

Ich war anders. Ich war verschlossen und schweigsam wie ein Grab, ein Stein am Grunde eines Sees. Normalerweise fühlte ich mich geschmeichelt, wenn Dan mir Dienstgeheimnisse anvertraute, aber an diesem Abend kamen sie mir leer und bedeutungslos vor. Ich hatte es als selbstverständlich betrachtet, dass seine Wahrheitsliebe für alle Bereiche seines Lebens galt, aber er hatte mich angelogen, was die Existenz dieser Sophie betraf, hatte nicht wie sonst das Verlangen verspürt, mir alles zu erzählen.

Teilweise verstand ich sogar, warum. Er hatte es nicht für nötig erachtet, alles unnötig kompliziert zu machen wegen einer flüchtigen, einmaligen Geschichte. Aber dass es ihm so leichtgefallen zu sein schien, mich im Unklaren zu lassen, wurmte mich. Dan, der sonst wie ein offenes Buch für mich war und sich mir vorbehaltlos anvertraute, als wäre ich die Moderatorin eines lokalen Radiosenders, hatte es tatsächlich geschafft, ein Geheimnis vor mir zu haben. Wie konnte er jetzt einfach so behaupten, dass es keine Geheimnisse mehr zwischen uns geben würde? Woher sollte ich wissen, dass das stimmte? Ich hatte mich schon einmal in ihm getäuscht.

Während ich mich weiter durch den Hauptgang quälte, machten sich meine Gedanken selbstständig und durchstöberten wie verrückt unsere gemeinsame Vergangenheit. Die vielen langen Nächte, in denen er Spätdienst gehabt hatte, verwandelten sich in Tändeleien mit stark geschminkten Huren auf den schweißverkrusteten Rücksitzen kleiner Fiat Pandas, in unkluge Wetten, die er beim Buchmacher auf angeblich sichere Sieger abschloss, in undurchsichtige Geschäfte mit Kreditwucherern, in uneheliche, dunkelhäutige Babys, die mit ihren Müttern, die Chantelle oder Kylie hießen, in Sozialwohnungen hausten, in andere Ehefrauen, andere Namen, ein anderes Leben, geschickte Täuschungen, bei denen ich jedes Mal die ahnungslose Verliererin war. Wie sollte ich mit so etwas leben?

Der enge Zeitrahmen, den uns die bevorstehende Hochzeit auferlegte, machte alles nur noch schlimmer. Ein Teil des Problems bestand darin, dass ich schon vor Sophies Anruf keine glückliche zukünftige Braut gewesen war. Seit wir uns auf ein festes Datum geeinigt hatten, fühlte ich mich wie eine Frau, die nur spielt, dass sie heiraten wird und ihre Hochzeit plant. Auch Dan musste mein Widerstreben gespürt haben.

Ist es nicht der Traum jeder Frau zu heiraten? Träumen nicht alle Frauen von einer Hochzeit in Weiß? Alle meine Kolleginnen und Freundinnen hatten klare Vorstellungen davon, wie ihr »großer Tag« aussehen sollte, und das anscheinend schon, seit sie groß genug waren, um mit rosa gekleideten Barbiepuppen zu spielen.

Als Dan um meine Hand angehalten hatte, war ich eher verdutzt gewesen als entzückt. Warum heiraten?, hatte ich gedacht. Wir waren seit acht Jahren zusammen und wohnten seit fünf unter einem Dach. Was für einen Unterschied machte da ein Stück Papier, außer dass es mir jede Fluchtmöglichkeit raubte? Wenn ich ehrlich bin, weiß ich immer gerne, wo die

Notausgänge sind. Ich bin ein Mensch, der in jedem Hotel gleich nach dem Auspacken die Fluchtwege für den Brandfall lokalisiert. Man kann schließlich nie wissen, wann es brenzlig wird und man fliehen muss.

Natürlich hatte Dan die Sache mit seinem unromantischen Antrag auch nicht besser gemacht. Er hatte mich gefragt, als wir nach einem Abend im Pub zusammen auf dem Heimweg gewesen waren. Nicht einmal Ringe hatte er besorgt, und er schien auch sonst keine Anstrengungen unternommen zu haben, den Antrag zu einem besonderen Ereignis zu machen. Fand er etwa, dass ich die Mühe nicht wert war? Aber ich liebte ihn, und eine gute Ausrede hatte ich auch nicht. Also sagte ich am nächsten Tag Ja.

Die Reaktion meiner Mitmenschen auf die simple Mitteilung, dass wir heiraten würden, überraschte mich. Erst sie bauschten die Sache ins Unermessliche auf. Jede Freundin und jede Kollegin, der ich davon erzählte, reagierte mit an Hysterie grenzender Begeisterung.

»Oooooh, wie schön!«, kreischten sie. »Herzlichen Glückwunsch! Ich wette, du flippst aus vor Freude!« Sie benahmen sich, als hätte ich gerade den Nobelpreis für Literatur verliehen bekommen oder – was besser in die Gedankenwelt dieser Frauen passte – das *X Factor*-Finale gewonnen. Die euphorischen Reaktionen schwollen zu einem tosenden Sturzbach an: »Wie wunderbar! Fantastisch! Genial! Der absolute Wahnsinn!«

Ich glaube, in die Freude meiner Freundinnen und Bekannten mischte sich auch ein Schuss Erleichterung. Ich blieb zwar dieselbe kompetente, sachliche Jen, aber jetzt hatte auch ich etwas, was mir zuvor gefehlt hatte – Glamour und Weiblichkeit und eine gewisse Oberflächlichkeit. Damit konnten sie etwas anfangen.

Was machte es da noch, dass ich weder Seifenopern noch

Reality-TV guckte, dass ich mir lieber jedes Haar einzeln ausgerissen hätte, als mir den *Sex and the City*-Film im Kino anzusehen, dass ich kein Bräunungsspray benutzte und nie zur Pediküre ging? Jetzt wussten sie, dass hinter diesem seltsamen Verhalten doch irgendwo ein Mädchen schlummerte.

»Los, erzähl«, forderten sie mich auf und scharten sich mit beängstigend schrillem Gekicher um mich. »Kirchlich oder standesamtlich? Weißes Kleid oder elfenbeinfarbenes? Menü oder Buffet? DJ oder Band? Brautjungfern? Blumenkinder? Trauzeugen? Obstkuchen oder Schokoladentorte, oder gar keine Torte und stattdessen viele kleine, zu einer schwindelerregend hohen Pyramide aufgetürmte Törtchen?«

Valium oder Lobotomie?, fragte eine genervte Stimme in meinem Kopf zurück. Dass mich meine Freundinnen mit Multiple-Choice-Fragen bombardieren würden, sobald sie von der bevorstehenden Hochzeit erfuhren, hatte ich nicht vorhergesehen. Mir war nicht klar gewesen, dass man erst eine Prüfung ablegen musste, bevor man heiraten durfte, sonst hätte ich mich, akribisch, wie ich war, darauf vorbereitet.

Jedes Mal wenn ich in einer Hochzeitszeitschrift die Worte *»der schönste Tag in Ihrem Leben«* las – stets kursiv geschrieben, manchmal sogar mit Ausrufezeichen –, erwachte Panik in mir. Natürlich wollte auch ich eine hübsche Braut sein und ein stilvolles Kleid tragen. Ich interessierte mich durchaus für Mode und trug auch hin und wieder Make-up und hohe Absätze, aber das änderte nichts an meiner Meinung, dass weniger manchmal mehr ist. Also verzichtete ich weiterhin auf kosmetische Gesichtsbehandlungen und weigerte mich, mein Haus mit Kerzen und Kissen zu dekorieren. Das Gen, das bei anderen Frauen dafür sorgte, dass sie eine zweistündige Diskussion über Farbgestaltung und Kissenbezüge nicht nur für unterhaltsam, sondern sogar für lebensnotwendig erachteten, fehlte mir offenbar.

Dennoch verschickten wir im Oktober die Einladungskarten, in denen der Juni des darauffolgenden Jahres als Hochzeitstermin vermerkt war. Jetzt ließ es sich nicht länger hinausschieben, sich um die Details zu kümmern. Ich musste mich endlich hinsetzen und anschnallen, um die furchterregende Fahrt Richtung Gebundenheit anzutreten.

An diesem Wochenende hatten Dan und ich einen Termin bei der Hochzeitsplanerin des Hotels, in dem wir die Feier ausrichten wollten, einer übertrieben fröhlichen Dame (»Ach, nennen Sie mich doch Luella!«), die ich bereits in einer Wolke aus Parfüm und duftiger Spitze auf uns zustürmen sah, mit zuckersüßem Lächeln und Dollarzeichen in den Augen. Ich würde dringend Dans Verstärkung brauchen.

Umso entsetzter war ich, als mir Dan nun beim Dessert – er hatte den Mund voll Käsekuchen mit Lebkuchenboden – eröffnete, dass er leider nicht mitkommen könne, weil er wegen eines Fußballspiels eine Extraschicht aufgebrummt bekommen habe. Wenigstens besaß er den Anstand, ein angemessen schlechtes Gewissen zu haben, und erklärte kleinlaut, dass ihm durchaus bewusst sei, wie sehr ich solche Termine hasste, aber dass ich die Sache sicher wunderbar ohne ihn meistern werde. Schließlich sei ich die Organisierte und praktisch Veranlagte von uns beiden. Außerdem könne ich ja meine Mutter als moralische Unterstützung mitnehmen.

Am liebsten hätte ich die matschigen Überreste meiner pochierten Zimtbirne nach ihm geworfen. Ich konnte mich des Verdachts nicht erwehren, dass er mir diese Hiobsbotschaft absichtlich in der vornehmen Atmosphäre des Restaurants überbracht hatte, damit ich ihm keine Szene machen konnte.

Mir lag alles Mögliche auf der Zunge. »Nach all den Lügen, die du mir aufgetischt hast, findest du nicht einmal die Zeit, mit mir zu dieser verdammten Hochzeitsplanerin zu fahren?«, wollte ich sagen. »Wirklich toll, wie du dich für unsere

Beziehung engagierst, dabei müsstest du eigentlich in Sack und Asche kriechen. Sieht das für dich nach Buße aus? Mich im Stich zu lassen, wenn ich dich am meisten brauche? Ach, warum heiraten wir eigentlich überhaupt? Was soll das denn noch bringen? Eine schwachsinnige Idee. *Ich* bin schwachsinnig.«

Aber ich verkniff mir diese Tirade und hielt den Mund. Vielleicht hätte ich mich besser gefühlt, wenn ich meinem Ärger Luft gemacht hätte, und ehrlicher wäre es sicher auch gewesen. Aber es hätte die Fronten nur noch mehr verhärtet, daher biss ich mir auf die Zunge und nickte nur resigniert. Ich wollte nicht, dass sich der Termin bei der Hochzeitsplanerin zu einem handfesten Problem auswuchs. Davon hatten wir schon genug.

Dan streichelte mir erleichtert die Hand. »Ich mache es wieder gut, Schatz, versprochen.«

Während ich meinen Kaffee trank, sehnte ich mich danach, mit einem Jack Daniel's in einem Pub zu sitzen. Dan sollte ruhig merken, dass mir das lieber gewesen wäre.

Als er mir in den Mantel half, verriet mir der Piepston meines Diensthandys, dass ich eine SMS bekommen hatte. Ich runzelte verdutzt die Stirn, weil ich diese Woche eigentlich keine Bereitschaft hatte. Es war Serians Aufgabe, die Anrufe nervöser Kriminalbeamter entgegenzunehmen, die mitten in der Nacht Fragen hatten oder wollten, dass man um sechs Uhr morgens eine Pressemitteilung für sie verfasste.

In der SMS stand lediglich: »Wie läuft es mit der Hochzeitsplanung? Viel zu tun?« Darunter stand ein x als Symbol für einen Kuss.

Ich kannte die Nummer nicht.

»Die Leitstelle?«, wollte Dan wissen. »Du hast doch gar keine Bereitschaft, oder? Bist du nicht erst nächste Woche dran?«

»Ja, aber das war nicht die Leitstelle, sondern irgendeine unbekannte Nummer. Vielleicht hat Becky ein neues Handy.« Meine Freundin Becky ließ sich von ihrem Handyanbieter ständig die neuesten Modelle andrehen, obwohl ich wirklich nicht wusste, wozu sie unbedingt ein Bluetooth-Handy brauchte. Becky arbeitete in der Telefonzentrale einer Zeitung und nahm dort Traueranzeigen entgegen. Momentan machte sie gerade eine schwierige Phase mit Stephen durch, ihrem derzeitigen Liebhaber, weshalb sie mir regelmäßig kurze SMS-Updates schickte. »Warum schreiben die Leute nicht einfach ihren Namen unter eine SMS, statt wie selbstverständlich davon auszugehen, dass man weiß, wer sie sind?«, beschwerte ich mich.

»Weil die meisten Leute im Gegensatz zu dir mit der Telefonbuch-Funktion ihres Handys umgehen können«, entgegnete Dan.

Ich ignorierte ihn und schrieb zurück: »Beck? Alles unter Kontrolle. Jen x«

Dann vergaß ich die SMS wieder.

Bis ein paar Tage später die erste E-Mail eintraf.

3.

Zunächst gab es keinen Grund, diese spezielle E-Mail in meinem Postfach verdächtig zu finden. Mein Posteingang wurde täglich mit Mails überschwemmt, ein steter Fluss, der gegen halb vier Uhr nachmittags zu einem reißenden Strom anwuchs, weil dann die große Eile der Journalisten vor der letzten Abgabefrist des Tages einsetzte.

Am Vormittag hatten mich Bodie und Doyle zu sich ins Kripo-Büro zitiert, und als ich den Kopf zur Tür hereingesteckt hatte, waren sie gerade dabei gewesen, sich die Aufnahmen einer Überwachungskamera auf einem ramponierten tragbaren Fernseher anzusehen und sich um die Fernbedienung zu streiten. Wer die Illusion hat, dass die Polizei heutzutage auf modernstes Gerät zurückgreifen kann, muss sich nur einmal das Durchschnittsbüro eines Kriminalbeamten ansehen, in dem noch so manche elektronische Hommage an die Achtzigerjahre zu finden ist. Wenn man ganz genau hinguckt, findet man vielleicht sogar noch ein altes Faxgerät oder einen Kopierer mit Handkurbel.

Bodie saß mit dem Rücken zur Tür und notierte sich die Minuten- und Sekundenangabe einer bestimmten Videosequenz. Die beiden lachten zwar nicht und gaben auch keine anstößigen Kommentare von sich, aber ich nahm eine gewisse unterdrückte Heiterkeit wahr, erkannte sie an der Art, wie sie sich gegenseitig anstupsten und einander zuzwinkerten.

»Gebt's zu, ihr guckt euch schon wieder die Highlights der

letzten *X Factor*-Sendung an«, sagte ich absichtlich laut. »Mein lieber stellvertretender Sergeant, Sie haben erneut die Datenbank-Suchmaske offen gelassen«, erklärte ich streng und tippte mit meinen kurzen Fingernägeln an Bodies Computermonitor.

»Jen! Herrgott!«, rief Doyle, nachdem er erschrocken zu mir herumgefahren war. »Musst du dich immer so anschleichen? Du bist ja schlimmer als Dai Hard!« (Detective Inspector David Harden, von seinen Untergebenen Dai Hard genannt, stand den operativen Beamten der Kriminalpolizei vor, die er mit kreativen Methoden zu motivieren versuchte.)

Bodie eilte unterdessen mit einem verlegenen Räuspern zu seinem Computer, um sich auszuloggen. »Dieses Scheißgerät macht mich noch wahnsinnig! Entschuldige den Kraftausdruck, Jen, ich bin wirklich ein ungehobelter Rüpel. Zum Glück bist du nicht Dan, sonst hätte ich wieder Ärger kassiert. Komm her und sieh dir das an. Der Laden gegenüber dem St. David Pub hat neuerdings eine Überwachungskamera, und Jim hat gerade die Bänder abgeholt. Der absolute Knaller.«

Nach einigen Anläufen gelang es Jim, das Video zur richtigen Sequenz zurückzuspulen. »Achte auf das Mädchen, das am Geländer lehnt. Stockbesoffen.«

Ich blickte auf den Bildschirm und sah ein etwa achtzehnjähriges Mädchen in engem Oberteil, knappem Minirock und turmhohen Absätzen, das sich an ein Geländer neben der Straße lehnte und dabei fast hintenüberfiel. Es machte einen schlaffen, marionettenartigen Eindruck und schien kurz vor einer Alkoholvergiftung zu stehen. Die Handtasche der jungen Frau stand auf dem Bürgersteig neben ihr, sie bückte sich unbeholfen und zog nach großer Anstrengung einen Gegenstand hervor, der wie ein Handy aussah, nur um ihn gleich wieder in den Rinnstein fallen zu lassen.

In diesem Moment näherte sich ihr ein junger Mann, der auf den ersten Blick ganz normal wirkte.

»Jetzt kommt's, jetzt kommt's!«, kündigte Bodie aufgeregt an.

Nach kurzem Zögern küsst der Mann das Mädchen, nicht mit Gewalt, sondern ganz sanft. Sie ist offenbar zu betrunken, um zu protestieren, und ihr Kopf pendelt von links nach rechts. Immer wieder versucht sie, den jungen Mann zu fokussieren, scheint aber nicht mehr dazu in der Lage zu sein. Auch seine Hand, die langsam ihr Bein hinaufstreicht und schließlich unter ihrem Rock verschwindet, spürt sie offensichtlich nicht. Der junge Mann geht mit Bedacht vor und dreht den Türstehern, die am Eingang des wenige Meter entfernten Pubs stehen, den Rücken zu, damit sie nicht sehen, was er tut. Er macht sich mehrere Minuten lang intensiv unter dem Rock des Mädchens zu schaffen, bevor er die andere Hand in seine eigene Hose schiebt. Kurz darauf zieht er den Reißverschluss seiner Hose wieder zu und zieht das Mädchen nach unten auf die Bordsteinkante. Sie scheint etwas sagen zu wollen, aber es ist auch ohne Ton ersichtlich, dass sie kein einziges vernünftiges Wort herausbringt. Der Mann geht ohne jede Eile davon und biegt auf die Hauptstraße ab.

»Nicht zu glauben, was?«, sagte Jim. »Was für ein reizendes Ende für einen gelungenen Abend. Der Vater der Kleinen kam heute Morgen auf die Wache, um die Handtasche als gestohlen zu melden. Er hat seine Tochter etwa eine halbe Stunde nach dem Vorfall auf dem Bürgersteig sitzend vorgefunden. Das Opfer, das übrigens erst sechzehn ist, ist heute Morgen mit Blut in der Unterhose und Schmerzen im Genitalbereich aufgewacht. Es erinnert sich an nichts, was nach neun Uhr abends passiert ist, aber unser guter Bodie war emsig wie immer und hat sich die Überwachungskamera des Spirituosenladens gegenüber zunutze gemacht. Und darauf haben wir diesen entzückenden kleinen Kurzfilm entdeckt.

Superintendent Sellers hat der Kleinen das Filmchen gezeigt, aber sie hat keine Ahnung, wer der Kerl ist. Ist in Tränen ausgebrochen, als sie die Aufnahmen gesehen hat, verständlicherweise. Es ist natürlich ein Schock, wenn man erfährt, dass einen am Vorabend irgendein dahergelaufener Perverser begrapscht hat, aber was erwarten diese Mädchen, wenn sie sich derart volllaufen lassen, dass sie nichts mehr sehen, geschweige denn die Worte ›Verpiss dich!‹ herausbringen können? Entschuldige, das war schon wieder eine ziemlich unflätige Ausdrucksweise. Sie ist davon überzeugt, dass ihr jemand etwas ins Glas getan hat, weil sie einen totalen Filmriss hat. Wenn ich jedes Mal ein Pfund dafür kriegen würde, wenn jemand das sagt, wäre ich ein reicher Mann! Die Kleine war schlicht und ergreifend besoffen, wenn ihr mich fragt. Der Kumpel, mit dem sie unterwegs war, hat sie gegen elf im Pub zurückgelassen, um mit einem Freund weiterzuziehen. Laut seiner Aussage haben er und das Mädchen schon eine halbe Flasche Wodka im Park gekippt, bevor sie überhaupt in den Pub gegangen sind, wo sie dann mit Kurzen weitergemacht haben. Wir erstatten natürlich Anzeige gegen den Fummler. Wenn wir den Türstehern die Aufnahmen zeigen, dürften wir ganz gute Chancen haben, ihn aufzuspüren. Fräulein Vollrausch hat also Glück im Unglück. Ich wusste gar nicht, dass der Schnapsladen eine neue Überwachungskamera hat.«

»Bei dem, was sich die Leute heutzutage alles einfallen lassen, muss man wirklich auf Zack sein, um mithalten zu können. Deshalb bin ich auch Sergeant und du nur ein einfacher Fußsoldat«, zog Bodie seinen Kollegen auf.

»Ja, aber wie hat Will Smith so schön gesagt: Ich sehe wenigstens cool aus dabei«, sagte Jim grinsend und hielt mir seinen Bizeps hin, der sich beachtlich unter seinem Hemdsärmel wölbte. »Beeindruckend, was? Wie Felsbrocken unter einer Bettdecke, aber ich biete dir lieber nicht an, sie anzufassen. Nicht, wenn Bodie dabei ist, sonst wird er noch eifersüchtig.«

»Lasst es mich wissen, wenn ihr genug herumgealbert habt und den Fahndungsaufruf verfassen wollt«, erklärte ich mit einem geduldigen Lächeln. »Können wir ein Standbild von einer Szene bekommen, auf der das Gesicht des Täters zu sehen ist? Das Gesicht des Mädchens machen wir natürlich unkenntlich. Da es sich um ein Sexualdelikt handelt, dürfen wir auf keinen Fall Hinweise auf ihre Identität geben.«

»Geht klar, Frau Pressereferentin. Du bekommst das Bild so bald wie möglich per E-Mail.«

»Sehr gut. Eigentlich ist das Timing ganz passend, weil wir wie jedes Jahr vor Weihnachten wieder unsere Präventionskampagne gegen Vergewaltigung und Alkoholmissbrauch starten. Ihr wisst schon: ›Kenne deine Grenzen‹ und so weiter. Nächste Woche geht's los.«

»Stimmt ja«, antwortete Doyle und räusperte sich, bevor er fortfuhr: »Detective Constable Williams hat dazu kürzlich ein Statement abgegeben: ›Wir raten allen Frauen, ihren Alkoholkonsum einzuschränken, da sie sonst leicht zu Opfern sexueller Straftaten werden können. Damit Sie unbesorgt ausgehen und das Nachtleben genießen können, planen Sie im Voraus, wie Sie nach Hause kommen, oder rufen Sie sich ein vertrauenswürdiges Taxi.‹ Das steht auch auf den Flyern, die wir zusammen mit den Streifenbeamten vor Ort verteilen.«

»Was Detective Constable Williams damit eigentlich sagen will, ist: ›Schlampen – hört endlich auf, euch vergewaltigen zu lassen!‹«, fügte Bodie hinzu.

»Darf ich dich genau *so* zitieren?«, fragte ich grinsend.

»Leider ist auf der Straße zu viel Betrieb, um erkennen zu können, wer ihre Handtasche stibitzt haben könnte«, kam Doyle noch einmal auf das Video zurück. »Es handelt sich übrigens um eine gewöhnliche schwarze Handtasche, in der unter anderem ein rosa Playboy-Portemonnaie war. Der Gipfel der Eleganz. Schreib das auch noch mit rein.«

Was ist nur heutzutage mit den jungen Frauen los?, fragte ich mich, während ich zurück in die Pressestelle schlenderte und in Gedanken bereits den Fahndungsaufruf formulierte.

In unserem Büro herrschte das reinste Chaos. Um die Montage der neuen Schränke zu erleichtern, waren sämtliche Stühle und Kartons in Nigels Bereich geschoben worden, aber die Handwerker machten gerade Mittagspause bei Gregg's und hatten die noch nicht montierten Schränke in Einzelteilen zurückgelassen. Mitten in diesem Durcheinander stand Nigel und sprach verzweifelt in sein Handy. Zwei schmale Holzregale mit unterteilten Fächern für Dokumente standen in der Ecke herum – die groß angekündigten neuen »Aufbewahrungslösungen«.

Alle Telefone klingelten gleichzeitig.

Nachdem ich den Hörer auf dem nächsten Schreibtisch abgenommen und mich mit einem Anruf von Jack NewsBeat-Wales wegen eines Überfalls auf ein Postamt in Grangetown herumgeschlagen hatte, öffnete ich meinen E-Mail-Account, um nachzusehen, ob Jim schon die Standbilder aus der Überwachungskamera geschickt hatte. Als ich meinen Posteingang anklickte, wartete dort prompt eine neu eingetroffene E-Mail mit Anhang, in deren Betreffzeile stand: »Aufnahmen, die dich interessieren könnten«. Die Datenmenge war so groß, dass sie mein Postfach völlig verstopfte. Ich seufzte verärgert. Dank unseres veralteten IT-Systems kam das nicht zum ersten Mal vor.

Nigel beendete sein Telefonat mit der Leitstelle, die ihn über eine Massenkarambolage auf der M4 in Kenntnis gesetzt hatte – das erklärte die klingelnden Telefone. Ich speicherte den E-Mail-Anhang ungeöffnet in meinem Dateiordner für Videos. Erst um vier Uhr nachmittags, nachdem ich die Pressemeldung über die Massenkarambolage verfasst, eine Pressestrategie bezüglich eines Falles von versuchtem Mord entworfen und einige Fotos von Personen veröffentlicht hatte, gegen die einstweilige Verfügungen ergangen waren, fiel mir die Videodatei wieder ein, von der ich glaubte, dass Doyle und Bodie sie mir für den Fahndungsaufruf geschickt hatten.

Während der ersten paar Sekunden hielt ich die Aufnahmen für einen Streich, den mir die beiden spielen wollten. Auf dem Video war ein Pärchen beim Sex zu sehen, Genitalien und Gesichter waren unkenntlich gemacht worden. Ich runzelte angewidert die Stirn und überlegte, wie es diese Spam-Mail durch die Firewall geschafft haben mochte. Der Sicherheitsfilter unseres Systems war unberechenbar, aber alles, bei dem nacktes Fleisch zu sehen war, wurde normalerweise mit der Warnung »unangemessener Inhalt« versehen, sogar Fotos von Jugendlichen in Fußballtrikots, die den Scheck eines Sponsors hochhielten.

Dennoch war auf meinem Monitor ein kopulierendes Pärchen zu sehen – nackt und bildschirmfüllend.

Ich erwartete irgendeine alberne Nachricht in der Begleitmail, eine witzige Pointe. Bestimmt steckten Bodie oder Doyle gleich grinsend den Kopf zur Tür herein. *Diesmal sind sie eindeutig zu weit gegangen*, dachte ich.

Und dann dachte ich: *Die Frau auf dem Video hat an der gleichen Stelle ein Muttermal wie ich. Was für ein Zufall.*

Ich sah mir die schulterlangen dunkelblonden Haare der Frau genauer an, die bunten Holzperlen an ihrem Handgelenk, und merkte, wie mir vor Scham das Blut in den Kopf schoss.

Hastig klickte ich auf »Bildschirm verkleinern«. Da die Computer der Pressestelle grundsätzlich auf lautlos gestellt sind, war kein Ton zu hören, und mein Schreibtisch war durch die neuen Schränke nicht direkt einsehbar. Im Büro war außer mir nur Nige, der am entgegengesetzten Ende des Zimmers in ein Telefonat mit Anne Nolan vom *Chronicle* vertieft war.

»Finden Sie nicht, dass diese Formulierung äußerst irreführend ist, Anne?«, beschwerte er sich höflich. Unterdessen saß ich etwa fünfzehn Sekunden lang wie betäubt da, mit glühenden Wangen und einem flauen Gefühl in der Magengrube, das sich allmählich auch in meiner Brust einnistete. Irgendwann fiel mir auf, dass Nige besorgt in meine Richtung starrte.

»Alles okay?«, flüsterte er, während er sich das Handy ans Ohr klemmte und gleichzeitig etwas auf seiner Tastatur tippte.

Ich nickte. Dann schluckte ich verzweifelt, weil mir der Tee und der Vollkornriegel wieder hochkamen, die ich vor ein paar Minuten zu mir genommen hatte. Erneut klickte ich das Video an, und dieses Mal erkannte ich nicht nur mich selbst auf dem Bildschirm, sondern auch das Ferienhaus. Das Ferienhaus, in dem ich eine Nacht mit Justin verbracht hatte.

Justin! Der Mann auf dem Video musste Justin sein! Die Haare sahen genauso aus, und ich erkannte auch die ausgefransten blauen und grünen Armbändchen an seinem Handgelenk.

O Gott, was war das? Ein schlechter Witz, eine Fälschung? Aber das konnte nicht sein. Ich erkannte mich und das Zimmer mit den schweren orangefarbenen Vorhängen und der alten walisischen Kommode.

»Ist das das kleine Flittchen aus Bodies Überwachungsvideo?«, fragte Serian, die plötzlich hinter meiner Schulter aufgetaucht war und sich mit zwei Bechern Kaffee – einem für mich und einem für sie selbst – um die Farbeimer herum zu ihrem Schreibtisch durchschlängelte. »Sieht nicht gerade jugendfrei aus. Immer diese Perversen«, sagte sie, klang aber ganz und gar nicht entrüstet. »Bodie und Doyle waren vorhin hier und haben mir davon erzählt. Findest du nicht auch, dass Bodie ziemlich süß ist? Und dann dieser muskulöse Körper! Hoppla!« Sie war über ein Verlängerungskabel gestolpert und hatte sich heißen Kaffee über die Hand geschüttet. »Nige! Ich dachte, die Handwerker räumen hier auf? Wie sollen wir denn unter diesen Bedingungen arbeiten?«

Ich schloss sofort die Maske mit dem Video, aber Serian war ohnehin vollauf damit beschäftigt, ihre Tastatur von Kaffeespritzern zu reinigen und auf die Handwerker zu schimpfen.

Mit kühler Präzision schnappte ich mir einen USB-Stick, speicherte die Videodatei darauf, löschte sie aus meinem E-Mail-Account, dem Download-Ordner und dem Papierkorb. Dann saß ich angewidert und schwer atmend da.

»Bist du sicher, dass es dir gut geht?«, fragte Nige und strich sich das fliederfarbene Hemd und die kornblumenblaue Krawatte glatt.

Ich wusste, dass ich antworten musste, aber es kostete mich Mühe, die Worte herauszubringen: »Irgendwie fühle ich mich, als hätte ich Fieber. Vielleicht ist eine Grippe im Anmarsch.« Ich merkte, dass ich viel zu laut sprach, wie eine unerfahrene Laiendarstellerin, die verkrampft und übertheatralisch ihren Text aufsagt. »Kann ich heute vielleicht früher abhauen?«

»Natürlich«, antwortete Nige. »Du hast doch hoffentlich nicht die Schweinegrippe, oder? Kriegst du keine Luft mehr? Hast du Fieber?«

»Oder ein Ringelschwänzchen?«, fragte Serian.

»Nein.« Allein dieses kurze Wort kostete mich unendliche Mühe.

»Ganz schön gruselig, diese Schweinegrippeepidemie, oder? Julian aus der Verwaltung hat angeblich Schweinegrippe, und ich war gestern mit ihm Kaffee trinken«, erzählte Serian mit leichter Panik in der Stimme.

»Na ja, heute ist ganz schön viel los«, sagte Nige. »Verzieh dich am besten schnell, bevor dir jemand das nächste Projekt aufs Auge drückt. Mach dir einen ruhigen Abend mit deinem Verlobten, du siehst ziemlich gestresst aus.«

Gestresst. Das war stark untertrieben. Nige drückte sich

gerne gewählt aus. Gestresst, verunsichert, betroffen – seine absoluten Lieblingswörter. Gestresst klang natürlich besser als geschockt, hysterisch, hyperventilierend, also befolgte ich seinen Rat und machte mich schleunigst auf den Weg zu meinem Auto.

Wie war ich in Justins Bett gelandet?

Diese Frage hatte ich mir in den Tagen nach meiner Rückkehr aus dem Watch-House bestimmt eine Million Mal gestellt, und als ich jetzt von der Arbeit nach Hause fuhr, ging sie mir wieder unaufhörlich durch den Kopf. Was war passiert? Warum hatte ich etwas getan, was so ganz und gar untypisch für mich war? Wie hatte ich mit einem Mann schlafen können, den ich gerade erst kennengelernt hatte und über den ich nicht das Geringste wusste?

Der Grundstein für dieses Verhalten war lange vor dem Abend gelegt worden, als mir Justin im Schmugglernest aufgefallen war, sogar noch vor dem Anruf von Sophie, auch wenn ich das niemals zugegeben hätte, nicht einmal mir selbst gegenüber. Dafür befürchtete ich viel zu sehr, dass es Realität wurde, wenn ich es laut aussprach, dass sich die Worte, die mir seit längerer Zeit im Kopf herumspukten, zu einer festen, greifbaren Frage zusammenfügten: »Ist die Hochzeit ein Fehler?«

Was ich empfand, ließ sich nur schwer benennen. Wie konnte ich so etwas Amorphes wie die vor sich hin tickende, kribbelnde Unzufriedenheit konkretisieren, die mich jeden Morgen überkam und die von meiner Magengrube aus nach oben in meinen Nacken wanderte, wo sie wie tausend kleine Ameisen juckte und brannte?

Ich fand Dans Musikgeschmack peinlich und ärgerte mich darüber, dass er immer nur Bier trank, nie Wein, dass er mich so gut wie nie in ein romantisches Restaurant ausführte oder mir Blumen kaufte. Mir ging nicht in den Kopf, warum er nie die Bücher las, die mir gefielen, warum er nicht spontaner und rücksichtsvoller war, warum er überall seine dreckigen Tassen herumstehen ließ und seine Stiefel mitten im Wohnzimmer auszog. Warum er T-Shirts mit Graphikprint für unwiderstehlich cool hielt.

Selbst in meinen Ohren klangen diese Argumente nichtssagend und belanglos. Sie waren bestimmt nicht Grund genug, eine fast neunjährige Beziehung einfach so zu beenden.

Aber eine Frau namens Sophie? Das klang schon deutlich stichhaltiger. An dem Morgen, an dem sie angerufen hatte, war ich für den Bruchteil einer Sekunde, vielleicht in dem Moment, als ich den Verlobungsring nach Dan geworfen hatte, zutiefst erleichtert gewesen. Sophie war meine Rücktrittsklausel, meine »Du kommst aus dem Gefängnis frei«-Karte, meine Notbremse, mein Evakuierungsplan. Und nach vierundzwanzig betrunkenen Stunden allein in einem luxuriösen Strandhotel hatte plötzlich Justin unter dem blinkenden Notausgang-Schild gestanden und mir die Hand entgegengestreckt. Zumindest hatte er den Countdown, der unaufhörlich in meinem Kopf ablief, vorübergehend zum Stillstand gebracht, das unaufhaltsame Näherrücken von Blumenschmuck und Platzkärtchen, von der eingravierten Aufschrift »Der schönste Tag deines Lebens« und dem Wort *Ehefrau*, das vielleicht das langweiligste und vorhersehbarste Wort der ganzen Welt ist.

All dies hatte unter meinem schwappenden Rotweinpegel gebrodelt, als ich mich an der Bar des Mochyn Ddu zu Justin durchgeschlängelt und ein Gespräch mit ihm angefangen hatte, das mein Leben für immer verändern würde.

»Hi«, hatte er gesagt. »War dir das Watch-House doch ein bisschen zu gediegen?« Dabei hatte er gelächelt, und seine blauen Augen hatten mit der Milchstraße um die Wette gefunkelt. »Bist du übers Wochenende hier?«

»Ja, nur drei Tage«, hatte ich schüchtern geantwortet und nach kurzem Zögern zurückgefragt: »Und du? Lebst du hier?«

»Ja. Hübsches Örtchen, oder? Allerdings nur, wenn man zum Glücklichsein nicht die funkelnden Lichter der Großstadt braucht.«

Meine Zunge hatte sich schwer angefühlt, und ich war mir schrecklich unbeholfen vorgekommen. Wie gerne hätte ich etwas Geistreiches gesagt, um Eindruck bei ihm zu schinden, aber mir fiel nichts ein. »Bist du Surfer?«

Er lachte und strich sich eine sonnengebleichte Strähne aus der Stirn. »Woher weißt du das? Schriftsteller bin ich übrigens auch, falls mich das in deinen Augen etwas aufwertet.«

»Wirklich?« Meiner Stimme war die Erleichterung anzuhören. Gott sei Dank, dachte ich, er liegt nicht den ganzen Tag auf der faulen Haut und wartet auf die nächste Welle. »Wie interessant.«

»Nicht so interessant, wie es klingt. Hauptsächlich Kurzgeschichten, einmal sogar ein Roman. Aber über Wasser halte ich mich mit Artikeln für Reise- und Surfzeitschriften.«

»Wenn du mich fragst, klingt das sogar sehr interessant«, erklärte ich wahrheitsgemäß. »Ich liebe Bücher – Romane, Gedichtbände, eigentlich alles.«

»Ach ja: Robert Frost, oder?« Es war ihm also aufgefallen. »›Der unbegangene Weg‹. Mein Lieblingsgedicht«, fügte er hinzu. Mein Herz schlug einen Salto mit doppelter Schraube und legte eine perfekte Landung hin. »Ich habe ebenfalls versucht, einen ungewöhnlichen Weg einzuschlagen«, erzählte Justin. »Meinen ganz eigenen Weg. Ich bin ein bisschen um die Welt gereist, habe mal hier, mal dort gelebt. Aber irgendwann bin ich dann doch wieder in Gower gelandet. Zweiunddreißig Jahre alt und immer noch mäßig erfolgreich mit meinen Texten. Aber es gibt schlimmere Orte auf der Welt. Porthcawl, zum Beispiel.«

Ich lachte. »Was stört dich an Porthcawl? Ich habe sehr schöne Kindheitserinnerungen an den Vergnügungspark.«

»Ja, aber das war bestimmt, bevor der McDonald's und der Tabledance-Schuppen aufgemacht haben.«

»Gibt es jetzt wirklich einen Tabledance-Laden auf der Promenade?«, fragte ich entgeistert.

»Nein, das war nur ein Witz«, antwortete er und lachte über meine Entrüstung. Er hatte ein angenehmes Lachen, tief und voller Wärme.

»Sollen wir uns setzen?« An der Theke wurde es immer enger, weil eine Gruppe junger Einheimischer hereingekommen war.

»Äh, ja. Gerne«, antwortete ich. Warum nicht?, dachte ich.

»Hey, Carl!«, rief Justin über den Lärm hinweg und winkte einem großen, dünnen Kerl am anderen Ende der Theke zu, der eine Sherpamütze mit Ohrenklappen trug. »Gutes Set erwischt heute?«

»Klar, Kumpel«, rief Carl mit glasigen Augen und der bedächtigen Art eines Kiffers zurück.

»Total breit, wie immer. So geht das schon, seit wir sechzehn sind. Komm, wir setzen uns dort drüben hin, damit er nicht herkommt und uns mit seinen öden Surfgeschichten nervt.« Er führte mich zu einem Ecktisch. »Ich bin übrigens Justin. Justin Reynolds.«

»Und ich bin Jen Johnson.«

»Also, was hältst du vom Watch-House?«

»Die Betten sind sehr gut«, antwortete ich und errötete, weil das irgendwie anzüglich klang. Dann lief ich vor lauter Ärger darüber, dass mich ein derart harmloser Satz in Verlegenheit brachte, noch röter an. Was Gespräche mit Männern anging, fehlte mir eindeutig die Übung. Wenn ich ehrlich war, hatte ich darin noch nie Übung gehabt.

Justin grinste. »Ach ja? Und was verschlägt eine allein reisende Frau hierher? Das Hotel ist doch hauptsächlich ein schickes Liebesnest für Pärchen, oder? Wobei ihr Frauen wahrscheinlich hauptsächlich wegen der ›wohltuenden Spa-Anwendungen‹ kommt.«

»Wohltuende Spa-Anwendungen – genau so steht es auch in der Hotelbeschreibung.«

»Stimmt. Ich muss es ja wissen, schließlich habe ich das Ding geschrieben. Was tut man nicht alles, um seine Rechnungen bezahlen zu können, nicht wahr?«

»Du schreibst für den *Cool Cymru*-Führer?«

»Unter anderem. Ich habe schon Kritiken über Hotels im ganzen Land verfasst. Gerade arbeite ich an einem neuen Artikel über das Watch-House, den ich an eine Reisezeitschrift verkaufen will. Bist du wirklich ganz allein hier? Ich habe gestern Abend keinen Mann an deiner Seite gesehen.«

»Kein Mann, nein.« *Möglichst beiläufig klingen*, ermahnte ich mich. Wir trinken schließlich nur etwas zusammen.

»Kein Mann in deinem Leben, oder kein Mann, den du hier dabeihast?«

»Äh ...« Ich wollte nicht lügen und den falschen Eindruck vermitteln, dass ich Single war. Außerdem sollte er nicht denken, dass ich scharf auf ihn war. Ich dachte an meinen Verlobungsring auf dem Wohnzimmertisch. »Da bin ich mir gerade nicht so sicher. Vielleicht bald beides nicht mehr.«

»Verstehe. In solchen Fällen hilft nur noch Wein, finde ich. Natürlich nicht, um die richtige Entscheidung zu treffen, aber um für eine Weile auf andere Gedanken zu kommen.«

»Lass uns darauf anstoßen.«

Von da an nahm der Abend unaufhaltsam seinen Lauf.

Wir verstanden uns gut – spektakulär gut sogar. Justin war so nett und so aufmerksam. Ausgelassen lachten und scherzten wir und unterhielten uns über Literatur und Musik. Wir teilten so viele Vorlieben miteinander, dass uns das Schicksal zusammengeführt haben musste, dessen wurde ich mir immer sicherer. Stehst du auch auf Elbow? Ja, total! Das ist momentan meine absolute Lieblingsband! Genau wie ich besaß Justin sämtliche Elbow-Alben, auch die frühen, bevor die Band durch den Mercury-Preis berühmt geworden war. Er war sogar bei dem Konzert in der Cardiff Arena gewesen, zu dem ich mit Becky gegangen war, weil Dan sich geweigert hatte, mich zu begleiten. Justin musste am selben Abend im Publikum gewesen sein. Wie klein die Welt doch war!

»Eigentlich mag ich keine großen Konzerte, weil da jeder Idiot hingeht, aber die Arena ist super – geile Akustik«, sagte er. Ich war ganz seiner Meinung.

Er war David-Mitchell-Fan und hatte natürlich *Der Wolkenatlas* gelesen, aber sein Lieblingsbuch von diesem Autor war immer noch *Chaos*, ebenso wie meins. Er liebte Thomas Hardy und hasste D. H. Lawrence. Endlich jemand, der das genauso sah wie ich.

Ob ich gerne mal nach Italien reisen würde? Natürlich! Wer träumte nicht von den Uffizien, dem Vatikanmuseum, der Sixtinischen Kapelle, war nicht fasziniert von der »Geburt der Venus«, der »Primavera«, den schauderhaften Visionen Hieronymus Boschs von Hölle und Verdammnis?

Ich berichtete von meinem Schüleraustausch nach Siena, davon, wie sehr ich mir wünschte, wieder einmal in die Toskana zu reisen. Justin war einen ganzen Sommer lang durch ganz Italien gereist, um für seine Reiseartikel zu recherchieren. Wie beneidenswert mir sein Leben erschien!

Und so ging es immer weiter.

Alles wirkte so leicht, so ungezwungen. Ich erzählte ihm sogar von Dan. Nicht alles, nur in groben Zügen von unserer geplanten Hochzeit und unserem Streit. Es kam mir logisch vor, mich Justin anzuvertrauen, er schien zum Zuhören wie geschaffen zu sein.

Nach einer ungewissen Anzahl an Weingläsern und verstrichenen Stunden schlug er vor, noch auf eine Party zu gehen, die Freunde von ihm in einem Strandhaus in der Nähe gaben.

Ich zögerte, weil mir bewusst war, dass ich ihn eigentlich überhaupt nicht kannte, und weil ich sonst nie so etwas Gewagtes tat. Sich in einem Pub zu unterhalten war *eine* Sache, eine Party bei fremden Leuten eine ganz andere. Vermittelte ich den Eindruck, dass ich leicht zu haben war und bereit, einen Schritt weiterzugehen, wenn ich mitkam? Aber die Nacht fühlte sich perfekt an, und ich wollte nicht, dass sie schon endete. Ich weigerte mich, die Vernünftige zu sein, die mit einem Stück Kreide einen Strich mitten durchs Zimmer zieht und sagt: Ich glaube, das reicht jetzt. Aber vor allem wollte ich nicht in mein Kingsize-Bett im Watch-House zurückkehren und den unvermeidlichen Anbruch eines neuen, zweifelhaften Tages abwarten.

Also redete ich mir ein, dass dieser Abend Schicksal, dass er meine Bestimmung war. Der Streit mit Dan, das Hotel, Justin – der erste Mann seit Jahren, zu dem ich mich unwiderstehlich hingezogen fühlte. Das alles konnte einfach kein Zufall sein. Irgendjemand gab mir ein Zeichen. Ich musste nur klug genug sein, es richtig zu deuten, dann würde mein Leben auf einen Schlag anders werden.

Als Justin mein Zögern bemerkte, ruderte er sofort zurück und gab sich ritterlich: »Nein, doofe Idee. Du kennst mich ja gar nicht. Tut mir leid. Aber irgendwie kommt es mir so vor, als hätte das Schicksal gewollt, dass ich dich heute Abend treffe. Und ich habe noch keine Lust, nach Hause zu gehen.«

Ich war längst entschlossen, mit ihm zu kommen, sträubte mich aber noch ein wenig, bevor ich mich von ihm die holprige Landstraße entlangführen ließ, die zu dem Strandhaus führte, in dem die Party steigen sollte. Es war stockdunkel, und er hielt galant meinen Arm, damit ich nicht stolperte. Während wir dicht nebeneinanderher gingen, atmete ich den sanften Salzgeruch seiner Jacke ein und die Wärme seines Halses. Und dachte: Was zum Teufel tust du da, Jen?

Die gedämpften Lichter des Strandhauses funkelten uns durch die kalte Luft entgegen, und dann lag es vor uns, reetgedeckt, gedrungen und weiß getüncht. Aber drinnen war alles still. Kein Anzeichen für eine Party. Nicht einmal Stimmen waren zu hören.

»Sie sind also noch nicht zurück«, stellte Justin fest und nahm mir meine Jacke ab. »Umso besser. Dann hab ich dich noch ein bisschen für mich allein.«

Ich fühlte mich geschmeichelt. Inzwischen war ich mehr als nur ein bisschen angeheitert und kam mir mutig und erwachsen vor, frei und impulsiv. Trotzdem erklärte ich nachdrücklich, dass ich höchstens noch auf ein Glas Wein bleiben würde, dann aber *wirklich* gehen müsse.

Im Handumdrehen hatte Justin den Holzofen zum Brennen gebracht, und wir setzten uns mit unseren Weingläsern vor die knisternden, immer größer werdenden Flammen und unterhielten uns ungezwungen. Der Wind versuchte, sich in unser Gespräch einzumischen, und strich wispernd um die Dachgiebel.

Es war ganz einfach, ihm von meinen Zweifeln und Zukunftsängsten zu erzählen. Was für eine Erleichterung, mir endlich von der Seele zu reden, wie groß meine Befürchtung war, dass die Hochzeit sich als Fehler herausstellte! Je mehr Ballast ich abwarf, desto leichter fühlte ich mich und desto enger kuschelte ich mich an Justin. Irgendwann nahm ich meine Umgebung nur noch schemenhaft wahr. Während wir über Gott und die Welt plauderten, vergaß ich ganz, dass er Freunde angekündigt hatte, die nie auftauchten. Justin erzählte von seinen Texten und seinen Reisen, und in mir erwachte die leise Hoffnung, dass es vielleicht einen Platz für mich an seiner Seite gab.

Trotz des Weins und des prasselnden Feuers und der leisen Musik hatte ich zu keinem Zeitpunkt das Gefühl, dass Justin mich aktiv verführte. Er schien es kein bisschen eilig zu haben und behandelte mich wie ein vollendeter Gentleman. Ich fühlte mich sicher und war weder überrascht noch beunruhigt, als er sich zu mir beugte und sagte: »Ich würde dich wahnsinnig gerne küssen.« Und dann küsste er mich, sanft und bedächtig, bis nach und nach alle meine Nervenenden aktiviert waren. Ich hatte ganz vergessen, wie sich das anfühlte. Wie hatte ich so etwas nur vergessen können?

Ich weiß nicht, wie lange wir so dasaßen und uns küssten wie kindliche, neugierige Teenager, für die jede Berührung und jede Gefühlsregung neu ist.

»Ich würde mich sehr freuen, wenn du hierbleiben würdest«, sagte er.

»Ich glaube nicht, dass ich … Ich meine, ich glaube nicht, dass … Normalerweise mache ich so etwas nicht.«

»Für mich ist das auch nicht normal«, gab er zurück, »aber es fühlt sich auch nicht an wie eine normale Nacht, oder?«

Kurz darauf stand ich vor dem weißen Emaillebecken im Badezimmer und starrte die junge Frau im trüben Spiegel an, die wankte und zauderte und sich fragte: Willst du das wirklich? Willst du?

Die Frau im Spiegel war mutiger als ich. Ihre Antwort lautete: Ja, o ja! Als ich aus dem Badezimmer trat, stand Justin in der Schlafzimmertür und hinter ihm flackerten Kerzen. Er streckte die Hand aus, und ich ging auf ihn zu. Draußen tobte das Meer.

Am nächsten Morgen wachte ich mit hämmernden Kopfschmerzen auf und brauchte eine Weile, bis mir wieder einfiel, wo ich war. Sonst wusste ich nicht mehr viel – Justin, der in der Schlafzimmertür stand, danach wirre Bilder, rot und schwarz und warm in der weintrunkenen Dunkelheit.

Da ich nackt war und meine Kleider auf dem Boden verteilt lagen, war nicht schwer zu erraten, was passiert war.

Ich wünschte, ich könnte behaupten, dass ich schockiert war oder mich schuldig fühlte. Aber das war nicht der Fall. Ich schämte mich zwar ein wenig, genoss es aber, in den Laken zu liegen, die noch warm waren von ihm, und den Geräuschen des Strandhauses zu lauschen, dem Knarzen, dem Pfeifen des Windes. Während ich darauf wartete, dass er zurück ins Bett kam, strahlte ich, innerlich und äußerlich. Es dauerte eine ganze Weile, bis mir aufging, dass das Haus vollkommen still war. Keine rauschende Toilettenspülung, kein fließender Wasserhahn, keine schlurfenden Schritte auf dem Holzboden.

Ganz langsam, um meinen schmerzenden Kopf nicht zu strapazieren, setzte ich mich auf und stellte die Füße auf den Boden. Ich war noch ein wenig wackelig auf den Beinen, aber sonst ging es mir gut. Weil die Luft kalt war, zog ich mich eilig an.

Zwei zerrissene Kondompackungen lagen am Fußende des Betts auf dem Boden. Zwei? Meine Güte! Wenn es hochkam, schliefen Dan und ich zweimal die Woche miteinander, und wir hatten es noch nie mehr als einmal pro Nacht getan. Der Gedanke an Dan schnürte mir für einen Moment die Kehle zu, aber ich schüttelte ihn sofort wieder ab. Es war gut zu wissen, dass Justin verhütet hatte, auch wenn ich natürlich die Pille nahm.

Das Feuer im Wohnzimmer war aus, und es war kühl. Auf dem Küchentisch lag ein Zettel. »Gute Wellen heute. Ich rufe dich an. Mach dir einen Tee. J x«.

Lächelnd folgte ich der Aufforderung. Der Kühlschrank war leer bis auf einen Rest Milch, aber auf dem Tisch lag eine halb gegessene Packung Kekse, also schlürfte ich meinen Tee, aß Kekse dazu und versuchte, die Ereignisse der Nacht zu rekonstruieren. Aber wie sehr ich mich auch konzentrierte, jedes

Mal wenn ich zu dem Moment kam, in dem ich aus dem Badezimmer getreten war, baute sich eine weiße Wand vor mir auf. Es sah mir gar nicht ähnlich, mich an Teile eines Abends nicht erinnern zu können, aber andererseits tat ich seit fast zwei Tagen nichts anderes, als Alkohol zu trinken.

Nach meiner zweiten Tasse Tee sah ich mich ein wenig im Wohnzimmer um, aber die Einrichtung gab nicht viel preis. Alles war zweckmäßig und ohne jede persönliche Note eingerichtet. Wahrscheinlich gehörte das Haus einem Mann. Wer auch immer Justins Freunde waren, sie schienen auf James-Bond-Taschenbücher und eigenartigerweise auch auf Groschenromane und Rosamunde Pilcher zu stehen.

Ich wartete bis zehn Uhr und wurde dann langsam ungeduldig. Wo war Justin? Der Glanz des Morgens begann sich zu verflüchtigen. Ich war durchgefroren und hatte Hunger. Meine selbsterwählte Aura des ungezogenen Mädchens bekam Risse. Ich wollte endlich mit Justin sprechen, wollte von ihm hören, dass er sich ebenfalls wünschte, mich wiederzusehen.

Immer mit der Ruhe, Jen, ermahnte ich mich. Aber ich konnte nicht verhindern, dass sich ein warmes Glücksgefühl in mir ausbreitete, wenn ich an Justin dachte. Gegen halb elf beschloss ich, ins Hotel zurückzugehen, um mich frischzumachen und umzuziehen. Ich schrieb meine Telefonnummer auf den Zettel, den Justin auf dem Tisch hinterlassen hatte, und schlenderte beschwingt zurück zum Watch-House.

Dort duschte ich und wartete.

Aber er rief nicht an.

Ich trank Tee und wartete noch ein wenig.

Immer noch kein Anruf.

Ratlos beschloss ich, im Mochyn Ddu zu Mittag zu essen. Allmählich wurde ich sauer. Warum hatte er mich nicht angerufen? Den ganzen Abend hatte er nur positive Signale ausgesandt. Er war voller Leidenschaft gewesen, und wir hatten uns blind verstanden. Auch der Zettel auf dem Küchentisch hatte vielversprechend geklungen.

Nachdem ich mein Sandwich mit Räucherlachs und Brunnenkresse zu Ende gegessen hatte, ging ich an die Bar, um zu zahlen. Mir kam spontan der Gedanke, am Strand nach Justin zu suchen, aber ich wusste nicht, in welcher Bucht er normalerweise surfte. Also fragte ich den Wirt.

»Dieser Justin, wo surft der normalerweise, wissen Sie das?«

»Welcher Justin?«

»Er wohnt hier im Ort. Freunde von ihm haben ein Strandhaus am Ende der Landstraße.«

»Glaub ich nicht.«

»Er ist ziemlich groß und hat dunkelblonde Haare.«

»Nein, ich glaube nicht, dass er dort wohnt.«

»Dann vielleicht einer seiner Freunde?«

»Das Haus hat keine festen Bewohner, das ist ein Ferienhaus. Aber um diese Zeit steht es meistens leer.«

»Ein Ferienhaus? Aber Sie kennen Justin doch, oder?«

»Nicht dass ich wüsste.«

»Er war gestern Abend auch hier. Wir saßen dort drüben. Wie gesagt: großer Typ, Surferlook.«

»So sehen die meisten aus, die hierherkommen, Schätzchen.«

»Aber er stammt aus der Gegend und ist öfter hier im Pub.«

»Das wüsste ich. Ich kenne die einheimischen Surfer.«

Ich ging noch einmal zu dem Strandhaus und stellte fest, dass es verschlossen war. Als ich durch die halb zugezogenen Vorhänge in die Küche spähte, sah ich, dass der Zettel vom Tisch verschwunden war. Das Haus sah tatsächlich leer und verlassen aus. Dass es ein reines Feriendomizil war, erklärte auch den leeren Kühlschrank und die ausrangierten Romane.

Es musste alles ein großes Missverständnis sein. Justin würde mich anrufen, da war ich mir sicher.

Ich ging eine Stunde am Strand spazieren und grub mit den Zehen nach Muscheln. Vielleicht hatte sein Handy gerade keinen Empfang. Oder er hatte den Zettel mit meiner Nummer verloren. Je mehr Zeit verstrich, desto alberner kam ich mir vor, aber mein Verstand ließ nicht zu, dass ich mir die einzig vernünftige Erklärung für sein Verschwinden eingestand, die bittere Erkenntnis, die vor den Toren meines Bewusstseins lauerte.

Während ich durch das Dünengras zum Hafen stiefelte, entdeckte ich plötzlich den Mann mit der Sherpamütze vom Vorabend. Wie hatte Justin ihn genannt? Craig, nein, Carl. Er hatte ihm im Pub einen Gruß zugerufen und irgendetwas mit einem »Set« gefragt. Jetzt trug Carl zu seiner Sherpamütze einen Neoprenanzug und Gummischuhe und hatte sich mit seinem Surfbrett in den Windschatten zurückgezogen, um es zu wachsen. Das Brett war mit einem filigranen polynesischen Blumendesign in kräftigen Farben bemalt. Als er das Surfbrett ein Stück drehte, damit es dem Wind weniger Angriffsfläche bot, erkannte ich auf der Unterseite das Maul eines Hais, dessen spitze Zähne durch die schäumende Gischt blitzten.

»Hey, darf ich dich kurz stören?«, sprach ich ihn an. »Hast du Justin heute schon gesehen? Er wollte auch surfen gehen.«

»Hi«, sagte er und hob den Blick zu mir. Er wirkte kein bisschen überrascht darüber, dass mitten in der Nebensaison eine fremde junge Frau aus den Dünen auftauchte.

»Ich kenne keinen Justin, sorry.«

»Doch, klar«, widersprach ich hartnäckig. »Justin Reynolds? Du heißt doch Carl, oder? Er hat dir gestern Abend im Pub zugewunken, im Mochyn Ddu. Ich war mit ihm da, und er hat dich gefragt, ob du ein gutes Set hattest, oder so was. Erinnerst du dich?«

Carl sah plötzlich noch weggetretener aus als vorher und richtete den Blick auf einen unbestimmten Punkt in der Ferne. Nachdem er länger als zehn Sekunden geschwiegen hatte, glaubte ich schon, er würde mir überhaupt nicht mehr antworten, aber dann sagte er: »Ach ja, stimmt. So ein großer Typ.« Er hatte einen walisischen Akzent, aber seine Ausdrucksweise und sein Tonfall erinnerten eher an Kalifornien. »Wir kennen uns nicht, aber er hat mich gestern nach dem Weg gefragt. Wollte wissen, wo er seinen Campingbus parken kann. Irgendwie hatte er wohl Stress mit seiner Alten und wollte mal raus. Diese Models machen immer nur Ärger, wenn sie nicht die volle Aufmerksamkeit kriegen.«

»Du kennst ihn gar nicht?«, fragte ich überrascht. Das ergab doch überhaupt keinen Sinn! »Er ist also nicht von hier?«

»Nö, hab ich doch schon gesagt. Er fuhr diesen geilen Bus und wollte wissen, wo er ihn für ein paar Tage sicher abstellen kann. Schönes Fahrzeug – ein Oldtimer, aber noch gut in Schuss. Leider schlucken die Dinger Öl ohne Ende.«

»Woher wusste er dann deinen Namen? Er hat dich Carl genannt im Pub, da bin ich mir ganz sicher.«

Wieder starrte Carl wie in Trance zum Horizont, bevor er sich langsam umdrehte und mir den Rücken zuwandte. Auf seinem Neoprenanzug stand in großen roten Buchstaben der Name »Carl«.

Ich starrte stumpfsinnig auf seinen Rücken. »Er, äh … Hat er noch irgendwas gesagt?«

»Nur, dass er mein Board cool findet. Geiles Design, oder?«

»Ja, sehr … sehr farbenfroh.«

»So ein Typ in Nottage hat sich auf Surfbrettbemalung spezialisiert. Du weißt schon, ein Stück die Küste runter. Da gibt's um diese Jahreszeit ganz gute Wellen, wenn man mit der Kälte klarkommt.«

»Ja, das glaube ich. Also dann, danke für die Infos.« Ich kam mir immer alberner vor und wandte mich zum Gehen.

»Schuldet der Kerl dir Geld, oder so was?«, fragte Carl.

Mir kam plötzlich ein Gedanke. »Nein, aber … Welchen Platz hast du ihm denn empfohlen für seinen Bus?«

»Ich hab ihm gesagt, dass er ihn hinter dem Bootsschuppen der Hafenmeisterei parken soll, da hab ich noch nie einen Strafzettel gekriegt. Die Parkwächter machen sich bei dem Wetter bestimmt nicht die Mühe, so weit zu laufen.«

Ich war am Vortag an der Hafenmeisterei vorbeigekommen und hatte dort tatsächlich zwei oder drei alte Campingbusse stehen sehen. »Super, vielen Dank.«

Carl sah mir meinen Hoffnungsschimmer offenbar an, denn er beeilte sich zu sagen: »Die Mühe kannst du dir sparen, Süße. Ich war heute Morgen selbst da, weil ich Dominic den Bus zeigen wollte.« Er wies mit dem Kinn auf eine schwarze Gestalt, die ein ganzes Stück strandabwärts surfte. »Er hat sich nämlich einen total coolen Hai auf seinen Bus malen lassen, wahrscheinlich vom selben Typ, der auch mein Surfbrett verschönert hat. Der lässige Style ist eigentlich unverkennbar. Aber der Hai auf dem Campingbus hatte zusätzlich noch einen Seehund zwischen den Zähnen. So einen könnte ich mir auch für meinen Strandbuggy vorstellen, daher wollte ich mit Dominic noch mal einen Blick drauf werfen, aber der Bus war schon weg. Sicher, dass dir der Kerl kein Geld schuldet?«

»Ja, alles super, wirklich. Vielen Dank.«

»He, kein Problem. Komm vorbei, wenn du mal auf meinem Monster reiten willst.« Er lachte über mein verdutztes Gesicht und zeigte auf sein Board. »Alle lieben das Monster. Ein echtes Unikat.«

Ich stapfte durch den groben Sand denselben Weg zurück, den ich gekommen war. Justin war also wirklich kein Einheimischer. Trotzdem konnte sich immer noch alles aufklären – vielleicht war er übers Wochenende bei seinen Eltern oder anderen Familienmitgliedern zu Besuch gewesen und wohnte eigentlich woanders.

Mir blieb nichts anderes übrig, als zum Hotel zurückzukehren. Das Hotel! Mein verletzter Stolz klammerte sich sofort an diesen Rettungsanker. Vielleicht war er nach dem Surfen zum Hotel gefahren, um dort nach mir zu suchen. Natürlich, so musste es sein! Er ging bestimmt nicht davon aus, dass ich immer noch im Strandhaus war oder am Strand herumstapfte. Vielleicht hatte er sich sogar selbst im Watch-House eingemietet, schließlich hatte er gesagt, dass er eine Kritik über das Hotel schrieb.

Erwartungsvoll eilte ich die Landstraße entlang und stürmte in die Hotellobby, aber er war nicht da, weder an der Rezeption noch im Schmugglernest. Völlig ratlos fragte ich Vivienne, die heute sonntäglich schick gekleidet war und einen kamelhaarfarbenen Kaschmirpullover trug, ob ein gewisser Justin Reynolds im Hotel abgestiegen sei. Aber natürlich wohnte niemand mit diesem Namen im Watch-House. »Nein, es liegen auch keine Anrufe oder Nachrichten für Sie vor«, sagte Vivienne und beäugte mich wie bei meiner Ankunft mit professioneller Anteilnahme. »Kann ich sonst irgendetwas für Sie tun?«

Ich kontrollierte mein Handy. Dan hatte zwei weitere besorgte Nachrichten hinterlassen. Ich ging nach oben in meine Suite, legte mich aufs Bett und kämpfte gegen die Tränen an.

Irgendwann zog die Abenddämmerung herauf. Ich setzte mich auf die breite Fensterbank und starrte auf das wogende graue Meer, dessen trübe Farbe perfekt zu meiner Stimmung passte. Ich musste mir endlich die schmerzliche Wahrheit eingestehen: Ich war ein ganz gewöhnlicher One-Night-Stand für Justin gewesen, mehr nicht.

Es war mein erster One-Night-Stand. Dan war mein erster Freund, und ich war ihm nie untreu gewesen.

Ich fühlte mich gedemütigt, aber am schlimmsten war die enttäuschte Hoffnung. Alles an Justin war mir so perfekt erschienen.

Ich fragte mich gerade, wie ich so leichtgläubig, so unbedacht hatte sein können, als Dans Auto auf den Hotelparkplatz einbog. Unrasiert und mit aufgewühltem Gesicht stürzte er in die Lobby und klopfte zwei Minuten später, in denen ich Ordnung in meine Gedanken zu bringen versuchte, schüchtern an die Zimmertür und fragte leise, ob er hereinkommen dürfe, um mit mir zu reden.

Ich war auf der Hut. War das nur der Prolog zu seiner üblichen Inszenierung? Würde er wütend aus dem Zimmer stürmen, sobald ich ihm Widerworte gab? Würde er wieder behaupten, dass ich ihn zur Raserei brächte und er in meiner Anwesenheit nicht klar denken könne? Wollte er nur die Oberhand zurückgewinnen, damit *er* derjenige sein konnte, der *mich* sitzenließ? Es sah nicht danach aus. Mit hängendem Kopf erklärte Dan, dass er gekommen sei, um mich nach Hause zu holen. Er schien gewillt zu sein, zu flehen und zu versprechen und zu diskutieren, und das alles wunderbarerweise, ohne die Beherrschung zu verlieren. Nie hätte ich damit gerechnet, dass Dan einmal vernünftig mit mir reden würde. Er kniff weder trotzig die Lippen zusammen, noch schüttelte er den Kopf oder entzog sich. Stattdessen argumentierte er.

Meine Vorbehalte schmolzen dahin, als ich hörte und sah, wie er seine Entschuldigungen vorbrachte. Auf einmal war alles wieder da. Der ganze Schmerz und das ganze Elend, die ich am Freitag aus mir herausgeheult hatte, drängten wie eine herbstliche Sturmflut in meine Brust zurück. Ich saß stocksteif auf dem Bett und verdrängte die Gedanken an die letzte Nacht und an Justin, um mich allein auf Dans Lippen zu konzentrieren, die mich eindringlich baten, zurückzukommen und es noch einmal zu versuchen.

Im nächsten Moment küsste er mich, und ich erwiderte seinen Kuss. Wir weinten beide. Wie heimtückisch ein vertrautes Gesicht und die Zärtlichkeit von Händen sein können, die einem die Tränen aus dem Gesicht wischen, und wie befriedigend es ist, wenn man erfährt, dass man gebraucht wird. Es gab noch so viel zu sagen zwischen uns, aber dafür brauchten wir Zeit. Diese Chance seien wir uns nach fast neun gemeinsamen Jahren doch schuldig, oder etwa nicht?, flehte er. Ja, dachte ich. Ja.

Und: Nein, es ist immer noch alles falsch. Und: Vielleicht. Und auch: Was habe ich nur getan?

Schließlich erklärte ich mich bereit, wieder mit Dan nach Hause zu kommen. Mir war klar, dass ich das sofort getan hätte, wenn ich in den letzten Tagen auch nur ein Mal seine Stimme am Telefon gehört hätte. Sobald ich Ja gesagt hatte, war alles, was von den aufreibenden und verwirrenden achtundvierzig Stunden seit Sophies Anruf übrigblieb, die vage, lückenhafte Erinnerung an einen Fehltritt. Wie ein Fisch zappelte sie am Rande meines Bewusstseins, gerade eben außer Reichweite.

Und jetzt war sie plötzlich wieder da, lebensecht und in Farbe, ein Home Video am frühen Abend, um meinem Gedächtnis auf die Sprünge zu helfen. In leicht körniger Qualität flimmerten die Bilder vor mir über den Computerbildschirm – ich saß inzwischen mit zugezogenen Vorhängen zu Hause in meinem Arbeitszimmer –, Hüftschwung für Hüftschwung, Stoß für Stoß. Jennifer, wie sie leibt und lebt, nur doppelt so verschwitzt wie sonst. Ich ertrug es kaum, dieses Geschöpf mit den zappelnden Armen und Beinen zu betrachten, die kreative Choreographie der Bewegungen, den auf Video gebannten Beweis für meine Untreue.

Ich verstand gar nichts mehr. Es war schlimm genug, dass Justin am nächsten Morgen abgehauen war und mich allein im Bett zurückgelassen hatte, weggeworfen wie ein Taschentuch, das man nicht mehr braucht, nachdem man damit Körperflüssigkeiten aufgewischt hat. Und jetzt auch noch das?

»Ich melde mich wieder«, stand in der E-Mail. Sonst nichts. Warum klangen diese vier kleinen Wörter so bedrohlich?

Eines wusste ich ganz sicher: Dan durfte das Video auf keinen Fall zu Gesicht kriegen oder von Justin erfahren. Nicht jetzt, wo er sich solche Mühe gab, alles wieder ins Lot zu bringen. Er war ein Meter fünfundachtzig groß, konnte mit einem Schlagstock umgehen und wusste, wie man mit bloßen Händen einen Angreifer unschädlich macht, aber es würde ihm das Herz brechen, dieses Video zu sehen.

»Keine Geheimnisse mehr«, hatte er bei unserem Restaurantbesuch im Pomegranate gesagt. Es war ihm gar nicht in den Sinn gekommen, dass ich ebenfalls Geheimnisse haben könnte. Für ihn war es völlig ausgeschlossen, dass *seine* Jen mit einem Fremden schlafen könnte, den sie gerade erst in einem Pub kennengelernt hatte. Das war nicht die Frau, die er bald heiraten würde. Diese Frau war vernünftig, praktisch veranlagt und treu. Das stimmte auch, jedenfalls bis vor Kurzem.

Aber die Frau, die mit diesem Fremden geschlafen hatte, war ebenfalls eine Seite von mir, wofür es nun einen handfesten Beweis gab.

Ich wartete eine Woche darauf, dass sich derjenige, der die E-Mail mit dem Video-Anhang verschickt hatte, »wieder meldete«, wie er es angekündigt hatte. Es waren qualvolle Tage für mich, in denen ich angsterfüllt alle paar Stunden meinen Posteingang checkte, während Serian, Nigel und die mit der Renovierung beauftragten Maler und Tischler geschäftig um mich herumeilten. Satzfetzen über Dübel und Gerichtsverhandlungen und vanillefarbene Bodenleisten schwirrten durch den Raum. Verzweifelt versuchte ich, an etwas anderes zu denken als an jene Nacht. Ich konzentrierte mich auf meine Arbeit, verfasste Nachrufe auf verstorbene Personen und Meldungen zu gestohlenen Motorrädern und kümmerte mich um die Welle der alkoholbedingten Delikte, die mit dem Halloween-Wochenende einherging.

Zu Hause war es noch schlimmer. Ich wich standhaft Dans Blicken aus, beschäftigte mich im Haushalt und ging früh ins Bett, weil mir die Gesichtsmuskeln von dem verkrampften Lächeln wehtaten, das Normalität suggerieren sollte.

Das Unerträglichste war die Hilflosigkeit, die Tatsache, dass mir nichts anderes übrigblieb als abzuwarten.

Nach zehn endlos langen Tagen traf eine weitere E-Mail auf meinem Arbeitsrechner ein.

»Du willst doch nicht, dass Dan dich in Nahaufnahme zu sehen bekommt, oder?« Mehr nicht. Am selben Abend wartete zu Hause eine E-Mail in meinem privaten Account. »200 Pfund, und ich überlasse dir das Copyright. Einzelheiten in Kürze.«

Er kam also endlich zur Sache.

Ungläubig starrte ich auf die E-Mail. Als zehn Minuten später eine SMS auf meinem Arbeitshandy eintraf, war ich immer noch sprachlos.

»Versau dir nicht deine Hochzeit.« Ich erkannte die Nummer. Es war dieselbe Nummer, von der ich schon im Pomegranate eine SMS erhalten hatte. Jetzt wusste ich, dass sie nicht Becky gehörte.

4.

Warum tat Justin so etwas, und warum hatte er sich ausgerechnet mich als Zielobjekt ausgesucht? Ich hatte ihm weder etwas getan, noch war ich besonders wohlhabend. Ich war einfach eine ganz normale Frau. Wie konnte ein Mensch so etwas Schreckliches und Verkommenes tun? Diese Fragen schwirrten mir in jeder wachen Minute durch den Kopf, während ich zur Arbeit fuhr, in unserem geschäftigen Büro am Computer saß und tippte, Termine außerhalb der Pressestelle wahrnahm oder mittags mein Sandwich aß.

Mein Stolz war das größte Problem. Die Nacht mit Justin war so untypisch für mich gewesen, dass es schon fast an Schizophrenie grenzte, aber das wusste *er* natürlich nicht. Wahrscheinlich hatte er mich gesehen und sofort gedacht: Die kriege ich genauso leicht herum wie jede andere. Und damit hatte er recht behalten. Ich hatte in meinem ganzen Leben nur mit einem Mann geschlafen, der nicht mein Verlobter war, und jetzt wollte dieser Mann, dass ich buchstäblich dafür bezahlte. Das war unfair!

Es wäre einfacher gewesen, Wut und Hass zu empfinden, aber in den ersten Tagen spürte ich nichts als Selbstmitleid und war sprachlos vor Verwirrung und Fassungslosigkeit. Wo einst mein Bauch gewesen war, befand sich ein großes, schmerzendes Loch. Sobald der Schock ein wenig nachgelassen hatte, tat ich, was wohl jeder in meiner Situation getan hätte. Ich versuchte, mit Justin in Kontakt zu treten.

Zuerst antwortete ich auf seine letzte E-Mail und bat ihn, mich anzurufen, damit wir miteinander reden und die Sache vernünftig klären könnten, aber er antwortete nicht. Als Nächstes rief ich die Handynummer an, von der er mir die SMS geschickt hatte. Wie erwartet landete ich sofort bei der Mailbox. Auch die nächsten Dutzend Male, die ich während der folgenden acht Stunden bei ihm anrief, ging nur die Mailbox dran. Am Ende hätte ich das Handy am liebsten auf dem Boden zerschmettert. Vor lauter Verzweiflung hinterließ ich schließlich sogar eine Nachricht. »Justin«, sagte ich und versuchte souverän zu klingen, obwohl ich das Beben in meiner Stimme als Vorboten der Panik erkannte, die in mir aufstieg. »Keine Ahnung, ob das überhaupt deine Nummer ist. Hör zu, ich weiß nicht, worum es hier eigentlich geht, aber können wir nicht einfach in Ruhe darüber sprechen? Ruf mich an, ja? Meine Nummer hast du ja offenbar. Also, ruf an.«

Zwei Tage lang hörte ich nichts. Dann traf eine SMS auf meinem Privathandy ein. Sie bestand nur aus zwei Wörtern: »Bezahl einfach. x.«

Das war alles. Keine Diskussion.

Wie *kann* er es wagen?, dachte ich wutentbrannt. Wie kann er es wagen, mich so zu behandeln? Damit kommt er mir nicht davon!

Am nächsten Tag ging ich in der Mittagspause zum Parkplatz und setzte mich ins Auto, damit mich niemand hörte. Dann rief ich bei der Redaktion von *Cool Cymru* an. Justin hatte mir erzählt, dass er den Artikel über das Watch-House geschrieben hatte und auch sonst viele Reisebeiträge verfasste. Die Nummer der Redaktion hatte ich online recherchiert. Ich meldete mich und sagte, dass ich mit Justin Reynolds sprechen wolle, ob man mir sagen könne, wie ich ihn am besten erreichte. Die Hotelbeschreibung, die er angeblich geschrieben hatte, lag vor mir auf dem Schoß.

Die Frau am Telefon antwortete, dass es keinen Mitarbeiter mit diesem Namen gebe und dass die Hotelkritiken von festangestellten Journalisten geschrieben würden. Den Artikel über das Watch-House habe ein gewisser Mr Donald Towers verfasst. Ich fragte die Dame, ob Mr Towers um die dreißig sei und dunkelblonde Haare habe. Enttäuscht ließ ich die Schultern hängen, als sie ihn als fünfundsechzigjährigen Herrn mit Glatze beschrieb. Aber ich riss mich zusammen und versuchte es als Nächstes bei der Reisebeilage der *Times*, einem weiteren Hotelführer und sogar bei der *Elle*, immer mit der gleichen Frage: ob ich mit Justin Reynolds sprechen könne. Die Antwort war überall dieselbe: »Sie müssen sich irren, tut mir leid.« Allmählich verlor ich jede Hoffnung.

Aber ich *musste* Justin einfach finden. Wenn ich persönlich mit ihm sprach, würde sich irgendwie eine Lösung ergeben, da war ich mir sicher. Er konnte doch nicht wirklich vorhaben, mich mit diesem Video zu erpressen! So etwas passierte in Filmen, aber doch nicht netten, anständigen Mädchen wie mir. Das hatte ich nicht verdient. Mein anfänglicher Schock war Selbstmitleid und schließlich Entrüstung gewichen. Ich war fest entschlossen, Justin aus seinem Versteck zu locken. Befeuert von meiner Empörung nahm ich die Verfolgung auf. Ich würde ihn aufspüren, wie auch immer.

Am nächsten Tag googelte ich den Namen »Justin Reynolds« und gab ihn anschließend bei Facebook und Twitter ein. Dass ich nicht früher auf diese Idee gekommen war! Ich selbst war nicht bei Facebook, weil ich den Reiz sozialer Netzwerke beim besten Willen nicht nachvollziehen konnte, aber ich kannte viele Leute, die wie besessen jede Einzelheit ihres täglichen Lebens posteten. Serian, die eine begeisterte Facebook-Nutzerin war und bereits über hundert »Freunde« hatte, hatte mir vor einiger Zeit dabei geholfen, einen Account einzurichten, damit ich die beruflichen Vorteile des Netzwerks nutzen konnte. Die Journalisten hatten Facebook vor Kurzem als unendliche Möglichkeiten bietende, bisher unerschlossene Informationsquelle erkannt, die sie nach persönlichen Hintergründen und pikanten Storys durchsuchten. Ohne den Umweg über die Polizeipressestelle kamen sie an O-Töne und Gerüchte, die sie für ihre Artikel verwenden konnten. Außerdem nutzten sie Facebook, um Fotos herunterzuladen oder an sentimentale Auslassungen über Verstorbene zu kommen, ohne den offiziellen Weg zu gehen und die Verwandtschaft um eine Stellungnahme zu bitten. (»Ich vermisse dich so! Jetzt bist du für immer im Himmel bei den Engeln!« und ähnliche Rührseligkeiten.) Aber als ich nun bei Facebook eine Suchanfrage nach »Justin Reynolds« startete, erhielt ich kein Ergebnis.

Also schlug ich einen anderen Weg ein. Im Internet fand ich eine große Agentur, die Ferienhäuser in Gower vermietete, und nachdem ich ein paar Dutzend Vorschaubilder durchgeklickt hatte, entdeckte ich tatsächlich das Strandhaus. Das Haus, in dem ich mit Justin die Nacht verbracht hatte, hieß Hope Cottage. Ich rief die Agentur an und fragte, ob der Kunde, der das Ferienhaus in der fraglichen Oktoberwoche gemietet hatte, seine Kontaktdaten hinterlassen habe. Ich hätte die Nummer, die mir Mr Reynolds gegeben hatte, nämlich leider verloren. Eine eifrige Dame erklärte mir, sie dürfe keine Kundendaten herausgeben, aber es müsse ohnehin ein Irrtum vorliegen, das fragliche Ferienhaus sei nämlich seit August nicht mehr vermietet worden, und damals habe eine vierköpfige Familie darin gewohnt.

Tja, das war es dann wohl, dachte ich verzweifelt und brach in Tränen aus.

Darüber war ich fast so schockiert wie darüber, dass es mir nicht gelungen war, Justin ausfindig zu machen. Ich war noch nie nah am Wasser gebaut gewesen und ganz sicher keine dieser Frauen, die beim Anblick eines Babys, das als Sonnenblume verkleidet in einem Blumentopf sitzt, oder eines niedlichen Hundewelpen mit Nikolausmütze sofort losflennen. Und jetzt lösten sich meine Selbstachtung und meine Würde in Tränen auf. Andererseits hatte ich beides vermutlich längst verloren, indem ich zugelassen hatte, dass Justin mich nackt und auf dem Rücken liegend auf ein Video bannte.

Ich ließ den Kopf auf die Schreibtischplatte sinken. Meine Brust war wie zugeschnürt vor lauter Verzweiflung über meine Machtlosigkeit. Ich spürte, wie mein Gesicht sich zu einer weinerlichen Grimasse verzog.

»Passiert das alles gerade wirklich?«, wimmerte ich, während Tränen und Speichel den Ärmel meiner Strickjacke durchweichten.

Vielleicht hat sich Justin nur einen schlechten Scherz erlaubt, versuchte ich vernünftig zu argumentieren. Einen zugegebenermaßen kranken und perversen Scherz, aber dennoch einen Scherz. Bestimmt rief er jeden Augenblick an und sagte lachend: »Du hast mir das echt abgenommen, oder? Na los, gib's zu!«

Falls es kein Scherz war, blieben mir nicht mehr viele Möglichkeiten. Vielleicht ließ er mich ja in Ruhe, sobald ich das Geld bezahlt hatte? Dass er seine Drohung wahrmachen und Dan das Video zeigen würde, falls ich *nicht* zahlte, war mir instinktiv klar.

Unglaublich, mit welch eiskaltem Kalkül er die E-Mails und Textnachrichten verfasst, wie geschickt er sie dosiert hatte. Er hatte sie mir über Tage hinweg eingeflößt, mich gequält und mir zu verstehen gegeben, dass er überall mit mir in Kontakt treten konnte – auf der Arbeit, zu Hause, auf meinem Handy. Das x am Ende seiner Aufforderung, die Summe zu zahlen, war die Parodie eines Kusses, eine kalkulierte Grausamkeit, ein höhnisches Grinsen in Form eines einzigen Buchstabens.

Aber wie hatte er das alles überhaupt geschafft? Wie war er an meine Kontaktdaten gekommen, während er selbst so schwierig aufzuspüren war? Ich hatte ihm nie meine berufliche E-Mail-Adresse und die Nummer meines Diensthandys gegeben, aber ich hatte ihm erzählt, dass ich bei der Polizei arbeitete. Und da er meinen Namen kannte, war es vermutlich nicht schwer gewesen, mich zu finden. Wie er es genau angestellt hatte, war jetzt nicht wichtig. Im Moment zählte nur, dass ich den Schaden so gut wie möglich begrenzte, und zwar schnell.

Am nächsten Tag ging ich zur Bank und hob 200 Pfund ab.

»Was mache ich mit dem Geld?«, schrieb ich per SMS.

Eine Woche verging.

»Das erfährst du in Kürze«, lautete die Antwort.

Ich wartete.

5.

Dan und ich waren spät dran. An diesem Abend war die Weihnachtsfeier unseres Polizeibezirks, die wie jedes Jahr bereits Anfang Dezember stattfand, weil Polizisten in der Weihnachtszeit meist mit anderen Dingen beschäftigt sind. Am Mittag hatte eine erneute Massenkarambolage die M4 drei Stunden lang lahmgelegt, und um sieben Uhr abends hatte ich endlich die letzte diesbezügliche Presseanfrage beantwortet und schlüpfte auf der Toilette eilig in eine Jeans und ein grünes Oberteil, das hoffentlich als festlich durchging. In meiner Handtasche warteten ein Paar schwarze, tränenförmige Ohrringe, die ich erst in letzter Minute anziehen wollte. Ich hatte sie mir selbst ausgesucht, als Geburtstagsgeschenk von Dan, der es fast nie zu Ladenöffnungszeiten in die Stadt schaffte. Die Ohrringe waren wunderschön, wogen aber eine Tonne.

Ich trug noch ein wenig schwarzen Eyeliner und einen Hauch Lippenstift auf und nahm mir vor, so zu tun, als wäre ich in Weihnachtsstimmung. Vielleicht gelang es mir so, mich selbst zu täuschen und mir weiszumachen, dass alles gut war, zumindest für diesen Abend.

Weihnachten war noch nie meine bevorzugte Periode des Jahres gewesen. Zwischen Dans Schichten und meinen Bereitschaftspflichten (unsere stark strapazierten Kollegen auf Streife wollten, dass wir vierundzwanzig Stunden am Tag erreichbar waren, auch an Heiligabend und am ersten Weihnachtsfeiertag) kam meist keine echte Feiertagsstimmung auf.

Lange bevor am letzten Freitag vor Weihnachten die Feiersaison eingeläutet wurde und es rundging auf den Straßen, ging Dan traditionell mit seinen Kollegen in einem der ruhigeren Pubs von Cardiff ein paar Bierchen trinken. Dann kam er gut gelaunt und zu Umarmungen aufgelegt nach Hause, um mit seinem nach Bier und Curry riechenden Atem auf dem Sofa einzuschlafen.

Ich hingegen ging zum alljährlichen Truthahn-Essen der Kommunikationsabteilung, wo meine Kollegen jedes Jahr aufs Neue über ihre Kinder jammerten und zu späterer Stunde auf der Toilette miteinander rummachten. Von diesen Nachmittagen kam ich regelmäßig beschwipst und gereizt zurück und schwor mir, dass ich garantiert das letzte Mal dabei gewesen war.

Wenn wir Glück hatten, schafften Dan und ich ein oder zwei Pubbesuche pro Weihnachtssaison. Dann trug ich ein neues Oberteil und flache Stiefel und einen Parka, damit »wir ohne zu frieren zu Fuß nach Hause gehen können, falls wir kein Taxi erwischen«, wie der stets praktisch veranlagte Dan erklärte. Und wenn wir noch mehr Glück hatten und uns der Gott des Dienstplans hold war, konnten wir entweder am ersten oder am zweiten Weihnachtsfeiertag zusammen zu Abend essen. Beides war uns nie vergönnt.

Außerdem ließ sich Dan jedes Jahr bei einer der Bezirks- oder Abschnitts-Weihnachtsfeiern blicken, wozu ich ihn mehr aus Pflichtgefühl als aus Begeisterung begleitete. Viel lieber wäre ich auf dem Sofa liegen geblieben, hätte alte Filmklassiker geschaut und dabei in streng rationierten kleinen Portionen eine Packung Orangenkekse mit Schokoladenüberzug gegessen. Stattdessen begleitete ich Dan und lächelte höflich und versuchte, einen guten Eindruck als »Lebensgefährtin« zu machen. So konnte wenigstens niemand behaupten, Dans Freundin aus der Pressestelle in der obersten Etage wäre eine eingebildete Tussi und zu hochnäsig, um sich unters »einfache Volk« zu mischen. Solchen Vorwürfen wurde man natürlich hauptsächlich durch Frauen ausgesetzt.

Es war jedes Jahr aufs Neue eine spannende Frage, welcher hochrangige Polizeibeamte diesmal ausflippte und einen spontanen Striptease auf der Tanzfläche hinlegte oder mit einer verheirateten Kollegin herumknutschte. Manchmal wurden schon im Vorfeld unter der Hand Wetten abgeschlossen.

Dan schien sich auf diesen Weihnachtsfeiern immer gut zu amüsieren, wahrscheinlich weil er überall beliebt war. Ständig kamen Kollegen zu ihm, um über Gott und die Welt zu plaudern, ihn um Rat zu fragen oder von ihren Problemen zu erzählen. Die einfachen Streifenpolizisten liebten ihn, weil er sachlich und geradlinig war und nichts von dem üblichen arroganten Gehabe der höhergestellten Beamten an den Tag legte. Und seine Vorgesetzten oder gleichrangigen Kollegen schätzten ihn, weil er neben den eben genannten Eigenschaften auch noch eloquent und unterhaltsam war und sie zuverlässig davon abhielt, sich auf der Tanzfläche das Hemd vom Leib zu reißen. Zumindest sorgte er hinterher dafür, dass alle Handyfotos von peinlichen Auftritten sofort gelöscht wurden.

Vor allem aber mochten ihn die Sekretärinnen und jungen Polizistinnen, weil er gut aussah, athletisch gebaut war und ihnen das Gefühl gab, dass er sich für ihre Befindlichkeiten und ihr Gerede interessierte. Mit aufgerissenen Augen und leicht geöffneten Lippen umkreisten sie ihn, als wären sie hypnotisierte Schlangen und er ihr Schlangenbeschwörer.

So war es schon seit jenem Abend gewesen, als Dan und ich noch studiert hatten und uns auf einer Weihnachtsparty kennengelernt hatten. Ich war im ersten Semester gewesen, frisch von der Schule, strahlend und naiv, arglos, unbefleckt, unerfahren.

Er hatte gerade seinen Magister in Sozialwissenschaften

und Politik gemacht und war vier Jahre älter als ich – ein gut aussehender junger Mann, der ruderte und joggte und die *Sunday Times* las.

Seine Joggingrunde führte an meinem Wohnheim vorbei, und er trug normalerweise enge rote Shorts, die bei den Mädchen der höheren Semester dreimal die Woche gegen 17 Uhr – sofern es nicht regnete – einen kleinen Aufruhr erregten.

Auch ich beobachtete ihn heimlich und träumte hin und wieder von ihm, hätte jedoch niemals den Mut aufgebracht, ihn anzusprechen. Er war groß und schlank, ein eleganter, geschmeidiger Läufer. Er faszinierte mich sehr, aber er war kein Junge mehr, sondern ein richtiger Mann. Das Mädchen, das noch in mir steckte, hatte bei aller Bewunderung auch ein wenig Angst vor seiner ungezwungenen Körperlichkeit, seiner kraftvollen Präsenz, die mühelos so viel Platz einzunehmen schien.

Und dann geschah bei der Weihnachtsparty des Uni-Sportvereins das Unfassbare: Er entschuldigte sich bei den beiden Mädchen an seiner Seite, einer nigerianischen Schönheit mit Modelmaßen und einer hübschen hennagefärbten Rothaarigen mit Nikolausmütze, und schlängelte sich zu der Ecke durch, in der ich saß, um mit *mir*, ausgerechnet mit mir, zu reden. Anfangs reagierte ich mit Verunsicherung, weil ich nicht verstand, warum er sich für mich interessierte, wo doch die wie geklont wirkenden weiblichen Sportskanonen aus reichem Hause mit ihren stählernen Bauchmuskeln und ihrer ausgelassenen Fröhlichkeit von Minute zu Minute spärlicher und aufreizender bekleidet waren. Das Hennamädchen und ihre nigerianische Freundin wussten gar nicht, wie ihnen geschah. Ich selbst war auch nicht gerade hässlich, aber eher unspektakulär, der Typ Indie-Girl mit Doc-Martens-Stiefeln und T-Shirt mit Band-Logo. Ich glaube, ich wirkte ein wenig unscheinbar und langweilig, obwohl ich weder eine Brille noch geblümte Röcke trug. Mich umwehte die Aura eines Mauerblümchens, aber vielleicht wartete dieses Blümchen nur darauf, dass man es goss und in die Sonne stellte, damit es seine wahre Pracht entfalten konnte.

Dan fragte mich, ob ich tanzen wolle. Seine Stimme war sanft, überhaupt nicht so laut und zackig, wie ich sie mir vorgestellt hatte. Seine Hand, mit der er meine umschloss, war schwer, aber es fühlte sich gut an. Ich genoss die neidischen Blicke sämtlicher Mädchen im Raum, als er den Arm um meine Taille legte. In diesem Moment, in dem ich mich in seinen Armen zur Musik bewegte, verschwamm die Welt um mich herum. Ich befand mich plötzlich an einem viel schöneren Ort, an dem ich am liebsten für immer geblieben wäre. Ich hätte sterben können in seinen Armen.

Kurz darauf verließen wir die Party und suchten uns eine ruhige Kneipe, in der wir uns unter einem funkelnden Weihnachtsbaum angeregt unterhielten, bis der Laden zumachte. Dan bat mich um eine Verabredung und schien tatsächlich Angst zu haben, dass ich Nein sagen könnte, denn er stellte die Frage beinahe schüchtern, als sei er an Zurückweisungen gewöhnt. Natürlich kam es überhaupt nicht infrage, dass ich ihn abblitzen ließ. Seit wir die Party verlassen hatten, hatte ich überlegt, wie ich möglichst lässig Ja sagen könnte, wenn er mich tatsächlich fragen sollte, aber ich hätte nie für möglich gehalten, dass es dazu kommen würde. Als er mich nun erwartungsvoll ansah, grinste ich nur dämlich und sagte: »Ja, gerne. Pasta klingt gut.«

Mit seinem roten Ford Fiesta und seiner dynamischen Oakley-Sonnenbrille war Dan den Jungen aus meiner Dorfschule um Längen voraus, was Glamour und Coolness anging. In der ländlichen Gegend, in der ich aufgewachsen war, lebten hauptsächlich gescheiterte Landwirte, Schweißer, Automechaniker, Kosmetikerinnen, Teenie-Mütter und Friseusen. Dagegen war nichts einzuwenden, aber für mich kam ein solches Leben nicht mehr infrage. Ich wollte so viel mehr.

Es ist nicht übertrieben, wenn ich sage, dass ich von unserer ersten Verabredung an Hals über Kopf in Dan verliebt war, in Dan mit seinen altmodischen Umgangsformen und seiner Bereitschaft, einmal im Monat sonntags bei meinen Eltern zu Mittag zu essen. Aber irgendetwas in mir blieb von Anfang an zögerlich. Meine Zurückhaltung beruhte auf der stillen Erkenntnis, dass wir eigentlich nicht viel gemeinsam hatten.

Dan stammte aus London, und seine Eltern waren schon lange tot. Er war bei einer älteren, beneidenswert wohlhabenden Großtante namens Alice aufgewachsen, die ganz vernarrt in ihn gewesen war, aber leider im Laufe seines ersten Studienjahrs verstorben war. Sie hatte den zehnjährigen Dan bei sich aufgenommen, nachdem dessen Mutter bei einem Autounfall ums Leben gekommen war, und ihm eingetrichtert, wie wichtig Bildung, Sparsamkeit und Fleiß waren. Auch die Überzeugung, dass es für einen starken Körper und Geist unerlässlich ist, regelmäßig Sport zu treiben, hatte er von ihr. Ich stellte sie mir vor wie Lady Bracknell aus *Ernst sein ist alles*, nur weichherziger und weniger versnobt. Ich war zuversichtlich, dass ich Gnade in ihren Augen gefunden hätte, wenn wir je das Vergnügen gehabt hätten, uns kennenzulernen. Sie wäre sicher ganz in Burberry oder Christian Dior gekleidet gewesen und hätte mir ein Stück Zitronenkuchen oder Scones mit Marmelade angeboten und dazu Earl Grey. Bestimmt hatte sie eine kleine Zange für die Zuckerstücke besessen.

Seinen Vater, den seine Tante offenbar abwechselnd als »hohes Tier« und als »Ekelpaket, wenn er getrunken hatte« beschrieb, hatte Dan nie kennengelernt. Gewisse, nicht näher erläuterte »unerfreuliche Umstände« hatten dazu geführt, dass Dans Mutter jeden Kontakt zu ihm abgebrochen hatte.

Wenig später war der Vater an Darmkrebs gestorben. Dan sprach nicht gern über seine Familie, was ich sehr schade fand. In meinen Ohren hörte sich das alles furchtbar interessant und romantisch an.

Ich selbst liebte meinen Vater sehr. Er arbeitete als Buchhalter für ein Unternehmen, das Kunststoffbehälter herstellte, und war der netteste und unbekümmertste Mensch auf dem Planeten. Meine Mutter, die zunächst mit Leib und Seele Hausfrau und Mutter war und dann Betreuerin an einer Grundschule wurde, liebte ich ebenso sehr, aber beider Biographien waren weder besonders spannend noch romantisch.

Nach dem Tod seiner Großtante erbte Dan ihr hübsches, dreistöckiges viktorianisches Häuschen in Chelsea, dessen Wert sich in der Zeit, in der er studierte, verdreifachte. Er verkaufte es und investierte die Kaufsumme klug, lebte sparsam und gab nur wenig Geld aus.

Ich hingegen war in einem gepflegten Reihenhaus nördlich von Pontypridd im südlichen Wales aufgewachsen, umgeben von gutmütigen, neugierigen Verwandten, die sich in alles einmischten. So etwas wie Intimsphäre gab es bei uns nicht, und auch Geld war nie da, obwohl meine Eltern hart arbeiteten und äußerst sparsam waren. Ausgeglichen wurde dies durch Weisheiten wie »Man muss dankbar sein für das, was man hat« und »Erst bis zehn zählen, dann sieht alles schon ganz anders aus«. Für meine Familie war es ganz normal, inmitten von ständiger Beredsamkeit zu leben, weil von morgens bis abends Verwandte ihre Nase ins Wohnzimmer, in die Küche oder in fremde Angelegenheiten steckten. Ich liebte meine Familie sehr, aber es war trotzdem nicht verwunderlich, dass ich mich nach Ruhe sehnte und einer guten Berufsausbildung, damit ich mir später ein größeres Haus mit mehr Rückzugsmöglichkeiten leisten konnte.

Unsere Familienurlaube verbrachten wir in einfachen Ferienwohnungen oder wackeligen Wohnwagen an den windgepeitschten Küsten von Wales oder Devon, wo sich nachmittags die ganze Familie am Strand versammelte, um Tee zu trinken, Kuchenrezepte auszutauschen und über Fußballergebnisse zu diskutieren.

Ich hingegen träumte von Südfrankreich und Rom im Frühling. Abends starrte ich sehnsüchtig auf den beleuchteten Globus, den mir meine Mutter auf mein Flehen hin zum zehnten Geburtstag geschenkt hatte, und drehte ihn zu den Orten, die ich in meinem Bilderatlas als sehenswerte Ziele ausgemacht hatte.

Wie hätte ich da nicht von Dan und seiner Geschichte fasziniert sein können? Er hatte eine bewegte Vergangenheit, kannte sich in London aus, hatte Kunstgalerien besucht und die Oper, war im Rahmen seines Politikstudiums in Berlin gewesen, hatte anlässlich eines Schüleraustauschs eine Woche in Mailand verbracht.

Er hörte sich aufmerksam und ernst meine feministischen Analysen der Romane von Virginia Woolf und Charlotte Brontë an und stellte anschließend zutreffende Fragen. Genau wie ich mochte er Filmklassiker und alte Sciencefiction-Filme, und zwar nicht nur *Star Wars*, wie alle großen Jungs, sondern die echten Klassiker aus den Fünfziger- und Sechzigerjahren, die seiner Ansicht nach die politische Paranoia dieser Zeit perfekt widerspiegelten. Und er schien Fußball aufrichtig zu hassen (ein unschätzbarer Bonus).

Er war über das aktuelle Zeitgeschehen im Bilde, durchschaute die Probleme, die im Nahen Osten immer wieder zu Konflikten führten, und kannte sich mit Militärgeschichte aus, einem Thema, das mich zwar interessierte, über das ich aber schlecht informiert war. Er hatte zu den verschiedensten Dingen eine Meinung und besaß eine selbstgenügsame, zupackende Mentalität. Und er hatte ein gutes Herz.

Aber ich war mir sicher, dass es nur eine Frage der Zeit war, bis ihn meine lernbegierige, gutmütige Gelassenheit langweilte und er sich ein Mädchen suchte, das hübscher und cooler und aufregender und kultivierter und selbstbewusster war als ich.

Erst als einige Monate vergangen waren und wir ein richtiges Paar wurden, ging mir auf, dass Dan tatsächlich nicht begehrte, was andere männliche Mittzwanziger an Frauen zu bewundern schienen – enge Oberteile und tiefe Ausschnitte, tonnenweise Lipgloss und kokettes, anhimmelndes Gekicher.

»Was willst du eigentlich mit mir, Dan?«, fragte ich anfangs noch hin und wieder und zeigte auf die vielen hübschen, sportlichen Mädchen, die ihm verführerische Blicke zuwarfen. »Du hättest jede Frau haben können.«

Er war völlig perplex und ärgerte sich darüber, dass ich so etwas auch nur fragen konnte.

»Was soll ich denn mit denen? Ich hasse diese oberflächlichen Barbies, die nur aus Dekolleté und Haaren bestehen. Du hingegen bist eine natürliche Schönheit. Außerdem bin ich sehr froh darüber, dass der IQ meiner Freundin höher ist als die Nummer, die in ihrem BH steht. Von dem Blödsinn, den diese schnatternden Hühner den ganzen Tag von sich geben, wird einem ja schwindelig. Die gucken Soaps im Fernsehen! Und unzuverlässig sind sie auch noch. Genau deshalb bin ich mit dir zusammen, Süße. Mit dir kann ich reden, weil dich Themen beschäftigen, die wirklich wichtig sind.« Dann legte er seinen vom Rudern gestählten Arm um mich und drückte mir einen Kuss in die Haare, woraufhin sich ein warmes Gefühl in mir breitmachte, das mich vom Scheitel bis zu den Zehenspitzen erfüllte.

Und dann änderte sich plötzlich alles, nachdem wir fast neun Jahre miteinander verbracht hatten, ohne das Verstreichen der Zeit so recht zu merken. WIR WÜRDEN HEIRATEN! Ich war eine gut bezahlte Pressereferentin, die ihre

Doc Martens und ihre Jeans längst gegen schicke Schuhe und Hosenanzüge eingetauscht hatte, und Dan war unaufhaltsam auf der Karriereleiter nach oben geklettert und durfte sich seit neuestem Inspector nennen. Wir wohnten in einem viktorianischen Reiheneckhaus in einer besseren Gegend der Stadt.

Aber eines hatte sich nicht verändert: Wenn wir gemeinsam eine Party besuchten, gab es immer noch stark geschminkte Schönheiten, die ihr Glück bei meinem Mann versuchten.

Kurz nach unserer Ankunft auf der Weihnachtsfeier, die in den Räumlichkeiten der North-Road-Arbeiterwohlfahrt stattfand, unterhielt sich Dan in einer Ecke mit dem Waffenbeauftragten des Bezirks, während eine junge Frau von der Spurensicherung danebenstand und ihn mit ihren falschen Wimpern bewundernd anklimperte. Es sah aus, als hätte sie zwei flatternde Schmetterlinge im Gesicht.

Er ignorierte sie geflissentlich und zwinkerte mir zu. Normalerweise hätte ich jetzt zumindest ein leises Verlangen unterdrückt, zu dieser »CSI Cardiff«-Tussi zu gehen und ihr die Klimper-Wimpern abzureißen, aber an diesem Abend konnte ich nur an Justin denken, während ich mit Serian an der Bar stand und an einem Glas Rotwein nippte. Warum hatte er noch keine Instruktionen geschickt, was ich mit dem Geld tun sollte? Und wenn endlich die nächste SMS kam, was würde dann darin stehen? Alle paar Minuten zog ich mein Handy aus der Tasche und guckte aufs Display, für den Fall, dass unbemerkt eine SMS eingetroffen war.

Unterdessen bestellte mir Serian einen Shot, obwohl ich gar keinen wollte, und dann auch noch ausgerechnet einen Sambuca! Aufgeregt erzählte sie mir von ihren Eroberungsplänen für den heutigen Abend. Ich mochte Serian, aber manchmal schien sie ihr Gehirn einfach auszuschalten. Sie war jünger als ich, erst zweiundzwanzig, und »so gut wie« mit einem gutmütigen Kerl namens Rees zusammen, der in der

Poststelle arbeitete und sie jeden Samstag zu Konzerten ins Studentenwerk mitnahm.

Allerdings hatte sie insgeheim ein Auge auf einen Detective Constable mit schickem Mercedes von der Cardiff-Central-Wache geworfen. Jetzt erzählte sie mir abwechselnd von Rees' Vorhaben, mit ihr nächsten Sommer zum Glastonbury-Festival zu fahren, und ihrer Sorge, dass Mr »Ich-bin-nicht-männlich-genug-und-brauche-daher-ein-schnelles-Auto« am heutigen Abend vielleicht gar nicht auftauchte. Und falls ja, sollte sie dann zu ihm gehen und ihn ansprechen? Oder war das zu offensichtlich?

Serian, die normalerweise in dezenter, bürotauglicher Kleidung von Top Shop bei der Arbeit erschien, hatte sich heute dem aufreizenden Weihnachtsfeier-Dresscode der meisten Frauen angepasst und ein Leopardenprint-Oberteil angezogen, das fast bis zum Bauchnabel geschlitzt war. Dazu hatte sie mehr Bräunungsspray aufgetragen als Katie Price und ihre schwarzen Haare, die sie sonst glatt und schlicht trug, mit Lockenstab und Haarspray zu einer steifen Ringellöckchen-Mähne frisiert. Zu allem Überfluss balancierte sie auch noch auf Plateauschuhen, die an eine Siebzigerjahre-Prostituierte erinnerten. Dass sie zu »offensichtlich« wirkte, war also ohnehin nicht mehr vermeidbar.

»Jetzt hör um Himmels willen endlich auf, mit deinem Handy rumzuspielen, Jen!«, beschwerte sie sich und leerte ihren Sambuca in einem Zug. »Also, soll ich jetzt versuchen, mit Wilkins zu flirten, oder nicht? Er hat definitiv keine feste Freundin, oder?«

»Zumindest behauptet Bodie das, und der ist das Liebesorakel des Bezirks«, antwortete ich.

»Orakel?«, fragte sie verwirrt. »Wie diese Dinger, die sie in Carmarthen bauen?«

»Nein, die heißen Korakel, Serian. Das sind kleine Boote

für Binnengewässer. Ach, egal. Ich meinte jedenfalls, dass Bodie über sämtliche Liebschaften Bescheid weiß.«

»Was, wenn er nicht kommt?«

»Das hier ist die Weihnachtsfeier seines Bezirks. Natürlich wird er kommen.«

Während Serian sich zu einem Mädchen aus der Buchhaltung umdrehte und mit ihr weiter über Männer plauderte, saß ich an der Bar und versuchte krampfhaft, nicht die Aufmerksamkeit des perversen Oliver zu erregen, der in der Nähe herumlungerte. Wenn man als weibliches Mitglied der nichtuniformierten Belegschaft ohne freizügiges Outfit und dick umrandete Panda-Augen bei einer Weihnachtsfeier aufkreuzt, macht man den Leuten irgendwie Angst, weil sie einen nicht einordnen können. Man gehört weder zu den Uniformierten, die die Drecksarbeit machen, noch zu den hohen Tieren, die glauben, sie wären unverzichtbar (bis sie betrunken sind und einem einreden wollen, dass sie eigentlich ganz normale Typen von nebenan sind, vor allem die Älteren).

Wenn der für organisiertes Verbrechen zuständige Superintendent beschwipst auf einen zutorkelt, in Stonewashed Jeans und mit einem Ohrstecker, der »Ich bin heute nicht im Dienst« schreit, kommt man sich ein bisschen so vor, als würde man in der Schuldisco von seinem Mathelehrer bedrängt, der mit »cooler« Jeansjacke zur »Aktuellen Hitparade« tanzt, um zu zeigen, wie glänzend er sich mit der Jugend versteht.

Glücklicherweise eilte mir Dan zu Hilfe. »Darf ich mir meine Freundin kurz ausborgen?«, fragte er genau in dem Moment, als Oliver neben meiner rechten Schulter angekommen war und den Mund aufmachte, um mich anzusprechen. Dan drückte mir ein Glas Wein in die Hand, und ich schob meinen Sambuca ein Stück die Theke hinunter. Irgendjemand würde sich schon darüber freuen. Zum Glück ließ sich Oliver bereitwillig von Serian ablenken, die auf die Tanzfläche trippelte und mit Begeisterung zu Beyoncés »Single Ladies« die Hüften schwang. Das vorne geschlitzte Leopardentop meisterte die Herausforderung nur ungenügend.

»Hör mal, Schatz, ich habe gerade mit Phil gesprochen, und er hat mir angeboten, für ihn die Leitung bei den Notfallübungen zu übernehmen, die im Laufe der nächsten Monate geplant sind«, erklärte Dan, während er mich in ein stilles Eckchen führte, in dem wir uns besser unterhalten konnten. Ich wusste, dass diese Notfallübungen, die dem Schutz der öffentlichen Sicherheit dienten und an denen auch die berittene Polizei und Sondereinsatztruppen teilnahmen, mehrmals im Jahr stattfanden. Als Nächstes sollte eine Grippe-Pandemie nachgestellt werden, und der Pressestelle fiel die Aufgabe zu, die »Bevölkerung zu beruhigen«, besorgniserregende Anzeichen für Absperrgitter und andere Maßnahmen zur »Regulierung von Menschenmassen« schönzureden und auf keinen Fall preiszugeben, welche Freizeitstätten und Bürogebäude zu improvisierten Leichenhallen umfunktioniert worden waren.

»Das ist eine tolle Chance für mich«, fuhr Dan eifrig fort. »Praktische Einsatzerfahrungen machen sich immer gut im Lebenslauf, und ich könnte ein bisschen Extrageld für unsere Hochzeit verdienen.«

»Und wann soll das Ganze stattfinden?«

»Das Vorbereitungswochenende ist für den fünfzehnten, sechzehnten Januar geplant, und am einundzwanzigsten Januar und am dritten März wird dann die Grippe-Pandemie nachgestellt.«

»Aber Dan! Am fünfzehnten Januar ist das Treffen mit der Hochzeitsplanerin, und am einundzwanzigsten wollten wir die Vorbesprechung mit dem Fotografen machen.«

»Echt? War das schon fest vereinbart? Das habe ich gar nicht mitgekriegt, tut mir leid.«

»Ich habe dich bestimmt hundert Mal gebeten, dir die Termine in den Kalender zu schreiben!« Wenn etwas nicht in meinem *und* seinem Terminkalender stand, kam es auch nicht zustande, das wusste ich aus Erfahrung. Bisher fand die Hochzeitsplanung offenbar nur in meinem Kalender statt.

Dan besaß immerhin den Anstand, ein zerknirschtes Gesicht zu machen. »Wir können die Termine doch sicher verlegen, oder? Die Übungen sind leider nicht verschiebbar, die stehen fest. Wir haben doch noch sechs Monate Zeit bis zur Hochzeit.«

»Lass mich bitte nicht hängen, Dan. Ich schaffe diesen ganzen Kram unmöglich alleine«, sagte ich vorwurfsvoll.

»Natürlich schafft meine tüchtige, wunderschöne Verlobte das. Multitasking ist doch dein zweiter Vorname! Außerdem hast du einen viel besseren Geschmack als ich.«

»Darum geht es doch gar nicht! Wir verbringen auch so schon kaum ein Wochenende miteinander, und jetzt willst du drei zusätzliche Wochenenden damit verbringen, Endzeitszenarien aufzuführen.«

»Ich weiß, Schatz. Aber es ist nun mal eine einzigartige Gelegenheit, Eindruck zu schinden und mich ins Gespräch zu bringen. Wenn ich jetzt Nein sage, fragen sie mich vielleicht nie wieder – du weißt doch, wie es läuft.«

»Es könnte ja so aussehen, als stündest du unter meiner Fuchtel, wenn du mit der Begründung absagst, du müsstest mit deiner Verlobten deine Hochzeit planen.«

»Das ist nicht der Grund, und das weißt du auch. Die Leitung dieser Übungen ist einfach eine riesige Chance für mich. Also, ist das okay für dich?«

»Ja, ich denke schon.« Was bringt es, mit ihm zu streiten, wenn er sich längst entschieden hat?, dachte ich. Wenn ich ehrlich war, hatte ich momentan ohnehin andere Sorgen.

»Als Wiedergutmachung musst du jetzt aber mit mir tanzen«, versuchte ich die Sache herunterzuspielen. »Es läuft nämlich gerade unser Lied.« *I Will Always Love You* von Whitney Houston war nicht wirklich unser Lied, aber als wir auf jener Weihnachtsparty vor neun Jahren zum ersten Mal miteinander getanzt hatten, hatte der DJ diesen Song aufgelegt, und wir hatten beide nicht zugeben wollen, dass wir ihn insgeheim hassten. Seither flachsten wir oft, dass wir eigentlich unseren Hochzeitstanz darauf tanzen müssten.

Dan weigerte sich rundheraus. »Nicht auf diesen Song, bitte. Und nicht hier, Jen. Du weißt, dass ich nicht gerne tanze.«

»Das war früher aber anders«, erwiderte ich scharf und war jetzt wirklich eingeschnappt. Es stimmte: Früher waren wir immer aufgestanden und zusammen auf die Tanzfläche gegangen, wenn ein langsamer Song gespielt wurde. Dann hatte er seine Hand auf meine Taille gelegt und die Finger der anderen Hand mit meinen verschränkt, um mich sanft an sich zu ziehen. Das letzte Mal lag allerdings so lange zurück, dass ich mich kaum noch daran erinnern konnte.

»Das ist definitiv nicht der richtige Ort dafür«, gab Dan zurück. An seinem entschiedenen Gesichtsausdruck erkannte ich, dass er sich nicht würde überreden lassen. »Ich muss jetzt noch mal kurz mit Phil und dem Sergeant reden und die Einzelheiten klären, aber ich bin gleich wieder bei dir, ja? Und dann gebe ich dir einen Cocktail aus.« Jetzt versuchte *er*, die Sache herunterzuspielen.

Wir waren beide bemüht, einen erneuten Streit unter allen Umständen zu vermeiden.

»Wir sind hier bei der Arbeiterwohlfahrt, Dan. Da ist ein Wodka mit Cola das höchste der Gefühle.«

»Glück gehabt, so komme ich billiger davon.« Er grinste und gab mir einen Kuss auf den Kopf, bevor er davonging.

Ich fischte mein Handy aus der Tasche und blickte mich nach Serian um. Stattdessen kam Bodie auf mich zu, der sich mit einem etwas zu engen T-Shirt und einer teuren, gut sitzenden Jeans sehr ansehnlich herausgeputzt hatte, wie ich zugeben musste.

»Lass mich raten? Dein Verlobter ist zu beschäftigt mit seiner Karriereplanung, um mit dir zu tanzen? Dann muss ich als direkter Untergebener natürlich einspringen.«

Ich wollte mich mit einer freundlichen Ausrede aus der Affäre ziehen und mir einen sicheren Beobachtungsposten außerhalb der Tanzfläche suchen, aber Bodie ließ sich nicht abwimmeln und nahm mir das Weinglas aus der Hand, um mich mit einer fließenden Bewegung auf die Tanzfläche zu ziehen. Es fällt schwer, sich zu wehren, wenn man von einem fast ein Meter neunzig großen, Proteinpulver-gestärkten Muskelberg entführt wird.

»Marc übernimmt die Führung, und schon sind alle Augen auf ihn und seine Partnerin gerichtet!«, rief er grinsend. Der Alkohol hatte ihn albern und fröhlich gemacht, und er war so zufrieden mit sich, dass auch ich lächeln musste. Überraschend koordiniert wirbelte er mich auf der Tanzfläche herum, während der DJ eine schmalzige Siebzigerjahre-Runde einläutete. Ich ließ mich mitreißen von Bodies guter Laune und wackelte zu *Mr Blue Sky* von ELO übertrieben mit den Hüften.

»Dieser Idiot hätte sich die Chance nicht entgehen lassen dürfen, mit der hübschesten Frau des Abends zu tanzen«, säuselte Bodie und legte seine Hand auf meine Hüfte.

Dan stand unterdessen neben dem mit Frischhaltefolie abgedeckten Buffet und lächelte mir zu, während er sich mit dem Superintendent unterhielt. Manchmal wünschte ich mir, dass auch Dan so etwas wie Eifersucht in sich entdeckte, zumal es nicht das erste Mal war, dass jemand bei einer Weihnachtsfeier mit mir flirtete. Natürlich wollte ich nicht, dass er auf uns zustürmte und rief: »Finger weg von meiner Freundin!« Das wäre peinlich gewesen, aber über ein kleines Stirnrunzeln ab und zu hätte ich mich sehr gefreut.

Bodies Hand glitt nun zu meiner Taille hinauf, um mich näher an ihn heranzuziehen. »Marc«, warnte ich und entfernte seine Hand mit einem geduldigen Lächeln.

»Pssst, nicht unterbrechen! Marcus Maximus wollte dir gerade ernsthaft seine Zuneigung gestehen«, fuhr er fort. »Du bist meine allerliebste Pressereferentin auf der ganzen Welt.«

Genau in diesem Moment vibrierte mein Handy, das von Bodies wilden Drehungen in meiner Jeanstasche nach oben gerutscht sein musste und nun klappernd auf den Boden fiel und zwischen Bodies Stiefel rutschte. Er bückte sich genau im selben Moment danach wie ich, und ich wich abrupt nach hinten aus, um eine Kollision unserer Köpfe zu vermeiden.

Bodie hielt sich das leuchtende Display vors Gesicht und konzentrierte sich mit seiner ganzen alkoholbedingten Kurzsichtigkeit auf die Worte, die er darauf las: »Steig morgen um 18 Uhr in den Zug nach Swansea«, las er laut vor. »Oh, wer ist *das* denn? Dein Lover?«, rief er mit gespieltem Entsetzen. »Ich habe also einen Nebenbuhler? Dieser Schuft! Den schlage ich k. o.! Wo steckt er?«

»Das reicht, du Draufgänger«, bremste ihn Jimmy, der hinter seinem Rücken aufgetaucht war. »Gib der netten Kollegin von der Pressestelle ihr Handy zurück und lass sie in Ruhe, bevor sie Beschwerde einlegt und ich dich verhaften muss.«

Ich brachte nur ein verkrampftes Grinsen zustande.

»Entschuldige bitte, Jen«, sagte Jimmy und drückte mir das Handy in die Hand, bevor er mir mit einer Handbewegung zu verstehen gab, dass Bodie ein paar Drinks zu viel intus hatte. Mit Nachdruck packte er seinen Kumpel bei den Schultern, um ihn wegzuschieben. »Auf geht's, *Sergeant* Bodie. Kleine Jungs müssen jetzt ins Bett.«

Bodie blickte zwischen Jimmy und dem Handy in meiner Hand hin und her und sah tatsächlich aus wie ein kleiner Junge, dem man sein Spielzeug weggenommen hat.

Jimmy grinste mich an. »Keine Sorge, ich bringe ihn sicher nach Hause.«

Ich tat so, als hätte er mich in letzter Sekunde vor größerem Ungemach gerettet, und verabschiedete mich mit einem dankbaren Winken.

Dann taumelte ich auf direktem Weg zu den Toiletten, winkte den drei Kolleginnen vom Empfang zu, die sich vor dem Spiegel ihren Eyeliner nachzogen, und stürzte in die nächste Kabine. Während mir das Herz bis zum Hals klopfte, las ich erneut die SMS.

»Steig morgen um 18 Uhr in den Zug nach Swansea. Letzter Waggon. Alleine.«

Eine Stunde später saßen Dan und ich auf dem Rücksitz eines Taxis und ließen uns durch die nächtlichen Straßen kutschieren. »Du sahst hübsch aus heute Abend, Jen. Ich war stolz auf dich«, sagte Dan, legte mir den Arm um die Schultern und küsste mich auf die Stirn.

Schade, dass du den ganzen Abend nicht mehr als zwei Minuten mit mir verbracht hast, obwohl ich nur dir zuliebe mitgekommen bin, dachte ich. Nicht einmal den versprochenen »Cocktail« hatte er mir ausgegeben.

Dennoch lehnte ich die Stirn gegen seinen Kopf. Ich war ein bisschen betrunken, und mir war schummrig. Im Taxi hing ein leichter Geruch nach Zigaretten und Erbrochenem. Dan hingegen war so gut wie nüchtern. Er trank nicht viel auf Arbeitsveranstaltungen.

»Hast du gesehen, wie sich manche Frauen aufgeführt haben?«, fragte er. »Und so etwas nennt sich Polizeibeamtinnen! Dabei müssten *sie* es doch eigentlich am besten wissen. Morgen kursieren sicher wieder die wildesten Geschichten … Bestimmt bricht mindestens eine Dame in Tränen aus und behauptet, jemand habe ihre Brüste begrapscht oder sei sonst irgendwie zu weit gegangen. Und das alles nur, weil sie sich partout nicht erklären kann, wie sie mit einem Mann, der nicht ihre bessere Hälfte ist, in einer Toilettenkabine gelandet ist.«

»Du redest ja nicht gerade nett von deinen Kolleginnen«, seufzte ich, auch wenn ich diesbezüglich ganz seiner Meinung war.

»Du hast doch selbst gesagt, dass Serian wie eine billige Nutte aussah.«

Das hatte ich tatsächlich gesagt, daher schwieg ich lieber.

Kurz darauf erhielt ich eine SMS von ihr, in der stand, dass sie mit dem Detective Constable in seinem protzigen Auto sitze und auf dem Weg zu ihm nach Hause sei.

»Pass auf dich auf«, schrieb ich zurück und bereute, dass ich selbst nicht besser aufgepasst hatte, als es darauf angekommen war.

Zum Glück hatte Dan am nächsten Tag Spätschicht, sodass ich nicht erklären musste, warum ich früher Feierabend machte und mit einem Umschlag voll Geld in einen Zug stieg.

Es regnete in Strömen, was mir sehr entgegenkam, weil die Leute mit tief ins Gesicht gezogenen Kapuzen und Regenschirmen durch die Straßen schlurften und mich hoffentlich nicht beachteten.

Ich hatte ganz vergessen, was für eine Tortur es war, abends von Cardiff nach Swansea zu fahren. Wie Vieh drängten die Pendler in den Zug, bevor er rumpelnd die walisische Hauptstadt hinter sich ließ und seinen Weg nach Westen fortsetzte, zum Endbahnhof Swansea. Der Sechsuhrzug kam aus London, und die Waggons waren feuchtwarm und rochen nach nassen Schirmen und klammer Wolle. Die Haare sämtlicher Passagiere kräuselten sich oder klebten an den Gesichtern. Da viele Fahrgäste in Cardiff ausgestiegen waren, war zumindest der letzte Wagen nur noch halb voll. Es waren hauptsächlich Geschäftsmänner im Business-Anzug, die hier mit Zombieähnlichen Gesichtern vor sich hin dämmerten. Nach ein oder zwei Haltebahnhöfen nickten sie ein und wippten im Rhythmus des Zuges mit den Köpfen.

Ab und zu wurde ihr holpriger Schlummer von einer schnatternden Schar Frauen unterbrochen, die ins Zentrum von Swansea wollten, um dort »so richtig einen draufzumachen«, und die sich bereits in den schillerndsten Farben ihre bierseligen Heldentaten ausmalten. Sie sahen alle gleich aus, hatten strähnige Haare, zu viel Eyeliner um die Augen und fahle Haut, die auch die fleckige falsche Bräune nicht übertünchen konnte. Gut gelaunt bahnten sie sich ihren Weg zu den freien Sitzen neben den dösenden Krawattenträgern und den verkniffenen Geschäftsfrauen, wobei sie eine Fahne aus ekelhaft billigem Apfelwein, Zigarettenrauch und Haarspray hinter sich herzogen.

Zum Glück saß ich neben einer alten Frau mit wachen Augen, die eine riesige Tüte Süßigkeiten auf dem Schoß hatte und einen hübschen taillierten Mantel in Hellgrau und einen dicken Schal in hellem Zitronengelb trug. Auf ihren blaugrauen Locken thronte ein gelbes Filzhütchen, das mit einer perlenbesetzten Nadel befestigt war. Im Gegensatz zu allen anderen Fahrgästen sah sie kein bisschen so aus, als wäre sie in den Regen gekommen. Mit ihrer kleinen Drahtgestellbrille las sie hochkonzentriert und vergnügt den Roman *Sie* von Stephen King.

Jedes Mal wenn wieder eine kichernde Horde Freundinnen an ihr vorbeiging, runzelte sie mit übertriebener Missbilligung die Stirn und schimpfte mit starkem walisischem Akzent: »Was für ordinäre Leute!« Oder: »Wirklich eine Schande, dass die Menschen heutzutage keine Manieren mehr haben!« Dabei machte sie sich nicht die Mühe, ihre Stimme zu senken.

Etwa zwei Stationen vor Swansea piepste mein Handy. In

der eingetroffenen SMS stand: »Geh im Waggon ganz nach hinten und stell dich neben die Toiletten.« Na also, dachte ich. War Justin irgendwo in der Nähe? Beobachtete er, wie ich seine SMS las und aufstand? Würde ich gleich sein Gesicht wiedersehen? Und wie würde ich auf ihn reagieren? Würde ich ihn beschimpfen oder ihn anflehen, würde ich ihm anstandslos den Umschlag überreichen oder ihn ihm um die Ohren hauen?

Mein Herz hämmerte wie verrückt gegen meinen Brustkorb, und ich atmete schwer. Nachdem ich mich schwankend an den Geschäftsmännern und Damengruppen vorbeigedrängt hatte, erreichte ich die Toiletten am Ende des Waggons und blieb wartend daneben stehen.

In diesem Moment erreichte mich eine weitere SMS: »Wenn der Zug den nächsten Bahnhof verlässt und dein Waggon am Ende des Bahnsteigs angekommen ist, wirfst du den gepolsterten Umschlag aus dem Fenster.«

»Wie bitte?«, fragte ich laut. Herr Jesus auf dem Fahrrad! Jetzt wurde es langsam albern!

»Herr Jesus auf dem Fahrrad!« war ein typischer Spruch meiner Mutter, den ich irgendwann um meinen zwölften Geburtstag herum von ihr übernommen hatte, genau wie ihre Abneigung gegen schmutzige Tassen, die im Wohnzimmer herumstanden, und Leute, die auf die Straße spuckten. Meine Mutter fluchte sonst nie (das ist reine Faulheit, Jen), aber diese skurrile Blasphemie erschien ihr offenbar akzeptabel.

Mir gefiel dieses Bild, gerade *weil* es so bizarr war. In meiner Vorstellung saß Jesus auf einem Bonanza-Rad aus den Siebzigerjahren und trat mit seinen Sandalen mühsam in die Pedale, während sich sein weißes Gewand hinter ihm im Wind bauschte. Meine derzeitige Situation war im Grunde genauso bizarr. Ich stand in einem Zug nach Swansea und war dabei, einen Umschlag mit erpresstem Geld in ein Gebüsch zu werfen. Als wir in den Bahnhof einfuhren, der nur aus einem kleinen, unbemannten Haltestellenhäuschen bestand, suchte ich mit Argusaugen den Bahnsteig ab, aber es stieg nur ein junges Pärchen aus, das sich sofort die Kapuzen überzog und sich dicht aneinandergeschmiegt gegen den Graupelschauer stemmte. Ein Auto wartete auf die beiden, dessen Scheinwerfer den Parkplatz beleuchteten. Ich konnte weder im Haltestellenhäuschen noch in einem der anderen geparkten Autos jemanden entdecken. Wo hatte sich Justin versteckt, um den Zug zu beobachten?

Der Moment war gekommen. Während ich den kleinen gepolsterten Umschlag aus dem Fenster warf, überlegte ich, dass Justin sich jetzt vermutlich ins Fäustchen lachte, wo auch immer er gerade steckte. Das Ganze war ein Spiel für ihn, und er hatte es wirklich clever eingefädelt.

Er hatte mir gar nicht erst die Gelegenheit gegeben, ihn zu konfrontieren. Da uns niemand zusammen im Zug gesehen hatte, konnte ich ihn hinterher auch nicht mit dem Geld in Verbindung bringen. An dem verlassenen Provinzbahnhof, den er ausgewählt hatte, konnte er völlig unbeobachtet den Umschlag an sich nehmen, zumal es hier offenbar keine Überwachungskameras gab. Zeit hatte er dafür genug, denn ich würde es niemals schnell genug vom nächsten Bahnhof zurück schaffen. Selbst wenn ich im Voraus jemanden informiert hätte, der mich im Zug begleitete – Dan oder ein anderer Kollege von der Polizei –, wäre derjenige vermutlich nicht rechtzeitig aus dem Zug zu der betreffenden Stelle gelangt, nicht im Dunkeln.

Durchnässt und durchgefroren kam ich eine Stunde später wieder zu Hause an, nachdem mein Zug auf dem Rückweg mit Verspätung in Cardiff Central Station eingetroffen war. Das Haus war still und leer, und ich ging lange vor Dans Rückkehr von der Spätschicht ins Bett. Das war auch gut so, denn ich wollte ihn nicht ansehen müssen oder seine Blicke auf meinem Gesicht spüren.

Zum Glück hatte ich es hinter mir. Das redete ich mir zumindest ein, während ich mich unter dem Federbett zusammenrollte und versuchte, meine kalten Füße und Hände aufzuwärmen. Es war vorbei.

Am nächsten Tag begegnete ich Bodie, der nach einem Tag Urlaub wieder zur Arbeit erschienen war, beim morgendlichen Meeting. Während wir die Ereignisse der letzten vierundzwanzig Stunden durchsprachen und die Aufgaben für den heutigen Tag verteilten, war er wieder ganz der übliche Sprücheklopfer. Sämtliche Kollegen redeten immer noch von der Weihnachtsfeier am Mittwoch und dem Ausmaß ihres Katers. Offenbar hatte es sich bereits auf der ganzen Wache herumgesprochen, dass Serian die Nacht mit ihrem Detective Constable verbracht hatte. Mir hatte sie natürlich persönlich in allen Einzelheiten davon erzählt, aber ich hatte eisern den Mund gehalten, was ich mir offenbar hätte sparen können. Bis auf den armen Rees, der in der Poststelle im Erdgeschoss nichts von den Gerüchten mitbekam, wussten alle Bescheid.

»Tut mir leid, wenn ich mich am Mittwoch danebenbenommen habe«, sagte Bodie kleinlaut, als wir nach Beendigung des Meetings nebeneinander den Raum verließen. »Ich war einfach gut drauf und hatte keinerlei Hintergedanken. Du bist doch nicht sauer, oder? Hast du Dan davon erzählt? Er ist so ein netter Kerl, und ich will nicht, dass er einen falschen Eindruck von mir bekommt. Und ich würde es auch sehr bedauern, wenn zwischen dir und mir in Zukunft schlechte Stimmung herrschen würde.«

»Ich habe nicht die geringste Ahnung, wovon du sprichst, Marc«, sagte ich augenzwinkernd. »Am Mittwoch war ich furchtbar betrunken und kann mich an nichts erinnern.« Ich tätschelte beruhigend seinen beeindruckenden Bizeps, woraufhin er mich dankbar anstrahlte und sanft meinen Arm drückte.

An diesem Nachmittag eilten Dan und ich zu unserem Termin im Standesamt, das in einem Seitenflügel des ehemaligen Rathauses untergebracht war. Das viktorianische Gebäude bestand aus schlichtem grauem Sandstein und hatte hohe, schmale Fenster. Eingeschüchtert von der förmlichen Atmosphäre stapften wir nebeneinander die Treppe hinauf. Sogar Dan wirkte beeindruckt von den Porträts der Stadtältesten im Empfangsbereich, die uns aus goldenen Rahmen streng anstarrten und Demut vor diesem mächtigen Gebäude einzufordern schienen.

Wir waren hier, um unsere Heiratsabsicht eintragen zu lassen. Mit diesem Schritt wurde es offiziell, das schien uns beiden bewusst zu sein. Nervös warteten wir darauf, dass die große Mahagonitür aufging und wir in das Allerheiligste vorgelassen wurden, um unser Anliegen vorzubringen.

Dan saß eingezwängt in seine Uniform da, zupfte in der stickigen Luft immer wieder an seiner Krawatte und gähnte hinter seiner vorgehaltenen Hand. Winzige Schweißperlen begannen sich an seinem Haaransatz und auf seiner Oberlippe zu bilden. Er sah aus wie der typische zur Hochzeit gezwungene Bräutigam, dabei war ich diejenige, die am liebsten die Flucht ergriffen hätte und hinaus auf die Straße gerannt wäre.

»Was müssen wir hier eigentlich genau erledigen?«, fragte mich Dan zum dritten Mal in den letzten vierundzwanzig Stunden.

»Nur unsere Heiratsabsicht erklären und Ort und Datum der Hochzeit angeben. Das habe ich dir doch schon erklärt. Nachdem wir alle Fragen beantwortet haben, wird unser Aufgebot veröffentlicht.«

»Aha. Man muss also wie in alten Zeiten offiziell ein Aufgebot bestellen?«

»Ja, aber das heißt nicht, dass jemand mit einer Glocke durch die Straßen läuft und unsere Hochzeit verkündet oder so was. Das Aufgebot wird nur irgendwo an ein Anschlagbrett gehängt, wo es jeder sehen kann. Guck, da drüben.« Ich zeigte auf die gegenüberliegende Wand, wo hinter einer Glasscheibe mehrere kleine Computerausdrucke hingen. »Chantelle Williams wird am 24. Juli 2010 die Ehe eingehen mit Shawn Jones, bla, bla, bla. Dann folgen die Geburtsdaten und so weiter. Du weißt doch mein Geburtsdatum, oder, Dan?«

»Natürlich.«

»Und dass ich im Landeskrankenhaus in Pontypridd geboren wurde?«

»Weiß ich auch.«

»Und dass der Mädchenname meiner Mutter Jenkins ist.«

»Genau. Meinst du, die stellen uns wirklich alle diese Fragen? Ich dachte, wir füllen einfach nur ein Formular aus.«

»Das auch, aber soviel ich weiß, geht man einzeln rein und wird zum jeweils anderen befragt. Ich glaube, damit sollen Scheinehen verhindert werden. Andererseits ist es ja wohl keine Zauberei, sich ein bisschen vorzubereiten, wenn man beispielsweise nur wegen des Aufenthaltsrechts heiraten will. Die Namen der Eltern brauchen sie, glaube ich, für die Heiratsurkunde und das Zivilstandsregister. Deine Eltern hießen Alice und John Collins, stimmt's?«

»Ja.«

»Und der Mädchenname deiner Mutter war Lancaster?«

»Nein. Selford.«

»Was? Aber du hast doch Lancaster gesagt!«

»Hab ich das? Wann?«

»Als ich dich danach gefragt habe.«

»Da habe ich wohl was durcheinandergebracht. Meine Mutter hieß Selford.« Er klang unsicher.

»Also ist das der Name, der in deiner Geburtsurkunde steht? Ich dachte, du wolltest noch einmal nachschauen.«

»Ja, aber ich konnte meine Urkunde nicht finden.«

»Ich hab dir aber gesagt, dass wir die Informationen brauchen. Wie kannst du vergessen haben, wie deine Mutter mit Mädchennamen hieß? Wir dürfen diesen Termin heute auf keinen Fall vermasseln. Die Bestellung des Aufgebots ist gesetzlich vorgeschrieben, das habe ich dir letztes Wochenende ausführlich erklärt. Du musst dir sicher sein, wie deine Eltern hießen.«

»Bin ich mir ja auch.«

»Also gut. Deinen Pass hast du hoffentlich dabei?«

»Hab ich doch schon im Auto gesagt. Ich bin kein Vollidiot, Jen.«

»Okay, ich wollte ja nur noch einmal nachfragen. Es wäre nämlich sehr ärgerlich, wenn ich versuchen müsste, einen neuen Termin zu bekommen, nur weil wir heute ein wichtiges Dokument nicht dabeihaben. Nachdem du schon den letzten Termin verschlafen hast, hat es einen Monat gedauert, bis ich einen neuen Termin ergattern konnte, der nicht mit deinen Schichten kollidiert.«

»Dafür habe ich mich doch schon entschuldigt. Außerdem habe ich ihn nicht verschlafen, sondern musste auf der Wache ausharren, weil der Unterhändler für die Waffenlieferung zu spät kam und ich nicht wegkonnte. Aber das wird schon klappen heute. Reine Routine. Wir füllen die nötigen Formulare aus, und das war's dann. Kein großes Problem.« Er gähnte wieder.

»Du hast recht«, sagte ich nach kurzem Zögern. »Hoffen wir, dass es schnell geht und wir bald nach Hause können, um etwas zu essen. Ich habe Lammkoteletts aufgetaut, die isst du doch so gerne.« Dan wurde immer unruhig, wenn er Hunger hatte, und heute war er seit halb sechs Uhr morgens auf den Beinen. Er drückte meine Hand, um mir zu verstehen zu geben, dass es ihm leidtat. Der Türsummer wurde betätigt, woraufhin die Standesbeamtin, eine grauhaarige Dame Mitte fünfzig, in der Mahagonitür erschien und uns mit Grabesmiene hereinwinkte.

Dan ging zuerst. Während ich dasaß, den tanzenden Staub beobachtete und einer Computertastatur lauschte, die ein paar Türen weiter klapperte, dachte ich: Jetzt wird es ernst. Wir erklären offiziell vor dem Gesetz unsere Heiratsabsicht.

Nach ein paar Minuten betrat ein junges Paar den Wartesaal. Das Mädchen war hochschwanger und der Junge schrecklich blass. Beide waren um die achtzehn und trugen Jogginganzüge. Nachdem sie mir gegenüber Platz genommen hatten, suchte das Mädchen meinen Blick, aber ich sah weg, weil ich zu müde für Smalltalk war. Es nützte nichts. Das Mädchen, das auf eine Art hübsch war, die schnell verbraucht wirkt, brannte geradezu darauf, sich mitzuteilen.

»Ganz schön unheimlich hier, oder?«, sagte sie, wirkte aber ganz und gar nicht so, als würde ihr das Gebäude Angst einflößen. »Ich bin ja so aufgeregt und kann es gar nicht mehr erwarten! Wann heiraten *Sie*?«

»Äh, im Juni«, antwortete ich und lächelte. »Und Sie?«

»So bald wie möglich. Na ja, wenn's geht, noch vor dem Baby.« Ihr Freund streichelte zärtlich ihren Bauch.

»Wann soll es denn kommen?«

»In zehn Wochen.«

»Es wird ein Junge. Der kleine Jayden«, sagte der Freund stolz.

»Brooklyn«, widersprach das Mädchen scherzhaft.

»Als ob!«, antwortete der Junge, worauf sich beide angrinsten.

»Nee, er heißt auf jeden Fall Jayden«, bestätigte das Mädchen. »Der Sohn von meiner Freundin Gemma heißt nämlich schon Brooklyn.«

Ich blickte auf die Uhr und lauschte auf das leise Murmeln von Dans Stimme, das durch die schwere Tür drang. Die dazugehörigen Fragen waren nicht zu hören. Ich überlegte, ob ich aufstehen, meine Handtasche nehmen und langsam hinaus auf die sonnenbeschienene Straße treten sollte. Ich hatte den Autoschlüssel in der Tasche. Ich konnte einsteigen, den Schlüssel drehen und losfahren. Wohin auch immer. Außer meiner Kreditkarte brauchte ich nichts. Wer wusste, wo ich sein würde, wenn die Dunkelheit sich sanft über das Land legte und die Luft immer kühler wurde?

Aber ich blieb natürlich sitzen, bis Dan mit erleichtertem Gesicht aus der Tür trat und ich an der Reihe war. Zwanzig Minuten später gingen wir nebeneinander zum Auto, nachdem die Standesbeamtin versichert hatte, dass wir die Bestätigung unseres Aufgebots per Post erhalten würden. Auf uns warteten Lammkoteletts und ewiges Eheglück.

6.

Im Handumdrehen war der zweite Weihnachtsfeiertag gekommen, und die besinnliche Jahreszeit lag fast hinter uns. Ich hatte nur drei Tage freibekommen und war fest entschlossen, sie bestmöglich zu nutzen, indem ich mich nur vom Sofa rührte, wenn es absolut nötig war. Dan hatte es sich im Wohnzimmersessel gemütlich gemacht und las *D-Day. Die Schlacht um die Normandie* von Antony Beevor. Er schätzte die militärhistorischen Texte von Antony Beevor sehr, weshalb ich ihm jedes Jahr, seit wir gemeinsam Weihnachten feierten, ein neues Buch von ihm schenkte. Auch dieses Jahr bildete keine Ausnahme. Dan hatte *Stalingrad* und *Berlin 1945. Das Ende* und *Paris nach der Befreiung* gelesen und auch sonst viele Werke von namhaften Historikern. Vor allem der Zweite Weltkrieg und Vietnam interessierten ihn, aber mittlerweile auch Irak und Afghanistan.

Ich fand geschichtliche Themen ebenfalls spannend, las aber auch über viele andere Themen, während Dans Lektüre sich ausschließlich auf historische Sachbücher und politische Analysen beschränkte. Anfangs hatte mich sein großes Interesse dafür beeindruckt, aber jetzt nervte es mich zusehends. Wenn ich ganz ehrlich war, misstraute ich Menschen, die nie Erzählliteratur lasen, weil ich sie einfach nicht verstand. Wenn ich keinen Roman neben dem Bett liegen und einen weiteren in der Handtasche hatte, geriet ich in Panik, ähnlich wie bei einem verlorenen Körperteil, dessen Abwesenheit noch lange schmerzt. Im gerade zu Ende gehenden Jahr war zeitgenössische Belletristik meine große Leidenschaft gewesen, aber ich hatte auch viele alte und moderne Klassiker gelesen. Eigentlich verschlang ich alles, bis auf anspruchslose Frauenliteratur (was ich wohl nicht begründen muss) und Krimis (es ist einfach witzlos, wenn man bei der Polizei arbeitet und dort täglich die echten Verbrechen mitbekommt).

Wenn ich nicht mindestens alle zwei Wochen im Buchladen vorbeischauen und schnell ein paar Bücher kaufen konnte, erlitt ich regelrechte Entzugserscheinungen. Schon als Kind hatte ich »meine Nase ständig in irgendein Buch gesteckt«, wie meine Mutter gerne erzählte. Das war durchaus wörtlich zu nehmen, denn für mich hatte der Reiz von Büchern immer schon mit ihrem Geruch zu tun gehabt, mit dem Gefühl des Papiers unter meinen Fingern. Der Geruch ist sozusagen der Vorbote und bietet einen Vorgeschmack auf das, was zwischen den Buchdeckeln steckt. Man saugt den Inhalt des Buches durch die Nase ein, nimmt sie in sich auf, die Verheißung der Seiten, die betörende Aussicht auf eine Welt, die nur darauf wartet, entdeckt zu werden.

Bevor ich anfing, mir meine Romane selbst zu kaufen, war Weihnachten für mich gleichbedeutend mit neuen Büchern. Jedes Jahr bestellte meine Mutter über den Zeitungskiosk im Dorf eine ganze Reihe von Jahreszeitschriften, Kinderbücher und Anthologien wie *Tausendundeine Nacht* oder *101 Gespenstergeschichten* für mich. Bei Mr Lewis konnte man ab Juni jede Woche einen kleinen Betrag abstottern, damit man im Dezember nicht alles auf einmal zahlen musste.

Am Weihnachtsmorgen konnte ich meine Aufregung meist gar nicht mehr zügeln, und wenn ich die Bücher endlich ausgepackt hatte, saß ich im Schneidersitz vor meinen Schätzen und fuhr mit den Fingern über die Titelblätter von Jahreszeitschriften wie *Twinkle*, *Mandy* oder *Girl*, über die Buchdeckel von *Grimms Märchen* oder illustrierten Historienklassikern für Kinder wie *Die drei Musketiere* oder *Lorna Doone*.

In meinen Lieblingsgeschichten ging es meist um blaublütige Kinder, die versehentlich nach der Geburt vertauscht worden waren und in der falschen Familie aufwuchsen. In meinen Tagträumen fantasierte ich oft davon, dass ich selbst ebenfalls der falschen Familie ausgehändigt worden war, weshalb nun jeden Moment meine echte Familie in einer goldenen Kutsche oder – mit zunehmendem Alter passte ich meine Fantasien ein wenig an – in einer lackschwarzen Limousine vorfahren konnte. Es würde natürlich für einigen Aufruhr in Pontypridd sorgen, wenn ein Lakai mit Federhut oder ein samtgekleideter Diener vor unserem Haus vom Kutschbock sprang. Voller Begeisterung würde ich mich in die Arme meiner leiblichen Mutter werfen, einer wunderschönen, würdevollen Dame, die zur italienischen oder vielleicht zur schwedischen Aristokratie gehörte.

Jetzt, wo ich erwachsen war, besaß Weihnachten natürlich nicht mehr dieselbe Faszination für mich, aber ich bekam immerhin drei Romane von meiner Mutter geschenkt, ein Nachschlagewerk zur Bildsprache des Jugendstils von meinem Vater und einen unerwartet reizvollen Bildband über die Malerei der italienischen Renaissance von Dan. Alle diese Bücher lagen ausgepackt am Fuß des Sofas, aber ich konnte mich nicht dazu aufraffen, sie zu lesen. Während Dan sich mit Antony Beevor an die Strände der Normandie begab, zappte ich mich durchs Fernsehprogramm und aß noch ein paar Paranüsse, wegen des Selens und der essenziellen Fettsäuren.

Dabei gab ich mir Mühe, den Stapel mit Hochzeitsmagazinen und Broschüren, der mich auffordernd vom Beistelltisch am Fenster aus ansah, keines Blickes zu würdigen. Schließlich wollte ich mich über die Feiertage entspannen.

Meine filmreife Geldübergabe aus dem Zug heraus war einen knappen Monat her, und ich hatte keine weiteren E-Mails oder Textnachrichten von Justin bekommen. Allmählich erwachte in mir die Hoffnung, dass ich diese demütigende Episode als abgeschlossenen Fall betrachten konnte, um im Polizeijargon zu bleiben. In den letzten Wochen hatte ich mit einem starren Lächeln auf dem Gesicht weitere Hochzeitsvorbereitungen getroffen, mögliche Menüs probegegessen und zusammen mit meiner Mutter einen Chocolatier aufgesucht, um kleine Gastgeschenke aus Schokolade zu bestellen.

Inzwischen war es fünf Uhr nachmittags an diesem verregneten 26. Dezember, und meine größte Sorge bestand darin, den Besuch meiner Eltern zu überstehen, die sich zu einem frühen Abendessen mit Truthahnsandwiches angekündigt hatten. Außerdem hatte ich einen Trivial-Pursuit-Titel zu verteidigen. Ich war fünf Jahre lang in Folge die Erste gewesen, die alle kleinen bunten Plastikecken beisammenhatte, aber meine Mutter hatte mir verraten, dass mein Vater heimlich gepaukt hatte, um mich in diesem Jahr herauszufordern. Er nahm Gesellschaftsspiele immer furchtbar ernst. Seit ich acht oder neun Jahre alt war, hörte die Welt zweimal die Woche für eine halbe Stunde auf, sich zu drehen, weil dann Quizsendungen im Fernsehen kamen, die er und ich gebannt vom Sofa aus verfolgten.

Aus heutiger Sicht kam es mir eigenartig vor, dass auch für mich einmal wichtig gewesen war, ob ich ein Spiel gewann oder nicht.

Als mein Telefon piepste, dachte ich zunächst, es wäre meine Mutter, die uns mitteilte, dass sie bei Onkel Owen unter einer Lawine aus Weihnachtsplätzchen und Obstkuchen begraben lägen und daher später kommen würden. Aber dann erkannte ich die Nummer auf dem Display.

In der SMS stand: »Deine Weihnachtsspende war hochwillkommen. Im neuen Jahr wird eine weitere fällig. Ich melde mich.« Vierzehn Wörter, die meine ganze Welt zum Einsturz brachten. Oder die Tür zu einer neuen, düsteren Welt öffneten.

Eine Welle der Übelkeit überkam mich, und dann erklang auch noch das Dingdong der Türklingel. Ich hörte, wie meine Mutter lautstark »Fröhliche Weihnachten!« durch den Briefkasten posaunte. Aus jeder Silbe war die Festtagsstimmung überdeutlich herauszuhören.

Lieber Gott, ich schaffe das jetzt nicht. Nicht jetzt!, schrie ich innerlich, so heftig, dass ich Angst hatte, meine Augäpfel würden platzen. *Das hier ist mein Zuhause, und es ist Weihnachten!* Dan riss sich langsam von den blutgetränkten Stränden der Normandie und der weichen Umklammerung des Sessels los und klappte mit gespieltem Ernst sein Buch zu. »Also, auf in die Schlacht«, sagte er grinsend. »Bist du bereit fürs Gefecht? Meine kleine Intelligenzbestie hat schließlich einen Titel zu verteidigen.«

»Dan«, platzte es aus mir heraus. »Da ist etwas … Ich meine, ich weiß nicht, ob ich …«

»Schon gut, Schatz«, beschwichtigte er und beugte sich zu mir herunter, um mir wie einem Hundewelpen den Kopf zu tätscheln. »Das wird schon. Setz dich nicht unter Druck, es ist nur ein Spiel.«

»Darum geht es doch gar nicht! Scheiß auf Trivial Pursuit! Es geht um …« *Sag es ihm nicht, sag es ihm nicht, sag am besten gar nichts. Das schaffst du alleine, sei kein Feigling*, befahl die Stimme in meinem Kopf.

»He«, sagte Dan sanft und zog mich auf die Füße. »Mach dir keine Sorgen wegen deiner Mutter. Ich mache sie genau wie letztes Jahr mit Martini Rosso gefügig. Du wirst sehen, sie ist ganz brav.« Er umarmte mich so fest, dass ich mir vorkam wie in einer Schraubzwinge. Seine harten Muskeln und sein

Geruch nach Duschgel fügten sich zu einem beruhigenden Schutzwall zusammen.

»Ich liebe dich, Dan«, brachte ich mühsam hervor. Mach, dass es wieder gut wird, flehte ich stumm, nur dieses eine Mal. Mach, dass es aufhört.

»Noch einmal stürmt, noch einmal, liebe Freunde!«, rief er theatralisch und ließ mich los, um mutig zur Tür zu stolzieren. »Shakespeare. Siehst du? Ich bin nicht nur ein dummer, ungebildeter Polizist.«

»Ich muss kurz meine E-Mails checken«, murmelte ich.

»Jetzt?«, fragte er ungläubig und leicht verärgert.

»Bin sofort wieder da.«

Und tatsächlich: Als ich mich in meinen E-Mail-Account einloggte, wartete dort ein neues Video. Es war dieselbe Filmsequenz wie vorher, aber diesmal war mein Gesicht zu sehen, ein wenig verschwommen zwar, aber für jeden identifizierbar, der mich kannte. Mit wachsendem Ekel starrte ich die Aufnahmen an, wie hypnotisiert von meinem Mund, der sich in rhythmischen, an einen Fisch erinnernden Stöhnlauten öffnete und schloss, während meine wilde Leidenschaft sich dem Höhepunkt näherte.

»Willst du diese oscarreife Darbietung im Internet sehen? Auf der Website der Polizei von Cardiff? Willst du berühmt werden?«, stand in der E-Mail. »Nein? Dann fahr auf der A436 Richtung Flughafen. 15. Januar.«

Flughafen? Ich vernahm ein halb ersticktes, schnaubendes Lachen und merkte, dass es aus meinem Mund gekommen war. Ich sollte zum Flughafen fahren? O Gott! Was würde er diesmal von mir verlangen? Dass ich eine Maschine charterte und den Umschlag über den Sanddünen von Ogmore-by-Sea fallen ließ? Dass ich ihn mit einem kleinen Fallschirm auf das Deck eines wartenden Schiffes abwarf, auf das der Wintermond schien? Hysterie ergriff von mir Besitz und meine

Lippen verzogen sich zu einem starren Grinsen, das meine Zähne entblößte. Es war offensichtlich, dass das Spiel gerade erst begonnen hatte.

Unten hörte ich, wie meine Mutter Dan abknutschte und ihn mit ihren Umarmungen fast strangulierte. Dann klirrten Gläser, und eine Flasche wurde geöffnet.

»Wo ist eigentlich mein Töchterlein?«, rief meine Mutter schallend aus dem Wohnzimmer. »Du kannst doch nicht den ganzen Nachmittag im Schlafzimmer herumsitzen! Wir haben dir und deinem Göttergatten noch mehr Geschenke mitgebracht! Außerdem wollte ich dir ein paar Sachen für die Hochzeit zeigen.«

Für die Hochzeit. O Gott.

Eilig fuhr ich den Laptop herunter. Sekunden später platzte meine Mutter ins Schlafzimmer. Die Pailletten auf ihrem schicken roten Weihnachtsjäckchen funkelten, während sie in der einen Hand ein Bündel Zeitschriften und Kataloge schwenkte und mich mit dem freien Arm umschlang und fast erwürgte.

»Hier … das musst du dir angucken, Jen«, sagte sie und sprühte nur so vor Begeisterung. Sie war von Kopf bis Fuß auf Weihnachten eingestellt, von ihrem ordentlich frisierten grau werdenden Haar bis zu den flachen Pumps. Aufgeregt zeigte sie auf zwei Hochglanzmagazine: »In dem hier sind Kleider, und in diesem Dessous. Die haben auch entzückende Sachen für Brautmütter! Vielleicht ziehe ich so einen Feder-Kopfschmuck an, das wirkt viel weniger plump als ein Hut. Ich habe dir einen Knick in die Seite mit diesen süßen Bustier-Dingern und figurformenden Korsetts gemacht, siehst du? Vielleicht willst du ja sogar Strumpfbänder anziehen?«

Ein Korsett? Strumpfbänder? Bist du jetzt vollkommen verrückt geworden?, hätte ich sie am liebsten gefragt. Verkaufen diese Hochzeitszeitschriften jetzt etwa auch Karnevalskostüme? Spiele ich in der Hochzeitsversion von Moulin Rouge mit? In mir stiegen plötzlich Erinnerungen an den Junggesellinnenabschied einer befreundeten Polizistin auf, die es wahnsinnig lustig und überhaupt kein bisschen nuttig fand, Moulin Rouge als Motto auszugeben und in Netzstrumpfhosen, Push-up-BH und Rüschenhöschen durch die Pubs von Cardiff zu ziehen. Um mich dem Motto wenigstens einigermaßen anzupassen, war ich als Conférencier erschienen, im Dreiteiler mit Fliege und Zylinder.

»Findest du nicht, dass du das Thema verfehlt hast, Jen?«, hatte mich Allyson, die zukünftige Braut, gefragt, während sie mit wackelnden Brüsten auf den Knien eines geistig minderbemittelten Muskelprotzes herumgehüpft war, den sie im Wetherspoons-Pub aufgerissen hatte.

An ihrem Kleid war ein Plastikpenis befestigt gewesen, und auf dem Rücken hatte sie ein Schild mit der Aufschrift »Ich übe noch« getragen. »Du bist immer so ernst«, hatte sie mir vorgeworfen. »Amüsier dich doch ein bisschen und mach dich locker, sonst halten dich die Leute noch für eine Lesbe!«

Als nun meine Mutter im selben Atemzug vom Heiraten und von weißen Seidenstrümpfen schwärmte, reichte es mir.

»Seidenstrümpfe? Strumpfbänder? Wird das eine Hochzeit oder ein verdammtes Cabaret?«, rief ich. »Soll ich etwa auch noch Cancan tanzen? Ich bin eine Braut und kein verfluchtes Callgirl! Es wäre wirklich schön, wenn wir mal einen Tag *nicht* über diesen ganzen Hochzeitsquatsch reden könnten! Herr Jesus auf dem Fahrrad, gibt es denn keine anderen Themen mehr?!«

»Gut, ganz, wie du willst, Fräulein Griesgram«, antwortete meine Mutter leichthin. »Ich dachte nur, dass dir vielleicht etwas Weibliches vorschwebt, weil eine Hochzeit schließlich ein ganz besonderes Ereignis ist. Ich lege dir die Kataloge unten hin. Tante Annie hat übrigens angeboten, die Hochzeitstorte zu backen. Und wenn du Zeit hast, die Sache mit den

Gästefotos und dem Hochzeitsvideo zu besprechen, lass es mich wissen. Ein Freund von Onkel Owen arbeitet neuerdings als Hochzeitsfotograf und würde dir bestimmt einen guten Preis machen.«

Hochzeitsvideo? Kein Bedarf, dachte ich. Ich habe hier bereits ein hübsches, neunzigsekündiges Video-Highlight, das dir und den anderen Gästen bestimmt wahnsinnig gut gefallen würde.

Ich brach plötzlich in Tränen aus, zum zweiten Mal innerhalb kurzer Zeit.

»Ach je, Jen, was ist denn nur los mit dir?«, fragte meine Mutter gutmütig. »Man bekommt ja fast den Eindruck, dass du überhaupt nicht heiraten *willst*.«

Sie tätschelte mir die Schulter (warum tätschelten meine Mitmenschen mich plötzlich, als wäre ich ein Pudel?) und strahlte Dan an, der mit einem Martini Rosso in der Tür stand. Heute war der einzige Tag im Jahr, an dem meine Mutter sich mehr als ein Glas Alkohol gönnte, und er würde dafür sorgen, dass sie es voll auskostete.

»Ich glaube, deine Verlobte braucht ein bisschen Zuwendung, lieber Schwiegersohn«, sagte sie, und wie immer genügte sein Anblick, um sie zum Strahlen zu bringen. »Sie ist ein bisschen überempfindlich wegen der Hochzeit«, flüsterte sie laut, während ich heulend dasaß und unter Schluchzern die Worte hervorstieß: »Kann ich bitte einen großen Jack Daniel's haben?«

»Seit wann trinkst du Jack Daniel's?«, fragte Dan überrascht.

»Schon seit wir uns kennen.«

Mein Vater gewann an diesem Tag unsere Trivial-Pursuit-Partie.

7.

Es war der 28. Dezember. Doyle, Detective Inspector Harden und Laura von der Staatsanwaltschaft saßen, umgeben von Farbtöpfen und abgedeckten Stühlen, auf Schreibtischen und brachten sich gegenseitig auf den neusten Stand, was den Voyeurismus-Prozess betraf, der am kommenden Dienstag begann. Ich hatte bereits die Pressemeldung verfasst, die im Voraus abgesegnet werden sollte, damit wir bei Prozessbeginn für die unvermeidlichen Anfragen gerüstet waren.

Mr und Mrs Taylor hatten sich im Februar des vergangenen Jahres bei der Polizei gemeldet, nachdem sie entdeckt hatten, dass ihr Elektriker eine versteckte Kamera in dem Rauchmelder direkt über dem Ehebett installiert hatte, mit dessen Anbringung er von ihnen beauftragt worden war. Er hatte die »ehelichen Aktivitäten« des Paars fast ein Jahr lang gefilmt und sich die Aufnahmen mittels eines kleinen Senders an seinen privaten Computer übermitteln lassen. Der Mann war nicht nur der Elektriker von Mr und Mrs Taylor, sondern auch ihr bester Freund, den sie seit zehn Jahren kannten.

Herausgefunden hatten sie das Ganze durch Zufall, als Mr Taylor einen Appell der Feuerwehr im Fernsehen gesehen und daraufhin seinen Rauchmelder getestet hatte, nur um verdutzt festzustellen, dass dieser überhaupt nicht funktionierte.

Rowan hatte die Aufnahmen »für seine eigene Befriedigung« verwendet und vermutlich auch ein paar ausgewählte Filmchen per E-Mail an enge Freunde versandt. Die Taylors, ein wohlhabendes und recht zurückgezogen lebendes Paar Anfang dreißig, waren natürlich zutiefst beschämt. Der Gerichtstermin wurde auf den 3. Januar festgelegt. Laura ging davon aus, dass sich Rowan schuldig bekennen und den Taylors eine Aussage vor dem Richter und den Geschworenen und eine Vorlage der Beweismittel ersparen würde.

Ich hatte den Eheleuten Taylor dringend geraten, sich vom Gerichtsgebäude fernzuhalten. Als Opfer eines Sexualverbrechens genossen sie zwar volle Anonymität, aber die Reporter wussten dennoch, wer sie waren, und würden sie bedrängen, um Reaktionen und Kommentare von ihnen zu bekommen. Vielleicht würden sie sogar versuchen, die beiden zu einem »sensibel formulierten« Artikel über ihr »Martyrium« und »ihr missbrauchtes Vertrauen« zu überreden, bei dem sie selbstverständlich nur hinter einer Schattenwand fotografiert oder gefilmt würden, um ihre Identität zu schützen.

Auch Jack NewsBeatWales hatte natürlich Wind von dem Fall bekommen und versuchte bereits, ein Interview abzustauben. Die Pressemitteilung, die ich vorbereitet hatte, besagte, dass es keine Kommentare geben würde.

»Die Sache wird überall die Runde machen, nicht wahr?«, fragte Mrs Taylor, als ich sie und ihren Mann auf das Medieninteresse vorbereitete, das auf sie einstürmen würde, und ihnen Tipps gab, wie sie es möglichst klein halten konnten. »Die Leute werden erfahren, dass wir das sind, die Leute im Gericht, die Anwälte. Unsere Nachbarn werden es erfahren, unser ganzes Umfeld. So etwas spricht sich herum. Alle werden es wissen. Sie können sich nicht vorstellen, wie furchtbar es ist, wenn so etwas Privates und Intimes … Wir dachten, er wäre unser Freund, dabei hat er die ganze Zeit … Ihre Kollegen waren wirklich wunderbar. Detective Ryan und Detective Williams haben uns so freundlich und rücksichtsvoll behandelt. Aber es ist alles so demütigend!«

Sie tat mir unendlich leid, wie sie blass und weinend vor mir saß und von ihrem finster vor sich hin starrenden Mann getröstet wurde. Aber natürlich dachte ich auch an mich selbst und daran, wie ich verhindern konnte, dass ich in dieselbe missliche Lage geriet und die ganze Welt mein pornographisches Debüt zu sehen bekam.

Ich war immer schon der Ansicht gewesen, dass Pornographie in den Beziehungen der Menschen eine seltsame Rolle spielt. Manche tun so, als gäbe es sie überhaupt nicht, andere sehen sich in den eigenen vier Wänden Pornos an und reden nicht darüber, und wieder andere drehen eigene Home Videos und zeigen sie sogar ihren Freunden. Ich selbst war nur ein einziges Mal mit Pornographie in Berührung gekommen, bevor ich zur Polizei kam, und zwar kurz nachdem Dan und ich zusammengezogen waren und uns endlich einen Internetanschluss zugelegt hatten.

Dan nahm die für uns neue Technik mit Begeisterung an, und immer wenn ich meinen Kopf ins Arbeitszimmer steckte, um zu fragen, ob er auch eine Tasse Tee wolle oder ein Sandwich zum Abendessen, guckte er sich gerade Polizeizubehör an oder las Forschungsberichte. Aber eines Tages klickte ich auf seinen Suchverlauf bei Google, woraufhin die zuletzt besuchten Seiten angezeigt wurden. Unter »Mountainbike Mania« und »Sportschuh-Lager« las ich dort »Heiße Girls von nebenan« und »Babes mit großen Brüsten«. Damals hatte er noch nicht herausgefunden, wie man den Suchverlauf löscht.

Anfangs war ich unsicher und wusste nicht, wie ich reagieren sollte. Eigentlich hatte ich ja nur »versehentlich« auf seinen Suchverlauf geklickt. Na gut, ich hatte ein bisschen herumgeschnüffelt, weil ich wissen wollte, was er so im Internet trieb. Einerseits war ich schockiert und verärgert, andererseits hatte ich ein schlechtes Gewissen, weil ich Dan hinterherspioniert hatte. Menschen, die an Türen lauschen, kriegen selten Gutes über sich zu hören, pflegte meine Mutter zu sagen.

Aber meine Neugier war geweckt. Ich rief die Seite »Girls von nebenan« auf und entdeckte dort zu meiner Erleichterung nichts, was aus dem Rahmen des Üblichen fiel, oder aus dem, was ich mir darunter vorstellte. Es gab keine sadomasochistischen Vergewaltigungsfantasien zu sehen oder Sexualpartner, die sich gegenseitig anpinkelten. Eigentlich waren es ziemlich banale Filmchen, auf denen Männer zu sehen waren, die junge, aber nicht *zu* junge Frauen mit Schmollmündern, die Slips mit Aussparungen und halterlose Strümpfe trugen, von vorne oder von hinten nahmen. Anfangs schoss mir das Blut in den Kopf, aber dann stellte sich das Ganze als unerwartet informativ heraus. Ich hatte beispielsweise nicht gewusst, dass so etwas wie eine »Double Penetration« überhaupt möglich war.

Die Website »Babes mit großen Brüsten« hielt, was ihr Name versprach, und ich stellte mit Erstaunen fest, dass sich hier angeblich *echte* Frauen *von nebenan* präsentierten, die zu Hause vor ihren Webcams saßen. *Die sind nicht einmal besonders hübsch!*, dachte ich. *Ich bin zum Beispiel viel schlanker als die da (auch wenn ich keine so großen Titten habe). Was ist, wenn eure Väter oder der Milchmann euch im Internet sehen?*

Ich war erleichtert, dass Dan keine heimlichen perversen Vorlieben zu haben schien. Er war ein dynamischer, aber konservativer und rücksichtsvoller Liebhaber und hatte noch nie von mir verlangt, dass ich mich als Krankenschwester oder Callgirl verkleidete. Noch nicht einmal Handschellenspielchen hatte er mit mir gemacht, was angesichts seines Berufs und der freien Verfügbarkeit von Handschellen wirklich erstaunlich war.

Nachdem ich meinen Schock über meinen Fund verdaut hatte, beschloss ich, ihn nicht darauf anzusprechen, denn dann hätte ich zugeben müssen, dass ich seine Suchanfragen kontrolliert hatte, und eine Frau, die so etwas tat, las bald auch heimlich die E-Mails ihres Partners und durchsuchte jeden Abend sein Handy. Es waren schon ernstere Vergehen nötig als der gelegentliche Aufruf einer Pornoseite, damit ich mich derart erniedrigte. Das machen alle Männer, redete ich mir ein. Ich hätte es zwar besser gefunden, wenn ihn unser Sexualleben so befriedigt hätte, dass er so was nicht brauchte, aber es war wohl das Vernünftigste, einfach darüber hinwegzusehen.

In meiner jetzigen Situation fragte ich mich zum ersten Mal, ob auch Dan manchmal »versehentlich« auf meinen Suchverlauf oder mein Mailprogramm klickte. Wie würde er reagieren, wenn er das Video entdeckte? Oder Justins Nachrichten? Oder noch schlimmer: Was, wenn Justin seine Drohung wahrmachte und ihm das Video direkt schickte oder es sogar veröffentlichte – auf der Polizei-Website oder in einem sozialen Netzwerk oder einem Chatroom?

Was, wenn Dan auf irgendeinem Porno-Äquivalent von YouToube über mein Video stolperte und dachte: Hm, diese Blinddarm-Narbe da kommt mir irgendwie bekannt vor? Wie sollte ich ihm das erklären? Zumal das, was Justin und ich auf dem Video trieben, deutlich schmutziger und animalischer aussah als alles, was ich je mit Dan gemacht hatte.

Im Gegensatz zu den Taylors, die wenigstens noch ihre moralische Überlegenheit hatten, war ich kein unschuldiges Opfer. Die beiden waren ein eher untypischer Fall, weil sie nicht die geringste Ahnung von der Existenz der Kamera gehabt hatten. Dass Rowan der Schuldige war, lag klar auf der Hand. In den meisten Fällen war die Schuldfrage weniger eindeutig zu beantworten, weil die Beweislage schwieriger war.

Wenn meine Kollegen von der Kripo mit derartigen Anzeigen konfrontiert waren, entfuhr ihnen meist ein unterdrücktes Stöhnen und sie ließen kaum wahrnehmbar die Schultern hängen. Ich wusste genau, wie sehr ihnen vor der Bearbeitung graute, denn in neun von zehn Fällen war der Versuch einer Aufklärung eine Verschwendung der ohnehin knappen Ressourcen. Die Arbeitszeit der Beamten war sinnvoller eingesetzt, wenn sie auf der Straße Jagd auf Drogendealer machten oder Halbstarke verhafteten, die die städtischen Ladenbesitzer schikanierten.

Leider häuften sich die Anzeigen in den letzten Jahren. Meist handelte es sich um Anrufe von bedauernswerten Frauen, die verlangten, dass man ihre Exfreunde verhaftete, weil sie Nacktfotos von ihnen ins Intranet der Firma gestellt oder sie an Kumpels verteilt hatten, aus Rache dafür, betrogen oder verlassen worden zu sein. Immer öfter meldeten sich Mädchen oder Frauen, die jemanden auf Facebook kennengelernt und demjenigen freizügige Fotos von sich geschickt hatten und sich nun wunderten, dass diese Fotos unter den »Freunden« desjenigen die Runde machten.

Andere Frauen hatten sich im Rahmen eines beschwipsten Stelldicheins beim Sex filmen lassen und mussten nun feststellen, dass das Filmchen absichtlich oder versehentlich in die falschen Hände geraten war. Besonders beunruhigend waren die Anzeigen von verzweifelten Eltern, deren Teenagertöchter von Internetbekanntschaften dazu überredet worden waren, sich in ihrem Zimmer vor der Webcam auszuziehen.

Das Problem war, dass es in neunundneunzig Prozent dieser Fälle schwierig bis unmöglich war, zu beweisen, wer die Aufnahmen oder Fotos tatsächlich ins Netz gestellt hatte und dass dies ohne Einwilligung geschehen war. Im Fall von Rowan, dem Freund von Mr und Mrs Taylor, war der Fall klar: Er hatte Zugang zu deren Haus und die Möglichkeit zur Installation einer Kamera gehabt, und es war ein Stapel mit auf CDs gebrannten Filmchen bei ihm zu Hause gefunden worden. In den meisten anderen Fällen stand Aussage gegen Aussage, und es gab nicht viel, was man dagegen ausrichten konnte.

Wie hätte ich da auch nur auf die Idee kommen können, mein derzeitiges Problem der Polizei zu melden, in der Hoffnung, dass dabei irgendetwas anderes herauskam, als zutiefst gedemütigt zu werden?

Was, wenn meine Kollegen auf der Wache meine glorreiche Hauptrolle in dem Schmuddelfilmchen zu sehen bekamen? Meine »oscarreife Darbietung«? Ich würde vor Scham im Erdboden versinken, weil ich dann in ihren Augen auch nur eines dieser dummen Flittchen wäre, die sich betrunken die Kleider vom Leib reißen und dadurch Opportunisten zum Missbrauch einladen.

Bodie und Doyle würden mich nicht so sehen, das wusste ich. Die beiden eilten mir schon zu Hilfe, wenn mich auch nur jemand im Pub schief ansah, aber andere Kollegen in anderen Revieren würden dasitzen und sich köstlich amüsieren über meinen tanzenden weißen Hintern in seiner ganzen sportgestählten Pracht, inklusive erster Anzeichen für Cellulitis.

Denn wenn ich Anzeige erstattete, würde meine Geschichte nicht lange ein Geheimnis bleiben, diesbezüglich durfte ich mir keine Illusionen machen. Bei der Polizei spricht sich alles herum, meist nicht einmal mit böser Absicht. Aber wenn Ermittlungen zu einem Fall laufen, lässt sich das nun mal nicht geheim halten. Außerdem: Was hatte ich schon vorzubringen? Welche Informationen konnte ich bieten, mit deren Hilfe man eine Fahndung hätte starten können? Je länger ich darüber nachdachte, desto deutlicher wurde mir bewusst, dass ich nicht das Geringste über Justin Reynolds wusste. Er existierte im Grunde nicht, wie sollte die Polizei ihn dann finden und zur Rede stellen?

Die E-Mail-Adresse, von der er die Filme abgeschickt hatte, war eine Yahoo-Adresse, in die man sich von jedem PC aus einloggen konnte. Meine Erinnerungen an die Nacht im Strandhaus waren lückenhaft. Vom eigentlichen Geschlechtsakt waren mir nur schemenhafte, flüchtige Bilder im Gedächtnis geblieben, und am nächsten Morgen war ich mit einem mörderischen Kater aufgewacht. Mit dieser Geschichte würde ich nicht gerade vertrauenerweckend auf die Staatsanwaltschaft wirken, und bemitleidenswert schon gar nicht.

Auf dem Video sah alles nach einvernehmlichem Sex aus. Es war mehr als offensichtlich, dass mich Justin zu nichts zwang. War es trotzdem Vergewaltigung, weil ich zu betrunken gewesen war, um eine bewusste Entscheidung zu treffen? War es Voyeurismus, wenn der Voyeur selbst am Geschehen teilnahm? War es ein Verbrechen, jemanden ohne dessen Einwilligung zu filmen?

Für die Nichtveröffentlichung Geld zu verlangen war natürlich Erpressung, aber wie konnte ich das beweisen? Ich hatte nichts Schriftliches vorliegen, keinerlei handfeste Beweise. Aus purer Panik davor, dass Dan etwas merken könnte, hatte ich systematisch alle Textnachrichten und E-Mails gelöscht. Mir war zwar in den Sinn gekommen, dass ich sie aufheben sollte, aber der Gedanke, dass sie wie ein Virus auf meinem Rechner vor sich hinbrüteten oder irgendwo auf einem USB-Stick herumlagen, war mir unerträglich. Ich wollte diese widerlichen Filme auf keinen Fall in meiner Nähe haben.

Blieb die Telefonnummer, von der Justin die Textnachrichten geschickt hatte, aber vermutlich hatte er ein Handy mit Prepaid-Karte benutzt, was es erschweren würde, die Nummer mit ihm in Verbindung zu bringen. Und selbst wenn die Nummer als seine festgestellt werden konnte, ließ sich nur schwer beweisen, dass er die Nachrichten tatsächlich verfasst und abgeschickt hatte.

Das Gleiche galt für den Computer, von dem er die E-Mails abgeschickt hatte. Wenn auch nur eine weitere Person Zugriff darauf hatte, konnte er behaupten, nichts damit zu tun zu haben, und dann lag die Beweispflicht bei der Polizei. Vor allem

Pädophile nutzten diese Ausrede, wenn sittenwidrige Bilder auf ihren Festplatten gefunden wurden.

Lohnte es sich, sich den Strapazen und Demütigungen auszusetzen, wenn der Erfolg derart ungewiss war? Ich würde nie wieder einem Mitmenschen ins Gesicht blicken können, ohne mich zu fragen, was er über mich gehört hatte oder ob er vielleicht sogar mein Pornofilmchen bestaunt hatte.

War es das wert? Die Schande würde ja nicht nur mich betreffen, sondern auch Dan. O Gott! Dan würde mich sicher verlassen, und auch den Polizeidienst würde er nicht mehr ausüben können. Wie sollte er morgens zur Arbeit gehen und Autorität ausüben und Respekt einfordern, nachdem jeder im Gebäude, Hausmeister und Reinigungskräfte eingeschlossen, seiner Schlampe von Freundin dabei zugesehen hatte, wie sie sich von einem fremden Mann von hinten nehmen ließ? Ja, ja, stille Wasser sind tief … kicher, kicher.

Nach langem Nachdenken traf ich schließlich eine Entscheidung. Mir blieb wohl nichts anderes übrig, als Justin selbst aufzuspüren und mit ihm zu reden. Und dafür zu sorgen, dass er mit seinem Spielchen aufhörte.

8.

Ich wartete bis nach dem Mittagessen, weil ich wusste, dass Bodie um diese Zeit bei der nachmittäglichen Einsatzbesprechung war. Am Vormittag hatte ich bereits zweimal versucht, mich unbemerkt in das Großraumbüro der Kriminalpolizei zu schleichen, hatte dort aber beide Male Detective Inspector Dai Hard angetroffen, der eine nicht enden wollende Zeugenaussage in seinen Computer tippte. Also hatte ich nur kurz ins Zimmer gewunken und war dann unauffällig weitergeschlendert. Aber als ich um zwei noch einmal mein Glück versuchte, war das Büro leer.

Ich lauschte einen Moment auf dem leeren Flur, um sicherzugehen, dass niemand in der Nähe war, aber ich hörte weder sich nähernde Stimmen noch Schritte oder Gelächter.

Ich hatte vierundzwanzig Stunden gebraucht, bis ich endlich den Mut aufgebracht hatte, meinen Plan in die Tat umzusetzen. Jetzt zählte ich in Gedanken rückwärts von zehn bis eins, eine alte Gewohnheit, wenn ich eine unangenehme Aufgabe zu bewältigen hatte. Bei eins schlüpfte ich ins Büro und setzte mich an Bodies Computer. Und tatsächlich war wie immer die Suchmaske der Polizeidatenbank geöffnet. Bodie hatte sich trotz Dans Ermahnung, meiner Erinnerung und der Warnung unzähliger anderer Kollegen nicht ausgeloggt.

Jeder Polizist hat seine eigenen Zugangsdaten für die Nationale Polizeidatenbank, in der sämtliche Personen gespeichert sind, die bereits strafrechtlich verurteilt worden sind oder in der Vergangenheit mit einer Straftat in Verbindung gestanden haben. Weil Bodie bereits mit seinem Passwort eingeloggt war, konnte ich sofort mit meiner Suchanfrage beginnen. Ich selbst besaß keine Zugangsdaten für die Datenbank. Die zivile Belegschaft hatte nur dann Zugriff, wenn sie ihn für ihre tägliche Arbeit benötigte. Die Recherche unter Bodies Namen bot außerdem den Vorteil, dass ich die Datenbank durchsuchen konnte, ohne meine eigene ID zu involvieren, denn Jennifer Johnson, Dienstnummer 2234, war vorschriftsgemäß auf ihrem eigenen Computer in der Pressestelle eingeloggt, wo sie hingehörte.

Wenn man als ziviler Mitarbeiter ein Passwort für die Datenbank beantragen wollte, brauchte man einen guten Grund dafür, und eine willkürliche Suche nach einem Justin Reynolds erfüllte sicher nicht die Kriterien. Sonst hätte jeder Mitarbeiter aus Neugier seinen Nachbarn in der Datenbank suchen können, nur weil er nachts die Musik voll aufdrehte oder sich lautstark mit seiner Frau stritt.

Die Straftäterdatenbank unterlag natürlich dem Datenschutz, und die Bestimmungen wurden bei uns übertrieben streng eingehalten. Es fanden regelmäßig Stichproben statt, und es waren schon häufiger Mitarbeiter wegen Missbrauchs verwarnt oder sogar entlassen worden. Ich wusste beispielsweise von einem Polizisten, der die Straße, in der er ein Haus kaufen wollte, nach dort residierenden Straftätern abgesucht hatte. Ein anderer hatte den Freund seiner siebzehnjährigen Tochter überprüft, um sicherzugehen, dass sich hinter dem harmlos wirkenden Rettungsassistenten kein Psychopath verbarg, der seiner Tochter an den Kragen wollte. Beiden hatte man nahegelegt, sich eine »neue Wirkungsstätte« zu suchen. Andere Kollegen waren sogar vor Gericht gelandet, und einer hatte eine Haftstrafe auf Bewährung aufgebrummt bekommen.

Aber ich wusste, dass mir keine andere Wahl blieb. Ich *musste* Justin Reynolds einfach finden. Vielleicht warteten seine Adresse und seine Kontaktdaten in Bodies Computer auf mich, und ich musste nur ein paar Tasten drücken, um sie abzurufen. Eine kurze Suchanfrage unter Bodies ID (Marc Ryan, Dienstnummer 89963) würde genügen, und wenn ich schnell genug war und einen kühlen Kopf bewahrte, würde nie jemand davon erfahren.

Ich tippte den Namen in die Suchmaske. In etwa einer Minute würde ich erfahren, ob Justin Reynolds jemals mit dem Gesetz in Konflikt geraten war. Entschlossen klickte ich auf *Suche starten* und lauschte dabei auf sich nähernde Schritte auf dem Flur. Das kleine Sanduhr-Symbol begann sich zu drehen, und mein Puls wurde schneller. Ich bemühte mich, langsam zu atmen und die Ruhe zu bewahren.

Aus heutiger Sicht erscheint es mir unglaublich, dass mich dieser kleine Regelverstoß so nervös machte, aber damals war es das Illegalste, was ich je getan hatte. Ich verließ noch nicht einmal ein Restaurant, ohne den Kellner darauf hinzuweisen, dass er die zweite Flasche Wein oder das Dessert auf meiner Rechnung vergessen hatte. Ich war noch nie geblitzt worden und hatte keinen einzigen Punkt im Verkehrssünderregister. Ich bin mir allerdings nicht sicher, ob meine weiße Weste auf prinzipieller Ehrlichkeit beruhte oder mehr mit meiner Angst vor Konflikten und der Peinlichkeit, erwischt zu werden, zu tun hatte. Aber in diesem Fall nahm ich das Risiko auf mich, weil ich keine andere Möglichkeit sah.

Der Computer kam mir heute besonders langsam vor, und je länger die Suche dauerte, desto schreckhafter wurde ich. Ich war davon überzeugt, dass mein klopfendes Herz bis auf den Flur zu hören war und jeden Mitarbeiter, der dort vorbeikam, zum Schauplatz meines Regelverstoßes lockte. Aber es waren immer noch keine Schritte zu hören.

Nach etwa zwei Minuten gab der Computer ein leises *Pling* von sich, woraufhin in der Suchmaske die Worte »Anfrage negativ« erschienen. Negativ? Kein Suchergebnis? Verdammt! Justin war also nicht vorbestraft. Als Nächstes war NOMAD an der Reihe, das Programm, das sämtliche Vorfälle und Anrufe protokollierte, die von der Wache bearbeitet wurden. Im Gegensatz zur Nationalen Datenbank war hier jeder Autodiebstahl, jede Körperverletzung und jede Ruhestörung innerhalb der Reviergrenzen vermerkt. Die persönlichen Daten des Anrufers wurden ebenso aufgezeichnet wie die des Opfers (im Polizeijargon »versehrte Person« oder VP genannt) und aller Zeugen und Verdächtigen, selbst wenn es nie zu einer Verhaftung oder einer Gerichtsverhandlung kam.

Für NOMAD hatte ich selbst ein Passwort, da ich bei Anfragen von Journalisten Zugriff auf die gewünschten Informationen brauchte. Aber auch hier galt, dass unsere Suchanfragen direkt mit unserer Arbeit zu tun haben mussten. Ich tippte Justins Namen ein, und die Sanduhr begann erneut zu rotieren. Immer wieder blickte ich zur Tür und hoffte, dass sich niemand lautlos anschlich und mich auf frischer Tat ertappte.

Mist! Die Suchanfrage war ebenfalls negativ. Justin Reynolds hatte noch nie Anzeige erstattet oder einen Einbruch oder Autodiebstahl oder den Verlust seines Geldbeutels gemeldet. Er hatte nie als Zeuge für ein Verbrechen ausgesagt oder einen Strafzettel wegen Falschparkens oder Geschwindigkeitsüberschreitung bekommen.

Meine letzte Chance war die Datenbank der Kraftfahrzeugzulassungsstelle. Wieder lauschte ich dem quälenden Summen des Computers und wartete mit zum Zerreißen gespannten Nerven auf das Ergebnis. *Suchanfrage negativ.* Nirgendwo in Großbritannien war ein Auto unter dem Namen Justin Reynolds zugelassen.

Ratlos lehnte ich mich im Stuhl zurück. Das Ergebnis meiner Suche hieß natürlich noch lange nicht, dass Justin nicht in der Gegend lebte. Er war nur schlicht und ergreifend nie polizeiauffällig geworden, war nie Opfer eines Verbrechens gewesen und hatte nie ein Auto besessen. Noch wahrscheinlicher war allerdings, dass er mir einen falschen Namen genannt hatte. Wenn *ich* versucht hätte, jemanden zu erpressen, wäre ich auch nicht so dumm gewesen, es unter meinem richtigen Namen zu tun. Das erklärte auch, warum ich im Internet nirgendwo eine Spur von Justin Reynolds gefunden hatte, obwohl jeder Mensch irgendwann einen elektronischen Fußabdruck hinterlässt, weil sich das gar nicht vermeiden lässt.

Eilig schloss ich die Programme, die ich geöffnet hatte, und stellte Bodies letzte offizielle Suchanfrage wieder her. Nachdem ich mich rasch auf dem Flur umgesehen hatte, huschte ich zurück in die Pressestelle, wo ich erleichtert aufatmete. Gleichzeitig war ich frustriert darüber, dass ich schon so früh eine Niederlage einstecken musste. Ich war mir so sicher gewesen, dass meine riskante Suchaktion etwas Brauchbares zutage förderte.

Wer bist du, Justin, und wo treibst du dich herum?, dachte ich. Wenn ich weiterhin so erfolglos blieb, wusste ich immerhin, wo er am 15. Januar sein würde. Irgendwo in der Nähe des Flughafens von Cardiff, bevor er sich mit einem weiteren Umschlag voller Geld aus dem Staub machen würde.

An diesem Abend feierten Dan und ich unseren neunten Jahrestag. Ich konnte kaum glauben, dass es schon neun Jahre her war, dass wir uns kennengelernt hatten. Eigentlich war das genaue Datum schon vor zwei Wochen gewesen, aber da Dan am betreffenden Tag eine Doppelschicht aufgebrummt bekommen hatte, hatten wir unseren Jahrestag verschoben und feierten ihn nun ausgerechnet am schlimmsten Tag des Jahres: an Silvester.

Für mich war unser Jubiläum jedes Jahr aufs Neue eine schwierige Zeit. Normalerweise war ich schon Wochen vorher aufgeregt und überlegte, ob Dan mich dieses Jahr endlich mit einem Restaurantbesuch oder einer anderen Idee überraschen würde, ob er mir ausnahmsweise etwas schenken würde, das keine Enttäuschung in mir auslöste. Manchmal legte er seine Geschenke zu Weihnachten und zum Jahrestag sogar zusammen, was mich schon aus Prinzip ärgerte. Ich fühlte mich betrogen, wie ein Kind, das kurz vor oder kurz nach Weihnachten Geburtstag hat und nur einmal Geschenke bekommt.

Es ging mir nicht um den Betrag, den er für mich ausgab, aber ich wollte, dass er sich die Mühe machte, sich etwas Besonderes zu überlegen, und sei es ein Gedichtband für fünf Pfund. Ich selbst hatte Dan dieses Jahr eine schicke Lederbrieftasche gekauft, weil seine alte schon so abgenutzt war.

Meine Sorge stellte sich diesmal als unbegründet heraus, denn er schenkte mir einen spitzenbesetzten Seidenpyjama, über den ich mich sehr freute. Seit er mir ins Watch-House hinterhergefahren war, um mich zurück nach Hause zu holen, gab er sich die größte Mühe und zeigte mir, dass er meine Bedürfnisse ernst nahm. Daher rührte wohl auch sein Versuch, am Silvesterabend ein romantisches Abendessen für mich zu zaubern. Eigentlich hatte er mich in ein Restaurant ausführen wollen, aber er war wieder einmal zu spät dran gewesen und hatte keine Reservierung mehr ergattern können. Also hatte er ein Menü mit Nachtisch für mich vorbereitet, einen guten Wein dazu gekauft und den Tisch festlich gedeckt, mit Tischdecke und Platztellern und sogar ein paar Teelichtern für die romantische Stimmung. Das Lamm war ein wenig zu durch, und die Kartoffeln waren ein vorgekochtes Fertigprodukt, aber es war seit Jahren die erste Mahlzeit, die er selbstständig für mich gekocht hatte, daher war ich trotz allem gerührt.

Ich selbst war nämlich auch nicht gerade ein Ass in der Küche. Meist war ich es zwar, die abends kochte, aber mein Repertoire beschränkte sich auf gekochte Kartoffeln mit gebratenem Hühnchen oder Fisch und gedünstetem Gemüse. Hin und wieder brachte ich auch ein Currygericht oder eine Gemüsepfanne zustande, aber für ausgefallenere Rezepte fehlte mir die Geduld. Dan aß klaglos alles, was ich ihm vorsetzte, und lobte mich sogar dafür. Dieses Mal war es an mir, ihm Komplimente zu machen.

»Ich weiß, dass in unserer Beziehung nicht immer alles so läuft, wie du es dir vorstellst, aber ich werde mir von jetzt an Mühe geben«, versprach er. »Ich werde versuchen, ein bisschen romantischer zu sein. Du weißt, dass ich dich über alles liebe, aber manchmal fehlt mir einfach das Organisationstalent, um dir meine Liebe mit kleinen Gesten zu zeigen. Während der Schicht geht es oft drunter und drüber, und ich bin nun mal nicht so gut im Multitasking wie du. Das soll keine Ausrede sein. Ich weiß, dass das mein Schwachpunkt ist, und verspreche, dass ich daran arbeiten werde.«

Als Dan in der Küche die Himbeer-Pannacotta anrichtete, traf eine SMS von Justin ein, woraufhin ich an nichts anderes mehr denken konnte. »250 Pfund. Fahr zum Flughafen. 19 Uhr. Anweisungen folgen.«

Unter größten Mühen spielte ich für den Rest des Abends die perfekte Freundin und gab mich dankbar, zufrieden und sorglos. Es war die schauspielerische Leistung meines Lebens. Wir hatten versprochen, bei einer Silvesterparty in Gee Gees Bar vorbeizuschauen, wo die meisten Kollegen feierten, die heute keinen Dienst hatten. Danach wollten wir zu zweit in einen etwas ruhigeren Pub weiterziehen. Die Aussicht darauf, die ganze Nacht in Dans fröhliches Gesicht blicken zu müssen und dabei genau zu wissen, dass ich ihn belog, war beinahe unerträglich.

Die Party bei Gee Gees war der absolute Horror. Alle waren sturzbetrunken und amüsierten sich prächtig. Man tanzte ausgelassen oder begrapschte sich gegenseitig in den dunklen, stickigen Séparées, für die das Gee Gees bekannt war. Superintendent Sue Sellers verstellte mir auf der Toilette den Weg, um mir mit ihrer Reibeisenstimme zuzulallen, was für ein Glück ich doch verdammt noch mal hätte, einen Mann wie Dan mein Eigen zu nennen.

Noch nie hatte ich mir so sehr gewünscht, einen Raum zu verlassen. Ich wollte nur noch weg von all dem Glitzer und Lametta, von all den lachenden, kreischenden, sich gegenseitig anrempelnden und miteinander knutschenden Menschen mit ihren albernen Silvesterhüten. Ich wollte mit Dan in einem stillen Eckchen in einem altmodischen Pub sitzen und trinken und reden und lachen, wie wir es zu Beginn unserer Beziehung oft gemacht hatten.

Also brachen wir noch vor Mitternacht zum Old Station Pub auf und zwängten uns in eine Sitznische neben einen Mann, der als Ronald McDonald verkleidet war, und eine Frau, die als Batgirl ging. Als der Countdown bei null angekommen war und die Jukebox scheppernd »Auld Lang Syne« spielte, umarmte mich Dan stürmisch, den ein paar Gläser Bier in Stimmung gebracht hatten, nahm mein Gesicht in beide Hände, wie er es oft getan hatte, als unsere Liebe noch ganz frisch gewesen war, und sagte: »Ab jetzt wird alles gut, Jen. Das weiß ich. Wir haben schon so einen langen Weg miteinander zurückgelegt und dürfen nie wieder zulassen, dass uns etwas in die Quere kommt.« Dann küsste er mich, sanft und unendlich zärtlich.

Plötzlich musste ich ihn ganz fest umarmen, damit er nicht sah, dass ich innerlich zersprang, dass ich fast erstickte, weil ich die inzwischen vertraute Tränenflut zurückdrängen musste.

Später lag ich in Dans Arme gekuschelt im Bett. Es hatte angefangen zu schneien, und er schnüffelte an meinem Hals und sagte: »Wie ich das vermisst habe. Das ist das Beste am ganzen Tag, an jedem Tag. Frohes neues Jahr, mein Liebling.«

Kurz darauf war er eingeschlafen, während ich noch viele Stunden wach lag. Aber ich genoss die Wärme, die er ausstrahlte, und rührte mich daher nicht von seiner Seite.

Am nächsten Nachmittag, nachdem Dan sich verkatert und müde zu seiner Spätschicht geschleppt hatte, fuhr ich mit dem Auto nach Porthcawl. Mir blieben fünfzehn Tage, bis die nächste Zahlung fällig war. Fünfzehn Tage, um Justin zu finden und ihm von Angesicht zu Angesicht gegenüberzutreten, damit er endlich zur Vernunft kam.

Während ich in der Silvesternacht wach gelegen und Dans gleichmäßigen, zufriedenen Atemzügen gelauscht hatte, hatte ich Pläne geschmiedet und beschlossen, einen neuen Ansatz auszuprobieren. Mir war nämlich klar geworden, dass es doch Dinge gab, die ich über Justin wusste und bisher noch nicht berücksichtigt hatte, Dinge, die er und andere Leute an jenem Wochenende gesagt hatten.

Dadurch, dass ich täglich rund um die Uhr am Telefon hing und mit Kommentaren, Zitaten und Tatsachen jonglierte, hatte ich ein beinahe unheimliches Gedächtnis für Gespräche und konnte mir mühelos merken, was wer wann wo zu mir gesagt hatte. Schließlich ist die akkurate Wiedergabe von Informationen unerlässlich, wenn es um rechtliche Fragen geht oder um den Ruf, den jemand in der Öffentlichkeit genießt. Auch mein täglicher Umgang mit Polizisten verschaffte mir einen Vorteil, denn ich wusste genau, wie ich die mir vorliegenden Informationen am besten verwertete und meinen Nutzen daraus zog. Ich musste nur die richtigen Fragen stellen und mich systematisch durch die Antworten arbeiten.

Mit anderen Worten: Ich fing endlich an, die Suche nach Justin wie eine Pressereferentin (oder Polizistin) anzupacken, statt mich weiterhin wie ein Opfer zu fühlen. Mit Opfern hatte ich bei meiner täglichen Arbeit schon genug zu tun.

Zuerst machte ich Inventur und trug zusammen, was ich bereits wusste. Begegnet war ich Justin im Watch-House in Penallt auf der Halbinsel Gower. Für die erste Zahlung hatte ich einen Zug nach Swansea genommen, und auch die bevorstehende Geldübergabe am Flughafen, der sich außerhalb Cardiffs in Vale of Glamorgan befand, setzte voraus, dass er sich zumindest grob in der Gegend auskannte. Außerdem hatte Justin erzählt, dass er surfte. Bei unserem Gespräch im Pub hatte er ein- oder zweimal den Küstenort Porthcawl erwähnt, wo Carl, der Surfer mit der Sherpamütze, sein »Monster«-Brett hatte bemalen lassen.

Falls Justin tatsächlich Surfer war, konnte es dann nicht sein, dass er sich immer da aufhielt, wo gerade die besten Wellen waren? Porthcawl war berüchtigt für seine hohen Wellen, weshalb sich an den Stränden im Umkreis oft den ganzen Winter lang ein paar hartgesottene Surfer aufhielten.

Justin fuhr angeblich einen ziemlich auffälligen Campingbus, und der musste sich doch irgendwie ausfindig machen lassen. Außerdem hatte Carl behauptet, dass auf die Seite des Busses ein Hai gemalt war, der vermutlich ebenfalls von dem Surfbrettkünstler aus Nottage bei Porthcawl stammte.

Die Auswertung all dieser Informationen webte nur hauchdünne Fäden, aber ich hatte nichts anderes, an das ich mich hätte klammern können. Irgendwo musste ich schließlich anfangen, wenn ich mich nicht einfach zurücklehnen und darauf warten wollte, dass Justin mir mein Geld abknöpfte oder Schlimmeres antat. Also redete ich mir ein, dass es das einzig Vernünftige war, ihn persönlich zur Rede zu stellen. Ich war aufrichtig davon überzeugt, dass ich ihn zur Vernunft bringen oder zumindest an sein Mitgefühl, sein Gewissen appellieren konnte. Jedenfalls musste ich ihm noch einmal von Angesicht zu Angesicht gegenüberstehen, um das, was zwischen uns vorgefallen war, bei Licht zu betrachten und zu versuchen, es irgendwie zu verstehen.

Als ich an der Promenade parkte, sah der Strand im dämmrig grauen Licht des Januarnachmittages genauso müde und verkatert aus wie die wenigen Menschen, die unterwegs waren. Die spärlichen Schneeflocken, die in der Nacht gefallen waren, waren längst geschmolzen, und der bewölkte Himmel wirkte bleiern. Wenigstens regnete es nicht.

Es war gerade Flut, und die Wellen schlugen schäumend an den langen Strand, der am hinteren Ende von einer Landzunge begrenzt wurde, auf der ein Rettungsschwimmerturm aus Beton stand. Auf der anderen Seite der Promenade gammelten Vergnügungspark und Rummelplatz vor sich hin, deren farbenfrohe Pracht längst verblichen und abgeblättert war. Die ausgefransten, dreckigen Fahnen, die auf der klapprigen Achterbahn und der Big-Bump-Superrutsche wehten, zeugten von fernen, ausgelassenen Sommertagen.

Ich bummelte die Promenade entlang, vorbei am Leuchtturm, der wie eine weiße Pfeffermühle von der Ufermauer in den Himmel ragte und stur dem Wind und der schäumenden Brandung trotzte. Sechs dick aufgeplusterte Möwen saßen dicht gedrängt neben der Treppe zum Strand und warteten auf Kinder, denen sie Essbares stibitzen konnten. An diesem tristen Neujahrstag waren nur wenige Touristen unterwegs, die im Windschatten von Dolly's Tee Cabin standen und Pappbecher mit Tee und zuckrige Donuts in den Händen hielten, während sie ihren Kindern zuriefen, dass sie sich vor Pfützen und eisigen Flächen in Acht nehmen sollten.

Wie anders waren da früher die munteren Ausflüge meiner chaotischen Großfamilie ans Meer gewesen, bei denen keine Sekunde lang Trübsinn oder Tristesse aufgekommen war. Die Erinnerungen wärmten mich in der eiskalten Brise, die heute wehte. Das Ritual war immer dasselbe: Erst wurde mithilfe einer kratzigen Decke und eines gestreiften Windschutzes das Territorium abgesteckt, und dann übernahm Onkel Owen die Aufgabe, auf einem Petroleumkocher Würstchen zu garen und sie dampfend heiß in längliche Brötchen zu legen. Großtante Non und Oma Jenkins saßen auf ihren Liegestühlen, behielten trotz der flirrenden Sommerhitze ihre Stützstrumpfhosen und Wickelstrickjacken an und lästerten genüsslich über Gott und die Welt. Nachdem sich alle mit Tee und Keksen gestärkt hatten, gaben sie Anekdoten aus ihrer Schulzeit in einem großen Internat an der Südküste Englands zum Besten. Darin kamen Fliegerbomben und dreiste amerikanische Piloten namens Joe oder Brad vor, mürrische Hausmütter, die mit krummem Rücken Messing polierten und Brot buken und riesige, schwer zu bedienende Holzöfen befeuerten.

Die exotischen Geschichten meiner Großmutter, die sie erzählte, während sie zwischendurch an ihrem dünnen Tee nippte, konnten sich bis weit in den Nachmittag ausdehnen. Sie schien schon im zarten Alter von neun oder zehn Jahren Dinge erlebt zu haben, die sich in meinen Ohren aufregend und ein bisschen gewagt anhörten. Als Backfisch hatte sie einen Verehrer nach dem anderen gehabt, und jeder hatte ihr wunderbar frivole und vollkommen unpraktische Geschenke gemacht, die er speziell für sie ausgesucht hatte, um ihrer Schönheit zu huldigen, zum Beispiel einen extravaganten Hut mit roten Kirschen darauf oder eine Krokodilledertasche mit strassbesetzter Schließe.

Dan hingegen hatte mir einmal einen Northface-Rucksack zu Weihnachten geschenkt, den ich seither für meine Sportsachen benutzte.

»Mehr, Oma, erzähl uns noch mehr Geschichten!«, hatte ich als kleines Mädchen immer gedrängt, während ich im Schneidersitz vor ihr im Sand saß und hingerissen lauschte.

Oberhalb der Stelle, an der wir damals unsere Familienpicknicks gemacht hatten, verlief heute ein betonierter Fußweg, an dem sich die Imbissbuden drängten. Dahinter entdeckte ich trotz der Kälte ein halbes Dutzend hartgesottener Surfer im Wasser, die sich mit dicken Neoprenanzügen, Gummischuhen und schwarzen Kopfhauben vor der Kälte schützten. Hin und wieder erwischte einer von ihnen eine Welle und fuhr davon, während der Rest der Meute wie große schwarze Seehunde auf den Wogen wippte. Ein paar pastellfarbene Campingbusse parkten hintereinander im Halteverbot entlang des Fußwegs.

Ich sog die kalte Luft ein und wappnete mich für das, was nun kommen würde. Aufmerksam musterte ich die Busse und die Surfer, die um sie herumstanden, um zu sehen, ob ich vielleicht einen von ihnen erkannte. Dabei schlenderte ich unauffällig erst auf der einen Seite und dann auf der anderen an den Campingbussen vorbei. Keiner hatte ein Haimotiv auf der Seite. Das wäre ja auch *zu* einfach gewesen.

Ein Grüppchen aufgeschlossen wirkender Surfer, die noch ihre Neoprenanzüge trugen und Wollmützen aufhatten, stand Kaffee trinkend und Hotdogs essend vor einem der Busse. Irgendwo musste ich ja anfangen, meine Fragen zu stellen. Ob ich mich ausreichend vorbereitet hatte, würde sich zeigen.

Mit wildfremden Menschen ein Gespräch anzufangen, ohne mich hinter meiner Funktion als Pressereferentin zu verschanzen, war absolutes Neuland für mich. Am Telefon war ich ein Ass, dort fiel es mir nicht schwer, auch unangenehme Fragen zu stellen. Wenn man nicht den abschätzenden Blicken eines Gegenübers ausgesetzt ist, ist es einfacher, ruhig zu bleiben und hartnäckig die eigenen Ziele zu verfolgen. Ich war es gewohnt, auf die Stimmen der Menschen zu achten und aus Klang und Tonfall herauszuhören, ob sie Besänftigung brauchten oder eine resolute Behandlung vertrugen.

Dabei konnte ich mich stets an vorgegebenen Verhaltensmustern orientieren und wusste genau, wie weit ich gehen durfte.

Meine heutige Mission war etwas ganz anderes. Ich musste improvisieren und spontan reagieren. Am liebsten hätte ich gleich wieder das Handtuch geworfen, aber beim Gedanken an das Video erwachte mein Kampfgeist. Ich zählte wieder von zehn bis eins, ballte die Fäuste und fixierte den jungen Mann, der der Anführer der Gruppe zu sein schien.

Er saß im Schneidersitz in der offenen Tür seines Campingbusses, hatte den Neoprenanzug bis zur Taille heruntergerollt und trug einen Wollpullover mit Kapuze. Die sonnengebleichten Strähnchen in seinen Haaren waren so gleichmäßig verteilt, dass er bestimmt mit Blondierungsspray nachgeholfen hatte, um einen sorgfältig nachlässigen Surferlook zu erhalten.

Einer der anderen Surfer reichte ihm ein heißes Getränk und einen Schokoladenkeks, Gefälligkeiten, die er mit großer Selbstverständlichkeit entgegennahm. Zwei weitere Surfer saßen auf der Bordsteinkante und lachten über etwas, was ihr Anführer gesagt hatte. Alle vier waren im Studentenalter und besaßen das gesunde, athletische Aussehen von reichen Söhnen, die eine Privatschule besucht hatten. Der Campingbus, in dem der Surfer mit den blonden Strähnchen saß, war nagelneu, ein mit jedem erdenklichen Komfort ausgestattetes Modell in Cremeweiß und Blau. Luxus auf vier Rädern, dachte ich.

»Sorry, Jungs, darf ich euch kurz stören?«, hörte ich mich mit vollkommen entspannter Stimme fragen. »Ich bin auf der Suche nach einem Justin Reynolds. Ihr kennt ihn nicht zufällig? Angeblich surft er auch manchmal hier.«

Der Anführer unterbrach die Geschichte, die er gerade zum Besten gab, und bedachte mich mit einem strahlend weißen Lächeln. Sein Gebiss war bestimmt nicht billig gewesen. Aus der Nähe sah ich, dass er noch jünger war, als ich gedacht hatte, vielleicht einundzwanzig oder zweiundzwanzig.

»Hallöchen!«, begrüßte er mich. »Und wer ist dieser Glückliche, der von *dir* gesucht wird?«

Was die Privatschule anging, hatte ich eindeutig recht gehabt. Sein Englisch war so akzentuiert und hochgestochen, dass ich mir dagegen wie ein Bauerntrampel vorkam.

»Nur ein alter Freund«, antwortete ich vorsichtig. Schließlich hätte Justin der beste Kumpel dieser Surfer sein können. Vielleicht stand er sogar gerade im Campingbus, wo ich ihn nicht sehen konnte, und zog sich den Neoprenanzug aus oder war zu einer der Imbissbuden gegangen, um sich einen Hotdog zu holen.

»Ein alter Freund, oder ein alter *Freund*?«, hakte der Alphasurfer mit einem vielsagenden Glitzern in den Augen nach.

»Sagen wir einfach, ich habe seine Telefonnummer verloren«, gab ich augenzwinkernd zurück. Oh, das war gut, dachte ich. Kokett, aber unverbindlich. Ich war positiv überrascht von mir selbst. Mein Selbstvertrauen wuchs.

»Ich kann dir meine geben, wenn du dich dann besser fühlst«, bot er an und knipste wieder sein strahlendes Lächeln an. Wenn *ich* in seinem Alter doch nur so unbefangen gewesen wäre, so selbstverständlich meinen Platz in der Welt beansprucht hätte. Nicht einmal heute, mit neunundzwanzig Jahren, besaß ich ein vergleichbares Selbstvertrauen. *Mach jetzt nicht alles kaputt, indem du vor Scham im Erdboden versinkst*, ermahnte ich mich, als ich spürte, wie mir das Blut in die Wangen stieg. Hoffentlich ging es als frische Gesichtsfarbe durch, die mir der Winterwind ins Gesicht getrieben hatte.

»Das ist mit Abstand das beste Angebot, das mir heute unterbreitet wurde«, schaltete ich mich wieder in das Gespräch ein und gab mir Mühe, so scherzhaft und beiläufig wie möglich zu klingen.

»Der Tag ist jung, vielleicht ergibt sich ja noch etwas Besseres«, sagte einer der Surfer von der Bordsteinkante und grinste schüchtern, woraufhin der Alphasurfer einen Gummischuh nach ihm warf. Die Runde lachte.

»Wirklich zuvorkommend von euch«, bedankte ich mich. »Aber ich muss diesen Typen wirklich finden. Justin Reynolds?«

»Sorry, Süße, aber der Name sagt mir nichts«, antwortete der Anführer. Auch die anderen schüttelten die Köpfe. »Schuldet er dir Geld, oder so was?«

»Nein, nein. Ich würde nur gern mit ihm sprechen. Er hat einen total schönen Campingbus, einen alten. Vielleicht habt ihr den schon mal in der Gegend gesehen. Mit einem aufgemalten Hai auf der Seite?«

Ich versuchte gar nicht erst, so zu klingen wie Carl und Dinge wie »geiler Bus« oder »lässiges Design« zu sagen. So weit reichte mein schauspielerisches Talent nicht. Ich hatte das Gemälde auf Justins Bus zwar nicht selbst gesehen, konnte mir dank Carls Surfbrett aber ungefähr vorstellen, wie es aussah, und fügte spontan hinzu: »Mit ganz vielen Blumen drumherum, so im hawaiianischen Stil. Habt ihr den zufällig irgendwo gesehen?«

»Nein, sagt mir nichts. Surfst du auch in der Gegend? Ich hab dich noch nie hier gesehen. Glaube ich zumindest. Du surfst bestimmt in Rest Bay, oder? Da surfen die meisten, die von außerhalb kommen.«

Ich trug Jeans, Converse-Turnschuhe, eine halbwegs coole Fleecejacke von Dan, die er zum Wandern anzog, und eine Pudelmütze. Dazu hatte ich mir die Surfer-Armbänder übers Handgelenk gestreift, die ich in Gower gekauft hatte. Ich wollte aussehen wie jemand, der den ganzen Tag am Strand verbrachte und ab und zu ein paar Wellen surfte, jemand, der einen vollkommen harmlosen Grund dafür hatte, einen Surfer und seinen Bus zu suchen.

»Ja«, hörte ich mich lügen. »Aber ich bin die totale Anfängerin, echt, ich surfe erst seit ungefähr einem Jahr. Von Rest Bay komme ich gerade, aber da geht gar nichts. Ist sowieso viel zu kalt heute.« *Da geht gar nichts.* Diesen Satz hatte ich auf dem Weg von meinem Auto zum Strand aufgeschnappt und jetzt instinktiv in meine Lüge eingebaut, damit ich authentischer wirkte. Obwohl ich nicht genau wusste, was in Surferkreisen damit gemeint war, sagte ich es so selbstverständlich, als hätte ich verkündet, dass mir zu Hause die Milch ausgegangen sei. Dennoch war ich unsicher, ob ich glaubhaft wirkte. Ich kam mir vor, als würde über meinem Kopf in riesigen Leuchtbuchstaben das Wort »Blenderin« stehen.

Aber der Anführer grinste nur und sagte: »Ja, hier ist es jetzt auch weniger geworden, lohnt sich nicht mehr. Meine Jungs und ich waren draußen, bis uns halb die Eier abgefroren sind.« Die Runde kicherte. Ich entdeckte einen wunderschönen Wal auf dem Surfbrett des Anführers, das an der Fahrertür lehnte. Das Design ähnelte dem von Carls »Monster«, denn auch dieser Wal war von hawaiianischen Blumen umgeben. Mein Interesse entging dem Alphasurfer nicht.

»Gefällt dir mein Wal?«

»Absolut. Carl, ein Freund von mir, hat auch so eins, aber bei ihm ist es ein Hai.«

»Ach, den Typen kenne ich. Carl aus Penallt, stimmt's?« Seine Zunge tat sich schwer mit der walisischen Aussprache des doppelten »l«. »Der ist so was von stolz auf seine Bretter. Ein ziemlicher Exzentriker, aber das sind die älteren Surfer meistens. Zu viel …« Er tat so, als würde er an einem Joint ziehen. »Der hat so viel gekifft in seinem Leben, dass er glaubt, er wäre in Kalifornien. Wenn du mich fragst, ist weniger oft mehr, was Drogen angeht. Alles in Maßen.«

»Ich weiß genau, was du meinst. Man muss sein Limit kennen«, sagte das Surfer-Girl, das seit Neuestem in meinem Kopf wohnte.

»Stimmt«, gaben mir die beiden Surfer recht, die auf der Bordsteinkante saßen. Nachdenkliches Nicken machte die Runde.

»Hast du deinen Wal auch in Nottage malen lassen? Carl meinte, dass es da so einen Typen gibt, der sich darauf spezialisiert hat. Ich bin am Überlegen, ob ich mir auch was auf mein Brett malen lasse.«

»Ja, Santos hat die besten Farben und Designs. Er designt dir bestimmt was Cooles, aber sieh zu, dass du ihn runterhandelst. Der hält sich für Picasso. Wehe, du lässt dir einen Wal malen! Der gehört mir.«

Es war offenbar nicht das erste Mal, dass seine Freunde erklären mussten, warum ihr Anführer ein Alleinrecht auf Wale für sich beanspruchte, denn einer von ihnen zeigte erst auf ihn und dann auf das Surfbrett. »Darf ich vorstellen? Jona … und der Wal.«

»Nur dass ich auf dem Wal reite und mich nicht von ihm verschlucken lasse«, stellte der Anführer klar.

»Du heißt Jona?« *Herr Jesus auf dem Fahrrad, dieser Typ hat bestimmt mehr Kohle, als ihm guttut*, dachte ich. *Ich wette, deine Eltern wünschen sich, dass du dir endlich einen anständigen Haarschnitt und einen Job zulegst.*

»He«, sagte Jona, als sei ihm plötzlich etwas eingefallen. »Vielleicht kennt Santos ja deinen Freund mit dem Hai auf dem Bus. Er malt ständig Haie, das ist seine Spezialität.«

Sag bloß?, dachte ich. Allmählich machte mir das Flirten richtig Spaß, und ich entspannte mich ein wenig. So schlimm war es gar nicht, Detektivin zu spielen und die Leute auszufragen. Jona schrieb mir die Adresse von Santos' Surf-Shop auf.

»Du willst nicht zufällig noch ein bisschen Gras mit uns rauchen?«, fragte er lässig, während er mir den Zettel gab.

Sehe ich aus wie eine Kifferin?, dachte ich entrüstet. *Cannabis ist immer noch illegal, und das gilt auch für euch. Für Besitz gibt es bis zu fünf Jahre und fürs Dealen fünfzehn. Außerdem macht Kiffen dumm*, sagte die Pressesprecherin in meinem Kopf, die nun wieder die Oberhand über das Surfer-Girl gewann. »Danke, nein«, sagte ich.

»Dann hast du wahrscheinlich auch nichts, was du uns verkaufen könntest, oder?«, fragte er mit einem Zwinkern.

»Sorry, ich äh … hab nichts mehr.«

»Schon okay. Kein Problem.«

Ich wandte mich zum Gehen. »Tschüss, Jungs, wir sehen uns.« Aber Jona rief mich noch einmal zurück.

»Ich hoffe, du findest deinen Freund. Aber falls nicht …« Er gab mir noch einen Zettel. Diesmal stand seine Handynummer drauf. *Ganz schön dreist*, dachte ich, fühlte mich aber geschmeichelt und nahm den Zettel mit einem Lächeln entgegen.

Während ich zurück zu meinem Auto schlenderte, war ich recht zufrieden damit, wie mein kleines Intermezzo mit den Surfern verlaufen war. Es war mir leichter gefallen als erwartet, mich zu verstellen. Fast ein wenig erschrocken nahm ich zur Kenntnis, dass ich eine angeborene Begabung für überzeugendes Schwindeln zu haben schien. Dass der Surfer mir seine Telefonnummer zugesteckt hatte, freute mich. Ich hatte noch nie eine Telefonnummer von einem Jungen bekommen. Weil mein Erfolg mir Mut gemacht hatte, sprang ich voller Elan ins Auto und fuhr direkt weiter zu Santos' Shop in Nottage, das nur fünf Minuten von Porthcawl entfernt lag.

Der Surf-Shop befand sich neben einem Gemüseladen und war Teil einer kleinen Einkaufsstraße, die an den pittoresken Dorfplatz mit seiner normannischen Kirche und einem einstöckigen Pub mit georgianischer Fassade anschloss. Dan und ich waren einmal nach einem Tagestrip nach Ogmore-by-Sea hier vorbeigekommen, um den milden Augustabend mit einem Getränk im Pub ausklingen zu lassen.

In Ogmore gibt es die größte natürliche Sanddünenlandschaft Europas, und an jenem Samstag hatte Dan ausnahmsweise freigehabt und vorgeschlagen, dass wir den sonnigen Tag für eine Strandwanderung nutzten.

Diese Strandwanderung hatte sich zu einem heißen, schweißtreibenden, sandigen Gewaltmarsch ausgewachsen. Ich hatte nichts gegen Sport an der frischen Luft und war sogar schon mit Dan auf den Pen Y Fan gestiegen, den höchsten Berg der Brecon Beacons. Die Bergwanderung hatte mir richtig Spaß gemacht, aber an diesem Tag im August hatte es sechsundzwanzig Grad im Schatten, und ich hätte lieber irgendwo am Meer in einem Café gesessen und einen kalten Weißwein getrunken.

Aber Dan hatte die drei vorherigen Wochenenden durchgearbeitet, also hatte ich ihm bereitwillig den Wunsch erfüllt, zur Abwechslung mal »ein bisschen Frischluft und Sonne zu tanken«.

Er hatte einen vollen Rucksack mit Sonnencreme, Sonnenhüten und gekühlten Orange-Tango-Dosen mitgenommen, den er mühelos auf seinen breiten Schultern trug. Er wusste, dass Orange Tango der einzige Softdrink war, den ich mir ab und zu einmal gönnte. Ansonsten mied ich das süße Zeug, weil es schlecht für den Insulinspiegel und die Zähne war, aber bei der Hitze, die an diesem Tag herrschte, war mir die kühle Erfrischung hochwillkommen.

Weil ich fest entschlossen war, vor Ablauf des Tages doch noch mein Glas Weißwein zu bekommen, legten wir auf dem Heimweg einen Zwischenstopp in Nottage ein. Zufällig fand an diesem Tag die alljährliche australische Grillparty des Rettungsschwimmerverbands statt, und so wimmelte es auf dem Dorfplatz von durchtrainierten Kerlen in Hawaiihemden und Blümchenshorts, die gutmütig mit Foster-Bierdosen anstießen und sich gegenseitig den australischen Gruß »G'day!« zuriefen.

Ein tief gebräunter Typ mit Kopfhörern und sonnengebleichter Afrofrisur bediente ein mobiles DJ-Pult auf der Ladefläche eines Rettungsschwimmerfahrzeugs und legte eine Mischung aus Beach Boys und elektronischer Clubmusik auf.

»Mein Güte, sind wir in Wales oder in Australien? Ich glaube, ich habe einen Hitzschlag«, hatte sich Dan gereizt beschwert.

Wir machten uns nach nur einem Getränk wieder auf den Weg, obwohl ich gerne noch ein Stündchen geblieben wäre, die tanzenden Leute beobachtet und vielleicht selbst eine Dose kaltes australisches Bier getrunken hätte. Der Abend war herrlich lau, und wir hätten uns die Schuhe ausziehen und uns auf die Wiese legen können, aber Dan war überzeugt, dass die Mischung aus Hitze und Bier in einer Schlägerei enden würde.

Als ich nun den Surf-Shop betrat, erkannte ich Santos sofort als den DJ von damals wieder. Er hatte immer noch dieselben wilden, ausgebleichten Locken und dieselbe unnatürlich wirkende Bräune. Die Wände seines Ladens waren mit Postern tapeziert, auf denen wagemutige Kerle atemberaubend hohe Wellen abritten, die türkisblau und kristallklar waren und ganz anders aussahen als die schlickigen Flussmündungswellen vor Porthcawl. Aber man durfte ja träumen. Auf den Kleiderständern hingen teure Neoprenanzüge neben Freizeitbekleidung von Billabong und Reef. Im hinteren Teil des Ladens gab es einen zweiten Raum, in dem Surfbretter in allen Größen und Farben gestapelt waren.

»Hey, Chica, was kann ich für dich tun?«, fragte Santos gut gelaunt. »Fröhliches neues Jahr, übrigens!«

»Ebenso«, antwortete ich und erwiderte sein strahlendes Lächeln. Aus der Nähe betrachtet war Santos älter als erwartet, Anfang fünfzig vielleicht. Er saß auf einem Hocker neben der Kasse und zeichnete etwas auf einen großen Skizzenblock.

Ich erkannte vertraut wirkende Blumen und Blätter und eine vollbusige Schönheit mit Hularöckchen.

»Also, was kann ich für dich tun?«

»Ich wollte mit dir sprechen.«

»Oh, was habe ich jetzt schon wieder ausgefressen? Schulde ich dir Geld?«, fragte er grinsend.

Warum glauben diese Surfer ständig, dass mir jemand Geld schuldet?, überlegte ich. »Nein, aber ich interessiere mich für deine Designs. Ich will vielleicht mein Surfbrett bemalen lassen, und du bist mir empfohlen worden.«

»Aha. Und von wem, wenn ich fragen darf?«

»Von einem Typen, dem ich in Gower begegnet bin. Du hast seinen Campingbus für ihn bemalt. Ein Hai, der einen Seehund frisst? Er meinte, du würdest dich bestimmt an ihn erinnern. Vielleicht könntest du für mich etwas Ähnliches entwerfen.«

Santos kratzte sich nachdenklich am Kopf. »Ja, ich erinnere mich. So ein blau-weißer VW-Bus, stimmt's? War ein paarmal hier im Laden. Busse sind eigentlich nicht so mein Ding, meistens bemale ich Boards. Hat ewig gedauert, bis das Ganze fertig war, aber der Hai war auf jeden Fall eine meiner besten Arbeiten. Paul hieß der Typ, den Nachnamen weiß ich nicht mehr. Aber ich hatte ihn eigentlich gebeten, es nicht weiterzusagen. Ich führe nämlich in erster Linie einen Surf-Shop. Die Designs sind sozusagen eine private Gefälligkeit für Freunde. Wenn ich mich dafür bezahlen lassen würde, müsste ich das Ganze beim Finanzamt anmelden. Ich bin doch nicht blöd.«

»Ah«, sagte ich und verstand genau, was er mir damit sagen wollte. »Wärst du eventuell bereit, *mir* so eine private Gefälligkeit zu erweisen?«

»Na ja, dafür müsste ich dich erst ein bisschen näher kennenlernen, Süße. Schließlich sind wir bis jetzt noch keine Freunde, oder?«

Es folgte ein unbehagliches Schweigen, und ich fürchtete schon, dass meine Nachforschungen an dieser Stelle ihr vorzeitiges Ende fänden. Noch während ich fieberhaft überlegte, wie ich weitere Fragen zu Justin (beziehungsweise Paul) stellen konnte, ohne übertrieben neugierig zu wirken, schob mir Santos beiläufig ein DIN-A4-Blatt zu, das er aus seinem Notizblock gezogen hatte. Darauf war eine Liste mit Designbeispielen und den jeweiligen Preisen abgedruckt. Ich wollte die Liste in die Hand nehmen, aber Santos legte einen Finger darauf und schüttelte den Kopf. Man durfte sich die Liste offenbar nur im Laden ansehen.

»Die Designs macht eigentlich ein Freund von mir«, fuhr er fort. »Er ist, äh … Künstler von Beruf. Wenn du interessiert bist, könnte ich dich vielleicht an ihn weitervermitteln.«

»Alles klar«, sagte ich mit einem nachdrücklichen Nicken. »Kann gut sein, dass ich darauf zurückkomme.«

Er zwinkerte mir zu. »Sehr gut. Sonst noch irgendwas? Wir hätten da heute zum Beispiel Sex Wax im Angebot.« Ich starrte ihn entsetzt an, aber zu meiner Erleichterung schob er mir einen rosa Block mit Surfbrett-Wachs über den Ladentisch.

»Danke, aber bei mir ist alles perfekt gewachst.« Das flapsige Surfer-Girl hatte wieder die Führung übernommen.

Er grinste und bedachte mich mit einem Blick, der zu sagen schien: »Du weißt doch noch nicht mal, wo bei einem Surfbrett hinten und vorne ist, Baby.« Aber meine Unwissenheit störte ihn offenbar nicht im Geringsten. Überhaupt hatte ich den Eindruck, dass es nicht viel gab, was Santos störte.

»Du hast nicht zufällig irgendwo die Telefonnummer von diesem Paul notiert, oder? Wo er doch ein Freund von dir ist?«

»Nein, Süße, ich bin nicht so der Typ für Schreibkram. Warum?«

»Weil er meinte, dass er vielleicht seinen Bus verkaufen

will. Er hat mir seine Handynummer gegeben, aber ich habe sie irgendwo verlegt.« Ich zuckte mit den Schultern, als wollte ich sagen: Typisch, das passiert mir ständig.

»Nee, tut mir leid«, sagte er, aber dann hielt er nachdenklich inne und kramte in der Schublade seines Ladentischs herum. »Warte mal, könnte sogar sein, dass ich dir helfen kann.« Er zog einen losen Zettel hervor, auf dem in unleserlicher Schrift etwas notiert war. »Er kommt am Freitag in einer Woche gegen Nachmittag vorbei, um das Surfbrett abzuholen, das er vor ein paar Wochen bestellt hat. Plant anscheinend eine längere Reise im Ausland, der Glückspilz. Ich selbst komme ja heutzutage nicht mehr weiter als bis Newquay.«

Mein Herz setzte einen Schlag aus. Das klang zu einfach, um wahr zu sein. »Er kommt also am Freitag, um seine Rechnung zu bezahlen«, wiederholte ich.

»Nein, um sein Brett abzuholen. Bei mir läuft nichts mehr ohne Vorkasse. Bin doch nicht bescheuert. Gibt so viele unzuverlässige Typen da draußen, die sich mit Gras zudröhnen. Dabei sollte es beim Surfen eigentlich um was ganz anderes gehen, nämlich um das Naturerlebnis. Du weißt, was ich meine, Baby.«

Ich nickte. Diesbezüglich konnte ich ihm aus ganzem Herzen zustimmen. »Dann mal vielen Dank. Ich überlege mir das mit dem, äh … mit diesem Künstlerfreund von dir.«

»Nimm doch eine hiervon mit. Man weiß nie, ob man nicht mal eine mobile Disco braucht.« Er zog eine Visitenkarte aus der Hosentasche, auf der groß »Dons Disco« stand.

»Ich dachte, du heißt Santos? Oder ist das dein Nachname?«

»Nein, mit Nachnamen heiße ich Protheroe, und mein Vorname ist Don, aber das hat irgendwie nicht den richtigen Vibe, finde ich. Seit Hawaii 1976 nennen mich alle nur noch Santos.«

»Du arbeitest also auch als DJ?«

»Ja, ich mache alles. Hochzeiten, Partys, achtzigste Geburtstage. Classic Rock, Dance, Oldies. Bringt ein bisschen Extrakohle ein. Mit Surfzubehör wird man leider nicht reich. Irgendwann müssen wir alle mal auf einen halbwegs grünen Zweig kommen. Mein Sohn will nächstes Jahr nach Swansea auf die Uni.«

»Echt?« Ich war überrascht darüber, dass Santos einen erwachsenen Sohn hatte, der auch noch studieren wollte. »Kann man da nicht neuerdings sogar ein Surfdiplom machen?«, fragte ich plump, weil mir nichts anderes einfiel.

»Stimmt. Langsam übertreiben sie's, oder? Ein *Surfdiplom*! Aber Dean will Jura studieren und nicht so ein Versager werden wie sein alter Herr. Wer kann es ihm verdenken? Also, lass es mich wissen, wenn du dein Surfbrett bemalt haben willst.«

Freitag. Das Wort hallte durch meinen Kopf, während ich Santos zum Abschied zuwinkte. *Nächsten Freitag holt Justin sein Brett ab.*

Bis dahin blieben noch zehn Tage. Wie sollte ich nur so viel Geduld aufbringen? Ich musste mir eine Ausrede ausdenken, um an besagtem Freitag früher Feierabend machen zu können, damit ich rechtzeitig in Nottage war.

9.

Also habe ich zu der alten Hexe gesagt, mein Gott, sie ist noch so klein! Jetzt geben Sie ihr doch wenigstens die Chance, sich einzugewöhnen. Sie hat mich angeguckt, als wäre ich der letzte Dreck, aber von dieser vertrockneten alten Schachtel lasse ich mir bestimmt nicht sagen, dass meine Tochter verhaltensgestört ist!« Becky war so richtig in Fahrt, und es war nicht ratsam, sie jetzt zu unterbrechen, also schwieg ich einfach und hörte zu.

Es war nämlich so, dass meine Freundin Becky nicht nur ein Problem mit ihrem Freund hatte, sondern auch mit Izzy, ihrer dreieinhalbjährigen Tochter. Izzy ging seit September in den Kindergarten und fand es dort immer noch doof. Ihr schien nicht klar zu sein, dass es sich dabei um eine Dauerregelung handelte, gegen die sich nichts ausrichten ließ. Für eine Dreijährige war das vermutlich ein völlig normales Verhalten, auch wenn sie so überdurchschnittlich intelligent war wie Izzy. Jeden Montagmorgen begann das Spiel von neuem: Izzy fing an zu weinen und klammerte sich mit beängstigender Hartnäckigkeit am Bein ihrer Mutter fest. Becky beschrieb mir diese sich wöchentlich wiederholende Szene ausführlich, während sie mit der Hand sehnsüchtig über die Seiden- und Taftkreationen strich, die dicht an dicht in der Brautmoden*galerie* hingen (wie die übereifrige Verkäuferin betont hatte, handelte es sich nicht etwa um ein schnödes Geschäft, sondern um eine *Galerie*).

Es war Donnerstag, also ging ich davon aus, dass Becky Izzy zumindest für heute erfolgreich im Kindergarten abgeliefert hatte. Nicht dass ich Izzy nicht mochte. Sie war wirklich drollig mit ihren wilden roten Locken, die sie von ihrer Mutter geerbt hatte, und den altklugen Fragen, mit denen sie einen manchmal ganz schön in Verlegenheit brachte. Kurz vor ihrem dritten Geburtstag war sie einmal mit Becky bei Dan und mir zu Hause gewesen. Unser altes viktorianisches Haus verriet mit jedem Quadratmeter, dass es einem nicht sehr häuslichen, kinderlosen Paar gehörte, und war alles andere als kindgerecht. Sobald Izzy den Fuß über die Schwelle gesetzt hatte, fiel mir auf, wie viele scharfkantige Ecken, wackelige Regale, freiliegende Kabel und Heizkörper ohne Abdeckung es bei uns gab.

Aber Izzy hatte sich weder daran gestört noch an der völligen Abwesenheit von Spielzeug. Stattdessen hatte sie sehr erwachsen auf dem Polstersessel gethront und erst Knoten in die Fransen meines Schals gemacht und dann Veilchenbonbons geknabbert, die wir nur im Haus hatten, um für Kinderbesuche an Halloween gerüstet zu sein.

Seit die Hochzeitseinladungen verschickt waren, gab ich mir Mühe, Becky (und damit auch Izzy) in die Vorbereitungen für den großen Tag mit einzubeziehen. Bevor wir uns auf die Suche nach einem Brautkleid begeben hatten, hatte ich Becky zu Kaffee und Kuchen eingeladen und ihr den guten Rat gegeben, sich Stephens Spielsucht und sein ständiges Herumhängen auf Online-Poker-Seiten nicht bieten zu lassen. Bei Becky hatte ich immer das Gefühl, frühere Versäumnisse wiedergutmachen zu müssen, vor allem meine alles andere als hilfreiche Reaktion, als sie mir eröffnet hatte, dass sie mit Izzy schwanger war.

Damals war sie fünfundzwanzig gewesen, und David, ihr On/off-Freund, war ein totaler Idiot. Meine Mutter hätte ihn »ein bisschen träge« genannt, mein Vater »stinkfaul«. David war der Inbegriff eines Hochschulabsolventen, der ständig behauptet, »zwischen zwei Jobs« zu stehen und »sich erst noch finden zu müssen«. Dan verachtete solche Leute.

Als Becky David kennengelernt hatte, hatte er am Ticketschalter des Chapter Arts Centre im Stadtteil Canton gejobbt. Laut Becky schrieb er Gedichte und arbeitete an einem Kurzfilm über das bittersüße Leben eines begnadeten Gitarristen, der heute Alkoholiker war und hinter dem zentralen Busbahnhof von Cardiff hauste.

Als Becky mir nur acht Wochen, nachdem sie mit David zusammengekommen war, eröffnet hatte, dass sie schwanger war, war meine erste Reaktion gewesen: »Herr Jesus auf dem Fahrrad, warum nimmst du denn nicht die Pille?« Und dann: »Willst du, dass ich mit dir zur Abtreibung komme?«

Sie hatte mich angestarrt, als hätte ich gerade verkündet, dass ich nackt die Eiger-Nordwand erklimmen wollte. »Spinnst du? Ich behalte das Baby«, hatte sie mit Bestimmtheit erklärt, nachdem sich ihr Schock gelegt hatte.

Ich war wie vor den Kopf gestoßen. Dass sie sich gegen eine Abtreibung entscheiden könnte, war mir gar nicht in den Sinn gekommen. »Bist du verrückt?«, war ich herausgeplatzt. »Du hast doch selbst gesagt, dass David ein Vollidiot ist! Du kannst kein Baby kriegen, du wohnst noch bei deiner Mutter.«

»Viele Leute leben nach dem Studium noch bei ihren Eltern«, verteidigte sie sich.

»Aber ihr wohnt in einem Sozialbau.«

»Stimmt nicht, das Haus gehört uns.«

»Und was ist mit deinem Job?« Becky hatte unmittelbar nach dem Studium eine Stelle in der Telefonzentrale einer Zeitung angenommen, »um Geld zu verdienen, während ich nach meinem Traumjob als Eventmanagerin Ausschau halte«. Irgendwie war sie bis heute nicht dazu gekommen, sich zu bewerben.

»Ich gehe in Mutterschutz«, antwortete Becky, als wäre ich schwer von Begriff. Bei ihr klang alles so einfach, so unkompliziert.

»Und was sagt David dazu?«

»Keine Ahnung, der ist auf und davon. Hat irgendwas gesagt von wegen, dass er nach Brighton will, um eine Doku über schwule moderne Kunst zu drehen.«

»Aber wenn David weg ist, kannst du das Baby erst recht nicht behalten, Beck.«

»Meine Güte, Jen, schon mal was von alleinerziehenden Eltern gehört? Nicht jeder hat das Glück, einem interessanten Job nachzugehen und mit einem Traumtypen in einem schönen Haus zu residieren. Das Baby war nicht geplant, aber ich werde es ganz sicher nicht abtreiben. Ich kann einfach nicht.«

Ist das ihr Bild von mir?, fragte ich mich. Mein Traumtyp, mein toller Job, mein beneidenswertes Leben?

»Warum nicht? Warum kannst du nicht abtreiben?«, wollte ich von ihr wissen. »Du bist doch noch nicht mal Katholikin. Willst du wirklich nach Newport ziehen und in einer Künstlerkommune ein Hippiekind großziehen?«

Ich kann heute nicht glauben, dass ich das tatsächlich zu ihr gesagt habe. Ich wollte sie wohl ein bisschen erschrecken, damit sie einsah, was für eine schlechte Idee es war, mit fünfundzwanzig ein Kind zu bekommen.

Ich habe keine Ahnung, was mich an ihrer Schwangerschaft so entsetzte. Sie war schließlich keine fünfzehn mehr, und das Haus ihrer Mutter war wirklich schön, mit einer hochmodernen Küche und einer Doppelgarage.

Irgendwie hatte ich das Gefühl, dass sie mich im Stich ließ. Ich hatte geglaubt, dass wir einen gemeinsamen Plan für die Zukunft hatten, in dem nicht vorgesehen war, dass eine von uns alleinerziehende Mutter wurde und mit fast sechsundzwanzig Jahren noch bei ihren Eltern wohnte.

Ein Baby, verdammt noch mal! Ich selbst hörte nicht einmal ansatzweise diese biologische Uhr ticken, von der alle sprachen. Vielleicht würde sich das ändern, wenn ich ein paar Jahre älter wurde, aber für mich lag das Kinderkriegen noch in weiter Ferne. Genauso ging es mir mit dem Heiraten. Diese Dinge würden sich schon eines Tages von allein ergeben.

Jetzt seufzte Becky und zog ein bodenlanges elfenbeinfarbenes Etwas mit Tüllschleppe und einem Rock, unter dem man eine vierköpfige Familie hätte verstecken können, vom Ständer. »Ich hoffe, dass ich auch mal irgendwann heirate«, sagte sie trübsinnig. »Nicht jeder hat so viel Glück wie du und zieht einen Mann wie Dan an Land.«

»Wenn du das nicht sofort wieder zurückhängst, erwürge ich dich mit dieser Tüllschleppe, Becky Benton«, warnte ich mit gespieltem Ernst. »Du bist mir wirklich keine Hilfe. Hab ich nicht ausdrücklich gesagt, dass ich etwas Schlichtes will?«

»Zu Befehl, Brautzilla«, lachte Beck. »Allerdings fürchte ich, dass wir für etwas Schlichtes im falschen Geschäft sind.«

»In der falschen *Galerie*, meinst du.«

Ich gab mich unbeschwert, aber hinter meiner fröhlichen Fassade wurde mir immer schwerer ums Herz. Jedes einzelne Hochzeitskleid in den sechs Brautmodengeschäften, die wir an diesem Nachmittag abgeklappert hatten, hatte Brechreiz in mir ausgelöst. Das war mir vorher schon klar gewesen. Beck hätte sicher nicht verstanden, warum. Ja, ich hatte einen Mann, um den mich andere beneideten, aber begehrte ich ihn überhaupt noch? Genügte mir eine Zukunft an seiner Seite? Warum war ich so undankbar? Oder würde Justin ohnehin alles ruinieren, noch bevor ich die Chance bekam, »Ja, ich will« zu sagen?

»Lass uns hier verduften«, schlug Becky vor. »Ich will Pizza.«

Und ich will, dass jetzt schon morgen ist, dachte ich. *Morgen habe ich nämlich eine Verabredung mit einem ganz bestimmten Surfer.*

Aber vorher musste ich noch den Shoppingtrip mit Becky und den endlos vor mir liegenden Abend hinter mich bringen. Nachdem sich Becky um acht Uhr abends verabschiedet hatte, beschäftigte ich mich mit alltäglichen Verrichtungen. Ich duschte, bügelte und bezahlte online Dans KFZ-Steuer, weil er es schon wieder vergessen hatte. Dabei legte ich mir zurecht, was ich zu Justin sagen wollte, wenn er morgen aus Santos' Laden kam und wir uns erneut gegenüberstanden.

Ich verspürte ein immer stärker werdendes Verlangen, ihn wiederzusehen. Die Chemie zwischen uns war echt gewesen, da war ich mir sicher. Selbst in Anbetracht dessen, was seit unserer gemeinsamen Nacht passiert war, wollte ich nicht wahrhaben, dass er überhaupt nichts für mich empfunden hatte.

Lieber klammerte ich mich an die Hoffnung, dass alles nur ein Irrtum war, ein Missverständnis. Wenn ich Justin endlich gegenüberstand, würde er mir alles erklären. Es bestand schließlich immer noch die klitzekleine Chance, dass derjenige, der mir die Textnachrichten und E-Mails geschickt hatte, überhaupt nicht Justin war. Was, wenn er genauso unschuldig war wie ich? Was, wenn er von der Sache gar nichts wusste? Bestimmt hatte uns irgendein Verrückter gefilmt, der jetzt in seinem Namen Geld von mir verlangte. Die Kollegen von der Kripo hatten gerade erst mit einem Vermieter zu tun gehabt, der in seiner Ferienwohnung Kameras installiert hatte, um die Urlauber beim Duschen und im Bett zu filmen. Konnte es nicht sein, dass Justin gar nichts von dem Video wusste? Vielleicht wurde auch er erpresst, und es war noch eine dritte Person im Spiel, die bisher gar nicht in Erscheinung getreten war.

Falls dem so war und wir die Angelegenheit gemeinsam aufklären konnten, musste mir Justin allerdings immer noch erklären, warum er mich am nächsten Morgen allein gelassen und seither nicht angerufen hatte. Vielleicht war er verwirrt gewesen, oder in einer akuten Notlage, oder er hatte meine Handynummer verloren und wusste nicht, wie er mich finden sollte.

Ein Teil von mir wollte tatsächlich an diese völlig unbegründeten Hoffnungen glauben, und deshalb saß ich am Freitagnachmittag in meinem Auto vor Santos' Laden und versuchte mich davon abzuhalten, an die vielen unbeantworteten Fragen zu denken, die mich seit Wochen quälten. Stattdessen redete ich mir ein, dass alles gut werden würde.

Es war zwanzig nach zwei, und ich war schon seit fast einer Stunde hier. Santos hatte gesagt, dass Justin sein neues Surfbrett am Nachmittag abholen würde, aber da ich nicht wusste, ob das vierzehn Uhr oder siebzehn Uhr bedeutete, ging ich lieber kein Risiko ein. Ich wollte ihn auf keinen Fall verpassen. Nigel hatte ich erzählt, dass ich einen Termin beim Kieferorthopäden hatte, um meine Weisheitszähne röntgen zu lassen. Damit ließen sich mehrere Stunden Abwesenheit erklären.

Aufmerksam beobachtete ich die schmale Straße und sah schließlich einen blauweißen Campingbus um die Ecke biegen, der eine kleine schwarze Abgaswolke hinter sich herzog. Der Bus hielt vor Santos' Surf-Shop, und Justin stieg aus. Einfach so, ganz unspektakulär.

Ich konnte es nicht glauben. Dort stand er, groß und braun gebrannt, und telefonierte lächelnd mit seinem Handy. In meiner Erinnerung war er zu einem übermenschlichen Wesen geworden, zu einem Mann mit goldener Aura, der wie ein griechischer Gott dahinschwebte und hinter sich Winde auslöste, die kilometerweit die Wettersysteme durcheinanderbrachten. Aber im Nieselregen dieses Freitagnachmittags wirkte er nur wie ein ganz normaler – wenn auch ziemlich gut aussehender – Mann in einem ziemlich schäbigen Pullover.

Ohne Vorwarnung verkrampfte sich alles in mir. Eine große Sehnsucht überkam mich, nicht nach ihm, sondern nach all dem, was er an jenem Abend im Pub und im Ferienhaus vermeintlich verheißen hatte. Wie er jetzt leibhaftig und mit wehendem Haar vor mir stand, waren plötzlich alle Gefühle wieder da, die er bei unserer ersten Begegnung in mir ausgelöst hatte.

Ich saß reglos da, und meine Hände lagen wie festgeklebt am Lenkrad, während ich zusah, wie er ohne jede Eile das Geschäft betrat. Mein Mund war staubtrocken. Jetzt, wo der Moment gekommen war, wusste ich nicht mehr, was ich zu ihm sagen wollte.

Zehn Minuten, die mir wie zehn Jahre vorkamen, verstrichen auf meiner Armbanduhr, bevor er mit einem Surfbrett unter dem Arm wieder herauskam. Ohne mir dessen bewusst zu sein, sprang ich aus dem Auto und näherte mich ihm. Er hatte mich noch nicht bemerkt und fischte in seiner Tasche nach dem Autoschlüssel. »Hallo, Justin«, sagte ich.

Er drehte sich um und lächelte mechanisch.

In der Sekunde oder vielmehr dem Sekundenbruchteil, der verging, bevor er das unbefangene Strahlen aufsetzte, an das ich mich noch so gut erinnerte, sah ich etwas Undefinierbares über sein Gesicht huschen – Schreck, Unmut, vielleicht sogar Panik. In diesem Moment wusste ich, dass dieses Gespräch nicht gut ausgehen würde.

Er schien zu überlegen, ob er zugeben sollte, dass er mich erkannt hatte, oder nicht. Sein Blick schoss von meinem Gesicht zur Straße. Als ihm klar wurde, dass ich allein war und dass sich kein wütender Verlobter in einem Auto oder einem Hauseingang in der Nähe versteckte, entspannte er sich sichtlich und sagte: »Jen, was für eine Überraschung! Was machst *du* denn hier?«

Es gelang ihm, seine Worte fröhlich und beiläufig klingen

zu lassen, aber mir entging nicht, wie fest er das Surfbrett umklammerte.

»Ich wollte mit dir reden«, sagte ich und war bestürzt über den flehenden Klang meiner Stimme. Ich hatte gehofft, mich lässig und beiläufig geben zu können, bis ich herausgefunden hatte, was das alles zu bedeuten hatte. Offenbar war ich dazu nicht in der Lage.

Er zögerte einen Moment, bevor er sein Surfbrett abstellte und den Blick senkte. »Warum bist du dann nie ans Telefon gegangen?«

Für einen kurzen Moment hätte ich ihm beinahe geglaubt. Vielleicht lag es an dem elenden Blick, den er mir zuwarf, der Verletztheit in seiner Stimme. Mein Verstand geriet ins Wanken.

»Ich … Wieso? Du hast mich nie angerufen!«, platzte ich heraus. »Du hast mich am nächsten Morgen einfach sitzenlassen. Und angerufen hast du auch nicht.«

»Aber ich hab's versucht«, sagte er und sah mich mit seinen blauen Augen eindringlich an. »Als ich vom Strand zurückkam, habe ich es bei dir probiert, und später noch einmal, aber …« Er ließ seine Worte im Nichts verhallen. Offenbar wollte er damit andeuten, dass er nicht freiwillig den Kontakt zu mir verloren hatte und voller Sehnsucht an mich zurückdachte. Netter Versuch, sagte jener winzige Teil meines Gehirns, der noch funktionierte und meinem Mund die richtigen Impulse schickte.

»Du hast aber keine Nachricht hinterlassen«, insistierte ich.

»Ich dachte, dass es vielleicht besser wäre, wenn ich das nicht tue. Ich meine, du bist schließlich verlobt und so. Ich wollte nicht, dass du in Schwierigkeiten gerätst. Und nachdem du *mich* nicht angerufen hast, war der Fall für mich klar.«

Ein nobler Schmerz trat in seine Augen, und er schob sich die Haare aus der Stirn und bedachte mich mit einem tieftraurigen Lächeln, mit dem er einen Stein hätte erweichen können.

»Wie denn? Ich hatte deine Nummer nicht«, brachte ich hervor.

»Natürlich hattest du meine Nummer. Ich habe sie neben das Bett gelegt.«

Ich dachte nach. Konnte ich eine Telefonnummer neben dem Bett übersehen haben? Aber auf meinem Handy waren keine entgangenen Anrufe angezeigt worden. Also hatte auch keine Nummer neben dem Bett gelegen.

»Du hast nicht angerufen«, sagte ich nach kurzem Zögern. »Nicht ein einziges Mal. Allerdings habe ich deine reizenden E-Mails und Textnachrichten bekommen. Aber das weißt du ja alles längst, Justin.« Dann fügte ich hinzu: »Oder sollte ich lieber Paul sagen?«

Als ich diesen Namen sagte, wurde sein Blick leer und ausdruckslos. Das machte mir Mut. Ich war neugierig, wohin das alles führen würde, und preschte weiter voran: »Und du wohnst auch nicht in Penallt, nicht wahr? Genauso wenig, wie du für den *Cool Cymru*-Führer arbeitest.«

Spätestens jetzt hatte ich seine volle Aufmerksamkeit. Ihm war deutlich anzusehen, dass er sich gerade zum ersten Mal fragte, wie es dazu gekommen war, dass ich an einem feuchtkalten Freitagnachmittag vor Santos' Surf-Shop stand, kilometerweit von dem Ort entfernt, an dem wir uns kennengelernt hatten.

»Du hast recht, ich habe nicht angerufen«, sagte er schließlich, und seine Stimme klang immer noch ruhig und geduldig, auch wenn ich jetzt einen Hauch von Wachsamkeit herauszuhören glaubte. »Ich bin wieder mit meiner Exfreundin zusammengekommen, okay? Ich weiß, dass ich mich scheiße verhalten habe, aber mich hat das Ganze auch irgendwie durcheinandergebracht. Ich wusste ja, dass du heiraten würdest. Also dachte ich, dass es für alle Beteiligten besser wäre, wenn wir uns nicht wiedersehen.«

Er zögerte und senkte wieder den Blick, bevor er durch seine Stirnfransen zu mir nach oben schielte. »Aber unsere Nacht war irgendwie etwas Besonderes, oder?«

Die Gefühle, die in mir gegeneinander ankämpften, schnürten mir die Brust ab und legten sich wie eine kalte Hand um meinen Hals, bis ich kaum noch Luft bekam. *Ja, unsere Nacht ist tatsächlich etwas Besonderes gewesen*, wollte ich sagen, wollte es so laut hinausschreien, dass er es zur Kenntnis nehmen musste. Zwischen uns war etwas gewesen, das stand fest.

Gleichzeitig fehlte mir etwas ohne den Wein, der einen romantischen Schleier über unsere Begegnung im Pub und unsere gemeinsame Nacht gelegt hatte. Justin überzeugte mich nicht mehr. Ich hatte dieses Hervorschielen unter seinen Ponyfransen schon einmal gesehen und spürte regelrecht, wie es in ihm arbeitete, wie er mich abschätzte. Winzige Zahnräder bewegten sich in seinem Kopf und wägten die verschiedenen Reaktionsmöglichkeiten ab. Die Entscheidung würde weder aufrichtig noch spontan sein. Justin legte sich eine Strategie zurecht, um unter allen Umständen die Oberhand in diesem Spiel zu behalten.

Im Hinterkopf hörte ich die Stimme meiner Mutter. *Wer zweimal auf den gleichen Trick hereinfällt, ist selber schuld.* Ich würde mich auf keinen Fall noch einmal von ihm zum Narren halten lassen und beschloss, den nächsten Spielzug zu verhindern. Fang jetzt bloß nicht an zu heulen, befahl ich mir selbst. Wehe, du wagst es!

»Brauchst du das Geld wirklich so dringend?«, fragte ich. Meine Stimme klang jetzt strenger und viel selbstsicherer, als ich mich fühlte. »Hattest du es wirklich nur auf die Kohle abgesehen, oder verschaffst du dir auf die Weise deine perversen Kicks?«

Seine Reaktion war genau so wie erwartet. »Ich weiß nicht, wovon du redest. Welches Geld?«

»Du hast mir also keine Kopien von dem netten kleinen Video geschickt, auf dem wir zu sehen sind, wie wir …« Ich wollte *Liebe machen* sagen, weil ich es so nannte, wenn Dan und ich miteinander schliefen, aber diese Vokabel traf es hier wohl kaum. »… *ficken*«, beendete ich den Satz und spie das Wort mit dem ganzen Abscheu aus, den Justin inzwischen in mir auslöste.

»Wovon redest du, bitte?«

»Von den fast zweiminütigen Highlights unserer gemeinsamen Nacht, die auf meinem E-Mail-Account eingetroffen sind. Bei der *Arbeit*.«

»Davon weiß ich nichts, keine Ahnung, wovon du sprichst.« Aber er wirkte nicht besonders aufgebracht über meine Anschuldigung. Noch viel aufschlussreicher war die Tatsache, dass er mich nicht über das Video auszufragen versuchte. Die meisten Männer an seiner Stelle wären ein bisschen beunruhigt gewesen, wenn sie erfahren hätten, dass ein Video von ihnen kursierte. Vorausgesetzt sie waren unschuldig. Jeder, der tatsächlich nicht wusste, wovon ich sprach, hätte gefragt: Was, welches Video? Oder: O Gott, jemand hat uns gefilmt?!

Auch Justin schien jetzt aufzugehen, dass er sich verkalkuliert hatte, denn er sagte: »Hör mal, es tut mir wirklich leid, dass das mit uns nichts geworden ist, Jen, aber so ist es nun mal. Ich muss jetzt los.«

»Ich zahle dir kein Geld mehr«, sagte ich bestimmt und kämpfte gegen die Tränen an, die mir wieder in die Augen stiegen.

»Wie gesagt: Ich weiß von keinem Geld«, erwiderte er mit nervtötender Ruhe.

»Du weißt schon: das Geld, das du von mir *erpresst* hast, du verlogenes, nichtsnutziges *Arschloch*!«

Das letzte Wort stieß ich so heftig hervor, dass es wie ein Peitschenhieb durch die Luft knallte. An Justins Augen, die sich kaum wahrnehmbar verengten, erkannte ich, dass der Hieb gesessen hatte. Er wich leicht zurück und war dabei, den Rückzug anzutreten. Aber ich konnte ihn nicht einfach so davonkommen lassen, nicht nach allem, was ich auf mich genommen hatte, um ihn zu finden.

»Ich habe Dan von meinem Ausrutscher erzählt«, sagte ich ausdruckslos. »Es ist vorbei. Die Polizei klopft demnächst an deine Tür, darauf kannst du dich verlassen.«

Justin lehnte sein Surfbrett gegen den Bus, sammelte sich kurz und trat dann scheinbar unbekümmert an mich heran.

»Ich weiß wirklich nicht, wovon du redest, Süße. Ich glaube, du brauchst professionelle Hilfe«, sagte er, und sein Gesicht spiegelte fast perfekt Sorge und Anteilnahme wider. Er legte mir die Hand auf den Arm, als wollte er mich trösten, und drückte dann so fest zu, dass ich vor Schmerz zusammenzuckte. Bei alldem hörte er keine Sekunde auf zu lächeln.

»Allerdings hört sich dieses Video für mich so an, als würde man es gern vor seinen Mitmenschen geheim halten. Es wäre doch wirklich ärgerlich, wenn dein Verlobter so etwas sehen würde, oder deine netten Kollegen! Du könntest natürlich zur Polizei gehen, aber das wäre doch ziemlich peinlich, findest du nicht? Jeder würde deine kleine Hauptrolle sehen, deine oscarreife Darbietung. Nein, wenn ich du wäre, würde ich nichts überstürzen. Wer so etwas tut, scheint mir ein Mensch zu sein, mit dem man sich besser nicht anlegt.«

Er drückte noch einmal fester zu, wie um seinen letzten Satz zu unterstreichen, und beugte sich dann lächelnd vor, um mich auf die Schläfe zu küssen, bevor er meinen Arm losließ.

Wenn uns jemand beobachtet hätte, hätte er zwei alte Freunde gesehen, die freundlich miteinander geplaudert hatten und sich nun herzlich verabschiedeten.

»War mir ein Vergnügen«, fügte er hinzu, und sein Lächeln wurde noch breiter, aber seine Augen lachten nicht mit, sondern brannten wie Nadelstiche.

Er nahm sein Brett wieder hoch und schob es durch die Heckklappe in den Bus. Dann stieg er ein und drehte den Schlüssel im Zündschloss. Noch lange nachdem die Rücklichter seines Busses verschwunden waren, stand ich auf der Straße und starrte ihm hinterher, während mir der Regen von den Haaren und Wimpern tropfte.

Jetzt wusste ich, mit was für einem Menschen ich es zu tun hatte. Daran bestand kein Zweifel mehr. Vielleicht war ihm gar nicht aufgefallen, dass er die exakte Formulierung aus seiner SMS wiederholt hatte: »Oscarreife Darbietung.« Falls ich noch einen letzten Beweis dafür gebraucht hätte, dass Justin der Erpresser war, hätte ich ihn hiermit erhalten.

Aber wenn ich ehrlich war, hatte ich von Anfang an gewusst, dass er es war. Ich hatte es nur nicht wahrhaben wollen.

Wie konnte ich so dumm sein?, fragte ich mich, als ich zitternd und gelähmt in meinem Auto saß. Es war nicht so, als wäre ich bisher naiv durchs Leben gegangen. Das ging gar nicht in der Branche, in der ich arbeitete.

Bis zum heutigen Tag war die Sache mit Justin halb Spiel, halb Ernst für mich gewesen, ein verwirrendes, schmerzhaftes Abenteuer, das immer noch ein positives Ende nehmen konnte. Ich hatte ein bisschen Detektivin gespielt, mich als verdeckte Ermittlerin betätigt und dabei tief im Inneren die Überzeugung gehegt, dass es sich nur um eine vorübergehende Unannehmlichkeit handelte. Ich war mir sicher gewesen, dass sich das Problem irgendwie lösen ließ, wenn ich es mit Logik und Vernunft anging. Bei meiner täglichen Arbeit klappte das doch auch.

Aber der vollkommenen Gleichgültigkeit, die Justin an den Tag legte, hatte ich nichts entgegenzusetzen. Er ließ nichts von dem, was ich sagte, an sich heran. Es war ihm egal, welche Auswirkungen seine Tat auf mich und meine Mitmenschen hatte, weil er es schlichtweg nicht nötig hatte, sich vernünftig oder mitfühlend zu zeigen. Er besaß die Macht, und ich besaß gar nichts.

Das ist unfair! Das ist so was von unfair!, brüllte eine schrille, kindliche Stimme in meinem Kopf.

Er hatte mich ausgelacht. Ich mochte es nicht, wenn man mich auslachte. Ganz und gar nicht.

Trotzdem musste ich die zweite Zahlung leisten, wenn ich nicht riskieren wollte, dass Justin seine Drohungen wahrmachte.

In diesem Moment wünschte ich mir sehnlich, mit Dan reden zu können. Normalerweise war er bei jedem Problem und jeder Zwickmühle der Erste, den ich um Rat fragte. Während ich von Porthcawl nach Hause fuhr und an den gleichmäßig hin und her pendelnden Scheibenwischern vorbei auf die Straße starrte, wurde mir klar, dass er die einzige Person auf der ganzen Welt war, der ich vertraute.

Im Radio lief *The Bends* von Radiohead, und Tom Yorke sang wütend von einem Mädchen, das niemanden hatte, an den es sich wenden konnte.

Der Song hatte schon immer eine beunruhigende Wirkung auf mich gehabt, aber jetzt schien er mit seinen heulenden Gitarrenklängen regelrecht nach mir zu schlagen, mein ohnehin schon gebeuteltes Selbstwertgefühl auszupeitschen und den roten Striemen an meinem Oberarm noch mehr anschwellen zu lassen, bis er sich zu einem Bluterguss in Form einer Hand auswuchs.

Der Song nahm mich deshalb so sehr mit, weil auch ich keine echten Freunde hatte. Es gab niemanden, mit dem ich über meine missliche Lage sprechen konnte.

Becky hätte mich nicht verstanden. Sie zog alleine ihr Kind

groß, hatte einen Job, der ihr keinen Spaß machte, und wohnte bei ihrer Mutter. Für sie war Dan der Inbegriff des perfekten Mannes, strahlend und unbefleckt. Wie konnte ich, die ich dreimal so viel verdiente wie sie, in meinem eigenen Haus lebte und eine Hochzeit mit diesem Prachtexemplar von einem Mann plante, von ihr verlangen, dass sie Verständnis für mein Verhalten zeigte? Das war absurd. Vielleicht würde sie sogar heimliche Genugtuung über meinen Absturz verspüren, darüber, dass ich endlich einmal von meinem hohen Ross herabstieg. Wir würden zur Abwechslung die Rollen tauschen, und sie würde den Moralapostel spielen.

Außer Becky gab es noch Serian, mit der ich zwar ab und zu nach der Arbeit ein Gläschen Wein trank oder in der Mittagspause in einem Café über die dicke Paula lästerte, aber ansonsten keine Gemeinsamkeiten hatte. Wir waren keine Freundinnen, die sich gegenseitig Geheimnisse anvertrauten, zumal Serian nichts für sich behalten konnte. Außerdem himmelte sie Dan genauso an wie Becky.

Meine Mutter einzuweihen war absolut ausgeschlossen. Ich hatte ihr nie etwas von meinen grundsätzlichen Zweifeln gesagt, was die Hochzeit anging, weil ich genau wusste, was sie darauf antworten würde: »Sei dankbar für das, was du hast, meine Liebe. Einen besseren Mann kann man sich gar nicht angeln.« Dan konnte in ihren Augen nichts falsch machen. Wenn ich ihr erzählt hätte, dass er mich mit einer anderen betrog, hätte sie sein Verhalten schweren Herzens akzeptiert. Schließlich war er ein Mann. Ich hingegen war die unbekümmerte, praktisch veranlagte Jennifer, die so etwas nicht tat. Wozu auch? Ich hatte keinerlei Grund, unzufrieden zu sein und mich egoistisch und unwürdig zu benehmen.

Nein, bei echten Problemen wandte ich mich grundsätzlich an Dan. Wenn ich wieder einmal mit der dicken Paula aneinandergeraten war, weil ich mich nicht ordnungsgemäß an-

oder abgemeldet oder den Arbeitszeiterfassungsbogen nicht so ausgefüllt hatte, wie sie sich das vorstellte, hörte sich Dan geduldig meinen entrüsteten Monolog an und machte dann einen Vorschlag, wie ich die verbitterte alte Schachtel am besten aus meinen Gedanken verbannte. Wenn ich nervös war vor einem wichtigen Meeting oder eine unerfreuliche Begegnung mit einem arroganten Kollegen erlebt hatte, stand Dan mir bei. Hatte ich Streit mit meiner Mutter, schlug er sich zuverlässig auf meine Seite, und wenn ich einfach nur schlecht gelaunt war und jemanden brauchte, bei dem ich meinen Frust abladen konnte, war er immer für mich da, hörte mir zu und verwöhnte mich mit Tee und tröstenden Worten.

Aber jetzt hatte ich niemanden, den ich um Rat fragen konnte. Ich war ganz allein mit den Gedanken in meinem Kopf, mit meinem Selbstmitleid und meiner Verwirrung, genau wie das Mädchen aus dem Radiohead-Song. Ich hatte keine Ahnung, wie es war, wenn man »the bends« hatte, die Taucherkrankheit, aber wenn es auch nur annähernd an die panischen Schwindelgefühle herankam, die jetzt in mir aufstiegen, wünschte ich sie niemandem.

Außer Justin. Ihm wünschte ich noch viel schlimmere Dinge an den Hals.

Ich dachte ernsthaft darüber nach, ihm kein Geld mehr zu zahlen. Es ging mir weniger um das Geld als darum, dass ich den Gedanken nicht ertrug, dass er mit seiner Drohung Erfolg hatte.

An dem Abend, an dem ich das Geld übergeben sollte, fuhr ich auf der Landstraße, die er mir in seiner letzten SMS genannt hatte, zum Flughafen hinaus. Zum Glück war Dan bis in die frühen Morgenstunden mit seiner Pandemie-Übung beschäftigt. Als der Flughafenkontrollturm vor mir über den Feldern aufragte, traf eine neue SMS ein. Ich folgte den Anweisungen und hielt an der beschriebenen Bushaltestelle, wo ich den Umschlag in eine gelbe Streugutkiste warf. Dann fuhr ich wieder davon. Mir war keine andere Wahl geblieben.

Es war schon das zweite Mal, dass mich der Mut verlassen hatte, das zweite Mal, dass mich Justin übervorteilt hatte. Ich wusste zwar noch nicht, wie ich das erreichen würde, aber ich war fest entschlossen, dass es kein drittes Mal geben würde.

10.

Ich zog meine Leggings und einen Kapuzenpullover an, schnürte meine Turnschuhe zu und joggte los. Die Bewegung tat mir gut. Für Mannschaftssportarten hatten mir immer schon die Geduld und der Ehrgeiz gefehlt, daher hatte ich irgendwann mit einer chronisch nervösen schottischen Freundin namens Pam, die ich aus den Anglistik-Seminaren an der Uni kannte, mit dem Joggen angefangen. Im Gegensatz zu den anderen Mädchen fühlten wir uns von den komplizierten Choreographien der angebotenen Aerobic-Kurse überfordert, und auch die betont munteren Anfeuerungsrufe der Kursleiterin gingen uns auf die Nerven.

Wenn man die Kilometer zusammenzählen würde, die ich seither gerannt bin, könnte man den Großraum Cardiff bestimmt Hunderte Male umspannen. Ich achtete allerdings nie auf die Distanz oder die Zeit, und es ging mir auch nicht darum, Kalorien zu verbrennen. Ich nahm weder an Firmenläufen noch an Halbmarathons teil und war auch kein Mitglied in einem Laufverein. Ich zog einfach dreimal die Woche die Turnschuhe an und rannte los.

Im Sommer lief ich abends in kurzer Hose und T-Shirt durch die Parks oder am Fluss entlang, bis sich die Blätter im Spätsommer allmählich färbten und im Herbst schließlich ganz abfielen. Im Winter joggte ich in langer Sporthose, langärmeligem Fleecepullover, Baseballkappe und Handschuhen durch die dunklen, stillen, regennass glitzernden Straßen der

Stadt. Die Kälte machte mir nichts aus, genauso wenig wie die Dunkelheit. Ich genoss sie sogar, denn ich liebte die Anonymität. Je menschenleerer die Strecke war, desto besser, obwohl ich natürlich immer mein Handy in einer kleinen Tasche am Arm trug und alle Passanten im Auge behielt, um rechtzeitig fliehen zu können, wenn ich mich bedroht fühlte.

Ich rannte nie mit iPod, damit ich keine Begehrlichkeiten weckte und jederzeit hörte, wenn sich jemand von hinten an mich heranschlich. In den vergangenen sechs Jahren hatte ich zu viele diesbezügliche Warnungen herausgegeben, um selbst so unvorsichtig zu sein, im Dunkeln mit iPod zu joggen. Aber ich verzichtete vor allem deshalb darauf, weil ich die Stille genoss.

Das Geräusch meiner Füße, die gleichmäßig auf den Boden hämmerten, das kontrollierte Ein- und Ausatmen, das gesteigerte Tempo, sobald meine Muskeln aufgewärmt waren, die Ausdehnung der Lunge, die sich mit Luft füllte, der fließende Schweiß – das alles war für mich der perfekte Abschluss eines Tages. Damit ließ sich der Lärm wegspülen, die klingelnden Telefone, die schrillen Forderungen der Journalisten, das Knistern des Polizeifunks, die Wörter, die aus den Mündern meiner Kollegen sprudelten und in Telefonhörern verschwanden, das Klappern der Tastaturen, das endlose Klicken und Quasseln und Knattern. Von all diesen Dingen reinigte ich meinen Kopf, indem ich mich körperlich verausgabte, mit jedem Schritt wurde es stiller und leerer darin.

Sobald diese Leere hergestellt war, konnte ich ungestört nachdenken.

Nachdem Dan um meine Hand angehalten hatte, war ich laufen gegangen, bevor ich seinen Antrag annahm.

Auch als ich aus dem Watch-House zurückgekommen war und zum zweiten Mal mit Sophie gesprochen hatte, war ich joggen gegangen. Keine zweiundsiebzig Stunden davor hatte ich mit Justin im Bett gelegen, aber mein schlechtes Gewissen hatte sich in Grenzen gehalten. Wenn Dan mich nicht angelogen hätte, wenn ich nicht durch Sophies Anruf von seinem unsäglichen Betrug erfahren hätte, wäre das alles gar nicht erst passiert.

Ich war gerannt und gerannt und hatte mir vorgestellt, wie Sophie im Takt meiner Füße immer kleiner und kleiner wurde und schließlich mit einem Knall aus meinem Kopf verschwand, wie sie noch einmal kurz aufleuchtete wie ein sterbender Stern und dann blinkend ihr Leben aushauchte und in Vergessenheit geriet. Bald würde der Moment kommen, in dem Dan mir gegenüber sein Ehegelübde ablegte, in dem er mir sagte, dass er mich über alles liebte und nur mit mir zusammen sein wollte. Was kümmerte mich da eine Sophie!

Justin war zu diesem Zeitpunkt noch nicht aufgetaucht in meiner Rechnung, denn er hatte bereits der Vergangenheit angehört.

Als ich nach Sophies Anruf joggen gegangen war, war unser Hochzeitstermin noch acht Monate entfernt gewesen. Es war mir vorgekommen wie eine sehr lange Zeit.

Drei Monate später rannte ich immer noch, aber jetzt waren es nur noch fünf Monate bis zur Hochzeit, und alles war anders.

Ich versuchte krampfhaft, den Kopf freizubekommen und mich an der Winterlandschaft zu erfreuen, die sich vor mir erstreckte, am glitzernden Schnee, der über Nacht gefallen war und den Boden makellos weiß gefärbt hatte, am knallblauen Himmel. Ich rannte an den Sportplätzen vorbei, um den Pfad zu erreichen, der am Fluss entlangführte. Alles war wunderbar ruhig und gedämpft, wie in Watte gepackt. Der Tag war bereits in die weichen Farben des nahenden Sonnenuntergangs getaucht, und während ich quer über das Rugbyfeld rannte und anschließend im Wald verschwand, war ich entzückt von dem Knirschen meiner Füße im unberührten Schnee. Ich dachte an das Gedicht »Rast am Wald an einem verschneiten Tag« von Robert Frost. Darin geht es um einen Reiter, der gerne länger in den tief verschneiten Wäldern verweilen würde, aber ein Versprechen einhalten und seine Reise zu Ende bringen muss, bevor er schlafen darf. Das Gedicht ist eine Metapher auf die Reise des Lebens und letztlich auch auf den Tod, der an ihrem Ende steht. Mir fiel ein, dass ich im Watch-House einen Gedichtband von Robert Frost dabeigehabt hatte und dass Justin diesen Umstand kommentiert hatte. »›Der unbegangene Weg‹. Mein Lieblingsgedicht«, hatte er gesagt. »Ich habe ebenfalls versucht, einen ungewöhnlichen Weg einzuschlagen. Aber irgendwann bin ich dann doch wieder in Gower gelandet.«

In Gedanken sah ich Justins Gesicht vor mir und stellte mir vor, wie ich es unter meinen Schuhen zermalmte, wie ich es zu Brei zerstampfte. Zuerst würden seine Knochen brechen, und dann würde das Blut aus seiner zertrümmerten Nase schießen. Er würde wimmernde Geräusche von sich geben und mit den Armen um sich schlagen, während ich weiter auf ihn eintrat, auch nachdem sein Mund längst nur noch eine blutige Masse war, in der einzelne Zähne schwammen.

Meine Lunge füllte sich mit kalter, frischer Luft, und ich stieß einen Teil des krankmachenden Hasses hervor, der seit meinem Ausflug nach Porthcawl und meiner Fahrt zum Flughafen in meinem Inneren getobt hatte. Während die Kilometer unter meinen Füßen dahinflogen, dachte ich darüber nach, wie es weitergehen sollte.

Bisher hatte mein Erspartes für die beiden Zahlungen gereicht. Es war zwar noch ein bisschen Geld übrig, aber wenn Justins Forderungen weiterhin in so kurzen Abständen eintrafen, war die Summe bald aufgebraucht. Dan würde schnell misstrauisch werden, wenn ich über Geldnot klagte oder ihn bat, mir etwas zu leihen.

Ein undefinierbares Gefühl breitete sich in mir aus, etwas Dunkles und Klebriges, das meine Kehle hinuntertropfte und sich in meiner Magengrube sammelte. Während ich weiter durch das Wäldchen rannte, wartete ich darauf, dass sich das Gefühl in aller Klarheit offenbarte und mir die Richtung wies.

Ich schoss zwischen den Bäumen hervor und näherte mich der eisbedeckten Anglerhütte am Flussufer. An der Treppe tummelte sich eine Gruppe Jugendlicher, die sich gegenseitig mit Schneebällen bewarfen.

»Lauf, Forrest, lauf!«, schrie ein Junge und lachte sich mit seinen Freunden ins Fäustchen.

Ich war der Gruppe schon öfter begegnet, und der heutige Kommentar war definitiv einer der harmloseren. Die beliebtesten Sprüche, die ich mir von den Jungen anhören musste, waren *Geiler Hintern*, *Süße* oder *Lust, meinen Schwanz zu lutschen?*. Dabei konnten sie nicht älter als dreizehn sein. Ich ignorierte die Gruppe wie üblich, weil die einzige Alternative darin bestand, Schimpfwörter zurückzubrüllen, womit ich mich auf ihr Niveau begeben und sie vermutlich weiter angestachelt hätte. Oder ich hätte mir eine neue Route suchen müssen, aber ich sah es überhaupt nicht ein, dass mich eine Bande vorpubertärer Idioten verscheuchte.

An diesem Tag machte irgendetwas klick in meinem Kopf. Ich würde mich weder von den Jugendlichen noch von überhaupt jemandem verscheuchen lassen – ganz im Gegenteil. Ich musste irgendwie erreichen, dass Justin vor *mir* davonrannte.

Meine Lungenflügel öffneten sich, und die Endorphine zirkulierten frei durch meinen Körper und brachten mir die ersehnte Klarheit. Ich rannte drei Runden um die Sportplätze und joggte dann wieder nach Hause. Jetzt wusste ich, was ich tun würde.

Der Schnee blieb nur vierundzwanzig Stunden liegen, aber am nächsten Morgen musste ich dennoch einer langatmigen Einsatznachbesprechung beiwohnen, in der es um die (erneute) Sperrung der M4 sowie die Blockierung mehrerer Landstraßen aufgrund von nächtlichen Unfällen ging.

Jack NewsBeatWales hatte um neun Uhr morgens bereits viermal angerufen, um sich einen »Überblick über das Schneechaos« zu verschaffen, wie er es nannte. So chaotisch sei die Nacht nun auch wieder nicht gewesen, hatte ich entgegnet. Nein, ich könne ihm leider nicht die Einzelheiten jedes SVU – Straßenverkehrsunfalls – der letzten vierundzwanzig Stunden nennen, da dies den zeitlichen Rahmen sprengen würde, aber es sei niemand gestorben oder lebensgefährlich verletzt worden. Er fragte dennoch nach Automarken, Schadensdetails, Anzahl, Alter und Wohnort der Insassen und wollte wissen, in welches Krankenhaus sie mit welchen Verletzungen eingeliefert worden waren.

Ich gab mein Bestes, aber unser System wurde nicht immer sofort aktualisiert, wenn keine Verkehrstoten involviert waren. Jack war nicht besonders glücklich darüber, dass ich ihm nur allgemein gehaltene Informationen per E-Mail schickte, aber er würde die bittere Pille wohl schlucken müssen. Ich spürte, wie sich ein hämmernder Kopfschmerz zwischen meinen Augen und in meinem Nacken einnistete. Ich hatte sonst nur selten Kopfschmerzen und hoffte, dass keine Erkältung im Anmarsch war. Während ich zum wöchentlichen Image-Meeting ins Besprechungszimmer eilte, sehnte ich die Mittagspause herbei, damit ich mich endlich ins Büro der Kriminalpolizei schleichen und erneut an Bodies Computer die Datenbank durchforsten konnte.

Müde und gelangweilt saß ich da, während meine uniformierten Kollegen über Partnerschaften, positive Darstellung in der Öffentlichkeit und Zufriedenstellung der Stadträte durch Polizeiinitiativen in den Gemeinden schwadronierten. Als ich meine Stelle angetreten hatte, hatte ich keineswegs die Illusion gehegt, dass meine Arbeit wahnsinnig aufregend oder heldenhaft sein würde, aber dass ich mich derart oft mit bürokratischem Blödsinn herumschlagen musste, hatte ich nicht für möglich gehalten.

Im Prinzip hatte ich mich direkt nach der Uni bei der Polizei beworben. Anfangs war es nur als Notlösung gedacht gewesen, schließlich hatte mein Studium weder mit Medien noch mit PR zu tun gehabt. Ich hatte einen Abschluss in britischer und europäischer Geschichte und in englischer Literatur. Geschichte, weil ich es toll fand, mir Wissen allein um des Wissens willen anzueignen, und Literatur, weil Erzählliteratur meine Sehnsucht nach Realitätsflucht befriedigte. Ich liebte die Synthese von Fakten und Erlebnissen, Geschichte und Geschichten, die diese klassischste aller Fächerkombinationen mir bot. Dass sie mich auf keinen bestimmten Beruf vorbereitete, war mir damals egal gewesen. Während des Studiums würde ich schon noch herausfinden, welchen Beruf ich einmal ergreifen wollte, da war ich mir sicher. Und ich war mir genauso sicher, dass ich bei erster Gelegenheit aus Wales wegziehen würde, vielleicht sogar aus Großbritannien.

In der Pressestelle der Polizei war ich mehr oder weniger aus Zufall gelandet. Weil ich Dan kennengelernt hatte.

Er war gerade dabei gewesen, seine Magisterarbeit zu schreiben, als ich mein erstes Studienjahr hinter mir hatte, und am Ende meines zweiten Studienjahres wurde er für die Polizeiausbildung zugelassen und lernte den rauen Polizeialltag kennen. Als ich meinen Uniabschluss machte, war er bereits zum Detective Constable aufgestiegen und wollte, dass wir zusammen ein Haus kauften. »Mieten ist Geldverschwendung, Jen«, betete er mir zwei Jahre lang vor. »Das Geld ist futsch, ohne dass man dafür das Geringste in der Hand hat.«

Er hätte es gerne gesehen, wenn ich schon vor meinem Abschluss bei ihm eingezogen wäre. Dadurch hätte ich sogar Geld gespart, denn er bestand darauf, die Miete allein zu übernehmen. Schließlich wusste er, dass ich knapp bei Kasse war. Aber ich lehnte beharrlich ab, mit der Begründung, dass ich erstens meine eigenen vier Wände zum Lernen brauchte und es zweitens besser wäre, getrennte Wohnungen zu haben, weil unser Lebensrhythmus viel zu unterschiedlich sei.

Nachdem ich in allen meinen Fächern als Beste abgeschnitten, ein hart erarbeitetes ausgezeichnetes Examen abgelegt und einen Sommer und Herbst lang auf der faulen Haut gelegen hatte, musste ich langsam Geld verdienen. Meine Eltern hatten fleißig gespart und sich eingeschränkt, um mir mein dreijähriges Studium zu ermöglichen, aber ich hatte dennoch wie alle anderen Studenten Kredite zurückzuzahlen und musste mich zudem mit dem Problem auseinandersetzen, dass ich immer noch keine Ahnung hatte, welchen Berufsweg ich einschlagen wollte.

In dieser Phase gelang es Dan schließlich, mich zu einem gemeinsamen Hauskauf zu überreden, und als im Februar eine gut bezahlte Stelle in der Pressestelle der Cardiffer Polizei frei wurde, sagte Dan: »Das wäre doch eine interessante Erfahrung und würde sich außerdem gut in deinem Lebenslauf machen. Und du könntest anfangen, deine Studienkredite zurückzuzahlen. Versuch es doch einfach ein Jahr lang, während du dir überlegst, was du wirklich willst. Du bist so ein schlauer Kopf, du findest überall Arbeit.«

Aber genau das war mein Argument dagegen. Es hörte sich nicht gerade nach einer großen Herausforderung an, sich täglich ein paar Pressemitteilungen aus den Rippen zu leiern, außerdem fand ich es ein bisschen *zu* spießig, im selben Jahr ein Haus zu kaufen *und* bei der Polizei anzufangen. Aber da ich kein Geld hatte, um weiter herumzureisen und mir in Ruhe

Gedanken zu machen, welche Branche mir lohnenswerter erschien, traf ich eine Vernunftentscheidung und schickte die Bewerbung ab.

Alptraum-Nige hatte das Bewerbungsgespräch geführt, bei dem die dicke Paula als Vertreterin der Personalabteilung und einer der Chief Superintendents als Abgeordneter der Kriminalpolizei teilgenommen hatten.

»Eigentlich wollten wir niemanden nehmen, der nicht aus dem Bereich Medien oder PR kommt«, hatte Nigel erklärt, als er mich einige Tage später anrief, um mir mitzuteilen, dass ich beim Bewerbungsgespräch auf ganzer Linie überzeugt hatte. »Aber Sie waren den anderen Bewerbern haushoch überlegen. Ihre offenkundige geistige Reife hat uns sehr beeindruckt.«

Anfangs war mir meine Arbeit wider Erwarten sinnvoll und kurzweilig vorgekommen. Immerhin habe ich unmittelbaren Einfluss auf den Alltag der Menschen, hatte ich mir eingeredet. Das war mit Sicherheit besser, als irgendwo in einem Callcenter zu sitzen. Ich interessierte mich für die Polizeiarbeit und ihre Geschichte, und Dan und ich diskutierten regelmäßig über Themen wie institutionalisierten Rassismus, Einmischung durch das Innenministerium, Auswirkungen von Etatkürzungen und Wirksamkeit von einstweiligen Verfügungen wegen unsozialen Verhaltens – kurz, über sämtliche politischen und sozialen Themen, mit denen man bei der modernen Polizeiarbeit konfrontiert wird.

Dan brachte jeden Abend Geschichten von der Arbeit mit, die ihm Außenstehende nie abgenommen hätten – schreckliche, traurige, witzige, herzerwärmende Geschichten. Bevor ich meine Stelle als Pressereferentin antrat, stellte ich es mir dramatisch und aufregend vor, im Falle eines *Vorfalls* schnell in meine Kleider schlüpfen zu müssen, um am Ort des Geschehens im Blitzlichtgewitter zu stehen und wichtige Interviews zu geben.

Manchmal traf das auch ein, aber man musste sich auch mit lästigem statistischem Firlefanz und politischen Rangeleien herumschlagen und jagte ständig irgendwelchen Zielvorgaben hinterher. Am meisten litt ich unter den nicht enden wollenden Meetings.

Normalerweise überlebte ich diese Meetings, indem ich mein Gehirn nur auf Sparflamme laufen ließ und mich an einen angenehmen Ort träumte, den ich dann mit Hintergrundwissen füllen musste. Ich stellte mir zum Beispiel vor, dass ich auf dem Markusplatz in Venedig (den Napoleon den »schönsten Festsaal Europas« genannt hatte) im Schatten des Campanile saß (wo Galilei sein Teleskop vorgeführt und die kopernikanische Ansicht vertreten hatte, dass die Erde sich um die Sonne drehte) und einen Bellini trank (Pfirsichsaft mit Prosecco, erfunden in den Dreißigerjahren in Harry's Bar, die wiederum von Noel Coward, Truman Capote und Ernest Hemingway frequentiert worden war).

Aber heute hatte ich keinen Sinn für mein kleines Tagtraumspielchen, sondern betete hinter der Fassade meines höflichen Lächelns, dass das Meeting schnell vorbeigehen möge.

Sobald es sich endlich auflöste und die Teilnehmer zum Mittagessen verschwanden, schlüpfte ich, ohne lange zu zögern, ins Kripo-Büro und rief die Suchmaske von Bodies NOMAD-Programm auf. Ich musste schnell sein. Bodie und seine Kollegen waren zu einer Messerstecherei in Splott gerufen worden und würden bestimmt bald zurück sein. Nach der Mittagspause würde sich das Büro mit all jenen Detective Constables füllen, die die Renovierung aus ihren Zimmern vertrieben hatte und die sich darum stritten, wer zuerst an den Computern des Großraumbüros seine Berichte schreiben durfte.

Die Rundumerneuerung des Gebäudes war allerdings so gut wie abgeschlossen. Am Morgen hatte ich das durchgesessene alte Sofa von Sergeant Stan neben den Mülltonnen im

Hinterhof stehen sehen, und die letzten Teppichrollen standen neben der Tür zu den Arrestzellen im Untergeschoss bereit. Bald würde Bodie wieder in sein altes, frisch renoviertes Büro ziehen, wo ihn ein nagelneuer Schreibtisch und ein PC mit Flachbildschirm erwarteten. Dann würde es deutlich schwieriger werden, sich an seinen Computer zu schleichen.

Natürlich war immer noch kein Justin Reynolds bei NOMAD registriert, aber in dem Programm sind auch die Kennzeichen der Autos vermerkt, die in Unfälle verwickelt waren. Ich tippte das von Justins Bus ein.

In Porthcawl hatte ich mir aus alter Polizeigewohnheit sein Nummernschild gemerkt, wobei mir mein exzellentes Gedächtnis geholfen hatte. Bei meiner letzten Suche hatte ich weder in der Polizeidatenbank noch bei der Kraftfahrzeugbehörde einen Justin Reynolds gefunden, aber ich wusste, dass der Mann, der sich Justin Reynolds nannte, einen Campingbus fuhr. Wenn ich das Kennzeichen eingab, fand ich vielleicht seinen Bus, und damit auch den Namen des Halters.

Der Computer gab ein *Pling* von sich. Die Suchmaschine hatte etwas gefunden. Der Eintrag war zwar schon acht Jahre alt, aber immerhin. Mit geübtem Blick überflog ich den Schadensbericht und lauschte dabei mit einem Ohr auf Schritte im Flur. Es sah ganz danach aus, als wäre der Campingbus im Jahr 2002 in einen Unfall mit einem Landrover und einem Postauto verwickelt gewesen. Der Landrover war auf Höhe des Dorfladens von Aberthin, in dem auch die örtliche Poststelle untergebracht war, über die B234 geschlittert, hatte einen Briefkasten gestreift und war schließlich gegen das Postauto geprallt. Der Campingbus, der hinter dem Landrover gefahren war, hatte angehalten, war aber – da niemand verletzt war – noch vor Eintreffen der Polizei weitergefahren.

Laut Protokoll hatte der Postbote sich das Kennzeichen aufgeschrieben, für den Fall, dass er jemanden brauchte, der seine Unschuld bezeugte. Der Campingbus war damals auf einen siebenundfünfzigjährigen Michael Mathry aus Pennard zugelassen gewesen, und eine Überprüfung hatte ergeben, dass er ordnungsgemäß versichert war. Als die Zeugenaussage des Dorfladeninhabers aufgenommen wurde, bestätigte dieser, dass er die Mathrys kannte, weil sie einen Wohnwagen in einem Wohnwagenpark in der Nähe stehen hatten. Ihr Sohn fahre oft mit dem Campingbus dorthin, aber er könne sich nicht erinnern, wie er mit Vornamen hieß.

Da der Fahrer des Landrovers die zulässige Promillegrenze um ein Vielfaches überschritten hatte und der Ladenbesitzer ein unabhängiger Zeuge war, hatte sich die Polizei nie die Mühe gemacht, Mr Mathry zu kontaktieren und um eine Aussage zu bitten.

Hastig suchte ich in der Datenbank der Kraftfahrzeugbehörde nach Michael Mathry. Wie sich herausstellte, war er immer noch der registrierte Halter des Campingbusses. Allerdings waren die Versicherungsdaten schon älter, was daran liegen konnte, dass das System nicht regelmäßig aktualisiert wurde. Manchmal verkauften die Leute aber auch ihre Autos und vergaßen dann, den Besitzerwechsel bei der Versicherung zu melden. Die einzige Möglichkeit herauszufinden, ob Michael Mathry immer noch der Besitzer war, bestand darin, bei der angegebenen KFZ-Versicherung anzurufen, aber mir fiel kein seriös klingender Vorwand ein.

Andererseits war das vielleicht auch gar nicht nötig. In der Datenbank war die Privatadresse der Mathrys in Pennard angegeben, sogar mit Telefonnummer.

Während ich am Vorabend wie eine Besessene am Fluss entlanggerannt war, hatte ich mir felsenfest vorgenommen, Justins (beziehungsweise Pauls) vollen Namen herauszufinden, um seinen Wissensvorsprung wenigstens ansatzweise einzuholen. Er hatte bereits viel zu viele Informationen über mich und kannte nicht nur meinen vollen Namen, sondern wusste auch, mit wem ich liiert war und wo ich arbeitete, was es ihm ermöglichte, das Tempo und die Bedingungen unseres kleinen Haschmich-Spielchens nach Belieben zu bestimmen. Ich hingegen saß am Telefon und wartete tatenlos auf die nächste Anweisung, die nächste per E-Mail oder SMS übermittelte Drohung, wie ein Fisch, der hilflos am Haken zappelt.

Er baute auf meine Verwirrung, meine Ungläubigkeit, meine Panik. Er baute darauf, dass ich blindlings mitspielte.

Dabei genoss ich doch eigentlich einen Heimvorteil, weil ich tagtäglich mit Informationen, Fakten und Einzelheiten jonglierte und entschied, an wen ich sie weitergab und an wen nicht. Ich war die gute Fee, die Geschenke verteilte und Wünsche erfüllte.

Fakten waren fester Bestandteil meines Alltags und die Basis jeder Pressemitteilung, die ich je herausgegeben hatte. Und jetzt musste ich die Fakten über Justin zusammentragen, angefangen bei seinem echten Namen. Wenn ich erst einmal die Fakten kannte, fand ich vielleicht auch seine Geheimnisse heraus, seine Schwächen.

Ich hatte ihn aufgescheucht, indem ich ihn in Porthcawl aufgespürt hatte, hatte ihn aus dem Gleichgewicht gebracht, das war ihm anzusehen gewesen. Dass das Opfer ihn zur Rede stellte, war ganz sicher nicht Teil seines Plans gewesen. Um sein Gleichgewicht noch ein wenig mehr zu stören, brauchte ich ein Druckmittel. Ich musste etwas in der Hand haben, wenn das nächste Video eintraf, denn *dass* es eintreffen würde, stand fest. Vielleicht gelang es mir, Justin begreiflich zu machen, dass es zu viel Mühe kostete, mich weiter zu erpressen. Wenn ich herausfand, wer er war und wo er wohnte, konnte ich ihn vielleicht in die Flucht schlagen.

Auf diesem Weg war ich schon ein ganzes Stück vorangekommen. Die Mathrys waren die Besitzer des Campingbusses oder waren es zumindest in der Vergangenheit gewesen. Und sie hatten einen Sohn, der den Bus angeblich fuhr.

Während ich über diese Informationen nachdachte, hörte ich am Ende des Flurs die Tür des Treppenhauses zufallen. Gelächter und Stimmen kündigten die Rückkehr der Detectives an. Eilig schloss ich die Suchmasken auf Bodies Computer und hinterließ ihn so, wie ich ihn vorgefunden hatte. Beim Verlassen des Büros stieß ich gegen die dicke Paula. Ich sollte vielleicht klarstellen, dass sie in Wirklichkeit kein bisschen dick, sondern im Gegenteil eine dieser mageren Frauen war, deren Hüften und Schultern ebenso kantig sind wie ihr Charakter. Die dicke Paula wurde von allen so genannt, weil sie ständig über ihr Gewicht klagte und Kuchen und Süßigkeiten grundsätzlich zurückwies, weil sie immer irgendeine Diät machte – Atkins, Weight Watchers, sie hatte sie alle probiert.

Ihr mürrisches Temperament schrieben wir ihrer ständigen Unterzuckerung zu. Aus irgendeinem unerfindlichen Grund schien sie ihre schlechte Laune momentan hauptsächlich an mir auszulassen.

»Ah, da sind Sie ja. Ich habe Sie schon überall gesucht, Jennifer«, verkündete sie theatralisch und versperrte mir wie eine Verkehrspolizistin mit erhobener Hand den Weg.

»Kann ich irgendetwas für Sie tun?«, fragte ich, so höflich ich konnte.

»Ja, ich suche Sie schon seit einer halben Ewigkeit. Der Detective Inspector sucht Sie, aber niemand im ganzen Gebäude scheint zu wissen, wo Sie stecken. Sie müssen von neun bis fünf jederzeit verfügbar und ansprechbar sein, das wissen Sie genau. Das ist nicht das erste Mal, dass wir uns darüber unterhalten. Sie können nicht einfach so von Ihrem Arbeitsplatz verschwinden.«

»Ich war beim Image-Meeting.«

»Das ist schon seit über einer halben Stunde zu Ende.«

»Danach habe ich mir einen Kaffee geholt und bin dann hierhergekommen.«

»Hier ist aber niemand außer Ihnen.«

»Das sehe ich auch. Ich war auf der Suche nach dem Detective Inspector.«

»Wie oft soll ich Ihnen noch sagen, dass Sie sich offiziell abmelden müssen, wenn Sie sich von Ihrem Arbeitsplatz entfernen oder an einem Meeting teilnehmen? Wir müssen jederzeit wissen, wo Sie sich aufhalten.«

»Nigel wusste, dass ich beim Meeting war.«

»Vor einer halben Stunde.«

»Dass das hier eine Polizeiwache ist, ist mir klar, aber mir ist nicht klar, dass wir Mitarbeiter hier unter Überwachung stehen«, antwortete ich kühl. »Mein Job ist äußerst hektisch, Paula. Ich renne wie eine Idiotin durchs Gebäude, um persönlich mit Kollegen zu sprechen, die nicht an ihr Telefon gehen. Heute Vormittag war ich beispielsweise in zwei Meetings und zehn verschiedenen Abteilungen. Mittlerweile ist es nach zwei, und ich hatte noch nicht einmal Zeit, ein Sandwich zu essen. Mein Handy ist eingeschaltet. Wenn ich im Gebäude unterwegs bin und Sie mich nicht finden, können Sie mich jederzeit per Handy erreichen, wie jeder andere auch. Oder Sie lassen mich einfach über Lautsprecher ausrufen.«

Ich war selbst überrascht von meiner kleinen Ansprache. Normalerweise lauschte ich nur höflich und versprach, mich zu bessern, wenn die dicke Paula mir eine Standpauke hielt. Meine genervten Grimassen sparte ich mir für hinterher auf. Aber allmählich war ich mit meiner Geduld am Ende.

Auch Paula war sprachlos und schwieg einen Moment. Dann öffnete sie den Mund, vermutlich, um mir erneut die Vorschriften unter die Nase zu reiben, aber zum Glück kamen in diesem Moment Bodie und Detective Inspector Harden um die Ecke.

»Die liebreizende Jen!«, rief Bodie schon von Weitem. »Wir haben dich schon überall gesucht. Wir brauchen deinen Rat bezüglich einer Körperverletzung mit rassistischem Hintergrund.«

Seine kräftige Stimme hallte durch den ganzen Flur, und er strahlte Paula an, obwohl ich genau wusste, dass er sie genauso wenig ausstehen konnte wie ich. »Sie ist unsere absolute Lieblings-Pressereferentin«, erklärte er und zeigte auf mich. »Was würden wir nur ohne dich tun?« Grinsend knuffte er mich in die Seite.

»Dai, dich habe ich gesucht«, sagte ich und benutzte absichtlich nicht seinen Dienstrang.

»Da haben wir uns wohl mal wieder verpasst«, polterte der Detective Inspector.

Paula machte ein Gesicht, als ob sie gerade in eine Zitrone gebissen hätte. Nicht genug damit, dass ich ihr eine ungewohnt aufsässige Antwort gegeben hatte, zu allem Überfluss war ich auch noch mit den meisten hochrangigen Beamten des südlichen Reviers befreundet und per Du, was ihr überhaupt nicht passte. In der Verwaltung duzten sich höchstens die kleineren Angestellten untereinander. Dort galt es wahrscheinlich als Beeinträchtigung der Leistungsfähigkeit, wenn man mal einen Witz machte oder auch nur lächelte.

Paula konnte es nicht ausstehen, wenn geflirtet wurde. Es wurmte sie zutiefst, dass Bodie und seine Kollegen mich »liebreizende Jen« nannten und mir auch sonst viele Komplimente machten. Aber sie hatte auch ein wenig Respekt vor den ruppigen Kripo-Jungs und biss sich daher auf die Zunge.

»Denken Sie bitte an das, was wir besprochen haben, Jennifer«, sagte sie, warf die strähnigen braunen Haare zurück und eilte mit vorgeschobenem Kinn davon wie eine strenge Schulleiterin.

»Was wollte die alte Hexe?«, fragte Bodie und verzog das

Gesicht. »Sie war vorhin schon mal hier und hat nach dir gefragt.«

Tatsächlich? Warum schnüffelte sie hier unten herum? Um ein Haar hätte sie mich bei meiner verbotenen Datenbankrecherche erwischt. Ich würde mich vor ihr in Acht nehmen müssen.

»Irgendwie hat sie mich seit Neustem auf dem Kieker«, antwortete ich schulterzuckend.

»Weil du nicht vor ihr die Hacken zusammenschlägst wie eine gehorsame kleine Soldatin? Diese Frau ist ein verdammter Nazi«, schimpfte Bodie und salutierte mit knallenden Fersen, während er gleichzeitig die Finger unter die Nase legte, um ein Hitlerbärtchen zu simulieren. »Wenn sie wirklich dick wäre, wäre sie vielleicht wenigstens eine Ulknudel. Braucht wahrscheinlich mal einen richtigen Mann im Bett, aber ich stelle mich definitiv nicht zur Verfügung. Da könnte ich genauso gut eine Schublade voller Messer und Gabeln bumsen.«

»Marc. Es reicht«, ermahnte ihn der Detective Inspector mit der Missbilligung des Dienstälteren. Dann sagte er zu mir: »Du kommst besser mit rein, Jen, bevor Bodie noch frecher wird und ich ihn an die Dienstaufsicht melden muss.«

Die beiden setzten mich über den »rassistischen« Vorfall in Kenntnis, zu dem ich eine Pressemeldung formulieren sollte. Dafür ist das Gleichbehandlungsgesetz ganz sicher nicht gedacht gewesen, überlegte ich. Ein betrunkener Engländer hatte einen Waliser im Wetherspoons-Pub einen hässlichen Schafficker genannt, woraufhin dieser ihn prompt als nutzlosen englischen Wichser bezeichnet hatte. Daraufhin war eine Prügelei ausgebrochen, die für beide mit einem Krankenhausbesuch geendet hatte. Die Geschichte für die Öffentlichkeit aufzubereiten und einen Zeugenaufruf zu veröffentlichen war eine Sache von zehn Minuten.

Paula machte mir da schon mehr Sorgen. Wenn sie mich tatsächlich an Bodies Computer erwischt hätte, wäre es schwierig geworden, ihr eine plausible Erklärung aufzutischen. Und jetzt, wo ich ihr Paroli geboten hatte, würde sie mich sicher noch genauer im Auge behalten. Ich musste also höllisch aufpassen.

Inzwischen war es drei Uhr nachmittags, und ich holte mir mein Sandwich mit Geflügelsalat aus dem Kühlschrank, bevor ich mich wieder an meinen Schreibtisch setzte. Neben dem Rassismusvorfall musste ich auch noch eine Beschwerde gegen einen unserer Streifenpolizisten an den Detective Inspector weiterleiten und eine Strategie zur »positiven Darstellung der Polizei in der Öffentlichkeit« entwerfen, bevor ich nach Hause gehen konnte.

Serian berichtete mir, dass die dicke Paula wegen meiner angeblichen Abwesenheit vom Arbeitsplatz auf dem Kriegspfad war.

»Sie war dreimal hier und hat nach dir gefragt, du ungezogenes Mädchen!«, krakeelte sie und gab mir einen Klaps auf den Handrücken, wobei sie den missbilligenden Lehrerinnenblick der dicken Paula überzeugend imitierte. Wenn es so weiterging mit Paulas Fixierung auf mich, würden wir uns bald wie Tom und Jerry wilde Verfolgungsjagden durchs Gebäude liefern. Während sie knurrend und grimmig hinter mir herrannte, würde ich um Ecken flitzen, in Büros abtauchen oder mich hinter Getränkeautomaten verstecken.

»Ja, ich bin ihr gerade unten bei der Kripo begegnet«, antwortete ich.

»Ich habe ihr gehörig die Leviten gelesen, weil sie dich ständig schikaniert«, rief Nige quer durchs Zimmer. Was er meinte, war, dass er ihr höflich versichert hatte, wie zuverlässig ich sei und dass ich bestimmt irgendwo im Gebäude einen wichtigen Termin habe. Aber er werde mich gerne daran erinnern, mich das nächste Mal schriftlich abzumelden, wenn ich längere Zeit meinem Arbeitsplatz fernblieb.

»Danke, Nige«, antwortete ich lächelnd.

»Könntest du dich vielleicht ein paar Tage lang besonders gewissenhaft an- und abmelden, damit sie Ruhe gibt? Unnötiger Papierkram, ich weiß, aber diese Büromenschen stehen nun mal drauf.«

»Für dich tue ich doch alles, Nige.«

Er ging dazu über, mir von der neuesten Unverschämtheit eines Reporters von der *Sun* zu erzählen, der in meiner Abwesenheit angerufen hatte. Ich täuschte Interesse vor und nickte, aber in Wirklichkeit schmiedete ich den Plan, einen kleinen Ausflug nach Pennard zu unternehmen, um dort weitere Nachforschungen über Justin anzustellen.

»Ich habe einen total idyllischen kleinen Ferienort in Griechenland aufgetan«, rief mir Dan entgegen, als ich um sieben Uhr erschöpft durch die Haustür taumelte. Er hatte zwei Tage frei, bevor die nächste Runde Nachtschichten begann, und schien irgendetwas zu kochen. Aus der Küche schlug mir der Geruch von Tomatensoße und Knoblauchbrot entgegen.

»Ach ja, deine Mutter hat angerufen. Wir sollen ihr dringend die genaue Anzahl unserer Hochzeitsgäste durchgeben, damit sie die Sitzordnung festlegen kann. Außerdem hat noch jemand von der Blumenfirma angerufen – so ein tuntig klingender Typ namens Stanley, glaube ich.«

Dan erschien mit einem Geschirrtuch über der Schulter in der Tür. Er hielt einen Löffel in der Hand, von dem eine klumpige rote Soße aufs Parkett tropfte. Ich stellte müde meine Tasche ab und zeigte auf die Bolognesekleckse.

»Oh, Mist«, sagte er und bückte sich, um sie mit dem Geschirrtuch zu entfernen, bevor er mir einen Kuss auf die Wange gab. »Du siehst fertig aus. Harter Tag? In der Kanne ist heißer Tee, ich gieße dir einen ein. Das Essen ist in zehn Minuten fertig.«

Er zog sich in die Küche zurück und klapperte mit Geschirr herum, während ich mir mühsam Jacke und Schuhe auszog. Im Wohnzimmer liefen die Fernsehnachrichten in voller Lautstärke, und ich beeilte mich, sie leiser zu stellen. In meinem Kopf hämmerte es auch so schon genug. Mit der einen Hand sammelte ich zwei benutzte Tassen und eine Snickers-Verpackung ein und mit der anderen Dans achtlos abgestreifte Arbeitsschuhe. Dann ging ich zurück in die Küche.

Saunahitze schlug mir entgegen, und unter der Decke hing träge eine Dunstwolke, die von dem sprudelnden Nudelwasser auf unserem Gasherd aufstieg.

»Mach doch dieses Abzugsding an, Dan«, sagte ich zu seinem Rücken und setzte mich an den Küchentisch, auf dem ein Stapel mit aufgeschlagenen Urlaubskatalogen lag.

»Ist doch kaputt«, antwortete er und öffnete stattdessen ein Fenster. Ich widerstand dem Drang, aufzustehen und die bespritzten Oberflächen sauber zu wischen und die benutzten Küchengeräte einzuweichen. Das mochte Dan nämlich gar nicht. Außerdem war ich zu müde, um mich zu bewegen.

»Guck dir das Hotel ganz oben auf dem Stapel an«, sagte Dan und wies auf die Kataloge. »Der Pool ist genial. Und wenn man sich langweilt, sind die umliegenden Berge ideal zum Wandern. Da ist weit und breit gar nichts, also gibt es auch garantiert keine Touristenhorden oder Bierproleten. Die Flüge gehen ab Bristol.«

Tiefblaues Meer und makellos weiße Sandbuchten schimmerten mir entgegen. Mir war heiß und schwindelig. Seit wir das Hochzeitsdatum festgelegt hatten, sprach Dan über nichts anderes mehr als unsere Flitterwochen. Mehr als die Hälfte der notwendigen Vorbereitungen für die Hochzeit waren noch zu erledigen (Stanley war nicht der Einzige, der mir wegen der Anzahlung und der definitiven Gästezahl hinterhertelefonierte), aber Dan schien nur daran interessiert, die Flitterwochen in trockene Tücher zu bringen. Man hätte meinen sollen, dass es machbar wäre, sich auf ein Reiseziel zu einigen, aber beim Thema Reisen waren Dan und ich schon immer unterschiedlicher Meinung gewesen, und seine Vorschläge für unsere Flitterwochen bildeten keine Ausnahme.

Für ihn bestand ein perfekter Urlaub darin, am Strand oder am Pool herumzuliegen und zwischendurch ein bisschen zu wandern. Er bevorzugte abgelegene Hotels mitten in der Natur, vielleicht mit einer einfachen Taverne oder Bar, in der man abends eine Kleinigkeit essen und ein paar Bierchen trinken konnte. Stichwort Griechenland, Balearen oder Portugal.

Ich hingegen war das komplette Gegenteil. Seit ich als Kind einen Atlas zu Weihnachten bekommen und staunend die Landkarten und Bilder betrachtet hatte, träumte ich davon, das Kolosseum zu erkunden, die Decke der Sixtinischen Kapelle zu bewundern, aus den Brunnen der Alhambra zu trinken, mich mit beiden Füßen unters Brandenburger Tor zu stellen oder auf das Empire State Building zu steigen, dieses Wunderwerk des Art déco.

Ich hatte mir immer gewünscht, diese Träume mit Dan teilen zu können, und mir vorgestellt, wie wir Hand in Hand zwischen antiken Steinen herumkletterten und den Duft von Freesien einatmeten, oder einen Bellini in Venedig oder in irgendeiner anderen geschäftigen europäischen Bar tranken, oder uns unter einem weiten Sternenhimmel küssten.

Aber es sollte nicht sein.

Schon unsere erste gemeinsame Reise war ein großer Misserfolg gewesen. Kurz vor Beginn meines zweiten Studienjahres hatten wir einen Kurzurlaub zusammen unternommen, bei dem ich Dan nach Amsterdam geschleift hatte, in der Überzeugung, dass er nur einen kleinen Anstoß brauchte, um meine kulturbetontere Vorstellung von Urlaub schätzen zu lernen und sich für urbane Sehenswürdigkeiten zu erwärmen.

Die Flüge waren billig gewesen, und Amsterdam war ein absolutes Pflichtziel für jeden Studenten. Aber das Einzige, was Dan dort wirklich gefallen hatte, war das Anne-Frank-Haus gewesen, vermutlich weil es mit dem Zweiten Weltkrieg zu tun hatte.

Er hatte sich schon unwohl gefühlt, wenn wir auch nur in die Nähe eines Coffeeshops gekommen waren und Gefahr liefen, Cannabiswolken einzuatmen. Das fand ich noch verständlich, schließlich stand er damals kurz vor der Aufnahmeprüfung zum Polizeidienst. Er hatte die irrationale Sorge, dass er passiv zu viel Gras einatmete und den Drogentest nicht bestand. Außerdem fand er, dass in den Coffeeshops zu viele Herumtreiber und Faulenzer herumhingen.

Die Wörter »Herumtreiber« und »Faulenzer« waren für Dan auch damals schon die schlimmsten Beleidigungen, und wenn er jemanden ein »stinkfaules Arschloch« nannte, wusste man, dass seine Verachtung ihren Höhepunkt erreicht hatte.

Er weigerte sich strikt, durch das Rotlichtviertel zu gehen, was ich als Frau nicht allzu schlimm fand.

Anfangs glaubte ich, Amsterdam sei einfach die falsche Stadt für ihn gewesen, aber Dan lehnte auch die von mir vorgeschlagenen Reisen nach Kopenhagen (»zu kalt und angeblich längst nicht so reizvoll, wie alle sagen«), Prag (»zu viele Junggesellenabschiede und Taschendiebe«), Paris (»zu klischeemäßig«) und Rom (»überteuerte, schmutzige und von Graffiti verunstaltete Touristenfalle«) ab.

Mehrere Valentinstage, Geburtstage und Jahrestage vergingen, ohne dass er mich auch nur ein Mal mit einem romantischen Kurztrip überraschte, wie es andere Männer oft mit ihren Freundinnen taten. Während meine Kommilitonen im Sommer nach meinem zweiten Studienjahr ihre Rucksäcke packten, um an exotische Orte zu reisen, verbrachten Dan und ich zehn Tage in Portugal – an der Algarve, um genau zu sein.

Das Hotel, das Dan ausgesucht hatte, war wunderschön und geschmackvoll und lag abgelegen an einem hübschen Strand. Dan vertrieb sich die Zeit mit Windsurfen und Schnorcheln, und wir schwammen täglich im Meer. Ich las viel und bewunderte die Umgebung, aber ich langweilte mich schon nach kurzer Zeit und fühlte mich einsam und zappelig.

Bereits auf dem Rückflug schlug Dan die Balearen als Reiseziel für den nächsten Sommer vor.

Am Ende meines dritten und letzten Studienjahres, als er gerade seine Polizeiausbildung beendet hatte und darauf drängte, ein Haus zu kaufen, war ich fest entschlossen, an einen interessanten Ort zu reisen, und wenn ich es allein tun musste. In einem seltenen Anfall von Aufsässigkeit, der meine Eltern – und, wenn ich ehrlich bin, auch mich selbst – schockierte, zettelte ich eine Rebellion an und meldete mich als Betreuerin für ein Ferienlager in den Vereinigten Staaten.

Zuerst würde ich neun Wochen in einem Camp in Massachusetts verbringen, wo es vor Waschbären und Streifenhörnchen nur so wimmelte, und dort Ferienkinder hüten. Aber damit nicht genug: Im Anschluss würde ich an einer organisierten Campingreise durch New England teilnehmen, bei der wir von Camp zu Camp zogen.

Dan hatte mit Überraschung und Verärgerung reagiert, als ich ihm die Anmeldeformulare gezeigt hatte, und etwas vom Unabhängigkeitskrieg, der Boston Tea Party, den Hexenprozessen von Salem und dem weißen Hai gemurmelt. Als ich tatsächlich angenommen wurde, war seine Verärgerung in offene Feindseligkeit umgeschlagen.

»Das ist nichts anderes als Sklavenarbeit, und das weißt du auch. In solchen Ferienlagern wimmelt es nur so von Gammlern. Ich bin mir sicher, dass es dir dort nicht gefällt«, hatte er erklärt.

Er fand, dass es mir überhaupt nicht ähnlich sah, so abenteuerlustig zu sein und nicht auf seine vernünftigen Argumente zu hören. Und das, obwohl ich Kinder eigentlich überhaupt nicht mögen würde und das Ganze überhaupt viel zu gefährlich sei.

»Wie soll ich dich denn erreichen, wenn du jeden Tag woanders bist?«, fragte er immer wieder. Damals waren Handys noch nicht in jedermanns Benutzung, aber ich versprach ihm, von jedem Münztelefon anzurufen, das mir unterwegs begegnete. Außerdem gab ich ihm die Adressen sämtlicher Camps, in denen wir uns aufhalten würden.

»Findest du das nicht ein bisschen sehr studentenmäßig? Und teuer wird es bestimmt auch«, warnte er mich, als er merkte, dass ich keineswegs vorhatte, einen Rückzieher zu machen und wie gewöhnlich einzulenken.

Wenn es nach ihm gegangen wäre, hätten wir stattdessen lieber unser Projekt »Hauskauf« vorangetrieben und uns »ein schönes gemeinsames Nest« gesucht, damit er anschließend unter Hochdruck weiter an seiner Karriere arbeiten konnte.

Aber ich war erst einundzwanzig.

Bewaffnet mit meinem Amerikaführer, einigen Klassikern der amerikanischen Literatur (einem Gedichtband von Robert Frost und *Der scharlachrote Buchstabe* von Nathaniel Hawthorne) und einem Rucksack voller Shorts, T-Shirts und Sonnencreme stieg ich schließlich ins Flugzeug. Vier Monate unter dem blauen Himmel von New England, zwischen Bäumen und plätschernden Badeseen, stellten sich als anstrengende, aber auch unerwartet beglückende Erfahrung heraus.

Es stimmte zwar, dass ich ständig erschöpft war und mir die Kinder mit ihrer ungestümen Anhänglichkeit manchmal auf die Nerven gingen. Fast alle stammten aus der schwarzen oder hispanischen Unterschicht und standen auf Gangsta Rap und begrüßten sich mit Ghettofaust. Alle waren unter zwölf und nahmen an Bostoner Sozialprojekten teil. Verständlicherweise fanden sie ihre sehr weißen, sehr anständigen britischen Betreuer ziemlich eigenartig.

Auch meine Kollegen gingen mir auf die Nerven, denn die meisten waren stinkreich und vagabundierten mit Mamas und Papas Kreditkarte durch die Weltgeschichte.

Ich fragte mich tatsächlich die meiste Zeit, was ich da eigentlich tat, fand es aber trotzdem irgendwie schön. An unseren freien Wochenenden verschanzten wir Betreuer uns in der Personalhütte und tranken dünnes, warmes Budweiser oder Whiskey Cola – was natürlich gegen die Campregeln verstieß. Wir flirteten unbeholfen und tanzten zu allem, was das scheppernde Radio hergab. Einmal nahm ich sogar einen Zug von einem Joint, von dem ich gerne noch mehr geraucht hätte, weil ich wusste, dass Dan sich darüber geärgert hätte, aber ich mochte den Geschmack nicht.

Im Camp gab es einen gutmütigen, bärtigen Exhippie namens Joe, der die Kinder mit einem alten Schulbus herumfuhr. Er hatte eine Schwäche für mich und erzählte mir Geschichten aus den Sechzigern und Siebzigern (sofern er sich noch daran erinnerte). Er besaß ein Tattoo-Studio im nahe gelegenen Örtchen Orange, direkt neben der weißen Holzschindelkirche und dem Porky-Tum-Pizzaservice, und bot an, mir eine Glockenblume auf die Schulter zu tätowieren, weil die *genauso irre blau ist wie deine Augen, Mann*!. In den langen Nächten sahen wir den Glühwürmchen zu und hörten die Doors.

Wie ich diese surreale, märchenhafte Welt liebte, dieses Land, in dem alles mit einer Glasur aus besonders kräftigen, bunten Farben überzogen schien, in dem es Extraportionen Pommes frites gab und man Kaffee nachgeschenkt bekam, so viel man wollte.

Ich vermisste Dan, aber nicht so sehr, wie ich erwartet hatte. Ihm fiel die Trennung natürlich schwerer, weil er zu Hause saß und arbeitete und seine Probezeit bei der Polizei zu Ende absolvierte, weil er ohne mich seinen üblichen Alltag bewältigen musste.

Die Campingreise führte uns zuerst nach Boston, dann in die Städte und Dörfer von Vermont und Maine und schließlich wieder zurück nach Massachusetts. Am Ende schlugen wir unser Lager am Strand von Cape Cod auf, braun gebrannt und staubig von der Reise, bereit, die Grills anzuzünden und uns auf das Essen zu stürzen. Hier, am sich ständig verändernden Saum des tiefblauen Meeres, am Rand der einst Neuen Welt, veränderte sich auch in mir etwas.

Ich atmete tief ein, umgeben von einem Globus aus Meer und Himmel und kleinen weißen Holzhäusern, aus schneeweißem Leuchtturm und Möwen, die über mir im Wind tanzten, aus Ewigkeit, die sich um mich herum in hundert verschiedenen Blau- und Grautönen erstreckte.

Die steifer werdende Brise brachte auch das Wispern einer köstlichen Ungewissheit mit sich, die mich nicht mehr nervös machte, vor der ich keine Angst mehr hatte. Der Wind schmeckte nach Salz und Seetang, ein bisschen wie Blut. Ich hatte das Gefühl, meine Füße könnten sich jeden Moment aus dem feuchten Sand lösen, weil mein Körper mit unsichtbaren Schwingen gen Himmel flog, hinein in die Abendsonne.

In diesem Moment war die Versuchung groß, bei meinen Reisebegleitern zu bleiben und für mehrere Wochen oder sogar Jahre, vielleicht für Jahrzehnte, vor allem davonzulaufen. Ich konnte in den Weiten Amerikas untertauchen, konnte verschwinden wie die Leute, die manchmal im Fernsehen gesucht werden, konnte von Stadt zu Stadt ziehen und in Bars oder Imbisslokalen arbeiten, Menschen kennenlernen, die ich sonst nie getroffen hätte, und mich auf feuchtfröhliche, abenteuerliche Road Trips begeben, auf den Spuren Jack Kerouacs. Das alles natürlich in dem Wissen, dass ich jederzeit zurückkehren und wieder ein bürgerliches Leben führen konnte, wenn die Sehnsucht nach einem festen Wohnort und einer sicheren Liebe zu groß wurde.

Aber dann holte mich der Gedanke an Dan ein und ich wurde jäh in die Realität zurückkatapultiert. Bereits hier, am Strand von Cape Cod, hörte ich das gleichförmige Ticken unserer gemeinsamen Tage, das am Ende meiner rasant kürzer werdenden Auszeit auf mich wartete. Von jetzt an würde mich meine Reise nur noch zurück nach Boston und dann die 12000 Kilometer zurück nach Großbritannien führen, zurück ins Vergessen. Als ich dort am langsam anschwellenden Meer stand, in dem sich die Lichtreflexe der surrenden und vibrierenden Sonne von Massachusetts spiegelten, stieg zum ersten Mal Groll in mir auf, Groll gegen den Mann, den ich eigentlich liebte.

Während ich an dem kleinen silbernen Herzanhänger herumfummelte, den mir Dan vor meiner Abreise geschenkt hatte, Dan, der so sicher war, dass ich unverändert und unverdorben zu ihm zurückkommen würde, wusste ich tief in meinem Inneren, dass ich nicht weglaufen konnte. Ich brachte nicht den Mut auf, ihm zu sagen, dass ich ihn nicht liebte. Zumal es nicht stimmte. Ich liebte ihn. Zumindest was das betraf, hatte er recht.

Nachdem ich seine Umarmungen und Küsse am Flughafen hinter mich gebracht hatte, fuhren Dan und ich in seinem kleinen roten Auto nach Hause, und in mir brannte das Gefühl, etwas verloren zu haben. Ich hatte einen Teil von mir an jenem Strand zurückgelassen, der bereits in weite Ferne gerückt war, hatte ihn gegen einen Stein eingetauscht, der unterhalb meines Herzens in meiner Brust lag und mich erdete und an meinem Platz hielt. Mit diesem Stein gingen Erinnerungen an Licht und Verheißung einher, die zwar immer mehr verblassten, aber noch mindestens zehn Jahre lang die Frage aufwerfen würden: »Was wäre gewesen, wenn …?«

Ich war wieder zu Hause, und wir sahen uns Häuser an, fanden den »Übergangsjob« bei der Polizei für mich, und damit war das Ende jedes »studentenmäßigen« – also unverantwortlichen – Verhaltens gekommen.

Die Zeit der Vernunft war angebrochen.

Ich schlug den Weg des geringsten Widerstands ein und tauschte meinen Jack Daniel's gegen Wein ein, erklärte mich zu Urlaubsreisen bereit, die Dan Spaß machten, und beschwerte mich nicht mehr, wenn ich lieber einen anderen Radiosender hören wollte. Diese kleinen, ja geradezu winzigen Zugeständnisse kamen mir nicht wie ein Opfer vor, sie passierten einfach, ein ständiges Tröpfeln in das Gefäß der täglichen Kompromisse. Was ich eigentlich dachte, behielt ich für mich. Was brachte es, sich über etwas aufzuregen, was sich ohnehin nie ändern würde?

Zumindest machten mir meine Zugeständnisse nicht viel aus, solange ich zu wissen glaubte, wer Dan war, solange er der solide, zuverlässige Partner war, der wie ein Kompass immer in dieselbe Richtung zeigte. Solange ich noch wusste, wo wir standen und wofür wir standen und dass es weit schlimmere Orte gab als den an seiner Seite.

Und dann kam *dieser* Anruf – von *dieser* Frau. *Sophie*. Und plötzlich war Dan nicht mehr der Mann, für den ich ihn bis dato gehalten hatte. Er war nicht mehr der standhafte und verlässliche Dan – ehrlich und wahrhaftig, ein Fels in der Brandung. Der Boden unter meinen Füßen hatte angefangen zu beben.

Durch den Riss, der in meinem Herzen entstand, sprangen alle meine einstigen Hoffnungen und Wünsche heraus, die ich tief in mir verschlossen hatte, und allem voran stürmten die Fragen auf mich ein: *Warum heiraten wir überhaupt? Warum sind wir ein Paar? Liebe ich ihn überhaupt genug? Muss ich mich damit zufriedengeben?*

Während diese Fragen wie unheilverkündende Geier über meinem Kopf gekreist hatten, war ich ins Auto gestiegen und mit meinem Robert-Frost-Gedichtband zum Watch-House gefahren. Ich erinnerte mich noch genau an den Geruch nach Holzfeuer und salziger Meeresluft, der mich dort erwartet hatte, an die schiefen kleinen Fenster, hinter denen das Kaminfeuer leuchtete.

Dan sagte etwas über Zakynthos und schreckte mich damit aus meinen dunklen Gedanken. Während er die Tagliatelle abgoss und sie dann nach viel zu kurzer Abtropfzeit auf die Teller häufte, schwärmte er von Lagunen und Parasailing.

Ich starrte auf den Katalog und die paradiesischen Fotos vor mir auf dem Tisch. Er wartete auf eine Antwort von mir, eine Meinung. Griechenland ist vielleicht ganz okay, wenn wir uns den richtigen Ort aussuchen, dachte ich. In Griechenland gibt es Tempel, dieses Land war gut genug für Homer und Virgil.

»Müssen wir das jetzt entscheiden, Dan?«, seufzte ich, während mich ein ganzes Zeitalter antiker Erschöpfung auf den Stuhl niederdrückte. »Ich bin heute einfach zu müde.«

Unbeirrt nahm er den Katalog und zeigte auf das moderne Fünfsternehotel.

»Natürlich musst du dich nicht jetzt gleich entscheiden, Liebling«, beschwichtigte er, »aber guck es dir wenigstens mal an. Uns bleibt nicht mehr viel Zeit für die Planung, zumal immer noch so viele Entscheidungen für die Hochzeit ausstehen. Deine Mutter klang wirklich gestresst am Telefon.«

»Ach, *sie* klang gestresst?«, ging ich sofort in die Defensive.

»Ich meinte doch nur, dass wir irgendwann mal eine Entscheidung treffen müssen. Wir haben schon Februar.«

»Das weiß ich. Natürlich weiß ich das. Aber mein Job ist genauso anstrengend wie deiner, und ich habe wirklich keine Zeit, mich ständig um diesen ganzen Hochzeitskram zu kümmern.«

Er stellte mir mit verletztem Gesicht einen Teller Nudeln vor die Nase. Ich kam mir sofort wie eine furchtbare Zicke vor. Dieser enttäuschte Ausdruck in seinen Augen gefiel mir gar nicht. Es war nicht seine Schuld, dass ich mich nicht auf die Hochzeit freute, sondern ganz allein meine. *Er* wusste, was er wollte, im Gegensatz zu mir.

»Danke, dass du gekocht hast, Dan«, sagte ich. »Das war wirklich eine schöne Überraschung.« Ich probierte eine Gabel voll Nudeln und stellte überrascht fest, dass sie gut schmeckten. »Echt lecker.«

»Ich dachte, ich nehme dir das heute ab, damit du dich auch mal einfach an den Tisch setzen kannst«, murmelte er und stocherte niedergeschlagen in seinem Teller herum.

Ich hatte es mal wieder geschafft. Ich hatte seine Vision von häuslicher Idylle und gemeinsamem Glück zerstört, seinen Plan, mich mit einem Abendessen zu überraschen. Dabei hatte er es nur gut gemeint.

»Ich schaue mir die Kataloge dieses Wochenende an, versprochen, Schatz. Und meine Mutter rufe ich gleich nach dem Essen zurück.«

»Ich liebe dich, Jen«, sagte er.

»Ich liebe dich auch«, antwortete ich.

»Morgen habe ich frei. Ich könnte zu dir auf die Wache kommen und dich zum Mittagessen abholen. Du gönnst dir sonst nie eine richtige Mittagspause, ich weiß, aber die können mal eine halbe Stunde ohne dich zurechtkommen.«

»Tut mir leid, Süßer, aber morgen schaffe ich es nicht, ich ersticke in Arbeit«, antwortete ich wahrheitsgemäß. »Aber das machen wir ein anderes Mal, versprochen.«

Dabei tanzte vor meinem inneren Auge die Landkarte von Westwales und Gower, die in meiner Handtasche steckte.

11.

Ich hielt, was ich Nigel versprochen hatte, und meldete mich ordnungsgemäß ab, als ich vormittags die Wache verließ. In meinen Online-Terminkalender hatte ich eingetragen, dass ich den Kollegen aus Swansea einen Besuch abstatten wollte, um mit ihnen eine »proaktive Publicity-Strategie« zu erarbeiten. Ich war stolz auf diesen Einfall, denn gegen so viel Eifer konnte selbst die dicke Paula nichts einzuwenden haben. Dann machte ich mich auf den Weg nach Aberthin, um nach den Mathrys zu suchen.

Auf dem Weg dorthin würde ich einen kurzen Zwischenstopp bei Police Constable Dick Thomas und seiner neuen jungen Kollegin Rhian in Swansea einlegen und mit den beiden eine halbe Stunde über bevorstehende Aktionen in der Gegend plaudern, damit sie hinterher mein Alibi bestätigten. Anschließend musste ich allerdings dringend weiter, weil ich eine Verabredung mit einem Campingbus hatte. Und mit einem Wohnwagen. Der Wohnwagenpark von Aberthin war auf meiner Landkarte von Westwales verzeichnet.

Als ich am Morgen die Telefonnummer der Mathrys in Pennard angerufen hatte, die Nummer, die damals wegen des Landrover-Unfalls in der Datenbank registriert worden war, hatte mir eine betagt wirkende Dame mit krächzender Stimme mitgeteilt, dass die Mathrys vor sechs Jahren weggezogen seien.

Ich war enttäuscht gewesen, ließ mich aber nicht entmutigen. Die Leute im westlichen Wales hängen an ihren alten Wohnwagen (und an ihren alten Campingbussen, die für sie echte Liebhaberstücke sind). Es war also gut möglich, dass die Mathrys immer noch ihren Wohnwagen in Aberthin stehen hatten, in der Nähe des damaligen Unfallortes. Und der Campingbus war vielleicht auch noch in ihrem Besitz. Im Wohnwagenpark fand ich sicher jemanden, der sie kannte oder wusste, wo sie hingezogen waren. Und es konnte sogar sein, dass der Wohnwagen noch von einem Sohn genutzt wurde, der leidenschaftlicher Surfer war und eine Vorliebe für Sexvideos hatte.

Falls die Mathrys nichts mit »meinem« Justin zu tun hatten und Mr Mathry den Campingbus damals an ihn verkauft hatte, ohne die neuen Besitzverhältnisse bei der Versicherung zu melden, konnte er sich vielleicht noch an den Käufer erinnern und mir sagen, wie er ausgesehen hatte.

Was mir Hoffnung machte, war die Tatsache, dass Aberthin nur eine halbe Stunde Fahrt vom Hotel Watch-House in Penallt entfernt lag. Das konnte kein Zufall sein. »Ich bin dir auf den Fersen, Justin«, murmelte ich leise, als hinter einer Kuppe das Meer auftauchte. »Wart's nur ab, Freundchen.«

Wenn man nicht genau wusste, wo der Wohnwagenpark von Aberthin war, konnte man ihn leicht verfehlen. Er lag zwar nur eine knappe Viertelstunde von der Hauptstraße entfernt, aber die Küste bestand hier aus einem Labyrinth aus Feldwegen, Wäldern und Büschen, aus Pfaden und Weggabelungen, die alle gleich aussahen und zu einsamen Stränden und Kiesbuchten führten.

Ich rechnete bereits damit, mich heillos zu verfahren, aber dann ging mir plötzlich auf, dass ich vor langer Zeit schon einmal hier gewesen war.

Es waren einige Schilder, die vor Landminen warnten, die

meinem Gedächtnis auf die Sprünge halfen. Im Alter von sechzehn Jahren hatte ich einmal mit zwei Freundinnen hier die Ferien verbracht. Die Eltern der einen Freundin, Wendy, hatten damals ganzjährig einen Wohnwagen auf dem Platz gehabt, den sie liebevoll ihren »Schuppen auf Rädern« nannten. Gemeinsam mit unserer Freundin Shirley durften wir allein unsere Ferien in dem Wohnwagen verbringen, und der mangelnde Komfort hatte uns kein bisschen gestört.

Die Einrichtung des Wagens, dessen Baujahr ich auf 1970 schätzte, war seit Urzeiten nicht mehr verändert worden und bestand hauptsächlich aus orangefarbenem und braunem Kunststoff. Durch das Dach tropfte es herein, und die Chemietoilette nutzten wir nur, wenn es gar nicht anders ging. Aber wir schnupperten zum ersten Mal echte Freiheit und genossen, umgeben von Strand und Wiesen, unser elternloses Dasein.

An dem einzigen Tag, an dem es nicht regnete, radelten wir in waghalsigem Tempo die sich schlängelnden Feldwege entlang und wichen den dicken Tropfen aus, die von den nassen Bäumen fielen. Direkt hinter der Zufahrt des Wohnwagenparks entdeckten wir sie, die verbeulten Schilder mit den Totenköpfen, die vor verschütteten und seither vor sich hin schlummernden Landminen aus dem Zweiten Weltkrieg warnten. Beim Gedanken daran, dass sie ganz in unserer Nähe verrotteten, vielleicht sogar unter den grünschwarzen Seetangbüscheln am Strand, lief uns ein eiskalter Schauder über den Rücken. Warum jemals eine Armee auf die Idee gekommen war, dieses gottverlassene Ende der Welt als Ort für einen Einmarsch auszuwählen, war uns ein Rätsel, aber die Warnschilder gaben einen guten Hintergrund für Fotos ab.

Den Rest der verregneten Woche verbrachten wir drei Mädchen – eins blond, eins brünett und eins rothaarig – im Wohnwagen, wo wir Toast mit Marmelade und Brot mit Spiegelei aßen, verdünnten Fruchtsaft tranken und es uns im Schneidersitz auf den kratzigen Polstern bequem machten. Dort saßen wir zwischen den Töpfen und Pfannen, die wir als Auffangbecken für den hereintropfenden Regen zweckentfremdet hatten, und lasen uns begeistert durch einen Stapel Groschenromane von Wendys Mutter, während Wind und Gischt von der nahe gelegenen Bucht gegen den Wohnwagen prasselten.

Alle paar Minuten brach eine von uns in Gekicher aus und las den anderen eine besonders schwülstige Passage oder einen schmachtenden Dialog vor. Wie amüsierten uns über die sich ständig wiederholenden Szenarien, das häufige Auftauchen von Vornamen wie Lucinda, Charlotte, Felicity, Chad oder Armando, die hochtrabenden doppelten Nachnamen, darüber, dass alle weiblichen Hauptfiguren Modedesignerinnen, PR-Assistentinnen oder Fotografinnen waren und die männlichen Schweizer Bankiers, freiberufliche Journalisten oder Ölmagnaten. Meine Lieblingsgeschichte hieß *Irrtum der Liebe* und handelte von einem Schuft namens Stein Wallbeck, den man fast schon als Vergewaltiger bezeichnen konnte, denn er presste seine Männlichkeit ständig an die arme, jungfräuliche Fotografin Felicity und rang sie auf verschiedenen Gartenmöbeln nieder.

Seither lautete unser Urteil über jede übereifrige, draufgängerische Person, dass sie »ein ziemlicher Wallbeck« sei, wozu wir vielsagend grinsten. Schon damals war mir bewusst, dass wir uns zwar über diese Geschichten kaputtlachten, von den Gefühlen, die die teilweise recht explizite Sexualität in uns wachrief, aber auch verunsichert waren. Wenn wir nachts wach unter der Daunendecke lagen, gingen uns vermutlich allen dreien die gleichen offenen Fragen durch den Kopf.

Zwölf Jahre später arbeitete *ich* in der PR-Branche, und Justin hatte sich als Wallbeck erwiesen, der selbst das Original an Perversion übertraf. Wie ironisch – und wie traurig.

Weil ich bei meiner Ankunft keine Aufmerksamkeit erregen

wollte, fuhr ich zunächst an der Einfahrt des Wohnwagenparks vorbei, bog um eine Kurve und parkte mein Auto neben einem kleinen Viehgitter am Straßenrand. Bodie klagte oft, dass Polizeiarbeit hauptsächlich aus Warterei bestand und man endlose Stunden damit verbrachte, zu beobachten, wer was wann wie oft und mit wem tat. Wenn man dann Glück hatte, konnte man am Ende der Observierung jemanden überwältigen und verhaften, um ihn mit auf die Wache zu nehmen.

Der Sinn meiner heutigen Übung bestand natürlich darin, mich gar nicht erst auf Situationen einzulassen, in denen ich jemanden überwältigen musste. Ich wollte lediglich herausfinden, ob die Mathrys einen Sohn hatten, der ihren Campingbus fuhr.

Ich hatte mich im Auto umgezogen und war in Jeans und Fleecejacke geschlüpft, weil ich nicht auffallen wollte, was mit schicker Hose, Jackett und hochhackigen Schuhen inmitten eines matschigen Wohnwagenparks im Februar nicht zu vermeiden gewesen wäre.

Es war traurig, wie sehr der Park seit meinem letzten Besuch verkommen war. Viele Parzellen standen leer, und überall spross Unkraut durch die Risse in den nackten Betonflächen. Mit ein oder zwei Ausnahmen sahen alle verbleibenden Wohnwagen schäbig und ungepflegt aus. In der Wagenreihe, die der Küste am nächsten war, parkten einige Autos und zeugten wenigstens von ein bisschen Leben.

Nirgendwo war ein geparkter Campingbus zu sehen.

Neben dem Einfahrtstor befand sich eine kleine Anmeldung, die nicht mehr als ein schuhkartongroßer Betonklotz war, den eine Empfangstheke aus Melamin in zwei Hälften teilte. Das Büro war abgeschlossen, aber durch die schmutzige Scheibe erkannte ich einen Getränkeautomaten und einen Geländeplan an der Wand. Leider war die Beschriftung so verblichen, dass ich nicht erkannte, ob unter einer der Parzellen der Name Mathry stand. Trotzdem wollte ich auf keinen Fall den ganzen Platz ablaufen, aus Angst, dass sich Justin in diesem Moment in einem der Wohnwagen befand und plötzlich aus dem Fenster guckte.

Ich zog mir meine Baseballkappe tiefer in die Stirn und klappte den Kragen meiner Fleecejacke hoch. Es war windig und kalt, daher würde ich damit kein Misstrauen erregen. Auf dem Gelände bummelten ein paar Besucher herum, und ein älteres Pärchen Anfang siebzig, das ebenfalls Fleecejacken und Baseballkappen trug, saß unter einer Plastikplane vor der Tür seines Wohnwagens. Die beiden sahen aus wie die typischen Wichtigtuer, die mit Argusaugen jede Bewegung auf dem Platz beobachteten. Ihr Wohnwagen lag direkt am holprigen Fußweg, daher bekamen sie alles mit, was sich an ihnen vorbeibewegte.

Ihr Wohnwagen hatte neue Reifen, und hinter der sauberen Heckscheibe entdeckte ich einen Strauß Plastikblumen. Die Rasenfläche unter den Campingstühlen war sorgfältig gemäht und von weißen Strandkieseln eingefasst. Auf dem Gasherd im Wohnwagen stand ein Wasserkessel, und das Pärchen ließ sich Blätterteigpasteten aus einer Papiertüte schmecken. Wenn mir jemand weiterhelfen konnte, dann diese beiden.

»Hiya!«, sagte ich mit einem freundlichen Winken und legte einen etwas stärkeren walisischen Akzent auf als sonst. Das hatte ich früher immer in der Schule getan, um nicht unangenehm aufzufallen. Damals war es eine Überlebensstrategie gewesen, jetzt war es eine vertrauensbildende Maßnahme und vielleicht auch eine Tarnung.

»Entschuldigen Sie, dass ich störe, aber Sie wissen nicht zufällig, wo der Wohnwagen der Mathrys steht?«

»Wen suchen Sie denn?«, fragte die Frau.

»Na ja, Michael Mathry. Meine Familie war früher ein paarmal in den Ferien hier, und mein Vater war mit ihm befreundet. Als Kind habe ich manchmal mit seinem Sohn gespielt, aber das ist ewig her, deshalb erinnere ich mich nicht mehr, wo die Mathrys ihren Wagen haben. Falls sie überhaupt noch hierherkommen.«

»Natürlich kennen wir die Mathrys. Die kommen sogar schon länger hierher als wir, stimmt's nicht, Len? Der Sohn, von dem Sie sprechen, ist sicher Paul. Müsste ungefähr in Ihrem Alter sein, vielleicht ein bisschen älter.«

»Stimmt, Paul. Ja, das ist er.« Ich nickte eifrig. *Paul also.*

»Tja, der Wohnwagen steht direkt hinter dem da drüben. Sehen Sie? Es ist der mit dem Holzverschlag.« Sie zeigte auf einen Wohnwagen in der Nebenreihe. »Die Mathrys können echt froh sein, dass sie den Schuppen haben, um ihr Auto oder den Bus unterzustellen. Wir hätten die Parzelle auch gerne gehabt, aber sie wollten sie nicht verkaufen. Ich kann's ihnen natürlich nicht verübeln. Eine schöne Parzelle, ein bisschen abgelegen. Da kriegt man vom Trubel nicht viel mit.«

Sie sah sich um, als erwartete sie eine Horde Urlauber mit Sonnenhüten, Eimern und Schaufeln, aber der Einzige, der sich im Umkreis bewegte, war ein schlammbespritzter Cockerspaniel, der einen Plastikball im Maul trug.

»Wirklich schön, das Ding«, sagte der Mann unvermittelt.

»Hab ich doch gesagt, Len. Ein schöner Wohnwagen und eine schöne Parzelle.«

»Nein, ich meinte den Campingbus, Gwen. Den alten. So einen hatte ich auch, als ich fünfundzwanzig war. Das waren noch Zeiten!« Er zwinkerte mir zu. »Hab ihn verkauft. Die Dinger schlucken Öl, das ist wirklich unglaublich!«

»Du warst nie fünfundzwanzig, Len. Außerdem interessiert sich die junge Dame gar nicht für den Campingbus. Sie will zu den Mathrys. Tut mir leid, meine Liebe, aber die beiden kommen schon länger nicht mehr hierher. Na ja, der Sohn ist hin und wieder hier. Zumindest brennt manchmal das Licht im Wohnwagen, aber der Junge ist nicht besonders gesprächig. Sein Vater war ein netter Kerl, hat immer gegrüßt oder ist auf ein kleines Schwätzchen vorbeigekommen, aber diese jungen Leute heutzutage haben einfach keine Manieren mehr. Nichts gegen Sie.«

Ich lächelte nur freundlich.

»Das Gelände ist natürlich nicht mehr das, was es mal war, und die Leute sind auch nicht mehr wie früher. Damals waren wir eine eingeschworene Gemeinschaft, bis dann die Browns weggegangen sind und ihren Wohnwagen verkauft haben.« Sie zeigte auf den heruntergekommenen Wohnwagen nebenan. »Polly und John von zwei Reihen weiter sind vor fünf Jahren abgehauen. Inzwischen stehen die meisten Wohnwagen leer. Aber wir beide sind jedes Wochenende hier, egal bei welchem Wetter. Manchmal auch unter der Woche, wenn die Sonne scheint.«

»Die Mathrys sind umgezogen, wenn ich mich nicht täusche. Wohnen jetzt in Uplands, glaube ich. War es nicht Uplands, Gwen?«, mischte sich Len ein, aber Gwen hatte nur eine kurze Pause gemacht, um von ihrer Pastete abzubeißen, und setzte ihre Schilderung unbeirrt fort:

»Dann setzen wir Teewasser auf und essen Pasteten oder Obstkuchen. Nichts als Seeluft und Ruhe und Erholung. Und nach dem Essen machen wir meistens einen Strandspaziergang mit unserem Ernie.«

Sie zeigte auf den Cockerspaniel, der jetzt neben dem Bürohäuschen in der Erde buddelte. »Tausendmal besser als Fernsehen. Der schönste Ort auf der ganzen Welt, sage ich immer. Stimmt's nicht, Len?«

»Kann ich bestätigen. Den ganzen verdammten Tag sagst du nichts anderes, mein altes Mädchen.«

»Halt die Klappe und hol lieber die Milch, bevor ich verdurste. Der Tee ist fertig.«

Mit einem erneuten Zwinkern in meine Richtung stemmte sich Len überraschend behände aus dem Campingstuhl hoch und verschwand in aller Seelenruhe im Wohnwagen.

»Sie kommen also schon lange hierher?«, fragte ich, mehr, um das Gespräch am Laufen zu halten, als aus echtem Interesse. Aber Gwen brauchte ohnehin keine Ermunterung.

»O ja, 1967 haben wir den Wohnwagen gekauft und ihn dann anno 87 durch einen neuen ersetzt. Die meisten anderen Parzellenbesitzer haben noch die alten Dinger hier stehen, wie Sie sehen. Geht alles den Bach runter. Aber wir sind sehr zufrieden mit unserem, in dem bleiben wir, bis wir tot umfallen. Waren Sie gut befreundet mit dem Sohn der Mathrys?«

»Nein, ich habe ihn als Jugendliche das letzte Mal gesehen, glaube ich. Aber ich wohne jetzt wieder in der Gegend und dachte, ich sage mal Hallo.«

»Es gab nämlich Probleme mit dem Jungen, wissen Sie?«, sagte sie verschwörerisch und beugte sich vor, damit ihr Mann sie nicht hörte, der im Inneren des Wohnwagens gerade den Kühlschrank öffnete. »Ist jetzt ungefähr zehn Jahre her. Wir haben nicht alles so genau mitbekommen, aber es gab Gerüchte, dass er etwas mit der Tochter des Pfarrers von Pennard hatte. Pater Miller, glaube ich. Wir kannten ihn nicht persönlich, aber das Mädchen war ein paarmal mit Paul hier. So ein mageres Ding mit schwarzen Haaren, ziemlich schüchtern. Paul war damals ja schon älter, und meine Mädchen waren an der Uni, daher war es nicht mehr so wie früher, als alle Kinder noch zusammen hier auf dem Platz gespielt haben.

Na ja, jedenfalls hat Paul sie offenbar in Schwierigkeiten gebracht, Sie wissen schon. Und da die beiden nicht verheiratet waren und sie die Pfarrerstochter war, gab es einen ziemlichen Skandal. Die Familie des Mädchens ist dann irgendwo ins Hochland gezogen, glaube ich. Es ist nie ganz herausgekommen, was passiert ist, weil die Eltern den Mantel des

Schweigens darüber gedeckt haben. Es hieß nur, das Mädchen hätte einen Nervenzusammenbruch gehabt, daher der Ortswechsel. Meine Schwester Carol kannte die Frau, die früher immer die Gemeinderäume in Pennard geputzt hat, und die hat es ihr erzählt. Na ja, man weiß nie, was da wirklich vorgefallen ist. Aber der Junge ist anschließend auf Reisen gegangen und hat offenbar jede Menge Schulden auf die Kreditkarte seines Vaters gemacht.

Der alte Mathry war früher jedes Wochenende hier, aber nach der Geschichte ist er fast gar nicht mehr gekommen. Ich bin nur froh, dass meine eigenen Töchter so wohlgeraten sind – haben beide schon Kinder. Aber ich sollte wohl lieber meine Klappe halten, das ist alles eine halbe Ewigkeit her.«

»Ich kann dich übrigens hören, Gwen. Und du solltest tatsächlich keine Gerüchte in die Welt setzen, über die du gar nichts Genaues weißt«, ertönte Lens Stimme aus dem Wohnwagen. Dann kam er mit einem kleinen Plastiktablett wieder nach draußen, auf dem er ein Milchkännchen und eine Zuckerdose balancierte. Als er das Tablett absetzte, sah ich, dass es mit dem offiziellen Hochzeitsfoto von Lady Diana Spencer und Prince Charles bedruckt war.

»Ach, mir ist das eigentlich ganz egal. Wie gesagt, ich habe Paul seit damals nicht mehr gesehen. Aber seinen Eltern hätte ich gerne kurz Guten Tag gesagt, aber sie scheinen ja leider nicht da zu sein. Trotzdem vielen Dank für Ihre Hilfe.«

»Hätten Sie gern ein Stückchen Kuchen?«, fragte Gwen.

»Das ist sehr nett, aber ich muss jetzt leider los.«

»Oder wie wär's mit einem Tässchen Tee? Echter Tetley-Tee, Len trinkt nichts anderes. Für ihn ist er der einzig wahre, nicht wahr, Len?«

»Absolut richtig, Gwen.«

»Ich muss wirklich weiter. Trotzdem vielen Dank für die Einladung.«

»Wie heißen Sie eigentlich? Dann sage ich den Mathrys, dass Sie hier waren.«

Ich nannte den ersten Namen, der mir in den Sinn kam. »Anne Nolan.«

»Wie die Nolan Sisters?«

»Ja, genau.«

»Möchten Sie vielleicht Ihre Telefonnummer hierlassen?«

»Nein, nicht nötig. Ich stehe im Telefonbuch. Also, danke noch mal!«

Ich musste schleunigst ins Büro zurück, bevor die dicke Paula misstrauisch wurde. Und ich musste überprüfen, ob Justin wirklich Paul Mathry war. Santos hatte ihn jedenfalls Paul genannt, und laut Gwen und Len besaßen die Mathrys immer noch ihren Campingbus. Ich wusste, dass ich bald noch einmal wiederkommen musste, um den Wohnwagen genauer unter die Lupe zu nehmen. Und den Schuppen. Aber es war sicher besser, wenn ich es im Schutz der Dunkelheit tat.

12.

Im Gegensatz zu der unterkühlten und reservierten Standesbeamtin von Cardiff war die Standesbeamtin von Vale of Glamorgan ein kugelrundes Energiebündel, das beschwingte Heiterkeit ausstrahlte.

Dan und ich waren direkt von der Arbeit in getrennten Autos gekommen und hatten uns gegenüber dem Standesamt in einem italienischen Café getroffen. Uns war nicht einmal Zeit für einen Kaffee geblieben, weil Dan durch eine Schießerei in Roath aufgehalten worden war. Aber die Standesbeamtin, die unsere Trauung durchführen würde, weil wir die Hochzeit in einem Hotel in der Nähe ausrichteten, sah milde über unsere leichte Verspätung hinweg.

Mit strahlendem Lächeln bat sie uns in ihr modernes, helles Büro in Barry, gratulierte uns zu unserer baldigen Hochzeit und fragte Dan, von dessen Uniform sie sehr beeindruckt war, was sie gegen die Halbstarken unternehmen könne, die immer wieder die Bushaltestelle vor ihrem Haus mit Graffiti verunzierten.

Dann wurde sie sachlich und erinnerte Dan und mich daran, dass bei unserer standesamtlichen Trauung keinerlei »religiöse Verweise« erlaubt seien. Ansonsten vermittelte sie uns das Gefühl, mit uns zusammen eine ausgelassene Party zu planen.

Anhand eines Informationsblattes besprachen wir den Ablauf der Trauungszeremonie und die möglichen Formulierungen des Ehegelübdes. Dann schob sie uns mit einem Lächeln einen Stapel mit Beispielformulierungen und Gedichten zu, mit denen man die offiziellen Floskeln ein wenig auflockern konnte. Ihre »Alles halb so wild«-Einstellung färbte schon nach kurzer Zeit auf Dan und mich ab, und wir entspannten uns merklich.

Die haarsträubende Komik der vorgeschlagenen Sentimentalitäten, die hauptsächlich aus holprigen Versen über die Liebe bestanden, »die gibt, statt zu nehmen, und heilt, statt zu lähmen«, oder über das große Glück, »Seite an Seite in den ewigen Sonnenschein zu schreiten«, trieb mir Lachtränen in die Augen.

»Manche Paare verfassen natürlich ihre eigenen Verse«, beschwichtigte die Standesbeamtin und grinste, als könnte sie selbst nicht glauben, dass die Leute in aller Öffentlichkeit derart schwülstig ihre Seele entblößten. »Sie können jedes beliebige Gedicht vortragen, solange es *keine religiösen Verweise enthält.*« Den letzten Teil sprachen wir im Chor.

Ich verstand nicht, wie die Leute solchen zuckersüßen Blödsinn mit aufrichtiger Liebe und Zugehörigkeit verwechseln konnten, und wie man überhaupt auf die Idee kommen konnte, seine intimsten und privatesten Momente vor Leuten hinauszuposaunen, die nur darauf warteten, nach der Trauung endlich das Buffet stürmen zu können.

Die eine Hälfte von mir hätte am liebsten sofort die Flucht ergriffen, und die andere fragte sich, warum Dan und ich nicht einfach gemeinsam durchbrennen und unsere Eheschließung ohne inszenierte Zurschaustellung von Gefühlen und ohne gaffende Zuschauer durchziehen konnten. Ohnehin kam mir unsere Hochzeit mittlerweile wie ein großer Schwindel vor. Ich fragte mich, ob wir den Zieleinlauf in den Hafen der Ehe überhaupt erleben würden, jetzt, wo Justin am Streckenrand lauerte. Vor ein paar Tagen hatte er mir eine weitere grausame SMS geschrieben.

»Mach dich für deine Oster-Abschlagszahlung bereit«, hatte darin gestanden. »Video folgt.«

Ich war nicht überrascht, schließlich hatte ich gewusst, dass es nur eine Frage der Zeit war und dass die Bombe früher oder später platzen würde. Während ich lächelnd und plaudernd vor der Standesbeamtin saß, kam ich mir vor wie eine Frau, die trotz Unwetterwarnung stur die Picknickdecke im Garten ausbreitet und Tassen, Teller, Sandwiches und Cupcakes bereitstellt.

»Wir möchten am liebsten überhaupt keine Verse aufsagen«, lehnte ich höflich ab. »Wir mögen es schlicht und aufrichtig, mit so wenig Drumherum wie möglich.«

»Ach, da bin ich aber froh«, antwortete die Standesbeamtin strahlend, die darauf bestand, dass wir sie Claire nannten. »Ich mache das jetzt seit fünfzehn Jahren, und Sie können sich nicht vorstellen, was für einen Käse die Leute an ihrem großen Tag von sich geben. Als wollten sie sämtliche Hochzeiten, die sie je gesehen haben, noch übertrumpfen. Ich sage es nur ungern, aber die Sprüche werden jedes Jahr geschmackloser. Manchmal muss ich mich wirklich sehr zusammenreißen, um ernst zu bleiben. Für die Begleitmusik, die die Leute aussuchen, gilt dasselbe. Die meisten fahren auf diesen *Titanic*-Song ab, bei dem die Sängerin so schrecklich jault, oder auf ›I Will Always Love You‹ von Whitney Houston.«

»Nicht Ihr Ernst«, platzte ich entsetzt heraus, und sie lachte.

»O doch. Einmal hat die Mutter des Bräutigams dieses *Titanic*-Lied sogar auf der Harfe gespielt, es war furchtbar. Die Hitze im Saal war so groß, dass sich alle Saiten verstimmt haben, aber diese kleine Person mit ihrem grässlichen lila Hut, für den fast ein ganzes Huhn seine Federn lassen musste, hielt tapfer bis zum Ende durch. Machen Sie sich keine Sorgen: Wir kriegen es schon irgendwie hin, dass Ihre Trauung schlicht und trotzdem ergreifend wird. Sie beide sind wirklich ein reizendes, bodenständiges Paar, wenn ich das so sagen darf.«

Ich lächelte und registrierte erstaunt, dass Dan neben mir rot anlief. Die besorgniserregende Färbung seiner Wangen deutete auf eine Mischung aus Rührung und Verlegenheit hin.

»Ich muss nicht in aller Öffentlichkeit Gefühlsduseleien von mir geben, um meine Liebe zu beweisen«, sagte Dan zu mir, als wir gemeinsam zum Auto gingen, und drückte meine Hand. »Das geht niemanden etwas an. Ich sage dir lieber unter vier Augen, was ich für dich empfinde. Wenn Gott und die Welt mitkriegen, was ich zu sagen habe, wirkt es irgendwie unaufrichtig und falsch.« In diesem Punkt waren wir ausnahmsweise einer Meinung.

»Ich habe übrigens eine kleine Überraschung für dich«, sagte er. »Nimm dir nichts vor dieses Wochenende.«

»Aber ich habe Bereitschaft, und du hast Nachtschicht«, antwortete ich und dachte daran, dass ich möglichst bald nach Aberthin zurückmusste, um mir den Wohnwagen der Mathrys genauer anzusehen.

»Beides falsch«, deutete er geheimnisvoll an und weigerte sich, mir mehr zu verraten.

Ich rollte mich auf den Rücken und streckte die Beine aus. Draußen war es bereits hell, aber im Schlafzimmer herrschte noch Dämmerlicht, und ich hatte keine Lust, die Decke zurückzuschlagen und aufzustehen. Dieser Moment zwischen Nacht und Tag, dieser kurze, behagliche, aus der Zeit gefallene Augenblick hatte mir schon immer gefallen, und ich zögerte ihn gerne so lange wie möglich hinaus, vor allem am Wochenende. Die Sorgen des Alltags schienen noch fern, und man musste noch nicht darüber nachdenken, sich fürs Büro fertigzumachen, die Milch hereinzuholen, darüber zu streiten, wer das Geschirr abspülte, eine Ladung Wäsche zu waschen, eine neue Glühbirne in die Lampe zu drehen oder die Kreditkartenrechnung zu zahlen.

Dan schien das Aufstehen weniger auszumachen als mir, es sei denn, er hatte anstrengende Nachtschichten oder Überstunden in den Knochen, was seit seiner Beförderung immer häufiger der Fall war. Nach solchen Nächten lagen wir morgens benommen nebeneinander, und keiner von uns wollte der Erste sein, der aufstand und damit die Nachtruhe für beendet erklärte. Wenn wir den Eindruck hatten, es nicht länger hinauszögern zu können, sagte einer von uns: »Okay, der Countdown läuft.«

Dann zählten wir rückwärts von zehn bis eins, langsam, aber kontinuierlich, mit dem Ziel, uns bei null beide gleichzeitig aus dem Bett zu schwingen. Aber natürlich blieb einer von uns in letzter Sekunde doch noch liegen, und dann ließ sich auch der andere zurück auf die Matratze plumpsen. Es folgten entrüstete Knuffe und Gekicher, bevor der Countdown erneut begann. Dans Tante hatte diesen Brauch in seiner Kindheit eingeführt, damit ihm das frühe Aufstehen an kalten, dunklen Wintermorgen während der Schulzeit nicht so schwerfiel. Später hatte er den Countdown mit in unsere Beziehung gebracht, und seither war er zu unserem gemeinsamen Morgenritual geworden. Ich selbst hatte ihn inzwischen auch auf andere Lebensbereiche übertragen und zählte immer dann von zehn rückwärts, wenn ich mich vor unangenehmen Aufgaben beruhigen und mir Mut machen wollte.

An diesem Morgen war Dan allerdings früher aufgestanden, und ich lag allein im Bett und hörte zu, wie er in der Küche den Wasserkessel aufsetzte und dabei leise vor sich hin pfiff. Es klang wie *Highway to Hell* von AC/DC. Im Wohnzimmer liefen die Nachrichten im Fernsehen. Als Nächstes hörte ich, wie Dan in der Küche eine Cornflakespackung aufriss und den Inhalt in eine Schüssel und vermutlich auch auf die halbe Arbeitsfläche rieseln ließ. Aus dem gedämpften Geklapper, das nun folgte, schloss ich, dass er gerade die Thermoskanne aus dem Küchenschrank holte. Vor dem Aufstehen hatte er irgendetwas von »Kaffee für die Fahrt« gemurmelt.

In zwei Stunden würden wir erneut zu einem süßen kleinen Hotel aus dem *Cool Cymru*-Führer aufbrechen. Der Aufenthalt dort war Dans Versuch, das ins Wasser gefallene Wochenende im Watch-House wiedergutzumachen. Ich wusste, dass er mich damit überraschen und verwöhnen wollte, aber ich war mir trotzdem nicht sicher, ob ich mich auf den heutigen Tag freute. Würde ich es überhaupt ertragen, mit Dan in einem intimen, romantischen Hotel zusammen zu sein, das Erinnerungen an ein anderes Hotel und eine andere Nacht wecken würde?

Aber ich konnte unmöglich absagen. Dan hatte heimlich seine Wochenendschicht mit einem Kollegen getauscht und Serian gebeten, für mich die Telefonbereitschaft zu übernehmen, damit unserem Überraschungsausflug nichts im Wege stand. Ich fing nun doch endlich mit dem Countdown an und erhob mich genau bei null aus dem Bett, um mich anzuziehen und dem Tag gegenüberzutreten.

Drei Stunden später saßen wir vor dem bildschönen georgianischen Stadthaus, in dem das Hotel untergebracht war, und blickten über das dunkle, sich kräuselnde Wasser des Hafens zu den pastellfarbenen historischen Häusern am anderen Ufer hinüber. Schafe blökten im Windschatten der dahinterliegenden Hügel, auf denen sich die Bäume in der Meeresbrise krümmten, und ein Collie, dessen resolutes Bellen hin und wieder zu uns herüberschallte, rannte über die steilen Weiden und bewachte seine Herde. Sonst waren nur das Plätschern des Wassers an der Ufermauer und die melancholischen Schreie der Möwen zu vernehmen.

Dan schien einen guten Draht zu Petrus zu haben, denn sobald wir angekommen waren, hatte sich der Himmel tiefblau gefärbt und die Sonne war hinter den Wolken hervorgekommen. Ich nippte an einem Glas Rotwein, und Dan gönnte sich ein goldgelbes Bier aus der Region. Zum Mittagessen hatte ich mir Perl-Wen-Käse und ein Lauchtörtchen schmecken lassen, und Dan einen Burger vom Black Welsh-Rind. Jetzt saßen wir satt und zufrieden auf einer Holzbank – Dans Hand ruhte auf meinem Oberschenkel – und genossen die friedliche Stimmung und die Sonne. Wenn es einen Ort auf der Welt gab, der Heiterkeit und Behaglichkeit ausstrahlte, dann war es dieser hier.

Bei unserer Ankunft im Aeron Inn hatte uns die elegante Empfangsdame (schimmernder blonder Bob, noch schimmerndere Lippen und eine makellose weiße Bluse) die herrlich luxuriöse Queen Aeron Suite gezeigt, die einen atemberaubenden Panoramablick über den Hafen bot und in der ein extrabreites Doppelbett mit Überdecken aus walisischer Wolle, eine riesige freistehende Badewanne und die Fußbodenheizung für behaglichen Komfort sorgten. Alle Zimmer des Hotels waren nach den Segelschiffen benannt, die während der Blütezeit des Hafens hier gebaut worden waren.

Die Hotelbar mit ihrer Theke aus Treibholz und ihren gemütlichen Velourssamt-Sitzecken, in denen man wunderbar abgeschieden zu Abend essen konnte, wurde von sympathischen jungen Paaren und gut situierten Einheimischen bevölkert, die sich angeregt unterhielten.

Wir befanden uns etwa eine Stunde nördlich von Penallt, irgendwo an der Küste der Cardigan Bay, aber ich entdeckte trotz der Distanz ständig Parallelen zum Watch-House und kämpfte verbissen gegen die Erinnerungen an, die in mir aufloderten und mich aus dem Gleichgewicht zu bringen drohten. Ich hatte das alles schon einmal erlebt, nur dass diesmal

Dan an meiner Seite war, wo er schon das letzte Mal hätte sein sollen.

Im Gegensatz zu mir machte Dan einen äußerst entspannten Eindruck und probierte in atemberaubendem Tempo die verschiedenen Biersorten auf der Karte durch. Heute kommentierte ich seinen übertriebenen Alkoholkonsum nicht, wie ich es vielleicht sonst getan hätte. Er hatte sich eine Pause redlich verdient. Als auch ich bei meinem dritten Glas Wein angekommen war, begann ich den Wochenendausflug allmählich zu genießen. Ich ärgerte mich nicht einmal darüber, dass mein Handy klingelte und mir Bodie, noch bevor ich eine Begrüßung herausbrachte, ins Ohr brüllte: »Wir haben einen verdächtigen Todesfall in Port Talbot. Wie schnell kannst du hier sein?«

Amüsiert und ein wenig beschwipst antwortete ich: »Mein lieber stellvertretender Sergeant: Was kümmert *mich* ein verdächtiger Todesfall in Port Talbot?«

»Du hast Bereitschaft, also hat es dich zu kümmern.«

»Ich habe keine Bereitschaft.«

»Doch, du stehst auf dem Schichtplan. Sagt zumindest die Leitstelle. Der Detective Inspector möchte dich am Unglücksort sehen, und zwar dalli.«

»Ganz schön anspruchsvoll, der Gute«, kicherte ich und merkte, dass ich bereits ein wenig lallte. »Serian hat dieses Wochenende Bereitschaft. Wir haben getauscht. Die Leitstelle hat wahrscheinlich wieder mal vergessen, den Dienstplan zu aktualisieren.«

»Aha. Wenn du keine Bereitschaft hast, wo bist du dann?«

»Nicht dass dich das irgendetwas anginge, aber ich bin in einem Hotel an der Cardigan Bay und trinke Rotwein.«

»Bist du besoffen?«, fragte Bodie amüsiert.

»Ich hoffe es doch. Falls nicht, ist das spätestens in einer halben Stunde der Fall.«

»Verstehe. Manche Leute haben es einfach viel zu gut. Tut mir aufrichtig leid, falls ich eure romantische Stimmung gestört habe. Genieß dein Wochenende, du fauler, betrunkener Drückeberger!«

»Ja, ich liebe dich auch, Schatz!« Ich grinste und beendete das Gespräch.

»Wer war denn das?«, fragte Dan, der gerade mit zwei neuen Getränken und einer kleinen Schüssel Pistazien zurück auf die Terrasse kam. Durch seine bierselige Zufriedenheit schimmerte ein Hauch von Gereiztheit.

»Niemand – nur die Arbeit«, sagte ich und schob mein Handy in die Handtasche. »Hab vergessen, mein Telefon auszuschalten.«

»Her damit«, befahl er und streckte die Hand aus.

»Was? Warum?« Ich spürte plötzlich einen kleinen panischen Stich im Magen.

»Gib mir einfach dein Handy.«

Ich konnte mich schlecht weigern und kam seiner Aufforderung daher zögernd nach.

Er schaltete das Telefon aus und verstaute es dann mit Nachdruck in der Tasche seiner Fleecejacke. Dann zog er sein eigenes Handy aus der Hosentasche, schaltete es aus und steckte es wieder weg.

»Keine Handys«, erklärte er bestimmt. »Keine Arbeit, keine Anfragen, keine Unfälle, keine Toten. Keine Anrufe von deiner Mutter, keine Kostenvoranschläge für die Hochzeit. Nur du und ich. Das ist der Plan.«

»Abgemacht«, stimmte ich zu und lächelte erleichtert. »Darauf stoßen wir an.«

Während des ganzen restlichen Tages fühlte ich mich wie eine Frau, die einer ungewissen Zukunft im letzten Moment von der Schippe gesprungen ist, auch wenn ich wusste, dass das eine Illusion war. An diesem friedlichen Ort an der Küste, umringt von höflichen, freundlichen Menschen, kam mir die ganze Geschichte mit Justin plötzlich wie eine langweilige Fernsehepisode vor, die ich genervt ausgeschaltet hatte. Sie betraf mich nur, wenn ich es zuließ. Und die Hochzeitsplanung mit ihren überfälligen Anzahlungen und Gästelisten konnte auch bis Montag warten. Dieses Wochenende mit Dan, das wir fern von allem verbrachten, war wie ein kurzer Aufschub, eine Atempause.

Am späten Nachmittag schlenderten wir durch den Ort und bewunderten die hübschen historischen Gebäude und die restaurierten Landhäuser. Schneeglöckchen lugten aus dem Gras, und die Luft roch nach Rauch und Salzwasser. Ich bewunderte antike Kuriositäten wie Fußabstreifer aus Metall vor den Türen der älteren Häuser und Haken zum Anbinden der Pferde neben den Dorfkneipen. Es war, als wären wir mitten in einem Jane-Austen-Roman gelandet. Junge Mütter spazierten mit ihren glucksenden Kleinkindern herum, und illustre grauhaarige Dorfbewohner eilten oder humpelten mit Einkaufstüten und zusammengerollten Zeitungen vorbei und grüßten jeden mit einem freundlichen »Guten Abend«.

Irgendwann kam ein runzliger, aber sorgfältig gekleideter älterer Herr an uns vorbei, der seinen Hund spazieren führte. Wir spähten gerade in das Schaufenster eines altmodischen Pralinenladens.

»Guten Abend«, sagte er und tippte grüßend an seinen kleinen Filzhut, den ich absolut entzückend fand.

»Guten Abend«, grüßten Dan und ich im Chor zurück und grinsten uns an.

»Mann, wäre das schön, wenn ich *hier* arbeiten könnte«, seufzte Dan. »Bis auf den ein oder anderen Schafdiebstahl oder Beschwerden über unverbesserliche Zecher, die nach ihrer Kneipentour an die Briefkästen pinkeln, passiert hier bestimmt nicht viel. Ein Paradies für einen Polizisten.«

Nach unserer Begegnung mit dem alten Herrn schlenderten wir Hand in Hand am Kai entlang und genehmigten uns ein Eis.

»Hör zu, Jen, ich habe nachgedacht. Über die Flitterwochen«, sagte Dan am Abend im Restaurant. »Eigentlich ist es mir ganz egal, wo wir hinfahren, Hauptsache, wir sind zusammen. Ich bin mit jedem Reiseziel einverstanden, das du aussuchst. Es war wohl ein bisschen egoistisch von mir, dass ich unbedingt an einen ruhigen, abgelegenen Ort wollte, um den ganzen Trubel hinter mir zu lassen. Aber du wolltest nie eine große, aufwendige Hochzeit, also sollst du wenigstens bei den Flitterwochen das Sagen haben. Du hast es verdient, dass alle deine Wünsche erfüllt werden. Ich weiß, dass sich bei mir in letzter Zeit alles um meine Arbeit und meine Beförderung gedreht hat, aber jetzt, wo ich mich in meiner neuen Position bewährt habe, wird es bestimmt ein wenig ruhiger.

Wenn du dich bei der Polizei nicht mehr wohlfühlst, könntest du doch eine Umschulung machen. Keiner zwingt uns zu irgendetwas, wir können tun und lassen, was wir wollen. Wenn ich an Orten wie diesem bin, wird mir erst bewusst, dass man seine Tage auch schöner verbringen kann, als wir es derzeit tun.«

»Darauf stoßen wir an«, sagte ich und hob mein Glas Merlot. Meine Stimme war plötzlich belegt, weil in mir die unterschiedlichsten Gefühle stritten, Gefühle, die ich lieber nicht näher erkundete. Statt noch etwas hinzuzufügen, legte ich meine Hand an Dans Wange. Er nahm und küsste sie.

An diesem Abend schliefen wir aneinandergekuschelt ein, und das Letzte, was wir hörten, waren das Klappern der Bootstaue in der Bucht und der gelegentliche Ruf einer Schleiereule irgendwo tief in der schwarzen westwalisischen Nacht.

13.

Erst eine Woche nach unserem Ausflug an die Küste ergab sich die Gelegenheit, erneut nach Aberthin zu fahren. Im Laufe der Woche nach unserer Rückkehr ereigneten sich mehrere Selbstmorde, die für öffentlichen Aufruhr sorgten, und die Pressestelle wurde außerdem von verschiedenen Vermisstenmeldungen auf Trab gehalten. Der Rest meiner knappen Zeit wurde von der Hochzeitsplanung aufgefressen.

Am Dienstagabend kam meine Mutter für eine halbe Stunde »vorbeigeschneit«, um mir das dunkeltürkisfarbene Kleid mit Samtstola und die dazu passenden Schuhe zu zeigen, die sie sich bei John Lewis gekauft hatte. Sie hatte sich tatsächlich für einen filigranen Kopfschmuck statt für einen Hut entschieden und demonstrierte mir, wie *absolut perfekt* das Gebilde aus Federn und silbrigen Perlen ihr Outfit komplettierte. Sie hatte recht. Mit ihrer immer noch schlanken Figur und dem fast faltenlosen Gesicht sah sie in der Tat sehr elegant aus.

Ich selbst hatte mir immer noch kein Brautkleid gekauft. Inzwischen war es fast März, daher ließ ich mich am Mittwochabend von Becky zu zwei weiteren Brautmodengeschäften schleifen, bevor ich die Bremse einlegte und trotzig verkündete, dass es mir reichte. Ich würde einfach ein Kleid in einer normalen Boutique kaufen. Aber Becky fand für sich selbst ein schönes Cocktailkleid aus dunkelblauer Seide und einen eleganten Cardigan.

»Dunkelblau ist nicht zu düster für eine Hochzeit, oder?«,

fragte sie besorgt. »Aber eigentlich ist es ja auch eher ein dunkles Mittelblau, findest du nicht? Mir gefällt das Kleid total, aber wenn du es nicht magst und es nicht zur Farbpalette passt, nehme ich ein anderes.«

Ich versicherte ihr, dass ich ganz sicher keine Farbpalette festlegen würde und dass sie anziehen konnte, was sie wollte, solange sie nur kam und sich amüsierte.

Sie freute sich sichtlich über ihr neues Kleid. »Aber du musst auch bald etwas finden, Jen«, ermahnte sie mich besorgt. »Der große Tag rückt immer näher.«

Sie hatte natürlich recht, aber im Moment hatte ich drängendere Sorgen.

Am Donnerstag hatte Dan Frühschicht und kam bereits um fünf Uhr nachmittags nach Hause, weshalb der Abend für einen Ausflug nach Aberthin nicht infrage kam. Dann kam das Wochenende, und Dan hatte frei.

Am Montag stand mir zu meiner großen Erleichterung endlich der Abend zur alleinigen Verfügung. Um acht entließ ich Dan mit einer Lunchdose voll Hühnchencurry und Reis in die Nachtschicht. Mir hatte der Gedanke noch nie behagt, dass er ohne eine ordentliche warme Mahlzeit eine zwölfstündige Nachtschicht durchstehen sollte. Eine Stunde später war ich auf dem Weg zum Wohnwagenpark in Aberthin.

Wie schon beim letzten Mal parkte ich mein Auto auf Höhe des Viehgitters am Straßenrand, damit es von der Einfahrt aus nicht zu sehen war. Die beim letzten Besuch gesammelten Informationen hatte ich verifiziert, indem ich erneut auf Bodies Rechner eine schnelle Datenbanksuche unter dem Namen Paul Mathry durchgeführt hatte, für den es leider keine Einträge gab. In ganz Südwales waren nur zwei Mathrys polizeiauffällig geworden: Einer war zweiundzwanzig und saß im Gefängnis, und der andere war siebenundvierzig und wohnte in Newport.

Zu Hause gab ich Paul Mathry bei Facebook ein und fand tatsächlich ein Profil unter diesem Namen, bei dem als Wohnort Südwales angegeben war. Statt eines Porträtfotos enthielt das Profil jedoch nur eine Agenturaufnahme von einem Surfer, der eine spektakuläre Welle abritt. Bis auf gelegentliche Updates über gute Surfspots und in den letzten Jahren unternommene Reisen gab das Profil wenig her, allerdings wurde ein für August geplanter Urlaub erwähnt. Die wenigen »Freunde« des Users trugen typische Surfer-Spitznamen wie Board-Boy und Wave-Rider. Keiner von ihnen schien regelmäßig auf Facebook aktiv zu sein.

Immerhin untermauerte das existierende Profil meine Vermutung, dass »Justin« tatsächlich Paul Mathry war. Auch die Geschichte über das schwangere und im Stich gelassene Mädchen, die mir Gwen erzählt hatte, verriet mir, dass ich auf der richtigen Spur war. Die beiden Alten hatten gesagt, dass Paul den Wohnwagen noch nutzte oder dass sie zumindest hin und wieder darin Licht brennen sahen.

Aber mir fehlte noch die endgültige Bestätigung, dass Paul »Justin« war, damit ich ein Häkchen hinter seine Identität machen und von ihr ausgehend weiter nach Informationen graben konnte. Nicht nur die Hochzeit rückte immer näher, sondern auch die angekündigte »Oster-Abschlagszahlung«, und wenn diese geleistet war, würde Justin mit Sicherheit auf neue Ideen kommen. Es war also Eile geboten.

An diesem Abend war eindeutig niemand im Wohnwagen. Ich beobachtete ihn nun schon seit einer Stunde und hatte keine Anzeichen für Bewegung entdeckt, kein Licht, das angeknipst wurde, kein blaues Flackern vom Fernseher. Alles war stockdunkel. Ich war froh, dass auf das leichte Schneegestöber der vorletzten Woche sieben Tage trockenes, kaltes Wetter gefolgt waren. Schnee macht die Nächte heller, verändert Licht und Schatten, schluckt verdächtige Geräusche, konserviert Fußabdrücke, und ich wollte aus naheliegenden Gründen so wenige Spuren wie möglich hinterlassen.

Im Wohnwagenpark herrschte nahezu vollkommene Stille. In einem Wagen am hinteren Ende war gedämpftes Licht zu sehen, aber die einzige andere Beleuchtung stammte von den schmuddeligen, in weiten Abständen am Fußweg aufgestellten Laternen und einer trüben Lampe, die vor dem Bürohäuschen brannte.

Ich zog mir die Baseballkappe tief ins Gesicht und schlich leise zum Schuppen der Mathrys, wo ich durch einen Spalt in den Holzplanken spähte. Der Schuppen war mit einem neu aussehenden Schloss ausgestattet, das offenbar regelmäßig benutzt wurde. Aber es stand kein Campingbus darin. Aufmerksam auf Geräusche lauschend schlich ich außen um den Wohnwagen herum und lugte durch das mit Raureif bedeckte Fenster in der Tür. Der dahinter hängende, nicht ganz zugezogene Vorhang gewährte mir Einblick ins Innere. Während ich angestrengt hineinspähte, sah ich mich immer wieder nach plötzlich auftauchenden Personen um, zum Beispiel nach anderen Wohnwagenbesitzern, die ihren Hund spazieren führten.

Wie ich schon bei meinem letzten Besuch festgestellt hatte, handelte es sich beim Wohnwagen der Mathrys um einen mittelgroßen Wagen, der eher einer Hütte glich und nicht dazu gedacht war, herumgezogen zu werden. Ich probierte auf gut Glück die Klinke, aber die Tür war natürlich verriegelt. Auch die Fenster waren alle dicht verschlossen.

Aber der Wohnwagen ähnelte Wendys altem »Schuppen auf Rädern«, und genau darauf hatte ich gezählt.

Ich war nämlich vorbereitet und fest entschlossen, mir Zugang zu verschaffen.

Als ich mir diesen Plan ausgedacht hatte, hatte ich mir eingeredet, dass es streng genommen kein Einbruch war, sondern eine notwendige Maßnahme zur Informationsbeschaffung. Ich würde schließlich nichts stehlen, sondern nur Beweise dafür suchen, dass Paul und Justin wirklich ein und dieselbe Person waren. Und falls dem so war, interessierte mich natürlich, ob Justin hier irgendetwas Kompromittierendes versteckte.

Als am anderen Ende der Wiese lautes Lachen erklang, verließ mich fast der Mut. Offenbar handelte es sich um eine ausgelassene Gruppe Jugendlicher, denn ich hörte eine junge männliche Stimme rufen: »Verpiss dich, du Wichser!« Daraufhin folgten noch mehr Gelächter und das Geräusch einer zu Bruch gehenden Flasche.

Ich kauerte mit krampfhaft zu Fäusten geballten Händen im Schatten des Wohnwagens und überlegte, ob ich zurück zu meinem Auto rennen sollte. Aber nachdem ich ein paar Minuten angespannt gelauscht hatte, kehrte wieder Stille ein. Ich holte tief Luft, zählte rückwärts von zehn bis eins, atmete aus und stand wieder auf.

Was ich vorhatte, war meine einzige Chance. Wenn ich jetzt nach Hause fuhr und aufgab, würde ich vielleicht noch viele Jahre weiterzahlen und beten müssen, dass Justin sein Filmchen nicht trotzdem durch einen einzigen kaltschnäuzigen Mausklick im Internet zur Uraufführung brachte und mein Leben jäh zerstörte. Der Gedanke daran erfüllte mich mit eiskalter Entschlossenheit. Das unverhoffte Wochenende im Aeron Inn hatte mir etwas Wichtiges klargemacht: Es war *mein* Leben. Ich mochte Zweifel daran haben, ob ich wirklich für immer mit Dan zusammen sein wollte, aber das war ganz allein meine Entscheidung. Justin konnte nicht einfach so auftauchen und beschließen, mir dieses Leben wegzunehmen.

Meine neu erwachte Wut trieb mich an, zumal ich wusste, dass es eine unauffällige und schnelle Möglichkeit gab, in den Wohnwagen zu kommen – falls mein Plan aufging. Als ich vor Jahren mit Wendy und Shirley hier gewesen war, hatte nämlich eine von uns den Schlüssel im Wohnwagen vergessen – wir gaben uns natürlich gegenseitig die Schuld –, woraufhin Wendy nur mit den Schultern gezuckt und uns den Trick gezeigt hatte, auf den ihre Eltern zurückgriffen, wenn sie sich wieder einmal ausgeschlossen hatten oder von weit her angereist waren, um bei ihrer Ankunft festzustellen, dass sie den Wohnwagenschlüssel zu Hause auf dem Küchentisch vergessen hatten. Wenn man wusste, wie es ging, war es ganz einfach.

Es war eine glückliche Fügung, dass der Wohnwagen der Mathrys ganz am hinteren Ende des Geländes stand und seitlich und hinten von einer dichten Hecke umgeben war. Ich stellte mich vor das rechteckige Seitenfenster und zog Dans Schweizer Taschenmesser hervor. Die großen Frontfenster dieser alten Wohnwagen sind aus echtem, fest eingefügtem Glas, aber die Seitenfenster und die kleinen Schlafzimmerfenster sind aus Plexiglas und haben Scharniere mit Sperrvorrichtungen, damit man sie nach außen klappen kann.

Wendy hatte uns erklärt, dass diese Klappfenster meist nur mit einer dünnen Raste in der Mitte der Scheibe befestigt sind. Wenn man eine Messerklinge zwischen Scheibe und Rahmen schob und sie dann nach oben drückte, konnte man die Raste leicht lösen. Dann musste man nur noch die Hand hineinstecken, die Gleitscharniere aushebeln und die Fensterscheibe anheben, um hineinzusteigen. Die Schlafzimmerfenster waren zu klein dafür, aber durch das Seitenfenster passte problemlos eine erwachsene Person.

Zwölf Jahre später war dieses Manöver noch genauso kinderleicht wie damals. Nachdem ich ein paar Sekunden forschend mit der Klinge herumgestochert hatte, spürte ich den Rand der Metallraste, die sich erst ein wenig widersetzte, nach einer ruckartigen Bewegung mit dem Messer aber doch aufging. Bei alldem trug ich Handschuhe, denn es schadete schließlich nicht, wenn ich Fingerabdrücke vermied. Nachdem ich die

Fensterscheibe angehoben hatte, stemmte ich mich nach oben, schob ein Bein durch die Fensteröffnung und ließ mich auf die gepolsterte Bank gleiten, die sich darunter befand.

Vorsichtig zog ich das Fenster wieder zu. Ich konnte nicht glauben, dass es wirklich so einfach gewesen war.

Schwer atmend stand ich von der Bank auf und wartete, bis sich meine Augen an die Dunkelheit gewöhnt hatten, wobei ich weiterhin auf jedes Geräusch von außen lauschte. Sofort stieg mir der aus meiner Jugend vertraute Wohnwagengeruch in die Nase. Feuchtigkeit, Schimmel, alte Sitzpolster, ein schwacher Hauch von Bratfett, mit dem jemand auf dem kleinen Herd Spiegeleier oder Speck gebraten hatte. Durch diese Duftnoten, die ich von früher kannte, schlängelte sich noch etwas anderes, ein wohlriechendes, pflanzliches Aroma. So roch es in der Asservatenkammer der Kripo, wenn dort wieder einmal die beschlagnahmten Pflanzen einer illegalen Cannabisfarm herumstanden und einen undurchdringlichen Dschungel bildeten.

Langsam tauchten Umrisse aus der Finsternis auf. Das Interieur aus Kunststoff und Polyester war wie in Wendys Wohnwagen in Braun- und Orangetönen gehalten und recht abgenutzt, aber sauber und ordentlich. Es gab Anzeichen dafür, dass der Wohnwagen in unregelmäßigen Abständen benutzt wurde und dass noch vor Kurzem jemand hier gewesen war. Vor mir auf einem Sitz lagen mehrere zwei bis drei Monate alte Ausgaben des *Mirror*, und neben der Spüle fand ich eine Schachtel Tetley-Teebeutel und eine offene Packung Pop-Tarts. Ein relativ neuer tragbarer Fernseher stand auf einer seitlichen Ablage.

Sorgsam darauf bedacht, nichts zu berühren, tappte ich im Dunkeln zum Schlafzimmer und zu einem weiteren kleinen Zimmer mit Schlafkoje, um mich zu vergewissern, dass sich dort niemand versteckt hatte. Aber die Luft war rein.

Ich knipste Dans alte LED-Taschenlampe an (zum Glück

hatte er in unserer Rumpelkammer unter der Treppe jede Menge nützliches Männerspielzeug herumliegen) und achtete darauf, den Lichtstrahl mit der Hand abzuschirmen, damit ihn niemand, der draußen vorbeiging, hinter den zugezogenen Vorhängen leuchten sah. Ich hatte keine Ahnung, wonach ich eigentlich suchte. Ich wollte irgendeinen Beweis für Justins Identität auftreiben, irgendetwas, das ihn belastete. Vielleicht sogar einen Laptop oder gebrannte CDs mit dem abscheulichen Video, die ich stehlen und zerstören konnte, um meine Freiheit zurückzugewinnen. Aber das war wohl ein bisschen zu viel verlangt.

Ich begann meine Suche in den Küchenschränken, die nur die erwartete Ansammlung nicht zueinander passender Teller, Schüsseln und Tassen sowie mehrere Packungen Heftpflaster und eine Verbandsrolle enthielten. In der Küchenschublade fand ich genau das Durcheinander an Gegenständen vor, das die meisten Leute in solchen Schubladen aufbewahren: Gummibänder, einen Flaschenöffner, Sammelmarken aus dem Supermarkt, Speisekarten von Lieferdiensten, Schrauben und Nägel in einer alten Tabakdose ohne Deckel.

Unter all den Sachen entdeckte ich auch ein paar mit Buntstiften gemalte, farbenfrohe Kinderbilder: blaue Wellen, die das Meer darstellen sollten, und Segelboote mit dreieckigen Segeln. Auch ein paar kleine, rechteckige Fotos, wie man sie in den Siebziger- und frühen Achtzigerjahren in Papierumschlägen vom Fotogeschäft zurückbekam, lagen in der Schublade.

Auf mehreren dieser Fotos war ein streng aussehender Mann in akkurat gebügelten Shorts und kurzärmeligem Hemd zu sehen, vermutlich Michael Mathry, und eine Frau, die offenbar gerne Blümchenkleider trug – Mrs Mathry? Ein Foto zeigte sogar eine deutlich jüngere Version von Gwen und Len mit ihrem Cockerspaniel (wohl eher nicht Ernie, sondern einer seiner Vorgänger). Sie saßen auf ihren Liegestühlen, hatten zwei kleine Mädchen mit Topffrisuren und sonnengeröteten Wangen auf dem Schoß und grinsten in die Kamera.

Und es gab mehrere Fotos von dünnen, etwa acht- oder neunjährigen Jungen mit wuscheligen Haaren und Hawaii-Shorts, die Fischernetze, Plastik-Tennisschläger oder Schnorchel unter dem Arm trugen oder triumphierend Krabben oder Seesterne in die Kamera hielten.

Justin?, überlegte ich, aber zwischen den Kindern auf dem Foto und dem Mann von heute lagen zu viele Jahre. Die jungenhaften Körper waren noch dünn und schlaksig und die Gesichter rosig und mädchenhaft rund.

In dem kleineren Schlafraum mit Stockbett hingen weitere Fotos an der Wand. Auf den meisten war ein etwa vierzehnjähriges Mädchen zu sehen, das hübsch, mager, blass und dunkelhaarig war. Es sah ein wenig verlegen aus, als wollte es nicht, dass man es fotografierte, und trug auf beinahe allen Fotos ein kleines goldenes Kruzifix um den Hals, das in der Sonne funkelte.

Mager, dunkle Haare … Gwen hatte von einem Mädchen gesprochen, das genau so aussah. Ob das Mädchen auf den Fotos die Pfarrerstochter war?

In einer Kiste unter dem Bett fand ich eine Mappe aus Pappe mit der Aufschrift »Suzy«, in der noch mehr Fotos lagen. Auf ihnen war wieder das Mädchen zu sehen, das jetzt um die siebzehn sein mochte. Es stand plantschend in der Brandung, die dunklen Haare vom Wind halb über den lachenden Mund geweht, die Augen im bleichen Gesicht scheu zur Kamera erhoben. Oder es saß im Schneidersitz am Strand und versuchte genervt, die Person, die die Kamera hielt, zu verscheuchen. Auf einem Foto stand es barfuß im Sand und zog den Saum seines flatternden Sommerkleids nach unten.

Zwischen den Fotos klemmten abgerissene Konzerttickets, Geburtstagskarten, Andenken an eine gemeinsame Jugend.

Und dann fand ich, wonach ich gesucht hatte: ein Foto, auf dem Justin lächelnd den Arm um das Mädchen legte. Zu dem Zeitpunkt mochten sie in der Oberstufe gewesen sein oder bereits studiert haben. Justin sah natürlich jünger aus und hatte längere und ein wenig dunklere Haare, aber sein dunkelblauer Blick war genauso stechend wie heute. Im Hintergrund war das Meer zu sehen, hinter einem Strand, auf dem der blau-weiße Campingbus stand.

Ich grinste in die Dunkelheit hinein. »Hallo, Paul Mathry«, flüsterte ich laut, um es mit eigenen Ohren zu hören, um den Klang dieses Namens auf meiner Zunge zu spüren. Aber ich konnte mich nicht an den Gedanken gewöhnen, dass er Paul hieß. Für mich war er immer noch Justin.

Ich steckte das Foto ein. Das war zwar riskant, aber es sah nicht so aus, als wäre die Kiste in den letzten Jahren unter dem Bett hervorgezogen worden. Ich brauchte einfach einen Beweis dafür, dass Justin wirklich existierte. Bisher war er fast so etwas wie ein Spuk in meinem Kopf gewesen, eine Fantasiegestalt, die kaum jemand außer mir gesehen hatte und niemand kannte, ein undefinierbares, unberührbares Phantom. Aber jetzt hatte ich ein Foto von ihm und kannte seinen Namen. Ich hatte eine Identität, einen Fixpunkt, und das war um Längen mehr, als ich vorher besessen hatte.

Von meinem Fund ermutigt setzte ich meine Suche fort. In einem schmalen Schrank im großen Schlafzimmer hingen zwei Sweatshirts und eine Jeans, und im Fach darüber lagen auf ordentlichen Stapeln ein paar T-Shirts, Socken und Unterhosen und ein sauberes gefaltetes Handtuch. Im Badezimmer machte ich neben der erwarteten Zahnbürste, dem Rasierer, der Seife und einer Flasche Shampoo eine interessante Entdeckung: ein paar ältere Döschen Prozac – eindeutig rezeptpflichtig – und daneben Valium, Temazepam und Ibuprofen, die Grundausstattung eines Medikamentensüchtigen.

Daneben lagen zwölf ungeöffnete abgepackte Kondome. Aber ich hoffte auf einen weit interessanteren Fund. Ich war mir sicher, in der Sitzecke des Wohnwagens Marihuana gerochen zu haben, auch im Badezimmer lag ein Hauch davon in der Luft. Dass Justin illegale Drogen nicht offen im Badezimmerschränkchen aufbewahrte, war klar. Wo war also sein Versteck? Ich konnte schlecht im Dunkeln den ganzen Wohnwagen durchwühlen oder Sitzpolster und Wandverkleidungen herausreißen, wie es die Spurensicherung in Fernsehserien immer tat. Dennoch war ich überzeugt, dass es irgendwo noch etwas zu entdecken gab.

Wenn ich Justin gewesen wäre, wo hätte ich dann meinen Drogenvorrat versteckt? Nicht im Spülkasten oder in der Teedose, das war zu offensichtlich. Andererseits rechnete er vermutlich überhaupt nicht mit einer Polizeidurchsuchung, warum auch? Es ging also eher darum, dass Zeug nicht offen herumliegen zu lassen, damit ein möglicher Einbrecher nicht auf dumme Gedanken kam.

Mir fiel ein, dass ich im Küchenschrank bei den Pflastern und Bandagen eine alte Tamponschachtel gesehen hatte. Warum hätte Justin Tampons vorrätig haben sollen? Und tatsächlich fand ich in der Schachtel eine kleine Plastiktüte mit Gras, eine weitere Tüte mit weißem Pulver, das vermutlich Heroin war, und ein paar mit Frischhaltefolie umwickelte Ecstasypillen. Auch einige weiße und blaue Pillen ohne Markierung befanden sich darunter. Jetzt bereute ich es, dass ich bei den Drogeninformationsveranstaltungen, die wir an Schulen und beim Tag der offenen Tür in der Wache durchführten, nicht besser aufgepasst hatte.

Bei einer kleinen Schachtel mit unmarkierten roten Pillen wusste ich hingegen sofort, um was es sich handelte. Über diese Droge gaben wir seit fünf Jahren jedes Jahr eine Warnung heraus, im Rahmen unserer weihnachtlichen »Kenne deine

Grenzen«-Kampagne gegen Alkoholmissbrauch. Die Warnung lautete: »Lassen Sie niemals Ihr Getränk aus den Augen!« In der Schachtel waren nur noch zwei Hefte mit Pillen.

Rohypnol.

Als mir bewusst wurde, was dieser Fund bedeutete, erstarrte ich vor Schreck. Ich zog eins der silbernen Pillenheftchen heraus. Sechs Tabletten fehlten.

Während ich fieberhaft nachdachte, lehnte ich mich an den kleinen Tisch der Sitzecke, der unter meinem Gewicht ins Wackeln geriet. Ein halbes Dutzend Zeitschriften glitt zu Boden, und ich bückte mich schnell, um die Hefte wieder aufzuheben und sie genau so auf dem Tisch zu drapieren wie vorher. Nichts sollte meine Anwesenheit im Wohnwagen verraten.

Beim Aufsammeln fiel mir auf, dass es Reisezeitschriften waren – zwei oder drei Hochglanz-Surfmagazine und ein paar Reiseprospekte über Großbritannien. In der Mitte des Stapels entdeckte ich schließlich die aktuelle und zwei vorherige Ausgaben des *Cool Cymru*-Hotelführers. Zwischen den Seiten waren ein paar lose Zettel hervorgerutscht, auf denen zumeist harmlose, zusammenhanglose Notizen standen wie »Milch kaufen«. Aber es waren auch verschiedene Termine notiert sowie Albumtitel, Telefonnummern, Hotelnamen und Reiseinformationen wie Gezeitentabellen und Website-Adressen.

Ich blätterte die aktuelle Ausgabe des *Cool Cymru*-Führers durch. Einige Seiten waren umgeknickt, darunter auch die des Watch-House. Jemand hatte die Hotelbeschreibung mit einem Stift umkreist. Die anderen beiden markierten Hotels befanden sich im nördlichen Wales.

Aus einem Gefühl heraus überflog ich auch den Hotelführer *Die 100 schönsten Hotels Großbritanniens*. Er war schon ein paar Jahre alt, und es waren sechs Seiten umgeknickt. Auf vier davon wurden Hotels im Süden Englands beschrieben, auf einer ein Hotel in Northumberland und auf einer eine Unterkunft in Norfolk.

Ich ging noch einmal die Notizzettel durch: Hotelnamen, Albumtitel, Frauennamen, Telefonnummern, E-Mail-Adressen.

Während ich über diese Flut von neuen Informationen nachdachte und förmlich spürte, wie die Neuronen in meinem Kopf Verbindungen bildeten, um sie zu einem logischen Muster zu ordnen, hörte ich draußen das leise Holpern eines näher kommenden Fahrzeugs.

Ein paar Sekunden später erhellten Scheinwerfer die Vorhänge vor der Eingangstür. Jemand fuhr genau auf den Wohnwagen zu.

14.

Beim Anblick der Scheinwerfer blieb ich stocksteif stehen, und meine linke Hand krampfte sich um die Notizzettel. Ich sah mich selbst plötzlich von außen, ein unbewegliches Standbild, auf frischer Tat ertappt.

Aber dann schoss überraschend ein Fluchtreflex durch meinen Körper. Ich bewegte mich, ohne nachzudenken, schnell und ruhig. In rasendem Tempo schob ich die Zeitschriften zusammen und arrangierte sie wieder auf dem Tisch, stellte die Tamponschachtel in den Küchenschrank und schloss ihn leise. Dann knipste ich die Taschenlampe aus und steckte sie in die Tasche meiner Fleecejacke, während ich mich fieberhaft nach einem Fluchtweg umsah.

Die Scheinwerfer hielten vor dem Wohnwagen und gingen dann aus, aber der Motor lief weiter. Vorsichtig schlich ich zum Vorhang und spähte hindurch, um zu sehen, ob ich wirklich so tief in der Patsche steckte wie befürchtet.

Ein junger Mann mit widerspenstigem, sonnengebleichtem Haar saß auf dem Fahrersitz eines alten militärgrünen Land-Rovers mit Planenverdeck. Der Mann zündete sich gerade eine Zigarette an und suchte offenbar etwas im Fußraum seines Wagens.

Es war nicht Justin.

Wer auch immer es war, er wollte offensichtlich zum Wohnwagen der Mathrys. Jede Minute konnte der Mann den stotternden Motor ausschalten und aussteigen. Der Wohnwagen hatte nur eine Tür, aber es war zu spät, um durch sie das Weite zu suchen. Sobald der Mann aus dem Landrover stieg, hatte er die Tür direkt vor der Nase, ich konnte mich also nicht heimlich davonstehlen. Jetzt schaltete er den Motor aus und warf sich einen abgewetzten Seesack über die Schulter.

All dies registrierte ich innerhalb von Sekundenbruchteilen, und genauso schnell ging mir auf, dass mir nur ein Ausweg blieb. Ich musste mich neben dem Seitenfenster, das ich nach dem Einstieg zwar zugezogen, aber nicht verriegelt hatte, bereithalten und warten. Momentan war es vom Landrover aus noch einsehbar, aber wenn ich wartete, bis der Mann die Wohnwagentür erreicht hatte, war ich für ihn nicht mehr zu sehen. Sobald er den Schlüssel ins Schloss steckte, musste ich das Fenster anheben, hinausklettern und mich auf den Boden fallen lassen. Wenn ich Glück hatte, würde das Geräusch der sich öffnenden Tür den Lärm, den ich dabei machte, übertönen. Der Wohnwagen war dunkel, und die Tür befand sich in einer Nische hinter der Küchenzeile. Vielleicht reichte das aus, um mir die Flucht zu ermöglichen.

Der Mann würde mindestens ein paar Sekunden brauchen, bis ihm auffiel, dass etwas nicht stimmte, und bis dahin war ich längst um den Wohnwagen herumgerannt und auf dem Weg zur nur zwanzig Meter entfernten Landstraße, die hinter der Hecke begann. Dort konnte er mich nicht mehr sehen.

Während ich sprungbereit auf der gepolsterten Sitzbank kauerte, legte ich eine Hand ans Fenster, bereit, es aufzustoßen. Jedes Geräusch, das ich machte, jeder laute Atemzug musste in einem äußerst kurzen Zeitfenster stattfinden, ich musste genau den richtigen Augenblick wählen, um loszuschnellen.

Plötzlich klingelte das Handy des Mannes.

»Was denn?«, meldete er sich ungeduldig, und seine Stimme kam immer noch irgendwo aus der Nähe des Landrovers.

»Ich bin zufällig gerade hier«, sagte er, woraufhin eine Pause entstand. »Ich hab doch schon gesagt, dass ich das erledige.« Wieder eine Pause.

Jetzt näherte sich seine Stimme dem Wohnwagen. »Ja, natürlich weiß ich das ... Ach was, ich bin hier doch am Arsch der Welt, hier ist weit und breit kein Mensch.« Erneute Pause.

Seine Stimme klang jetzt noch näher, war aber noch nicht ganz bei der Tür angekommen. »Du wiederholst dich, Alter. Nimm verdammt noch mal endlich ein Valium und entspann dich.« Schweigen. »Nein, natürlich nicht, glaubst du, ich bin bescheuert? Ja, ja ... Ich weiß es doch, verdammt noch mal!«

Ich hörte, wie er das Gespräch beendete, einen Seufzer ausstieß und leise das Wort »Arschloch« murmelte, bevor er den Seesack wieder auf die Schulter hievte und sich der Tür näherte. Dort blieb er stehen und schien nach seinem Schlüssel zu kramen, denn ich vernahm ein Klimpern. Dann wurde der Schlüssel ins Schloss gesteckt, es klickte.

Mein Timing war perfekt. Genau als die Tür aufging, schob ich das Fenster nach außen, und als der Mann den ersten Schritt nach drinnen machte, schlüpfte ich hinaus. Als ich schon fast durch die Öffnung war, blieb mein Hosenbein an einem losen Stück Fensterverkleidung hängen und brachte mich aus dem Gleichgewicht. Mit einem dumpfen Knall landete ich unsanft auf der Seite und hörte laut das Fenster zuklappen.

Es folgte ein Moment der Stille, bevor drinnen das Licht angeschaltet wurde. Ich sah mich nicht um oder wartete ab, ob der Mann mich gehört oder gesehen hatte, sondern stieß mich mit Armen und Beinen gleichzeitig vom Boden ab, sprang auf die Füße und rannte los.

Plötzlich ertönte ein Schrei aus dem Wohnwagen, der mir so ohrenbetäubend vorkam, als hätte jemand eine Stereoanlage voll aufgedreht: »He, du Scheißkerl!« Die Wohnwagentür flog auf, und dann waren erst auf dem Kies und dann auf dem Gras entschlossene Schritte zu hören.

Aber ich war bereits hinter der Hecke und damit außer Sichtweite. Ich rannte, so schnell mich meine Beine trugen, und zog die Baseballkappe noch tiefer in die Stirn. Hoffentlich hatte ich genug Vorsprung herausgeschlagen. Ich schoss um die Kurve, als ob der leibhaftige Teufel hinter mir her wäre, was womöglich stimmte. Beim Auftauchen der Scheinwerfer war mein erster Gedanke gewesen, nicht in einem Wohnwagen erwischt zu werden, in den ich unrechtmäßig eingebrochen war, aber jetzt ging mir auf, dass ich in den dichten, finsteren Wäldern, die den verlassenen Wohnwagenpark umgaben, auch nicht viel besser dran war. Hier war niemand, der mich schreien hörte, wenn ich Hilfe brauchte. Der Mann, der mich verfolgte, steckte mit Justin unter einer Decke. Das konnte nichts Gutes bedeuten.

Er hatte sicher nicht gesehen, wer ich war, dafür war das Licht zu schwach gewesen. Er hatte allerhöchstens eine schwarze Gestalt mit Kapuzenjacke und Baseballkappe in die Dunkelheit fliehen sehen. Die naheliegende Vermutung war, dass ich ein Einbrecher oder Junkie war.

Mir schoss Bodies Schilderung der Verfolgungsjagd beim Bierraub von Twn Row durch den Kopf, während ich einen letzten keuchenden Sprint zum Waldrand hinlegte. Wenn der vor Testosteron strotzende, durchtrainierte Bodie in diesem Moment hinter mir her gewesen wäre, hätte ich keine Chance gehabt. Innerhalb von Sekunden hätte sich dieser rasende Muskelberg von hinten auf mich geworfen und mich zu Boden gerissen, wo ich genauso überrumpelt liegen geblieben wäre wie Mickey Half-Pipe. Oder war es Mickey Ming Mong gewesen? Einer der beiden beklagenswerten Mickeys jedenfalls. Aber der Mann, der mich verfolgte, war alles andere als durchtrainiert, und ich machte auch nicht den gleichen Fehler, den Mickey begangen hatte. Er hatte versucht, Bodie davonzulaufen, während ich nur eine gewisse Distanz zwischen mich und meinen Verfolger bringen wollte. Denn zwischen Kampf und Flucht gibt es noch eine dritte Möglichkeit: Untertauchen.

Ich hatte sechs oder sieben Sekunden Vorsprung und viele gejoggte Kilometer in und um Cardiff auf meiner Seite. Fast instinktiv hatte ich vorab die Entfernung vom Wohnwagen zur nächsten Kurve der Landstraße abgeschätzt, und als ich dort angekommen war, schaltete ich blitzschnell, bog vom Weg in die Büsche ab und legte mich hinter einem Strauch flach auf den Bauch.

Sechs Sekunden später bog der Mann in vollem Tempo um die Ecke, aber er atmete bereits schwer und schwankte ein wenig. Nachdem er etwa zehn Schritte an meinem Versteck vorbeigerannt war, wo ich zwischen den winterlich spröden Blättern und Dornen die Luft anhielt, blieb er keuchend stehen und starrte nach vorne, wo die Landstraße eine erneute Kurve machte und in der Dunkelheit verschwand.

»Was zum …? Verdammte Scheiße!«, stieß er nach kurzer Verschnaufpause hervor und bekam einen Hustenanfall.

Er stützte die Hände auf die Knie und starrte weiter auf die leere Straße. In diesem Moment wiederholten sich völlig unerwartet und genau zum richtigen Zeitpunkt die Geräusche von vorhin: Glas zersplitterte, und das Gegröle und Gelächter betrunkener Jugendlicher schallte in unsere Richtung. Ich hätte nie geglaubt, dass ich randalierenden Teenagern einmal dankbar sein würde.

Da der Mann allein und am Ende seiner Kräfte war, brach er die Verfolgung ab und rief noch ein letztes »Ja, renn nur weiter, du Arschloch!« die Straße hinunter, bevor er zurück in Richtung Wohnwagen trottete.

Ich blieb noch eine gefühlte Ewigkeit reglos liegen, weil ich ganz sicher sein wollte, dass er weg war. Die Erinnerung an den Bluterguss, den Justin mir vor dem Surf-Shop verpasst hatte, war noch zu frisch. Mein heutiger Verfolger war ein kräftiger Mann. Nicht besonders fit, aber stark. Und er hatte Grund, wütend auf mich zu sein. Also erschien es mir sicherer, noch eine Weile liegen zu bleiben.

Nachdem ich etwa eine halbe Stunde in die Nacht hineingelauscht hatte, stand ich auf, bürstete mir Zweige und Erde von den Kleidern und schlich zur Straße zurück. Das Licht in Justins Wohnwagen war an, und ich hörte leise den tragbaren Fernseher scheppern.

Es wäre sicher vernünftiger gewesen, wenn ich mich in diesem Moment aus dem Staub gemacht hätte, aber ich war neugierig und wollte wissen, was der Mann im Wohnwagen tat. Wenn meine Vermutung stimmte, hatte Justin ihn vorhin angerufen und ihm Anweisungen gegeben. Aber Anweisungen wofür? Hatte er den Mann hergeschickt, um etwas Bestimmtes zu erledigen? Es hatte so geklungen.

Auf Zehenspitzen schlich ich zur Tür des Wohnwagens. Wieder hatte ich Glück, denn der Vorhang stand einen Spalt offen und forderte mich geradezu heraus, einen Blick zu riskieren. Der Mann lag auf der Sitzbank unter dem Fenster und hatte den Kopf in den Nacken gelegt. Es hing ein gräulicher Schleier in der Luft. Vor dem Mann auf dem Tisch stand eine große Wasserpfeife, und ich sah, dass das Fenster, aus dem ich geflohen war, immer noch angelehnt war. Er hatte es nicht verriegelt. Vielleicht hatte er nur gehört, wie jemand davonrannte, und gar nicht mitbekommen, dass derjenige aus dem Wohnwagenfenster gesprungen war. Durch den Fensterspalt roch ich Gras und noch etwas, etwas Stärkeres.

Der Seesack des Mannes stand offen auf der Bank, und ich sah die Zeitschriften und Kataloge, die ich mir angesehen hatte, oben herausragen. Eine weitere Tragetasche war vollgestopft mit Papieren oder vielleicht Fotos. Auf dem Tisch stand ein offener Laptop, und mir ging auf, dass die Geräusche von ihm stammten und nicht vom Fernseher.

Ich drehte mich ein wenig, um den Bildschirm besser sehen zu können, und erkannte verschwommene Bewegungen. Mir war sofort klar, dass es sich um einen Pornofilm handelte. Jetzt bemerkte ich auch, dass die Hose des Mannes offen stand und dass auf dem Tisch mehrere zerknüllte Papiertücher lagen. Auf der Website, die auf dem Bildschirm zu sehen war, stand in großen Buchstaben: »Heiße Surfschlampen. Geil und feucht!«

Das Video, das gerade lief, ähnelte den Amateurfilmen, über die ich damals bei »Heiße Girls von nebenan« und »Babes mit großen Brüsten« gestolpert war. Spucke sammelte sich in meinem Mund, und ich kämpfte gegen einen plötzlichen Anfall von Übelkeit an. Ich würgte, hatte mich kurz darauf aber wieder im Griff. Mein Unbehagen lag nicht an dem, was ich auf dem Bildschirm sah, denn obwohl ich nicht viel mehr als den Namen der Website und schemenhafte Bewegungen erkannte, hatte ich mit einem Blick erfasst, dass es sich bei dem kopulierenden Paar nicht um Justin und mich handelte. Mein Schock rührte vielmehr von meiner Angst, dass auch ich bald auf dieser Website auftauchen könnte.

In diesem Moment fing das Handy des Mannes erneut an zu klingeln – ein schriller, monotoner Piepston, der mich aus meinen panischen Gedanken riss. Was auch immer der Typ geraucht hatte, es schien ihn ins Halbkoma versetzt zu haben, denn er zuckte nicht einmal mit der Wimper. Ich wartete trotzdem lieber nicht ab, bis er doch noch aus seinem Dämmerzustand erwachte, und schlich an der Hecke entlang von Justins Wohnwagen weg. Erst als ich sämtliche Wohnwagen umrundet hatte und auf der anderen Seite des Parks angekommen war, bog ich Richtung Straße ab, um von hinten mein Auto zu erreichen.

Nachdem ich eine Weile mit nervösen Fingern am Schloss herumgenestelt hatte, riss ich die Tür auf und ließ mich auf den Sitz sinken. Ich war völlig erschöpft und zitterte, weil der Adrenalinspiegel langsam wieder sank, aber ich zwang mich, den Motor anzulassen und davonzufahren. Nachdem ich wenige Minuten später die Hauptstraße erreicht hatte, wo die Straßenbeleuchtung davon zeugte, dass ich wieder in der Zivilisation angekommen war, erhaschte ich einen Blick auf mein Gesicht im Rückspiegel und erschrak. Auf meiner rechten Wange prangte ein rotbrauner, verkrusteter Kratzer, und darunter begann sich entlang des Wangenknochens ein daumengroßer Bluterguss zu bilden, gegen den nicht einmal mein Concealer von Max Factor etwas würde ausrichten können. Ich musste mir diese Verletzungen bei meinem Sprung in die Büsche zugezogen haben, aber ich hatte nichts davon mitbekommen.

Nachdem ich ein Papiertuch aus der Tasche gezogen hatte, spuckte ich darauf und reinigte mir, so gut es ging, die Wange. Der Kratzer war nicht tief und würde in ein oder zwei Tagen verheilt sein, redete ich mir ein. Es hätte schlimmer kommen können.

Ich fuhr mechanisch und langsam dahin. Die Versuchung war groß, das Gaspedal voll durchzudrücken, um möglichst schnell ins Bett zu kommen, aber ich wollte auf keinen Fall so weit von zu Hause entfernt geblitzt werden oder in eine Polizeikontrolle geraten, schon gar nicht mit zerkratztem Gesicht und schlammbespritzter Kleidung. *Alles in bester Ordnung, Officer!*

Als ich endlich die Haustür hinter mir zumachte und mich im Flur auf den Boden sinken ließ, sah ich den blinkenden Anrufbeantworter.

Dan hatte zwei Nachrichten hinterlassen. In der ersten sagte er, er rufe nur an, um zu hören, ob ich einen schönen Tag gehabt habe, und um mir zu sagen, dass er mich liebe. In der zweiten Nachricht bat er mich, ihn vor dem Schlafengehen anzurufen, es sei eine ruhige Schicht und ihm sei langweilig. Die letzte Nachricht war schon zwei Stunden her.

Ich rief ihn nicht zurück, weil ich wusste, dass es mir unmöglich gewesen wäre, auch nur einen zusammenhängenden Satz herauszubringen.

Erst als ich mir die schlammige Jeans auszog, um sie in die Wäsche zu werfen, stellte ich fest, dass ich noch das Heftchen mit den roten Pillen und das Foto von Justin und Suzy in der Tasche hatte. Aber Dans Taschenlampe war nirgendwo zu finden.

15.

Ich rannte. Ich rannte, so schnell mich meine Füße trugen. Mein Atem raste. Zuerst achtete ich nicht auf den Mann, der in der Ferne auftauchte und von den Sportplätzen her auf mich zulief, er war nur ein verschwommener Fleck, der sich bewegte. Ich hetzte unbeirrt weiter, aber je näher der Mann kam, desto schneller schien er zu werden. Ich spannte die Muskeln an und änderte leicht meinen Kurs, um ihn – wie es unter Joggern üblich ist – höflich vorbeizulassen, aber er scherte in letzter Sekunde in dieselbe Richtung aus und versperrte mir den Weg. Ich wich taumelnd zur Seite aus, um nicht gegen ihn zu prallen, und meine Schuhe rutschten auf dem nassen Laub, das den Pfad bedeckte.

Der Mann schob seine Kapuze zurück, und ich sah, dass es Justin war. Sein Gesicht verzog sich zu einem triumphierenden Grinsen, aber seine Augen blieben völlig ausdruckslos. Ich öffnete den Mund, um etwas zu sagen, aber da hatte er mich schon mit einem einzigen Hieb zu Boden gestreckt. Die Wucht seines Schlags raubte mir die Luft. Ehe ich mich dessen versah, saß er auf mir und hielt mich fest. Ich schlug um mich und wand mich, aber ich hatte keine Chance, er war zu stark.

»Wenn du mir mein Geld nicht geben willst, musst du eben auf andere Weise bezahlen«, knurrte er wütend. Mein Versuch zu schreien, scheiterte kläglich, ich brachte keinen Ton heraus. Ich wollte kämpfen, aber es ging einfach nicht.

Dan! Dan, bitte hilf mir!, rief ich stumm. Dann wachte ich auf und stellte fest, dass die Hand, die auf meinem Arm lag, Dan gehörte und dass ich gegen unsere Daunendecke und die wollene Überdecke ankämpfte, die sich um mich gewickelt hatten und mich unerbittlich einzwängten.

Kalter Schweiß bedeckte meinen ganzen Körper, und meine Augen schossen ziellos durch die bedrohliche Dunkelheit, bis ich endlich die vertrauten Umrisse unseres Schlafzimmers erkannte. Durch die Vorhänge drang bereits das erste Dämmerlicht.

»Schon gut, Jen, ich bin ja da«, murmelte Dan schläfrig. »Du bist in Sicherheit. Alles ist gut. Du hast nur geträumt.« Er streichelte sanft und gleichmäßig meine Haare, wie er es oft tat, wenn ich Trost brauchte oder er mir zeigen wollte, dass er mich liebte.

Stoßweise atmend lag ich da und schüttelte langsam den Traum und die Erinnerungen an Justins festen Griff um meinen Arm und an meine Flucht vom Wohnwagenpark am Vorabend ab. Mein Alptraum kam mir genauso real vor wie die beiden echten Erlebnisse. An Schlaf war nicht mehr zu denken.

Mit schwerem Kopf und Bauchschmerzen dämmerte ich weiter vor mich hin, bis gegen sieben Uhr mein Handy auf dem Nachttisch piepste. Ich streckte die Hand aus und sah nach. Es war wieder eine Nachricht von Justin eingetroffen.

»Ich hab gestern Abend angerufen«, murmelte Dan im Halbschlaf und legte mir die Hand auf die Taille.

»Ich habe eine längere Joggingrunde gemacht«, flüsterte ich und drehte mich von ihm weg, um das Display meines Handys und meine zerschrammte Wange vor ihm zu verbergen. Ich würde mir später eine gute Erklärung dafür ausdenken. »Schlaf weiter.«

»Wer schickt dir denn so früh am Morgen eine SMS? Hast du Bereitschaft?«, murrte Dan.

»Ja. Schlaf einfach weiter«, wiederholte ich. Zum Glück gehorchte er und schnarchte kurz darauf wieder friedlich.

Ich ging mit meinem Handy ins Badezimmer und las die SMS. Dieses Mal wollte Justin 300 Pfund von mir. Ohne Umschweife, genau wie bei den letzten Malen.

»Die dicke Paula hat schon wieder nach dir gesucht«, teilte mir Serian fröhlich mit, als ich zwei Stunden später im Büro eintraf. Sie reichte mir einen Stapel Papiere und einen Kaffee und beäugte neugierig meine Wange. Ich hatte die Schramme und den Bluterguss gar nicht erst mit Make-up abzudecken versucht, weil es dann so ausgesehen hätte, als hätte ich etwas zu verbergen. »Was ist denn mit dir passiert? Hast du einen Ringkampf verloren?«

»Du solltest mal den anderen Typen sehen«, antwortete ich heiter, wie ich es schon mehrmals an diesem Morgen getan hatte.

Es ist wirklich erstaunlich, wie die Kollegen einen anstarren, wenn man als Frau mit einer Gesichtsverletzung zur Arbeit kommt, vor allem, wenn es sich bei diesen Kollegen um Polizisten handelt. Ich tischte Serian dieselbe Ausrede auf wie zuvor schon Nige, der Empfangsdame, Superintendent Sellers und Kirsty aus dem Archiv. »Bin beim Joggen gestürzt.«

Eine einfache, überzeugende Ausrede. Und nicht einmal besonders weit hergeholt. Dennoch spürte ich, wie die Leute mich abschätzend und besorgt betrachteten. Genauso gut hätte ich behaupten können, ich wäre gegen eine Tür gelaufen.

Ich rechnete jeden Augenblick damit, dass mich eine Mitarbeiterin der Abteilung für häusliche Gewalt dezent auf dem Flur ansprach und mir auf einfühlsame und taktvolle Weise zu verstehen gab, dass ich mich jederzeit an sie wenden könne, wenn ich Probleme hätte, streng vertraulich natürlich. Aber nichts passierte. Da Dan Detective Inspector war, hielt man sich offenbar zurück (oder war nur feige) und eilte mit gesenktem Blick an mir vorbei.

»Hat dir dein Alter eine gescheuert?«, fragte Doyle mit einem Grinsen, als ich auf der Flucht vor der dicken Paula ins Konferenzzimmer schlüpfte, wo sich die Kollegen von der Kripo zu einer Einsatzbesprechung versammelt hatten. Ich ignorierte die verstohlenen Blicke der Anwesenden auf meine Wange und setzte mich. Die dicke Paula blieb zögernd in der Tür stehen, die Superintendent Sellers zum Glück gerade schließen wollte. Weil sie dann doch nicht den Mut aufbrachte, ein Meeting zu stören, zog Paula beleidigt ab. Was auch immer sie von mir wollte, an diesem Morgen hatte ich nicht die Energie, mich mit ihr auseinanderzusetzen. Ich bekam kaum ein Wort von dem mit, was Sellers über Drogenrazzien und Maßnahmenpakete zur Informationsbeschaffung vortrug, außer dass sie irgendwann ein totes Baby erwähnte – Methadon-Überdosis, glaube ich.

Benommen starrte ich in die Finsternis, die in meinem Kopf herrschte, und spielte den Vorabend immer wieder in Gedanken durch. Bevor ich ins Bett gefallen war, hatte ich den Computer hochgefahren, um nach der »Surfschlampen«-Website zu suchen. Noch jetzt drehte sich mir allein beim Gedanken daran, dass auch ich eines Tages auf dieser Seite erscheinen könnte, der Magen um.

Dass es dazu kam, war durchaus möglich. Vielleicht würde meine Karriere als unfreiwilliger Pornostar dort ihren Anfang nehmen, bevor Justin das Video, auf dem er mich vögelte, an Dans E-Mail-Adresse oder an meine Freunde verschickte.

Leider war keine Internetverbindung zustande gekommen. Jedes Mal wenn ich die Suchmaschine aufrufen wollte, erschien hartnäckig die Meldung »Derzeit keine Verbindung möglich – bitte kontaktieren Sie Ihren Internetanbieter«.

Mir blieb nichts anderes übrig, als darauf zu warten, dass

sich das Problem von allein löste und die Verbindung irgendwann wieder funktionierte. Die Warterei war nervtötend. Ohne dass meine Mitmenschen etwas davon mitbekamen, liefen in Endlosschleife Horrorvisionen vor meinem inneren Auge ab, und ich musste versuchen, irgendwie mein Gehirn abzuschalten, bevor meine Nervenenden anfingen, sich aufzulösen, und ich vor der versammelten Führungsriege der Kripo einen hysterischen Anfall bekam.

Ich versuchte, mich abzulenken, indem ich mir mental veranschaulichte, was ich inzwischen herausgefunden hatte. Ich kannte Justins richtigen Namen, und mithilfe dieser Schlüsselinformation konnte ich ihn vielleicht knacken wie eine altmodische Dose Corned Beef, indem ich erst mit dem Öffner einen dünnen Streifen um ihn herum abwickelte und dann den Deckel entfernte, um an sein weiches, rosafarbenes, verletzliches Inneres zu kommen.

Aber noch hatte ich nicht wirklich etwas gefunden, was ich gegen ihn verwenden konnte, mir fehlte immer noch ein Druckmittel. Ich weiß nicht, was ich mir von meiner Durchsuchung des Wohnwagens erhofft hatte – dass ich Kinderpornos fand, vielleicht, oder illegale Einwanderer, die er als Sklaven hielt, oder polnische Prostituierte in Handschellen, oder ein Labor für Crystal Meth. Ich hatte zwar Drogen gefunden, aber nichts, was die Staatsanwaltschaft für strafrechtlich relevant erachten würde.

Die roten Pillen, die ich in die Hosentasche gesteckt hatte, waren dennoch sehr aufschlussreich. Rohypnol, auch Roofies genannt. Löst man sie in einem alkoholischen Getränk auf, sind sie völlig geruchs- und geschmacksneutral. Sie sind problemlos im Internet zu bestellen und führen nach der Einnahme schnell zu Bewusstlosigkeit oder zumindest eingeschränkter Wahrnehmungsfähigkeit. Am nächsten Tag hat man Gedächtnislücken. Die perfekte Date-Rape-Droge.

Date Rape: Das erste Wort ist harmlos und voller Verheißungen, das zweite bedeutet Vergewaltigung. Zusammengefügt erhält man »nicht einvernehmlichen Geschlechtsverkehr, bei dem weder eine ausdrückliche Verweigerung noch Gewaltanwendung vorliegen«. Aber Date Rape klingt natürlich viel medienwirksamer.

Immer wieder kam mir der Moment in den Sinn, als ich am Morgen nach meiner Nacht mit Justin im Badezimmer gestanden und zu ermitteln versucht hatte, was das Letzte war, an das ich mich erinnern konnte. Aber alles, was ich hatte heraufbeschwören können, waren verschwommene Bilder und die Erinnerung an die Gläser Wein, die Justin mir vor dem Kamin eingeschenkt hatte.

In der Rohypnol-Schachtel in seinem Wohnwagen hatten sechs rote Pillen gefehlt, und im Badezimmerschrank waren zwölf abgepackte Kondome gewesen.

Ich war immer davon ausgegangen, dass ich ein Einzelopfer war und dass Justin mich gezielt ins Visier genommen hatte, vielleicht, weil er die Gelegenheit als günstig erachtet hatte. Aber der große Vorrat an roten Pillen und Kondomen, den ich entdeckt hatte, sprach eine andere Sprache.

Auf den Notizzetteln, die ich im Wohnwagen gefunden hatte, hatten mehrere Frauennamen gestanden, und in den Hotelführern war mehr als nur ein Hotel markiert gewesen.

Ich fragte mich nicht zum ersten Mal, was wohl damals mit Suzy, der Pfarrerstochter, passiert war. War sie das Mädchen auf den Fotos, die ich gefunden hatte, das Mädchen mit dem Kruzifix? Steckte hinter der Geschichte nur eine ungewollte Schwangerschaft samt damit einhergehendem Skandal, wie Gwen angedeutet hatte? Oder etwas Schlimmeres? Auf dem Foto, das ich eingesteckt hatte, war das dunkelhaarige Mädchen neben Justin zu sehen. Es war mit Justin befreundet gewesen, und irgendetwas in seinem Leben war daraufhin furchtbar schiefgelaufen. Bei alldem hatte sicher auch Sex eine Rolle gespielt – war das nicht immer so?

Sobald das Meeting vorbei war, schlüpfte ich nach unten ins Kripo-Büro, während die anderen zum Mittagessen gingen. Bodies Computer war wie immer frei zugänglich. Ohne langes Nachdenken gab ich Susan Miller in die Suchmaske ein, und dann Suzy Miller. Kein Ergebnis. Das überraschte mich nicht sonderlich. Wenn damals etwas passiert wäre, wovon die Polizei Kenntnis gehabt hätte, wäre es Gwen und der putzenden Bekannten ihrer Schwester sicher zu Ohren gekommen. Außerdem war das Ganze zehn Jahre her. Selbst wenn es damals eine Anzeige gegeben hatte, hatte der Vorfall vielleicht nie Eingang in die NOMAD-Datenbank gefunden, weil man die Angelegenheit einvernehmlich unter sich geklärt hatte.

Widerstrebend ging ich in die Kantine, um mir einen Kaffee zu holen. Ich war mir sicher, dass Suzy Miller eine Menge über Justin wusste, aber ich hatte keine Ahnung, wie ich sie finden sollte. Also musste ich jemanden fragen, der schlauer war als NOMAD und dessen Erinnerungen weiter zurückreichten. Mir kam sofort Police Constable Dick Thomas aus Swansea in den Sinn.

Dick war einer meiner Lieblingspolizisten und trotz seines fortgeschrittenen Alters immer noch Police Constable. Er war eines der immer seltener werdenden Urgesteine der Polizei, ein Mann, der sich mit Wehmut an die gute alte Zeit erinnerte und seinem Ruhestand mit Ungeduld entgegenblickte. Im Laufe der Jahrzehnte hatte er mehr Wissen und Erfahrung angesammelt als alle höherrangigen Beamten zusammengenommen, aber aus irgendeinem Grund hatte er nie eine Beförderung angestrebt. Jedes Revier und jeder Bezirk hat seinen eigenen Dick Thomas (bei uns auf der Wache war es Sergeant Stan im Untergeschoss). Das Tolle an diesen Männern ist, dass man sie nur freundlich behandeln, aufmerksam ihren

Geschichten lauschen und ihnen ab und zu eine Schachtel Kekse mitbringen muss, und schon hat man die besten Ansprechpartner der ganzen Polizei zur Verfügung, eine endlos sprudelnde Quelle von Informationen, die es nie in die offiziellen Akten geschafft haben. Sie kennen sämtlichen Klatsch und Tratsch, sämtliche unbestätigten Gerüchte und manchmal auch die Wahrheit, die nie bewiesen werden konnte.

Als ich Dick und seine neue Kollegin Rhian besucht hatte, um ein Alibi für meinen ersten Besuch im Wohnwagenpark von Aberthin zu haben, hatte ich Dick eine Packung Bakewell-Törtchen mitgebracht. Ich hatte also bereits einen Stein bei ihm im Brett. Er wirkte ein bisschen überrascht, mich schon so bald wiederzusehen, aber ich hatte einen guten Vorwand: einen großen Karton mit frisch gedruckten Einladungen zur nächsten Gemeindeversammlung, die wir an alle Polizeireviere unseres Verwaltungsbezirks verteilten. Am frühen Nachmittag stieg ich mit diesem Karton aus dem Auto und betrat Dicks Wache.

Eigentlich handelte es sich dabei um ein aus drei Räumen bestehendes Gemeindebüro in einem umgebauten Bungalow, das erst vor sechs Monaten eröffnet hatte. Es war Teil einer vom Innenministerium angeordneten Strategie, die die Polizei in die Wohnviertel bringen und sie für die Einwohner »zugänglicher« machen sollte. Auch in einigen Gesamtschulen und größeren Supermärkten waren seither kleine Polizeiposten eingerichtet worden. In regelmäßig stattfindenden Gemeindeversammlungen sollte die Bevölkerung Gelegenheit erhalten, mit der Polizei »in einen Dialog zu treten«. Mein Verdacht war jedoch, dass das Innenministerium mit dieser Aktion ebenjene Bevölkerung und auch die Medien darüber hinwegtäuschen wollte, dass durch die erheblichen Etatkürzungen überall Polizeiwachen geschlossen wurden.

Dicks Wache, beziehungsweise sein Gemeindebüro, war

stets blitzsauber und aufgeräumt, genau wie er selbst. Ich hatte ihn noch nie ohne sorgfältig gebügeltes Hemd und akkurat geschnittene Haare gesehen.

»Meine Güte, sind Sie gegen eine Tür gerannt, oder was?«, fragte er mit einem verschmitzten Lächeln, als ich zur Tür hereinkam.

»Hingefallen. Beim Joggen.«

»Und da heißt es immer, Bewegung sei gesund. Solltest du übrigens auch mal probieren, Rhian. Wär mal ganz was Neues für dich.«

Rhian, die neue Polizeirekrutin, lümmelte mit offener Uniform-Krawatte und unordentlichem Pferdeschwanz auf einem Stuhl und blätterte in einer Boulevardzeitschrift. Sie war einundzwanzig, sah aber sogar noch jünger aus.

»Ach Dick, was wissen Sie schon?«, entgegnete sie freundlich, bevor sie mich begrüßte: »Hi, Jen, schon wieder da?«

»Tu mir den Gefallen und leg die Zeitschrift weg, ja?«, bat Dick. »Mach dich lieber nützlich und setz Teewasser für die Pressereferentin auf. Und dann fängst du an, das Datum und den Veranstaltungsort für die nächste Gemeindeversammlung auf die Plakate zu schreiben, die Jen mitgebracht hat. Dann können wir gleich nachher anfangen, sie aufzuhängen.«

Rhian gehorchte langsam, aber gutmütig.

»Diese jungen Leute sind dermaßen unmotiviert«, flüsterte Dick, während er mir einen Stuhl anbot. »Sie gibt sich ja Mühe, aber die Hellste ist sie wirklich nicht.«

Nachdem ich es mir mit einer dampfenden Tasse Tee auf dem Stuhl gemütlich gemacht hatte, öffnete ich die Schachtel Schokoladenkekse, die ich mitgebracht hatte, und schob sie zu Dick hinüber. Sobald er begonnen hatte, genüsslich an einem Keks zu knabbern, sagte ich gedankenverloren, als würde es mich gar nicht besonders interessieren: »Wenn ich schon mal hier bin, kann ich auch gleich Ihr unerschöpfliches Wissen ein wenig anzapfen. Erinnern Sie sich noch an einen Skandal hier in der Gegend, der jetzt schon ein paar Jahre her sein müsste? Es ging um einen gewissen Pfarrer Miller und seine Tochter. Als ich letztes Jahr wegen des Benefizlaufs hier war, hat mir eine Teilnehmerin davon erzählt. Ich frage nur, weil wir, beziehungsweise die Führungsriege, darüber nachdenken, eine Kampagne gegen Kindesmissbrauch in der Kirche zu starten.« (Das war beinahe die Wahrheit, denn vor ein paar Wochen war in Swansea ein Pfarrer verhaftet worden, der angeblich zwei kleine Jungen missbraucht hatte. Zusammen mit dem aktuellen Missbrauchsskandal innerhalb der katholischen Kirche hatte dieser Fall dafür gesorgt, dass viele Gemeinden ein erhöhtes Interesse daran hatten, mit der Polizei zusammenzuarbeiten.)

Ich hakte weiter nach: »Es ging um den Pfarrer von Pennard, wenn ich mich nicht irre, und um irgendeinen Skandal, in den seine Tochter verwickelt war. Natürlich wollen wir nicht ins Fettnäpfchen treten bei so einer heiklen Angelegenheit. Man weiß ja, wie lange sich die Leute in ländlichen Gegenden so etwas merken, und vielleicht wohnen ja noch Verwandte der Familie dort. Aber ich dachte, *wenn* ich jemanden danach fragen kann, dann Sie mit Ihrer Erfahrung und Ihrem Elefantengedächtnis. Sie wissen wirklich alles.«

Dick lächelte geschmeichelt, genau wie ich es geplant hatte. Dann sagte er: »Na ja, ich bin nun mal der Dienstälteste im ganzen Bezirk, aber mein Erinnerungsvermögen ist nicht das schlechteste, da haben Sie recht. Auch wenn ich morgens regelmäßig meinen Autoschlüssel verlege. Aber wenn etwas in dieser Gegend in den letzten fünfundzwanzig Jahren passiert ist, hatte ich sehr wahrscheinlich damit zu tun oder weiß zumindest davon.«

Er dachte einen Moment nach und sagte dann: »Milland. Das war der Name! Pater Milland. Mit vollem Namen hieß er

Ray Milland, wie der berühmte walisische Schauspieler. Aber Sie sind bestimmt zu jung, um sich noch an ihn zu erinnern.«

»*Das verlorene Wochenende*, nicht wahr? Von Billy Wilder«, entgegnete ich lächelnd.

Er freute sich sichtlich und wies mit dem Kinn in Richtung Rhian. »Hast du das gehört, Rhian? Ich wünschte, du würdest auch mal über dein *Hello*-Magazin hinausgucken! Sie sind ein ganz schön schlaues Mädchen, Jen. Wie kommt es, dass jemand in Ihrem Alter so etwas weiß?«

»Ich hatte eine Oma, die Schwarz-Weiß-Filme geliebt hat, und mit der habe ich sonntagnachmittags immer ferngesehen.«

»Wunderbar!« Ich war in seinem Ansehen gerade erneut gestiegen. Bald würde er mir aus der Hand fressen.

»Also, wo waren wir? Ach ja, Pater Milland«, sagte er und fummelte an seiner Krawatte herum. »Ich bin mir sicher, dass er selbst keinen Dreck am Stecken hatte, ein Gentleman der alten Schule war das. Auf ihn lasse ich nichts kommen. Aber mit seiner Tochter war irgendetwas nicht in Ordnung, da haben Sie recht. Jetzt erinnere ich mich wieder: Sie wurde schwanger, glaube ich. Und dann hat sie behauptet, dass es bei einer Vergewaltigung passiert sei. Na ja, sie selbst hat keine Anzeige Zerstattet, aber eine ihrer Freundinnen. Damals war sie gerade von zu Hause ausgezogen, um zu studieren. Ich glaube, der Familie war es nicht recht, dass sie in einer fremden Stadt war und dort Alkohol trank und mit Jungen ausging. Ist ja eigentlich normal für junge Leute, aber ihr Vater war sehr altmodisch. Was soll man von einem Pfarrer auch anderes erwarten? Na ja, jedenfalls gab es eine Anzeige wegen Vergewaltigung, um die sich Inspector Keith Cottle gekümmert hat, wenn ich mich nicht irre. Aber der hat uns mittlerweile leider verlassen.«

»Was, er ist tot? Wann ist er denn gestorben? Er war doch erst Mitte fünfzig, oder?«

»Nein, er hat nicht diese Welt verlassen, sondern nur den Polizeidienst, Sie dummes Huhn. Na ja, jedenfalls gab es damals noch nicht so viele Vergewaltigungsprozesse und keine geschulten Psychologen und so weiter. Außerdem war die Tat schon ein paar Monate her und die Beweislage daher schwierig. Aber das spielte dann sowieso keine Rolle mehr, denn als wir eine detaillierte Aussage von der jungen Dame wollten, zog sie ihre Anschuldigung zurück und behauptete, sie hätte die Geschichte nur erfunden, damit ihr Vater nicht erfährt, dass ihr Exfreund sie geschwängert hat. Sex vor der Ehe war ja gar nicht denkbar in so einer Familie.

Wirklich eine Schande, sie war so ein nettes, ordentliches Mädchen, ruhig und fleißig. Ich erinnere mich noch genau an sie. Schon als sie vierzehn oder fünfzehn war, habe ich sie immer in der Kirche arbeiten sehen, wenn ich meine Runde durchs Dorf gedreht habe. Schwarze Haare hatte sie, pechschwarz, und eine Brille. Ein hübsches, anständiges Mädchen. Die Familie wollte natürlich nicht, dass die Sache herauskommt, und ist daher weggezogen. Ich glaube, sie hat das Kind abgetrieben, aber vielleicht hat sie es auch zur Adoption freigegeben.«

»Es wurde also in dem Fall nie wegen Vergewaltigung ermittelt?«

»Nein.«

»Nicht mal eine oberflächliche Routineuntersuchung?«

»Nein. Es gab ja, wie gesagt, keine Beweise, und sie hat die Anzeige selbst zurückgezogen. Heutzutage hätte man wahrscheinlich ein bisschen genauer hingeschaut, um sicherzugehen, dass die Rücknahme der Anzeige freiwillig war. Aber damals galt: keine Anschuldigung, keine Ermittlung. Hat ein tragisches Ende genommen, das Ganze.«

»Wieso tragisch?«

»Weil sie sich umgebracht hat.«

»Was?«

»Ja, sie hat ihrem Leben ungefähr achtzehn Monate später ein Ende gesetzt, unten in Carmarthen, wo die Familie hingezogen war. Mein Cousin Alun, der damals dort in der Gegend gearbeitet hat – jetzt ist er im Ruhestand und führt nebenher eine Frühstückspension –, hat mir davon erzählt, weil er wusste, dass die Familie ursprünglich aus meinem Bezirk stammt. Offenbar ist sie eines Tages auf die Eisenbahnbrücke geklettert und gesprungen. War erst einundzwanzig. Eine echte Tragödie.«

»Und es gab keine verdächtigen Umstände?«, fragte ich und versuchte zu verarbeiten, was Dick mir gerade erzählt hatte.

»Nein, überhaupt keine. Laut meinem Cousin war es eindeutig Selbstmord. Angeblich hat sie es getan, weil sie es sich nicht verzeihen konnte, das Baby abgetrieben zu haben. Oder weggegeben, das weiß ich nicht mehr genau. Vor dem Selbstmord hat sie offenbar schon eine ganze Weile getrunken und unter Depressionen gelitten. Wenn mich meine Erinnerung nicht im Stich lässt, sind irgendwo Oben-ohne-Fotos von ihr aufgetaucht. Das war damals noch eine größere Sache als heute, wo kein Hahn mehr danach kräht, weil die jungen Frauen sowieso ständig ihre Titten auspacken. Entschuldigen Sie meine ungehobelte Sprache.«

Er verstummte, und ich schwieg ebenfalls.

»Lag wahrscheinlich an der übertrieben strengen Erziehung«, mutmaßte er, nachdem er eine Weile nachgedacht und noch einen Keks gegessen hatte. »*Wenn* diese strenggläubigen Leute ausflippen, dann so richtig. Stille Wasser sind tief, sage ich immer. Der Vater des Mädchens hatte nach ihrem Tod einen Herzinfarkt, wie mir Alun erzählt hat. Wirklich traurig, so was. Wenn die eigenen Kinder einen ins Grab bringen.

Hab ich Ihnen übrigens schon erzählt, dass Sally, meine Älteste, ihr erstes Kind erwartet? Ich werde Großvater und kann es gar nicht erwarten! Wenn sie klein sind, sind sie am niedlichsten. In sechs Monaten bin ich hier weg, gehe offiziell in Ruhestand. Dann schaukele ich nur noch meine Enkel auf den Knien und gehe im Park spazieren. Nie wieder Taschendiebe, Sozialhilfebetrüger und Familiendramen. Sally will nach der Geburt so schnell wie möglich wieder arbeiten, weil sie in ihrem Anwaltsbüro ziemlich gut verdient. Umweltrecht, das ist heutzutage eine sichere Bank. Ich habe schon zu ihr und Bob gesagt, dass ich mich liebend gerne um den kleinen Wurm kümmere. Bin sowieso froh, diesen Beruf hinter mir zu lassen. Ist nicht mehr das, was er mal war.«

Er warf Rhian einen schwermütigen Blick zu, die mit einem Filzstift langsam und konzentriert Ort und Zeit der Gemeindeversammlung in das freie Feld des ersten Plakats eintrug.

Dick und ich plauderten noch ein wenig über das Wetter und die bevorstehende Autowasch-Aktion, mit der die örtliche Schule und die Feuerwehr Geld für gute Zwecke sammeln wollten. Wie üblich bat ich Dick, mir die Eckdaten zukommen zu lassen, damit ich einen kleinen Artikel darüber in die Zeitung setzen konnte.

Als ich eine Stunde später wieder zurück nach Hause fuhr, ging mir das Foto von Suzy Milland und Justin nicht mehr aus dem Kopf. Auch die anderen Fotos, die ich im Wohnwagen gesehen hatte, ließen mir keine Ruhe, vor allem eines, auf dem sie unbekümmert und mit wehenden Haaren im Meer gestanden und ihr Kleid angehoben hatte, damit es nicht nass wurde. War Justin (oder vielmehr Paul) der Vater ihres Babys gewesen? Hatte tatsächlich eine Vergewaltigung stattgefunden, die alle Beteiligten hinterher vertuscht hatten? Oder war etwas ganz anderes passiert? War Justin damals schon auf den Geschmack gekommen, weil er gemerkt hatte, was man mit Erpressung alles erreichen konnte? Waren die Oben-ohne-Fotos mit oder ohne Suzys Einwilligung entstanden? Das

Ganze konnte jedenfalls kein Zufall sein. War Suzy sein erstes Opfer gewesen, auf welche Art auch immer? Falls ja, hatte Justin schon als junger Mann mit seinen Spielchen begonnen und brachte es inzwischen auf zehn Jahre Erfahrung – zehn Jahre mehr als ich.

Fest stand, dass ich Suzy nicht mehr ausfindig machen konnte, um sie zu fragen, was damals passiert war. Sie konnte mir kein Druckmittel gegen Justin liefern, weil sie die Wahrheit mit sich in den Tod genommen hatte, als sie von der Brücke gesprungen war.

16.

Was ist denn mit deinem Gesicht passiert, um Gottes willen?«, fragte Dan besorgt. Als ich die Haustür aufmachte und meine Tasche abstellte, zog er sich gerade seine Uniformjacke an, um zur Arbeit aufzubrechen. Ich hatte gehofft, dass er bereits weg sei und ich ihm keine Erklärungen liefern müsste. Mir fiel wieder einmal auf, dass mein Leben und sein Leben manchmal tagelang nur noch an bestimmten Koordinaten aufeinandertrafen, an der Haustür beispielsweise oder in den frühen Morgenstunden im Bett. In letzter Zeit war mir dieser Umstand sehr zupassgekommen, weil es mir so leichterfiel, mein Geheimnis zu bewahren.

»Ich bin doch gestern beim Joggen gestolpert«, antwortete ich.

Er kam zu mir und nahm meinen Kopf zwischen seine Hände, um die Verletzung zu begutachten. »Ich hab gestern Abend zweimal angerufen«, sagte er.

»Ich weiß«, gab ich zu und schob seine Hand beiseite, um ihm einen Kuss auf die Wange zu geben. »Beim ersten Anruf war ich joggen, und beim zweiten hab ich das Telefon nicht gehört, weil ich wahrscheinlich gerade unter der Dusche stand. Und dann war ich zu müde, um noch zurückzurufen.«

»Du bist hingefallen?«, fragte er zweifelnd und beäugte immer noch den Kratzer und den Bluterguss.

»Ja, ich bin gestolpert und beim Hinfallen an einem Ast hängengeblieben.«

»Ich hab dir doch gesagt, dass du nicht am Fluss joggen sollst. Da ist es viel zu einsam. Was wäre gewesen, wenn du dir den Kopf irgendwo angeschlagen hättest und ohnmächtig geworden wärst? Dann hätte niemand gewusst, wo du bist, nicht einmal ich. Es hätte alles Mögliche passieren können.«

»Ich hatte doch mein Handy mit.«

»Wenn man ohnmächtig ist, kann man aber nicht mehr telefonieren. Schreib mir doch bitte das nächste Mal eine SMS, wenn du alleine joggen gehst, während ich Dienst habe. Es hätte dich ja auch jemand ausrauben können, oder Schlimmeres.«

Zu spät, das »Schlimmere« ist bereits passiert, dachte ich. »Ist ja gut, lass uns ein anderes Mal darüber reden«, bat ich. »Ich bin viel zu müde, um mich zu streiten.«

Ich wusste, dass er es nur gut meinte und sich Sorgen um mich machte, aber seine Beharrlichkeit ärgerte mich trotzdem.

»Verdammt noch mal, Jen«, sagte er und strich vorsichtig mit den Fingern über meine Verletzung. »Die Leute werden denken, dass ich dich vermöbelt habe.«

»Tun sie jetzt schon, aber sie sind zu höflich, um es zu sagen.«

»Hast du Schmerzen, mein Schatz?«

»Nein, es sieht viel schlimmer aus, als es ist.« Wenn ich dasselbe doch auch über meine anderen Probleme sagen könnte, dachte ich und schmiegte meinen Kopf an Dans frisch gewaschenes und gebügeltes Hemd. Er umarmte mich fest.

»Ist wirklich alles in Ordnung, Jen?«

»Natürlich.«

»Was machst du heute Abend?«

»Wahrscheinlich nur schlafen. Erst lesen, und dann schlafen. Was war bei dir letzte Nacht auf der Schicht los?«

»Erst war es ruhig, aber dann haben wir den Rest der Nacht damit zugebracht, eine vermisste alte Dame aus Grangetown zu suchen. Sie war schon seit drei Tagen verschwunden. Dreiundneunzig Jahre alt und dement. Offenbar war sie nur in Nachthemd und Hausschuhen aus ihrer betreuten Wohnanlage entwischt.«

Ich hatte von der Geschichte gehört. Die alte Dame hieß Iris Fellows. Serian hatte sich gerade mit dem Fall befasst, als ich nach Swansea aufgebrochen war.

»In den frühen Morgenstunden haben wir sie endlich gefunden. Anscheinend ist sie hinter einer Bushaltestelle die Eisenbahnböschung hinuntergestürzt. Ihre Finger waren halb abgeknabbert – wahrscheinlich ein Fuchs oder Marder. Ihr Ehering war auch weg. Wie es aussieht, ist sie an Unterkühlung gestorben. Eine traurige Geschichte.« Er setzte sich auf die Treppe. »Vielleicht lag sie schon länger dort unten – verletzt und allein und unfähig, auf sich aufmerksam zu machen. Solche Fälle werden irgendwie nie leichter. Wir hatten den Helikopter in der Luft und Such- und Rettungstrupps im Einsatz, aber wir haben auf der falschen Seite der Bahnschneise gesucht. Wenn wir am richtigen Hang angefangen hätten zu suchen, hätten wir sie vielleicht noch rechtzeitig gefunden.«

»So darfst du nicht denken, Liebling«, sagte ich, und mir wurde wieder einmal bewusst, wie sehr er sich solche Dinge zu Herzen nahm. Dan war auch dann noch zu Trauer imstande, wenn die fünfzigste oder hundertste vermisste Person bleich und aufgedunsen am Fuß einer Klippe oder am Flussufer oder mit einer Nadel im Arm in einer schmuddeligen Wohnung auftauchte. Die meisten Polizisten verloren irgendwann diese Fähigkeit, für sie war jedes Opfer nur ein Aktenzeichen, eine weitere Aufgabe, die abgearbeitet werden musste. Das war nicht etwa Gefühllosigkeit oder Narzissmus, sondern ein ganz natürlicher Abwehrmechanismus, eine notwendige Abstumpfung, um täglich mit Tod und menschlichen Tragödien umgehen zu können, während die meisten anderen Menschen ihr behütetes Dasein führten und davon nichts wissen wollten.

Auch ich war nicht vor dieser Abstumpfung gefeit, wenn ich routiniert Vermisstenanzeigen verfasste (»… wurde zuletzt mit folgender Kleidung gesehen …«) und die Fotos verschwundener Personen mit kühler Präzision in meinem »Totenbuch« abheftete, einem ganz normalen schwarzen Aktenordner, den ich direkt neben meinem Computer aufbewahrte. Darin archivierte ich die Originalfotos, die wir für die Vermisstenanzeigen benutzten, für den Fall, dass die Angehörigen sie wiederhaben wollten. Neben jedes Foto schrieb ich akribisch Namen, Alter, Adresse und Beschreibung der abgebildeten Person sowie das Aktenzeichen. Ein ganzes Leben, auf eine Randnotiz reduziert. Bei diesen alltäglichen Verrichtungen spürte auch ich oft kein Mitgefühl mehr.

Ich beugte mich vor und küsste Dan auf die Stirn.

»Ärgere dich nicht, Liebling. Niemand ist schuld. Irgendjemand stirbt immer irgendwo, das wissen wir doch beide. Man darf sich nicht zu lange mit einem Tod aufhalten, denn der nächste kommt bestimmt.« Mit diesen Binsenweisheiten wollte ich ihn trösten. Erst viel später ging mir auf, dass sie nur teilweise stimmten. Irgendjemand starb immer irgendwo, aber ich irrte mich, wenn ich sagte, dass niemand daran schuld war.

Ich setzte mich noch ein wenig zu Dan und streichelte ihm den Rücken, um ihn aufzuheitern, bevor er sich mit einem Fertiggericht, das ich auf dem Heimweg vom Supermarkt mitgebracht hatte, auf den Weg zur Arbeit machte. Zwei Minuten später saß ich am Computer, um einen neuen Versuch zu starten, und tatsächlich funktionierte die Internetverbindung wieder. In meinem Posteingang wartete eine E-Mail von Justin, die er um sieben Uhr an diesem Morgen geschickt hatte, zur selben Zeit also wie die SMS. Sie enthielt die gleiche Forderung nach 300 Pfund, die gleiche Drohung, das gleiche Versprechen, dass er sich wieder melden würde.

Während immer größere Panik in mir aufstieg, tippte ich

»Surfschlampen« bei Google ein. Noch vor einiger Zeit hätte ich nie für möglich gehalten, dass ich einmal das Internet nach Pornoseiten durchforsten würde, aber mittlerweile war ich an einem Punkt angekommen, an dem mich nichts mehr überraschte. Ich erhielt eine ganze Flut von Suchergebnissen. Das Wort »Schlampe« schien ein sehr beliebtes Suchwort zu sein. Als Alternative zu »Surfschlampen« wurde mir noch »Saufschlampen« angeboten.

In der Ergebnisliste fand sich nur eine Website, die ausdrücklich Amateurvideos anbot. Auf der Startseite war ein nacktes Mädchen auf einem Surfbrett abgebildet, das den Hintern in die Kamera reckte, bis wirklich gar nichts mehr der Fantasie überlassen war. Darunter wurden verschiedene Optionen angeboten.

Voller Angst vor dem, was mich erwartete, klickte ich nacheinander auf ein paar Vorschauen. Die Videos waren eindeutig von Laien gefilmt und alle ähnlich explizit: Blowjobs, Frauen, die Männer mit der Hand befriedigten, Sex von hinten und in anderen, kreativen Stellungen. In manchen Clips stöhnten die Frauen verführerisch in die Kamera oder machten Schmollmünder, in anderen lag ihr Gesicht im Schatten oder außerhalb der Kamerareichweite, sodass nur ihre Körper in all ihrer Pracht zu sehen waren. Der Hauptunterschied zwischen Amateurseiten und »professionellen« Seiten schien zu sein, dass hier gelegentlich noch Schambehaarung gezeigt wurde.

Ich klickte mich durch die angebotenen Highlights. »Klempner verlegt Rohr bei geiler Hausfrau.« »Keine lutscht so gut wie meine Freundin.« Glücklicherweise entdeckte ich nirgendwo meinen eigenen Körper, aber der Typ aus dem Wohnwagen tauchte in einem der Videos auf. Er wurde beim Sex mit einer jungen Frau mit langen blonden Haaren gezeigt, die sehr betrunken wirkte oder – wie ich inzwischen befürchtete – unter Drogeneinfluss stand. Sie war nicht vollkommen besinnungslos, aber viel fehlte nicht. Der Hintergrund lag im Dunkeln, aber ich meinte das orangebraune Interieur von Justins Wohnwagen zu erkennen. Der Clip war vor ein paar Monaten hochgeladen und seither 297-mal angeklickt worden. Die Nutzer hatten zwischen drei und vier Sterne dafür vergeben.

Der Titel lautete »Annaleigh wird in den Arsch gefickt«. Hatte der Name Annaleigh nicht auf einem der Zettel im *Cool Cymru*-Führer gestanden? Ich war mir nicht ganz sicher, weil im Wohnwagen alles so schnell gegangen war, aber mir wurde trotzdem flau im Magen. Ich schloss die Website.

Minuten später hatte ich die Joggingschuhe an und rannte mit schnellen Schritten durch das schwächer werdende Abendlicht. Aber diesmal klappte es nicht, die ersehnte Ruhe wollte sich einfach nicht einstellen. Mit großen Schritten flog ich dahin, immer schneller und schneller, schoss über Blätter und Pfützen und Äste und wartete darauf, dass mein Körper Adrenalin ausschüttete und ich mich endlich wieder frei und leer fühlte.

Bitte, lieber Gott, flehte ich in Gedanken. *Lass nicht zu, dass ich auf diese Weise im Internet bloßgestellt werde, als ein Klumpen Fleisch ohne jede Würde.* Es war schlimm genug gewesen, das Video von Justin und mir in der Abgeschiedenheit meiner vier Wände zu sehen, aber es auf dieser oder einer ähnlichen Website zu wissen wäre noch viel demütigender gewesen. Ich wäre nur eins von vielen gesichtslosen Flittchen gewesen. Aber das war nicht meine Welt. So eine Frau war ich nicht.

Bilder von Geschlechtsteilen und Körperflüssigkeiten wirbelten in meinem Kopf herum, bildeten einen trüben Strudel, eine schäumende Mischung, die laut in meinem Schädel hin und her schwappte. Vor dem Kricketclub stemmte ich die Füße in den Boden und hielt an, keuchend, hustend und würgend. Taumelnd setzte ich mich auf die Stufen des Clubhauses und ignorierte die Jugendlichen, die auf einer Bank auf der anderen Seite des Spielfelds herumlungerten und rauchten, die Kapuzen zum Schutz vor der abendlichen Kälte tief in die Gesichter gezogen. Ich hörte, wie sie sich gegenseitig anstupsten und kicherten. Nach etwa einer Minute rief ein vierzehn- oder fünfzehnjähriger Junge herüber: »He, Süße! Ich geb dir fünf Pfund für 'nen Blowjob!«

Im Handumdrehen war ich aufgesprungen und über den Rasen zu der Bank gestürmt, auf der die Jungen saßen. Ein plötzlicher Adrenalinschub trieb plötzlich jene Muskeln an, die eben noch vor Anstrengung gezittert hatten. Ich brauchte eine Weile, bis ich wieder zu mir kam und merkte, dass ich den Jungen bei seinem Parka gepackt und ihn heftig gegen die Rückenlehne der Bank geschleudert hatte. Er schnappte nach Luft, und seine Augen wurden tellergroß vor Verblüffung. Seine Freunde verstummten. Ich beugte mich über ihn.

»Wehe, du richtest noch einmal das Wort an mich, du mickriges kleines Arschloch«, fauchte ich, dass die Spucke nur so flog. »Wenn du es noch einmal wagst, mich anzusprechen, trete ich dir dein verdammtes Grinsen aus dem Gesicht, du asozialer Scheißkerl. Hast du mich verstanden?«

Das Entsetzen in den Gesichtern seiner Freunde war erfreulich befriedigend. Der Junge starrte ein paar Sekunden in mein Gesicht und nickte dann abrupt. Ich ließ ihn los, und er rutschte mit eingezogenem Kopf ganz nach unten auf die Bank, während er seine verdrehte Jacke wieder gerade zog.

»Mann, was sollte das denn?«, fragte sein Kumpel vorwurfsvoll. »Das war doch nur ein Witz!«

Ich wischte mir mit der Hand über den Mund und musterte die Jugendlichen abschätzend. »Siehst du mich etwa lachen, du kleines Stück Scheiße?« Der Junge sah aus, als würde er gleich losheulen.

Ohne ein weiteres Wort rannte ich weiter. Nachdem mein

Verstand einigermaßen zur Ruhe gekommen war, ging mir auf, dass die Jungen mich wegen Beleidigung und Nötigung anzeigen konnten. Aber das war es wert gewesen, denn für ein paar kurze Sekunden hatte ich mich besser gefühlt als seit vielen Wochen.

Dann flackerte eine Erinnerung in meinem Kopf auf und ruinierte das schöne Gefühl wieder. Zwei Kondome. Im Ferienhaus hatten an jenem Morgen zwei Kondome gelegen. Zwei.

17.

Das Klingeln des Telefons fing bereits an, mir ein Loch in die Stirn zu bohren. Anfangs war es ein kleines Loch, aber dann wurde es schnell zu einem Spalt, aus dem ein Großteil meines Gehirns entwich. In meinem Kopf war es so frisch und übersichtlich geworden wie an einem kühlen Morgen in der Prärie, wo die Luft so klar ist, dass man Hunderte von Kilometern weit blicken kann.

Wer wäre darauf gekommen, dass es sich um den Kopf einer achtundzwanzigjährigen Frau in einem eleganten Wickelkleid handelte, die zwischen den gestärkten weißen Hemden und Schulterklappen der Führungsriege eines der größten Polizeibezirke Großbritanniens saß?

Von meinem fernen Beobachtungsposten in der amerikanischen Wüste beobachtete ich die hemdsärmeligen Männer, die sich um den Besprechungstisch des Chief Superintendent geschart hatten, um mit routinierter Autorität die Stifte zu schwingen, mit den Uniformmützen herumzuspielen und Kaffee zu schlürfen. Manche von ihnen waren grauhaarig, ruhig und wohlmeinend, andere sprühten nur so vor Ehrgeiz und jugendlicher Selbstüberschätzung. Keiner von ihnen schien irgendetwas mit mir und meinem Leben zu tun zu haben.

Der Grund für meine Bestürzung war, dass Bodie auf Wunsch des Detective Inspector ebenfalls an unserem wöchentlichen Meeting in der Kommandozentrale teilnahm, um uns von einem wichtigen Fall zu berichten.

Auf meinen fragenden Blick hin flüsterte er mir zu: »In einem Wohnwagenpark in Aberthin hat es ein Feuer gegeben. Die Presse schnüffelt überall herum und belästigt die Leute.«

Ich musste eine quälende halbe Stunde ausharren, in der ich mich immer wieder fragte, was das zu bedeuten hatte. Aberthin? Dort gab es nur einen Wohnwagenpark. Das konnte kein Zufall sein.

Als Bodie endlich vor versammelter Runde das Wort ergriff, erfuhr ich, dass Justins Wohnwagen mitsamt den beiden danebenliegenden Wohnwagen in den frühen Morgenstunden in Flammen aufgegangen war. Für gewöhnlich fiel Aberthin nicht in den Aufgabenbereich der Kripo von Cardiff, aber die Kollegen aus Swansea West hatten genug mit dem angeblich pädophilen Pfarrer und einem blutigen Mordfall zu tun, daher war unser Team dazu abkommandiert worden, ein wenig Schützenhilfe zu leisten.

Auch die Pressestelle unserer Wache wäre normalerweise nicht mit dem Fall betraut worden, aber der für Swansea zuständige Pressesprecher war schon längere Zeit wegen eines stressbedingten Leidens krankgeschrieben, sodass es an uns hängenblieb, uns mit den Medien auseinanderzusetzen.

Es fiel mir schwer, die Panik darüber niederzuringen, dass mein privates Martyrium auf unerklärliche Weise in meine tägliche Arbeit eingedrungen war. Es hatte mir gerade noch gefehlt, dass meine Kollegen jeden Winkel des Wohnwagenparks durchkämmten und überall Fragen stellten.

Dem knappen vorläufigen Schadensbericht entnahm ich, dass der Brand vermutlich in Gwens und Lens Wohnwagen ausgebrochen war, von wo aus er auf die beiden anderen Wohnwagen übergegriffen hatte, auf den der direkten Nachbarn und den der Mathrys. Der Fall wurde als mögliche Brandstiftung behandelt.

Die Feuerwehr leistete ihren Beitrag zu den Ermittlungen,

indem sie die verkohlten, qualmenden Trümmer durchkämmte, während die Kollegen von der Kriminalpolizei Zeugenaussagen aufnahmen und mit den Besitzern der Wohnwagen sprachen. Ein Polizeihund hatte bereits einen möglichen Brandbeschleuniger erschnüffelt, vermutlich Benzin oder Gas. Allerdings wurden natürlich die meisten alten Campingkocher mit Gasflaschen betrieben. Zum Glück schien niemand verletzt worden zu sein.

Vertreter von NewsBeatWales und *Chronicle* waren bereits am Morgen vor Ort gewesen und hatten die Polizei bei der Arbeit gestört und versucht, die Absperrung zu durchdringen. Außerdem hatten sie mit den herumstehenden Schaulustigen gesprochen, und ein Reporter war sogar dabei erwischt worden, wie er sich innerhalb des Absperrbands hinter einer Hecke versteckte und versuchte, von dort aus Fotos zu schießen. Er war höflich, aber bestimmt nach draußen geführt worden.

Die Leitstelle hatte um acht Uhr morgens eine kurze Stellungnahme abgegeben, um die Medien fürs Erste zufriedenzustellen, aber wir wussten alle, dass wir so schnell wie möglich eine ausführlichere Pressemitteilung verfassen mussten.

»Ich möchte bitte über sämtliche Probleme mit den Medien oder der örtlichen Gemeinde informiert werden«, bat mich Superintendent Sellers eindringlich.

»Meistens handelt es sich bei solchen Bränden um Versicherungsbetrug«, erklärte Bodie, als ich nach dem Meeting mit gezücktem Stift und Notizblock vor seinem Schreibtisch saß. Ich war mir nicht sicher, ob ich wirklich hören wollte, was er mir gleich alles erzählen würde.

»Aber dieser Fall ist irgendwie eigenartig«, fuhr er fort. »Ich habe bereits eine erste Stellungnahme von dem älteren Ehepaar eingeholt, dem der Wohnwagen gehört, der als wahrscheinlicher Brandherd gilt. Die beiden sind fest davon überzeugt, dass jemand es gezielt auf sie abgesehen hat. Offenbar hat es im Laufe des vergangenen Jahres Streitereien zwischen den Inhabern der angrenzenden Grundstücke, dem Besitzer des Wohnwagenparks und einem Immobilienunternehmen gegeben. Die meisten Parzellen stehen seit Jahren leer, und der Park ist ziemlich heruntergekommen. Charles Weaver, ein Geschäftsmann aus Swansea, hat dem Bauern, dem das Grundstück daneben gehört, ein Angebot gemacht, weil er dort ein luxuriöses Feriendorf bauen will, aber der Wohnwagenpark befindet sich mitten auf dem Grundstück und besetzt den einzigen Zugang zum Meer und zur Straße.

Es gibt irgendeine Klausel im Vertrag, die besagt, dass den Wohnwagenbesitzern nicht nur ihr Wohnwagen, sondern auch die Parzelle gehört, auf dem er steht. Die Verwaltung des Parks kann also nur über das Clubhaus verfügen, nicht über die einzelnen Parzellen. Und dieses alte Pärchen, Gwen und Len Nash, ist die Fliege in der Suppe. Sie wollen einfach nicht verkaufen. Der Teufel weiß, warum, aber die finden es da so toll, dass sie sich seit fast zwei Jahren weigern, auch nur zu verhandeln. Das kommt bei den anderen Parzellenbesitzern, die gerne verkaufen würden, natürlich nicht so gut an. Die freuen sich auf einen hübschen kleinen Geldregen, aber solange die zwei Alten nicht einlenken, wird daraus nichts.

Tja, und ohne die Wohnwagenwiese mit Strandzugang platzt der ganze Deal, denn auf beiden Seiten sind die ans Meer grenzenden Grundstücke noch teilweise von Landminen aus dem Zweiten Weltkrieg durchzogen. Es würde ein Vermögen kosten, sie entfernen zu lassen. Der Rest dieses Küstenabschnitts ist Nationalpark und steht unter Naturschutz, also kommt nur der Wohnwagenpark für ein Bauprojekt infrage.

Das alte Pärchen glaubt, dass im letzten halben Jahr bereits mehrmals Leute auf dem Gelände herumgeschnüffelt haben. Letzten August hat jemand ein Fenster ihres Wohnwagens eingeworfen, und es sind anonyme Anrufe eingegangen, solche Dinge. Und sie behaupten, dass jemand versucht hat, ihren Hund zu vergiften. Wir haben das überprüft, die beiden haben im letzten Halbjahr tatsächlich mehrere Vorfälle zur Anzeige gebracht. Die Sache mit dem Hund ist aktenkundig, und die Anrufe auch, aber die örtliche Polizei hat nicht gerade viel unternommen. Weil es ja alles nur Gerüchte sind, aber damit haben es sich die Kollegen natürlich ein bisschen zu leicht gemacht.«

Ich hatte Mühe, diese ganzen Informationen zu verarbeiten. Aber Bodie erwartete von mir, dass ich sachbezogene, presserelevante Fragen stellte.

»Die zwei alten Leute heißen also Nash mit Nachnamen. Und ihren Wohnwagen können sie jetzt vermutlich abschreiben?«

»Ja, der ist nur noch Schutt und Asche.«

»Verstehe. Aber warum kaufen sie keinen neuen Wohnwagen, wenn sie doch so versessen darauf sind, dort zu bleiben?«, fragte ich genau so, wie ich es getan hätte, wenn ich nichts über Gwen und Len gewusst hätte, wenn ich nicht achtundvierzig Stunden zuvor in einen Wohnwagen in ihrer Nähe eingebrochen wäre und mich dann im Gebüsch versteckt hätte.

»Würden sie vermutlich auch, wenn der Wohnwagen versichert gewesen wäre«, erklärte Bodie. »Ist er aber seit ein paar Monaten nicht mehr, weil sie kein Versicherungsunternehmen gefunden haben, das bereit war, den Wagen noch zu versichern, jetzt, wo das Grundstück als Bauland ausgewiesen ist.

Wir sind noch dabei, die anderen beiden Parzellenbesitzer zu kontaktieren, die ihre Wohnwagen in den letzten Jahren nicht besonders viel genutzt haben«, sagte er und warf einen Blick auf seinen Notizblock. »Mathry und Smith sind die Namen, die uns der Parkverwalter gegeben hat. Jimmy ist schon dabei, sie ausfindig zu machen. Ich werde um eins noch mal zum Ort des Geschehens fahren und die offizielle Aussage der Nashs aufnehmen, aber jetzt muss ich mich erst ein paar Stunden aufs Ohr legen, ich war die ganze Nacht auf den Beinen. Das große Problem ist dieser Reporter von News-BeatWales, ein gewisser Jack sowieso. Er war auf dem Gelände und hat mit den Nashs gesprochen, und sie haben ihm die ganze Sache mit dem geplanten Grundstücksverkauf erzählt. Und jetzt bedrängt er die Kollegen, die die Absperrung überwachen, und fragt sie, ob sie dieser »heißen Spur« schon nachgegangen sind.

Die Nashs waren übrigens schon einmal in der Lokalzeitung, letztes Jahr. Sie haben eine Kampagne angezettelt, dass der Wohnwagenpark erhalten bleiben soll, und ein paar andere Parzellenbesitzer, die ebenfalls nicht verkaufen wollten, haben sie unterstützt. Aber inzwischen ist einer nach dem anderen eingeknickt. Glaubt man den Nashs, hat es Drohungen seitens der Baufirma gegeben. Aber es kann auch sein, dass einfach nur das Angebot erhöht wurde, bis die anderen Inhaber gesagt haben: Ach, was soll's, wir nehmen lieber das Geld.

Das Problem brodelt also schon eine ganze Weile unter der Oberfläche, und jetzt ist es plötzlich groß in den Medien und alle tuscheln herum, wie dubios das Ganze ist und so weiter. Fest steht, dass es um eine Menge Geld geht. Was sollen wir in die Presseerklärung schreiben, was meinst du, Jen?«

»Was?«

»Was veröffentlichen wir am besten, um uns die Medien eine Zeit lang vom Hals zu halten?«

Ich gab mir Mühe, mein Gehirn wieder zum Funktionieren zu bringen und die ganze Geschichte als alltäglichen Fall zu betrachten und ihn mit der gewohnten Routine anzugehen, aber ich fühlte mich wie betäubt. Ich konnte nicht glauben, dass das Feuer nichts mit Justin und meinem Abenteuer von vor zwei Nächten zu tun haben sollte.

Weil Bodie mich immer noch abwartend ansah, sagte ich schließlich: »Ich skizziere jetzt erst mal die groben Fakten und setze einen Entwurf auf, bevor du dir das Ganze durchliest. Am besten veröffentlichen wir einen ganz allgemein gehaltenen Aufruf, ob jemand irgendetwas Verdächtiges beobachtet hat. Diese Baugeschichte lassen wir ganz raus, bis wir sicher sind, dass es wirklich Brandstiftung war. Soll dieser Weaver doch die Gerüchte kommentieren, wenn er will.«

»Genau das habe ich auch schon zu Sellers gesagt. Wir genialen Köpfe ticken mal wieder genau gleich«, sagte er strahlend.

»Zeitrahmen, in dem der Brand stattfand?«

»Letzte Nacht gegen ein Uhr morgens.«

»Geschätzte Schadenssumme?«

»Ich sage Jimmy, dass er sich mit dir in Verbindung setzen soll.«

»Gut. Melde dich doch, nachdem du erneut mit den Nashs gesprochen hast, dann sehen wir, wo wir bezüglich der Aussagen stehen.«

»Klar, das mache ich. Chief Inspector Davies von der dortigen Kripo ist völlig am Ausflippen, weil der Chief Superintendent gerade in Mauritius im Urlaub weilt und der Superintendent angeblich Schweinegrippe hat. Also hat *er* jetzt die alleinige Verantwortung, und die Presse ruft direkt bei ihm im Büro an. Er will ein paar Einzel- und Telefoninterviews geben, um ›Spannungen zuvorzukommen und die Leute zu beruhigen‹. Das Übliche eben. Könntest du ihn anrufen und ihm diesbezüglich ein paar Tipps geben?«

»Alles klar, wird erledigt.«

Das war genau das Problem bei solchen Fällen. Ein kleiner Brand konnte sich durch die Gerüchteküche und die Presse schnell zu einem angeblichen »Problem für die Gemeinde« auswachsen. Die Journalisten wissen genau, dass sie ihre Anfragen an die Pressestelle zu richten haben, aber sie versuchen es grundsätzlich direkt bei den ermittelnden Beamten. Diese geraten in Panik, heulen sich bei ihren Vorgesetzten aus, und dann spielt sich plötzlich jeder als Pressesprecher auf und will die Leute »beruhigen«.

»Jimmy hat übrigens auch ein paar Informationen für dich, die für den Aufruf an die Bevölkerung relevant sein könnten. Er schickt sie dir per E-Mail«, fügte Bodie hinzu. »Offenbar haben sich in den letzten Nächten wiederholt Jugendliche auf dem Gelände herumgetrieben, um zu feiern und zu saufen, du weißt schon. Das Bürohäuschen war beschädigt, und auf der Straße lagen zerbrochene Flaschen. Vielleicht gibt es ja einen Zusammenhang? Eine Party, die ein bisschen aus dem Ruder geraten ist, wer weiß?

Mrs Nash, die übrigens ziemlich schrullig ist, hat außerdem erzählt, dass vor drei Tagen eine Frau auf dem Gelände war und eine Menge Fragen zu ihrem Wohnwagen gestellt hat – wie oft sie dort übernachten, ob sie an den Wochenenden da seien, ob die angrenzenden Wohnwagen benutzt würden oder leer stünden. Sie hat uns eine ziemlich gute Beschreibung der Frau gegeben, aber das Komische ist, dass sie behauptet hat, sie heiße Anne Nolan, was nicht sein kann, weil Anne Nolan beim *Chronicle* arbeitet und zum fraglichen Zeitpunkt ein Gemeinderatsmitglied von Aberthin interviewt hat, was für ein Zufall. Jimmy hat das vor ungefähr einer halben Stunde in der Redaktion des *Chronicle* und im Gemeinderat überprüft.«

Junge, die beiden haben ganz schön gründlich gearbeitet für zwei Polizisten, die seit zwei Uhr nachmittags des Vortags im Dienst sind, dachte ich. Über Bodies jungenhafter Art und seinen ständigen Witzen vergaß man leicht, dass er nicht umsonst bereits im Alter von achtundzwanzig Jahren zum stellvertretenden

Sergeant ernannt worden war. An Achtsamkeit oder Motivation fehlte es ihm nicht.

»Bisschen komisch, unter falschem Namen dort herumzuschnüffeln, findest du nicht?«, grübelte Bodie. »Vielleicht ist alles ganz harmlos, aber es könnte auch sein, dass jemand das Terrain sondiert hat und wissen wollte, wann auch die letzten Parzellenbesitzer aufgeben.«

Ich sah mir die ausgedruckte Beschreibung an, die Bodie mir reichte. Natürlich wusste ich schon jetzt, was darauf stehen würde, aber ich tat so, als würde ich sie sorgfältig durchlesen. Die Verdächtige war hellhäutig, etwa ein Meter siebzig groß, Ende zwanzig und schlank. Sie hatte Jeans und eine schwarze Fleecejacke getragen und die hellen Haare unter einer blauen Baseballkappe versteckt, auf die ein rotes »B« gestickt war. Einheimischer Akzent. Ja, das traf es ziemlich genau.

»Mrs Nash arbeitet auch gerade an einem Phantombild«, fuhr Bodie fort. »Wie schon gesagt: Die hat nicht mehr alle Tassen im Schrank, aber wir wissen beide, dass diese neugierigen alten Damen ganz nützlich sein können, wenn man sie dazu bringt, sich auf das Wichtigste zu konzentrieren. Ich habe sie übrigens auch gefragt, ob wir sie in unserem Presseaufruf zitieren dürfen, damit wir eine ›menschliche Komponente‹ hineinbringen können, wie du es immer nennst.«

Er wirkte sehr zufrieden mit sich. Offenbar hatte er sich gemerkt, dass ich immer nach persönlichen Kommentaren fragte, wenn wir gemeinsam einen Aufruf an die Bevölkerung entwarfen, und jetzt war er meinen Bitten zuvorgekommen, um mir zu zeigen, dass er aufmerksam zuhörte und bereit war dazuzulernen.

»Wäre vielleicht ganz gut, sie auf unserer Seite zu haben. Allerdings sollten wir ihr gleichzeitig sanft zu verstehen geben, dass sie besser ihre Klappe hält und nicht wieder auf eigene Faust mit Reportern spricht und Einzelheiten ausplaudert.«

Wieder erkannte ich meine eigenen Tipps und Ratschläge in Bodies Worten. Er war wirklich ein eifriger und dankbarer Schüler.

»Kannst du sie bitte anrufen, Jen? Hier ist ihre Nummer. Ich konnte nicht länger vor Ort bleiben, um die Sache mit ihr zu klären, aber ich habe angekündigt, dass du anrufst und mit ihr alles durchsprichst.«

»Was, ich soll sie direkt anrufen?«, stammelte ich überrascht. »Ich spreche normalerweise nicht direkt mit Zeugen, Marc, das weißt du genau. Ich bekomme ihre Aussagen über euch Beamte vor Ort.«

»Ich weiß, aber der Detective Inspector lässt fragen, ob du uns *bitte, bitte* ausnahmsweise helfen könntest, weil wir zusätzlich noch diesen versuchten bewaffneten Raubüberfall in Roath zu bearbeiten haben. Der Boss rauft sich schon die Haare, weil er wütende Anrufe von den dortigen Stadträten kriegt, die er vom Golfspielen kennt, wenn ich richtig informiert bin. Und der Gemeinderat von Aberthin lässt ihm auch keine Ruhe wegen dieser Wohnwagengeschichte. Öffentliche Sicherheit und so. Alles nur Wahlkampfpose, aber du kennst ja den alten Cavendish. Er will die Wogen sicher persönlich glätten und zeigen, dass er alles unter Kontrolle hat.«

Es war also bereits so weit, die Vorgesetzten hatten sich eingeschaltet. Es brachte nichts, sich mit einem Detective Inspector zu streiten, wenn er Rückendeckung vom Oberboss hatte.

»Also gut, aber nur dieses eine Mal«, sagte ich zu Bodie. »Halt mich über die Entwicklungen auf dem Laufenden.«

Ich kehrte ins Pressebüro zurück und bereitete mich innerlich darauf vor, Gwen anzurufen, beziehungsweise Mrs Nash, wie ich sie jetzt offiziell zu nennen hatte.

Das mit dem Brand konnte doch nicht wirklich ein Zufall sein, oder? Nicht zu diesem Zeitpunkt. Offenbar gab es tatsächlich eine Baufirma, die scharf auf das Grundstück war, aber das Timing war, gelinde gesagt, verdächtig. Der Wohnwagen der Mathrys sollte also ganz zufällig mit abgebrannt sein? Natürlich blieb mir nichts anderes übrig, als wie immer meine Arbeit zu tun und die üblichen Schritte abzuarbeiten. Am besten verdrängte ich den äußerst eigenartigen und unerwarteten Umstand, dass ich einen Zeugenaufruf und eine Beschreibung von mir selbst veröffentlichen musste.

Warum hatte ich Gwen nur gesagt, dass ich Anne Nolan hieß? Weil sie eine der Reporterinnen war, die mich am häufigsten in der Pressestelle anriefen, und mir ihr Name daher als Erstes eingefallen war. Ich war nicht davon ausgegangen, dass Gwen sich den Namen merkte, oder meine Baseballkappe, die ich damals während meiner Campingreise durch New England gekauft hatte und auf der ein rotes »B« für Boston Red Sox stand.

Jetzt war ich froh, dass ich instinktiv in einen stärkeren walisischen Akzent verfallen war, als ich bei meinem Besuch im Wohnwagenpark mit Gwen und Len gesprochen hatte. Wenigstens war es dadurch unwahrscheinlich, dass sie meine Stimme erkannte, wenn ich sie jetzt anrief und so tat, als wären wir uns nie begegnet. Trotzdem betonte ich meine klare, akzentuierte Telefonstimme noch ein wenig mehr als sonst, nur um sicherzugehen.

Das Gespräch war anstrengend, weil Gwen sich nur schwer auf Kurs halten ließ. Immer wieder schweifte sie vom Thema ab und schwärmte von der guten alten Zeit im Wohnwagenpark oder schimpfte über die teuflischen Immobilienspekulanten. Dass ihr Wohnwagen völlig zerstört war, bereitete ihr großen Kummer, das war mehr als offensichtlich. Schon bei meinem letzten Gespräch mit ihr war ihre Liebe zum Wohnwagenpark deutlich zutage getreten, und jetzt, wo ihr Wohnwagen in Schutt und Asche lag, überhöhte sie ihn, bis er zu einem geradezu mythischen Sehnsuchtsort wurde. Jeder verregnete Sommer, in dem sie sich im Wohnwagen verschanzt hatten, um ihre Pasteten zu essen, wurde im Rückblick herrlich sonnig und warm, und jeder Nachbar im Wohnwagenpark wurde zum guten alten Freund, dem man blind vertraute und dessen Herz so groß war wie die Bay von Swansea.

Nachdem ich ihr eine Weile zugehört hatte, musste ich wohl oder übel auf den eigentlichen Grund meines Gesprächs zurückkommen und ihr Fragen zu der geheimnisvollen Besucherin stellen.

»Sie wirkte irgendwie *verschlagen*«, erklärte Gwen eifrig und rümpfte geräuschvoll die Nase.

Verschlagen? Wirklich? Das konnte nicht sein! Ich hatte mir solche Mühe gegeben, einen offenen und freundlichen Eindruck zu machen.

»Sie hat uns geradezu mit Fragen gelöchert, wissen Sie? Wie lange wir den Wohnwagen schon haben, wann Len und ich da sind und wie lange wir jeweils bleiben, ob wir auch noch im hohen Alter herkommen wollen, und so weiter.«

Wenn ich mich richtig erinnerte, hatte Gwen diese Informationen und viele mehr von ganz allein herausgerückt. Ungläubig lauschte ich, wie Gwen behauptete, die geheimnisvolle Frau hätte auch gefragt, ob Wohnwagen auf dem Gelände zum Verkauf stünden. Das hatte ich ganz sicher nicht getan!

»Und dann habe ich sie am nächsten Tag gleich wieder gesehen, nur dass sie diesmal schwarze Handschuhe trug und eine große Tasche dabeihatte. Ich fand das mit den Handschuhen irgendwie komisch, weil der Schnee geschmolzen war und es auch nicht mehr so kalt war, und die Tasche war auch eigenartig. Es war kein Rucksack oder eine Handtasche, sondern sah aus wie ein schwarzer Werkzeugkoffer.«

Jetzt wurde es allmählich bizarr.

»Sind Sie sicher, dass es dieselbe Frau war, Mrs Nash? Am nächsten Tag?«

»O ja, ganz sicher«, antwortete Gwen mit Nachdruck. In mir erwachte allmählich der Verdacht, dass dieser Punkt nicht das Einzige war, was sie in ihrer Aussage durcheinandergebracht hatte. Sie log bestimmt nicht absichtlich, sondern hatte es wirklich so in Erinnerung, aber das machte es nicht besser. Vielleicht hatte sie die Tage verwechselt oder jemand ganz anderen mit einem Werkzeugkasten gesehen. Unglaublich, wie kreativ Augenzeugen manchmal mit der Wahrheit umgehen. Wenn man zwei Personen, die denselben Vorfall beobachtet haben, um eine Aussage bittet, erhält man zwei grundverschiedene Schilderungen, obwohl beide Zeugen sicher sind, die Wahrheit und nichts als die Wahrheit gesagt zu haben. Aber schwarze Handschuhe?

Zum Glück schien Gwen vergessen oder zumindest unterschlagen zu haben, dass ich explizit nach den Mathrys gefragt hatte. Es hätte zwar auch keinen großen Unterschied gemacht, wenn sie es erwähnt hätte, aber bis ich nicht wusste, was genau passiert war, zog ich es vor, dass sich meine Kollegen von der Polizei und die Presse ganz auf die Nashs konzentrierten.

»Eigentlich hätte mir das gleich verdächtig vorkommen müssen«, erzählte Gwen weiter. »Was hat denn eine junge Frau in einem alten Wohnwagenpark zu suchen? Sie wollte ihren Namen nicht nennen, das hat man gemerkt. Und sie hat sich die ganze Zeit umgesehen, als würde sie jemand Bestimmten suchen. Aber man vertraut den Leuten natürlich erst einmal, nicht wahr? Man geht einfach davon aus, dass sie ehrlich sind. Außerdem hatte sie ein wirklich nettes Lächeln. So einem Lächeln vertraut man blind.«

O ja, das konnte ich nur bestätigen. Es ist das Lächeln eines Menschen, das als Erstes alle Schutzmechanismen einreißt und einen zur leichten Beute macht. Das wusste ich nur zu gut.

Ich notierte also Gwens Aussagen, die ich in der Pressemitteilung als Fakten würde präsentieren müssen, ohne widersprechen zu können, ohne klarstellen zu können, dass ich all diese Dinge überhaupt nicht gesagt hatte und auch nicht am Donnerstag mit einer Tasche in den Wohnwagenpark zurückgekehrt war. Am liebsten hätte ich alles unterschlagen, was die Sache noch verdächtiger klingen ließ, als sie war, aber das ging leider nicht. Für die Zeitungen war die geheimnisvolle junge Frau bestimmt ein gefundenes Fressen. Aber wenn ich Glück hatte, erwies sich die falsche Fährte, auf die die Presse dadurch geriet, noch irgendwann als Segen für mich.

Nach längerer Diskussion einigte ich mich mit Mrs Nash auf ein unverfängliches Zitat, mit dem sie keine Rufmordanzeige riskierte, weil sie die Immobilienspekulanten als Lügner und Brandstifter bezeichnete.

Eine Stunde später erschien Doyle mit dem ausgedruckten Phantombild. Jetzt war ich froh, meine Baseballkappe getragen zu haben, die meine Gesichtszüge beliebiger hatte aussehen lassen. Normalerweise geraten Phantombilder entweder zu ungenau oder zu überspitzt, sodass sie kaum noch menschlich aussehen, sondern eher wie die Karikatur eines typischen Bösewichts. Aber dieses hier war erstaunlich gut und sah tatsächlich aus wie ich, oder zumindest wie eine Schwester von mir. Allerdings hatte mich Gwen ein wenig jünger und dünner gemacht.

Niemandem fiel auf, wie ähnlich mir die Person auf dem Phantombild sah. Wie hätten die Leute auch darauf kommen sollen, dass die Person, nach der wir in der Pressemitteilung suchten, und die Person, die diese Meldung herausgab, ein und dieselbe waren? Die Ironie dieses Umstands war mir schmerzlich bewusst, als ich am Nachmittag die Pressemitteilung samt Phantombild an Jack NewsBeatWales und die anderen Journalisten austeilte, die auf der Polizeiwache von Swansea darauf warteten, Inspector Davies interviewen zu können.

Nicht einer von ihnen sagte: »Seltsam, die Frau sieht genau aus wie Sie.« Die einzige Ausnahme bildete die neue Pressesprecherin der örtlichen Feuerwehr, eine selbstbewusste, vorlaute junge Dame namens Cerys, die den Interviews ebenfalls beiwohnte, vermutlich, um später die Aussagen des Feuerwehrchefs mit unseren koordinieren zu können. Allerdings war sie viel zu sehr damit beschäftigt, ihre üppige blonde Mähne zurückzuwerfen und mit ihrem BlackBerry herumzuspielen, um sich tatsächlich Notizen zu machen. Ich glaube, sie chattete sogar heimlich, denn sie grinste immer wieder vor sich hin.

»Haha, die sieht aus, als wäre sie Ihre böse Zwillingsschwester!«, schnaubte sie belustigt und wedelte mit dem Phantombild vor meiner Nase herum, als wir gerade eine Interviewpause machten.

Ich erwiderte ihr Lächeln freundlich.

»Diese Schreiberlinge scheinen sich alle abgesprochen zu haben. Immer wieder dieselben Fragen«, knurrte Chief Cavendish genervt, der während der Interviews ein seriöses und verantwortungsbewusstes Gesicht machte und ansonsten im Weg herumstand. Er war nach dem Mittagessen nach Swansea gekommen, um »die Angelegenheit zu beaufsichtigen«, und hatte den Nachmittag damit verbracht, irrelevante Fragen zu stellen, den Ablauf zu stören und uns immer wieder zu versichern, dass er zur Verfügung stehe, falls jemand eine Stellungnahme von ihm bräuchte.

»Ja, Boss. Alles unter Kontrolle«, versicherte ich ihm.

»Die Gesichter sind doch eins zu eins, oder?«, sagte Cerys kumpelhaft zu ihm und strahlte ihn an. Er musterte sie von Kopf bis Fuß, ohne ihr Lächeln zu erwidern. Da er sie nicht kannte, erwartete er von ihr, dass sie nur das Wort an ihn richtete, wenn sie gefragt wurde. Und vor allem hatte sie ihn Sir oder Chief Superintendent zu nennen.

»Wer war denn diese unverschämte junge Frau?«, fragte er mich später, als ich ihm einen Tee aus der großen Thermoskanne holte, die wir für die Journalisten aufgestellt hatten.

»Die neue Pressesprecherin der Feuerwehr. Ich glaube, sie hat noch nicht so viel Erfahrung.«

»Das merkt man.« Sein Yorkshire-Akzent wurde ausgeprägter, wenn er sich aufregte. »Ein Kostüm in Pink, um Himmels willen! Finden *Sie* das professionell?«

»Mode kann ja auch ein Statement sein. Allerdings möchte ich lieber nicht wissen, was sie mit einem pinkfarbenen Kostüm ausdrücken will.«

»Ich auch nicht. Ich habe schon Prostituierte gesehen, die dezenter geschminkt waren als diese junge Dame. Nicht dass ich persönlich irgendwelche Prostituierten kennen würde. Sie wissen schon, was ich meine.«

»Nehmen Sie doch noch einen Keks, Chef«, schlug ich vor. *Und halten Sie die Klappe, bevor der nächste Journalist reinkommt.*

In diesem Moment steckte Anne Nolan den Kopf zur Tür herein. Ich war ihr bis zu diesem Nachmittag noch nie persönlich begegnet und stellte fest, dass sie tatsächlich ein wenig Ähnlichkeit mit mir hatte – dieselbe Größe, dieselbe Statur, dieselben dunkelblonden Haare.

»Hallo, Anne«, rief ich und winkte sie herein. »Das hier ist Chief Superintendent Cavendish, der hier das Kommando übernommen hat, solange Chief Superintendent Pike im Urlaub ist. Inspector Phil Davies von der hiesigen Wache steht Ihnen in fünf Minuten für Ihr Interview zur Verfügung. Darf ich Ihnen einen Tee anbieten?«

»Nein danke, Jen. Ich werde das Interview nicht selbst durchführen. Da mein Name in den Ermittlungen aufgetaucht ist, dachten wir, dass es vielleicht besser ist, wenn Jack das übernimmt. Er muss hier irgendwo sein. Jack?«, rief sie den Flur hinunter.

Ein großer blonder Mann mit Brille kam lässig in den Raum geschlendert und streckte mir mit übertrieben charmantem Lächeln die Hand entgegen.

»Sie müssen Jennifer sein. Ich freue mich sehr, dass ich Sie endlich einmal persönlich kennenlerne und Ihrem Namen ein Gesicht zuordnen kann.«

Diese Freude ist leider einseitig, dachte ich, bevor ich zuckersüß zurücklächelte und ihn meinem Chef vorstellte.

»O. k.«, sagte Jack und rieb sich die Hände. »Sollen wir anfangen? Ich habe dringende Abgabetermine und kann daher leider nicht den ganzen Tag hier herumtrödeln.«

»Was für eine Dreistigkeit, sich als einer von uns auszugeben, oder?«, sagte Jack zu mir, als ich ihn eine halbe Stunde später vom Besprechungszimmer zum Ausgang brachte. »Und dann auch noch ausgerechnet zu behaupten, sie wäre Anne? Wir Reporter werden neuerdings für alles verantwortlich gemacht, nicht wahr? Wir sind die Prügelknaben der Nation, dabei machen wir nur unseren Job.«

Wenn ich richtig informiert bin, bist du heute Morgen um halb neun durchs Gestrüpp gekrochen, um die Polizeiabsperrung zu umgehen, Jack. Ich weiß, dass du das warst, dachte ich. Wer sonst wäre so weit gegangen, nur um ein paar Fotos von ausgebrannten Wohnwagen zu schießen?

»Als Nächstes vernehmt ihr Anne noch als Verdächtige«, fuhr Jack beleidigt fort und knöpfte sich den Regenmantel, der ihn seriös aussehen lassen sollte, zu. Dann zerknüllte er die Pressemitteilung, die ich ihm gegeben hatte, und warf sie im Vorbeigehen in einen Mülleimer. »Wir kriegen das doch sicher noch per E-Mail zugeschickt, nicht wahr? Wann habt ihr eigentlich vor, euch endlich zu der Sache mit dem Grundstückskrieg zu äußern?«

Grundstücks*krieg*. Er sagte es im Tonfall eines Nachrichtensprechers und zog das Wort »Krieg« betont in die Länge. In Jacks Welt war alles ein *Krieg* oder eine *Gräueltat* oder ein *Skandal*. Einmal Sensationsjournalist, immer Sensationsjournalist.

Ich lächelte. »Kein Kommentar, Jack. Wie der Inspector bereits sagte: Wir gehen sämtlichen Hinweisen nach, die im Übrigen nicht nur in diese, sondern auch in andere Richtungen weisen. Die Ermittlungen laufen.«

»Ja, ja«, murrte er und fischte eine Zigarette aus seiner Tasche. »Aber das mit dem Grundstückskrieg weiß wirklich jeder. Sie könnten zumindest zugeben, dass auch in diese Richtung ermittelt wird.«

»Einen schönen Abend noch, Jack«, sagte ich geduldig, als wir auf dem Parkplatz vor dem Haupteingang angekommen waren.

»Sie lassen es mich wissen, sobald es neue Entwicklungen gibt, ja?« Er schlug den Kragen hoch, um sich gegen den Wind zu schützen, und ließ seine Zigarette lässig zwischen den Lippen baumeln. Bestimmt glaubte er, dass er wahnsinnig verwegen damit aussah. »Wir sind nämlich sehr an der Aufklärung dieses Falls interessiert.«

»Das geht uns allen so«, stimmte ich zu.

»Sie informieren mich aber bitte *vor* der Deadline?«

»Sie erfahren es, sobald ich es erfahre, Jack, wie immer.«

»Ich wünschte, ich könnte Ihnen das abnehmen«, brummte er und schirmte ein verbeultes Zippo-Feuerzeug mit den Händen ab, um sich seine Zigarette anzuzünden.

»Auf diesem Parkplatz ist Rauchen übrigens verboten«, ermahnte ich ihn immer noch lächelnd und winkte ihm zum Abschied zu, bevor ich mich wieder zur Tür wandte.

»Scheißpressereferenten«, hörte ich ihn murmeln, während er sich unbeirrt die Zigarette anzündete und die Treppe hinunterschlenderte, um auf Anne zu warten, die gerade das Auto vom anderen Parkplatz hinter dem Gebäude holte.

»Der hält sich wohl für Humphrey Bogart«, sagte der Pförtner, der gerade den Treppenabsatz fegte, und verdrehte die Augen.

»Was für ein Arschloch«, lautete Inspector Davies' Urteil, bevor er eilig ins Auto stieg und sich aus dem Staub machte.

18.

Jen, der Chief Superintendent war sehr beeindruckt davon, wie du das Pressebriefing für diesen Brandstiftungsfall gemanagt hast«, lobte mich Nige, als ich gegen sieben Uhr abends in die Pressestelle zurückkehrte. Nachdem ich ein Update von Doyle über die neusten Entwicklungen erhalten hatte, machte ich mich daran, unser elektronisches Archiv zu aktualisieren.

»Ach ja? Da *bin* ich aber froh«, antwortete ich. Ich weiß nicht, ob Nige oder ich selbst überraschter war über den feindseligen Sarkasmus in meiner Stimme. Wir beschlossen beide, darüber hinwegzugehen.

»Du weißt, dass ich mich nächste Woche als Interimschef der Kommunikationsabteilung bewerbe, oder?«, fuhr Nige fort. Ich nickte. Nigel dachte nun schon seit einer halben Ewigkeit darüber nach, ob er sich bewerben sollte. Als Kommunikationschef der südwalisischen Polizei würde er vorübergehend eine Gehaltserhöhung bekommen und neue Erfahrungen sammeln können. Er würde in den Verwaltungshauptsitz außerhalb von Cardiff umsiedeln und ein eigenes »Chefetagen«-Büro gegenüber dem stellvertretenden Polizeipräsidenten beziehen, in dem derzeit noch Kathy Collier arbeitete, deren Babybauch immer größer wurde und die in Kürze in Mutterschutz gehen würde.

Insgeheim dachte ich, dass er für diesen Posten viel zu nett war, nicht rotzig und melodramatisch genug. Bei der Polizei kommt es oft weniger darauf an, *was* man sagt, als darauf, wie laut und überzeugt man es hinauskrakeelt. Außerdem würde Chief Superintendent Cavendish bei den Bewerbungsgesprächen anwesend sein, und soweit ich wusste, hielt er Nige für ein Weichei. Lila Krawatten mochte er noch weniger als pinkfarbene Kostüme.

»*Falls* ich den Job kriege, ist mein Posten hier ein halbes Jahr vakant. Soviel ich weiß, soll er intern ausgeschrieben werden«, fuhr Nigel fort, aber ich hörte ihm kaum zu. Es war Schneefall vorhergesagt, und wie jeder andere, der das Pech hatte, um diese Zeit noch arbeiten zu müssen, beobachtete ich nervös den Himmel und betete, dass der Schneeregen nicht in Schnee und Eisglätte überging.

»Warum übernimmst *du* nicht die Leitung der Pressestelle, während ich weg bin?«, fragte Nigel aufgeregt. »Wie lange bist du jetzt schon dabei? Sieben Jahre?« (*Sechs Jahre*, verbesserte ich ihn in Gedanken.) »Du weißt genauso viel über die polizeiinternen Abläufe wie ich. Und du bist meine dienstälteste Pressereferentin. Ich würde deine Bewerbung unterstützen. Wir beide arbeiten gut zusammen, das weiß ich. Ich könnte die Bewerbungsunterlagen für dich anfordern. Mehr Geld, repräsentativere Aufgaben, du weißt schon: eine entscheidende Stufe auf der Karrieretreppe.« (*Karriereleiter, meinst du wohl.*) »Es muss doch frustrierend für dich sein, dass du trotz deiner langjährigen Erfahrung immer noch Pressereferentin bist. Du müsstest längst Personalverantwortung haben. Ich weiß, dass du das hervorragend meistern würdest. Du verstehst dich gut mit den Kriminalbeamten, und sie legen großen Wert auf deinen Rat. Ich habe schon mit dem stellvertretenden Polizeipräsidenten darüber gesprochen, und er würde sich freuen, wenn du dich bewerben würdest. Er hält sehr viel von dir, seit ihr letztes Jahr bei diesem Fall von Amtsmissbrauch zusammengearbeitet habt. Und er sagt, dass er auch sonst nur Gutes über dich gehört hätte.«

Aber mein Job bei der Polizei sollte doch nur vorübergehend sein, sagte die Stimme in meinem Kopf. *Eine Übergangslösung, die jetzt schon über sechs Jahre andauert.*

Vielleicht hätte ich mich tatsächlich beworben, wenn Justin nicht in mein Leben getreten wäre. Er raubte mir jede Energie, und die Aussicht auf mehr Verantwortung und noch mehr Bürokratie fühlte sich an wie ein schleichendes, quälendes Dahinsiechen. Andererseits: Welche Ausrede hätte ich denn, mich nicht zu bewerben?

»Ich kann es ja mal versuchen«, sagte ich, weil ich wollte, dass Nigel endlich nach Hause ging.

Bevor ich selbst Feierabend machte, ging ich zu Bodie hinunter, um ihn zu fragen, ob sich bei den Ermittlungen etwas Neues ergeben habe oder ob in der kommenden Nacht neue Entwicklungen zu erwarten seien. Im Großraumbüro der Kripo war nichts von ihm zu sehen, aber sein Handy lag auf seinem Schreibtisch, er musste also irgendwo in der Nähe sein. Neben dem Handy lag ein Haufen Asservatentüten, die Beweisstücke vom Ort der Brandstiftung enthielten. Offenbar mussten sie noch beschriftet und protokolliert werden. Zwei der Tüten enthielten undefinierbare rußschwarze Elektronikreste, aber der Gegenstand in der dritten Tüte war eindeutig zu erkennen: eine verkohlte LED-Taschenlampe.

Diese Taschenlampe schien plötzlich ins Riesenhafte zu wachsen und den ganzen Raum einzunehmen. Jetzt sah ich auch, was mir nicht aufgefallen war, als ich sie in unserer Rumpelkammer aus dem Regal gezogen hatte: Dans Initialen und seine Dienstnummer waren auf der Unterseite der Lampe ins Metall geritzt.

Die Taschenlampe war dreckig und verrußt, aber die Nummer war dennoch deutlich zu erkennen. Dienstnummern sind personalisierte Ziffernabfolgen, anhand derer jeder Polizeibeamte sofort erkennt, mit wem er es zu tun hat. Das ist so, als würde man eine Namensliste überfliegen und automatisch am eigenen Namen hängenbleiben. Je höher die Dienstnummer ist, desto länger ist man schon im Dienst. Die meisten Polizisten erkennen an der Dienstnummer eines Kollegen sogar, in welchem Jahr er bei der Polizei angefangen hat.

Dans LED-Taschenlampe war schon alt, und eigentlich sind Diensttaschenlampen keinem bestimmten Beamten zugeordnet, aber viele ritzen trotzdem ihre Dienstnummer hinein, damit sie nicht ständig von anderen Kollegen entwendet werden. Eines der großen Paradoxe bei der Polizei ist, dass man monatelang eine Zehnpfundnote oder einen Beutel mit Diamanten auf seinem Schreibtisch liegen lassen kann, ohne dass jemand auch nur im Traum daran dächte, sich zu bedienen – denn das wäre ja Diebstahl –, aber wenn man Milch in den gemeinschaftlichen Kühlschrank stellt oder Ausrüstungsgegenstände oder Büroartikel offen herumliegen lässt, meint jeder, er könnte sich frei bedienen. Dass Dan so akribisch war, seine Ausrüstung zu kennzeichnen, hätte ich mir eigentlich denken können.

Eine Taschenlampe mit Dans Dienstnummer, die plötzlich bei den Ermittlungen einer Brandstiftung auftauchte, würde jede Menge Fragen aufwerfen. Warum lag sie in den verkohlten Überresten eines Wohnwagens herum, obwohl Dan mit den Ermittlungen überhaupt nichts zu tun hatte? Das allein war schon schlimm genug, aber die Taschenlampe stellte auch eine Verbindung zwischen der Brandstiftung und *mir* her, und eventuell sogar zwischen mir und Justin. Was, wenn jemand – zum Beispiel Bodie – so schlau war, die Namen der Wohnwagenbesitzer in die Suchmaske unserer Datenbank einzugeben, um nach früheren Vorfällen zu suchen? Ich hatte erst vor wenigen Wochen in der Polizeidatenbank und bei NOMAD nach dem Namen Mathry gesucht. Konnte man diese Suche noch nachverfolgen?

Ich hatte auch nach dem Kennzeichen des Campingbusses gesucht, und diese Suche führte zu dem Unfallbericht von vor zehn Jahren, in dem wiederum die Mathrys erwähnt wurden. Natürlich würde als Initiator der Suche Bodies Benutzerkennung auftauchen, nicht meine. Aber auch dieser Umstand würde Fragen aufwerfen. Wenn Bodie die Suche nicht selbst durchgeführt hatte, dann war es jemand anders gewesen, der Zugang zum Büro und zu seinem Computer hatte, jemand, der aus irgendeinem Grund versucht hatte, seine Spuren zu verwischen.

Das Phantombild sah mir wirklich verdammt ähnlich. Ob dadurch bei irgendjemandem der Groschen fiel? Die Ähnlichkeit allein reichte natürlich nicht, um mir illegale Machenschaften anzuhängen, aber wie lange konnte ich unangenehmen Fragen noch aus dem Weg gehen? Was, wenn mich jemand gesehen hatte? Jemand, der morgen früh die Zeitung aufschlug, unsere Pressemitteilung mit bis dato unveröffentlichten Zahlen und Fakten las und sich auf unseren Aufruf zur Mitarbeit der Bevölkerung meldete?

Was, wenn jemand Gwen oder Len ein Foto von mir zeigte, um die mysteriöse Frage nach der Taschenlampe zu klären?

Würde ein Groschen nach dem anderen fallen, bis es einen wahren Münzenregen gab? Welche Erklärung hatte ich dafür, dass ich mich im Wohnwagenpark herumgetrieben und mit den Nashs gesprochen hatte? Und dafür, dass ich beides unterschlagen hatte, als ich von der Brandstiftung erfuhr?

Wenn das alles herauskam, würde man mich mindestens des standeswidrigen Verhaltens und des Missbrauchs von Polizeiressourcen verdächtigen, so viel stand fest. Und was sollte ich Dan sagen? Würde er weiterhin meine Lügen glauben? Die Taschenlampe gehörte ihm, diesen Umstand konnte ich nicht leugnen.

Alle diese Gedanken schossen mir innerhalb von Sekunden

durch den Kopf, während mein Blick wie ein Scheinwerfer auf die Plastiktüte auf dem Schreibtisch gerichtet war. Genauso schnell traf ich den Entschluss, sofort zu handeln, weil sich so eine Chance vermutlich nie wieder ergeben würde.

Ich sah mich um und entdeckte schließlich, wonach ich suchte – einen Karton mit Kunststoffhandschuhen. Aber vorher huschte ich eilig zum Flur, um mich zu vergewissern, dass die Luft rein war. Das ganze Gebäude schien still und verlassen dazuliegen. Es war schon spät, und die Flurbeleuchtung war bereits ausgeschaltet.

Ich schloss die Tür hinter mir, streifte mir die Handschuhe über und zog die Plastiktüte vorsichtig an den Rand des Schreibtischs, um sie besser öffnen zu können. Mit einer Schere aus einem Stiftbehälter kratzte ich hastig, aber behutsam die Farbe von der Unterseite der Taschenlampe, bis die erste und die letzten beiden Ziffern von Dans Dienstnummer nicht mehr zu lesen waren. Auch seine Initialen entfernte ich, bevor ich auf der gegenüberliegenden Seite ebenfalls ein wenig Farbe abkratzte, damit es nicht so auffällig aussah. Anschließend rieb ich die Flächen mit Ruß und Dreck ein, um die frischen Kratzspuren zu verdecken. Das Ergebnis sah befriedigend aus. Das Ganze hatte nur eine Minute gedauert, vielleicht sogar weniger.

Ich verschloss die Tüte wieder und legte sie zurück auf den kleinen Stapel in der Mitte des Schreibtischs. Dann zog ich die Handschuhe aus und ließ sie zusammen mit der Schere in meine Tasche gleiten.

Kurz darauf fragte ich mich, was ich da verdammt noch mal getan hatte. In weniger als sechzig Sekunden hatte ich mich in ernsthafte Schwierigkeiten gebracht, denn jetzt hatte ich auch noch Beweismittel manipuliert. Aber der Gedanke daran, dass irgendjemand auf Paul Mathry stoßen und auf die Weise die Sache mit dem Video herausfinden könnte, hatte jeden Skrupel und jedes Gefühl für Rechtmäßigkeit und Zurückhaltung in mir ausgelöscht.

Es war zu spät, meine Tat ließ sich nicht mehr rückgängig machen. Ich hatte intuitiv gehandelt und konnte jetzt nur noch hoffen, dass sich meine Intuition ausnahmsweise einmal als richtig erwies.

Bevor ich die Bürotür öffnete, lauschte ich auf Schritte. Genau in dem Moment, als ich auf den Flur hinaustrat, hörte ich mit einem *Pling* die Lifttüren aufgehen und sah, wie am anderen Ende des Gangs eine dunkle Gestalt den Aufzug betrat. Zum Glück konnte mich die betreffende Person nicht gesehen haben, weil es zu dunkel war. Sicherheitshalber rannte ich trotzdem die Treppe am entgegengesetzten Ende des Gebäudes hinauf, um mich in das relativ unverdächtige Pressebüro zu flüchten.

Am Ende der Treppe angekommen hörte ich die Lifttüren wieder aufgehen und sah zu meinem Entsetzen, wie die dicke Paula heraustrat, die ich an ihrer schmalen Silhouette und den dünnen Haaren erkannte. Was tat *sie* so spät noch im Gebäude? Ich glaubte nicht, dass sie mich auf die Entfernung gesehen hatte, zumal auch hier die Flurbeleuchtung ausgeschaltet war.

In einer plötzlichen Anwandlung von Logik beschloss ich, mich direkt vor ihre Nase zu begeben und so zu tun, als wäre alles in bester Ordnung. Also rannte ich zu meinem Schreibtisch, nahm das Telefon und wählte die Nummer der Lautsprecheranlage an. Nach dem Piepston fing ich an zu reden, woraufhin leicht verzögert meine verzerrte Stimme draußen auf dem Flur ertönte. Es hörte sich an wie eine Durchsage am Bahnsteig.

»Falls Detective Constable Ryan noch im Gebäude ist, möchte er doch bitte die Pressestelle anrufen, unter der Durchwahl 26444. Detective Constable Ryan bitte die Durchwahl 26444 anrufen. Danke.«

Ein paar Sekunden später streckte Paula den Kopf zur Tür herein.

»Sie sind also doch noch da?«

»Ja, es nimmt einfach kein Ende. Heute war wegen dieser Brandstiftung die Hölle los. Ich weiß gar nicht mehr, wo mir der Kopf steht, aber das ist ja nichts Neues.« Den letzten Nebensatz betonte ich, bevor ich hinzufügte: »Kann ich irgendetwas für Sie tun?«

»Ja, ich habe schon nach Ihnen gesucht«, erwiderte sie und beäugte mich argwöhnisch. »Sie müssen nämlich Ihre Spesenabrechnung noch einmal überarbeiten, weil Sie den falschen Satz berechnet haben. Es sind achtunddreißig Kilometer von Cardiff Central Station nach Swansea. Nicht achtundvierzig.«

»Oh, mein Fehler. Danke.« Ich nahm die Spesenabrechnung entgegen und sah sie abwartend an, für den Fall, dass sie noch einen weiteren Vorwand fand, mir eine Standpauke zu halten. Sie gab sich sichtlich Mühe, aber es schien ihr nichts einzufallen. »Die Kilometerzahlen müssen ganz genau angegeben werden, Jennifer. Genau wie die Gleitzeiten.«

»Wird gemacht.«

Sie blieb noch einen Moment vor mir stehen und wandte sich dann zögernd zum Gehen. »Und bleiben Sie nicht mehr zu lange.«

Ich wartete noch zehn Minuten ab, ob sich Bodie auf meinen Aufruf meldete, aber es tat sich nichts. Entweder hielt er sich außerhalb des Gebäudes auf, oder er war zu beschäftigt, um zu antworten. Auf der Fahrt nach Hause hielt ich an einem kleinen Eckladen ohne Überwachungskamera, in dem ich einen Laib Brot kaufte und eine Geburtstagskarte an meinen Onkel Owen abschickte. Dann warf ich die Kunststoffhandschuhe und die Schere in den Mülleimer vor dem Laden. Als ich weiterfuhr, versuchte ich, nicht an Dans Taschenlampe in ihrer Asservatentüte im dunklen Kripo-Büro zu denken.

19.

Dan hatte wieder einmal Nachtschicht. Als ich nach Hause kam, war er bereits zur Arbeit aufgebrochen. Am Kühlschrank hing ein Zettel von ihm: »Ich hoffe, dein Tag war nicht allzu stressig. Ruf mich an, wenn du die Zeit findest. x.«

Ich hatte an diesem Abend Bereitschaft und musste daher mein Handy anlassen. Trinken durfte ich auch nichts, obwohl ich mich von ganzem Herzen nach einem großen Glas Wein sehnte. Aber es konnte ja sein, dass ich zu einem Notfall gerufen wurde und noch fahren musste. Um kurz nach acht – ich kochte mir gerade Lachs mit Brokkoli und Kartoffeln – erhielt ich mehrere Anrufe von Sergeants, die meinen Rat brauchten. In Butetown hatte es einen Unfall mit Todesfolge gegeben, und es war ein Jugendlicher verhaftet worden, der ein Golfcart gestohlen hatte und damit in einem betrunkenen Akt der Rebellion die M4 entlanggefahren war. Dieser Fall würde am Morgen bestimmt für einigen Presserummel sorgen.

Nach dem Essen holte ich das Hochzeits-Notizbuch hervor und sah mir an, was vor dem rasant näher rückenden großen Tag im Juni noch alles erledigt werden musste. Die Liste war lang, und die wichtigsten Punkte bestanden darin, ein Brautkleid zu kaufen und Anzahlungen an eine ganze Anzahl von Dienstleistern zu überweisen, aber ich legte das Notizbuch nach ein paar Minuten wieder weg.

Der Juwelier hatte eine Nachricht auf dem Anrufbeantworter hinterlassen, um uns mitzuteilen, dass die maßgefertigten Hochzeitsringe fertig seien und wir sie jederzeit abholen könnten.

Ich versuchte fernzusehen, aber ich konnte mich nicht konzentrieren. Meine Gedanken schossen umher wie der Ball in einem Flipperautomaten. Auch Lesen stellte sich als unmöglich heraus. Tagsüber war ich rund um die Uhr beschäftigt gewesen und hatte auf Autopilot geschaltet, um halbwegs professionell mit der Brandstiftung umgehen zu können und dabei kompetent und selbstbewusst zu wirken. Das war mir auch gelungen, bis ich die Taschenlampe auf Bodies Schreibtisch entdeckt hatte. Und nun saß ich allein zu Hause und kam nicht zur Ruhe. Die Nacht hatte unser Haus und die Straße verschluckt, und die Welt lag stumm und dunkel da, ein Meer aus Komplikationen.

Die ganze Zeit befürchtete ich, dass das Telefon klingelte und ich die Nachricht erhielt, dass sich jemand auf unseren Zeugenaufruf gemeldet hatte. War ich unvorsichtig gewesen? Hatte jemand mein Auto an der Landstraße in Aberthin parken sehen und sich das Nummernschild aufgeschrieben? Während ich den kalten Brokkoli auf meinem Teller herumschob, fragte ich mich, ob vielleicht in diesem Moment schon der Anruf eines Detective Constable vom nächsten Satelliten abprallte und auf dem Weg zu meinem Telefon war.

Würde bald eine weitere SMS von Justin eintreffen, in der er mir die Modalitäten für die nächste Zahlung nannte?

Immer wieder erschienen die »Surfschlampen« vor meinem inneren Auge. Zwei Kondome. Zwei Kondome im Ferienhaus am nächsten Morgen. Würde Justin mich kontaktieren?

Oder würde einer meiner uniformierten Kollegen anrufen und sagen: »Ich hätte da mal ein paar Fragen an dich?« Hatte ich das Richtige getan, indem ich die Taschenlampe manipuliert hatte? Fingerabdrücke konnte ich dabei nicht hinterlassen haben, schließlich hatte ich Handschuhe getragen. Aber was, wenn ich an jenem Abend im Wohnwagen Spuren hinterlassen hatte? Was, wenn jemandem auffiel, dass die Asservatentüte nicht mehr so aussah wie vorher? Was, wenn jemand die Dienstnummer auf der Taschenlampe bereits gesehen und notiert hatte, und sich jetzt verwirrt fragte, wie sie verschwunden sein konnte? Daran hatte ich überhaupt nicht gedacht – o Gott!

Aber die Tüte hatte auf einem Stapel mit Beweismitteln gelegen, die noch archiviert werden mussten. Es sah aus, als seien sie einfach in aller Eile vom Tatort mitgenommen und auf dem Schreibtisch abgelegt worden. Natürlich hätten sie nicht einfach so in einem unverschlossenen Büro herumliegen dürfen, aber solche Dinge passierten nun mal, wenn Polizisten nach Zwölfstundenschichten Hunger hatten und erschöpft waren, wenn sie dringend auf die Toilette mussten oder sich ein Sandwich holten. Für mich konnte das nur von Vorteil sein, denn derjenige, dem diese Nachlässigkeit unterlaufen war – vermutlich war es Bodie gewesen –, wollte bestimmt keine unnötige Aufmerksamkeit auf die Tatsache lenken, dass er die Beweisstücke unbeaufsichtigt hatte herumliegen lassen.

Während ich über die vielen Unbekannten in der Gleichung nachgrübelte, schlichen die Stunden so langsam dahin, dass ich mich an längst vergessene Winterwochenenden während meiner Kindheit erinnert fühlte, kalte graue Tage, die mir endlos vorgekommen waren.

Der graue Winterhimmel hatte düster über unserem kleinen Reihenhaus gehangen, und die Zeit hatte sich schleichend auf das Ende eines öden, leeren Tages zubewegt, das mir als Acht- oder Neunjähriger unendlich weit weg erschienen war.

Mein Dad saß an solchen Tagen immer in seiner alten Strickjacke mit einem Becher Tee in der Hand, Hausschuhen an den Füßen und einem zufriedenen Lächeln auf den Lippen auf dem braunbeigen Sessel. Meine Mutter hingegen stand mit einem Küchentuch über der Schulter in der Küche und bewegte sich innerhalb eines engen Radius um die Küchenspüle herum, wo ständig etwas zu tun zu sein schien. Prinzessin Jennifer war unterdessen in dem winzigen Burgverlies ihres weit entfernten Zimmers gefangen, wo sie, umgeben von Büchern, auf dem sonnengelben Teppich auf dem Boden lag.

Während solcher Nachmittage verging die Zeit immer langsamer und langsamer, bis sie schließlich ganz zum Stillstand kam. Es war so ruhig im Haus, dass man die Heizungsrohre ticken hörte. Die Langeweile schärfte meine Sinne bis ins Unerträgliche und ließ mich auf einem Meer aus Nichtstun und Leere dahintreiben.

Jede Kirschblüte oder tauglänzende Flügelspitze auf meiner mit Blumen und Elfen bedruckten Steppdecke trat in aller Schärfe und Klarheit zutage. Die von meinen Zehen ausgebeulten Stellen an meinen weißen Turnschuhen beschwerten sich lautstark über die Martyrien, die sie auf dem Spielplatz ertragen mussten, und die ledergebundene Bibel meiner Großmutter beklagte schrill die Unverfrorenheit, dass ich sie als Türstopper benutzte, und erzählte von gespensterhaft kalten Kirchen, wo jeder Schritt auf dem Steinboden widerhallte. Durch diesen ganzen Lärm drang der knusprig-goldene Duft von Ofenpasteten und blubberndem Bratensaft aus der Küche in meine Nase.

Das Warten fühlte sich an, als wäre es eine weitere Person in meinem Zimmer. Warten, immer nur warten – erst auf das Mittagessen, dann auf das Abendessen und schließlich auf mein abendliches Schaumbad und die Nachtruhe. Aber ich wartete auch auf etwas Neues, darauf, älter zu werden und endlich jemand anders sein zu können.

An diesem Abend, an dem ich als erwachsener Mensch allein in meinem Haus saß, war es genauso. Ich wartete auf eine

Nachricht von Justin, auf Anrufe von der Polizei, darauf, dass die Nacht irgendwann in einen neuen Tag überging. Ich wartete auf ein neues, gefürchtetes Dasein als Star einer Porno-Website und Gegenstand einer polizeilichen Untersuchung. Mit unerträglicher Klarheit spürte ich wieder Justins Körper auf meiner Haut, den Geruch nach Staub und Kerzenwachs im Ferienhaus, die schimmelige Feuchtigkeit des Wohnwagens, die Anwesenheit des schnurlosen cremefarbenen Telefons, das das Gerät ersetzt hatte, das ich am Tag des Telefonats mit Sophie zertrümmert hatte. Ihren Anruf hatte eine Pressereferentin und Verlobte entgegengenommen, die es nicht mehr zu geben schien.

Die Warterei meiner Kindheit hatte sich manchmal dadurch erträglicher machen lassen, dass ich mich versteckte. Ich war unter mein wackeliges Hochbett gekrochen, hatte mich an ausrangierten Plüschtieren und Tüten voller Brettspiele vorbeigekämpft, die mir keinen Spaß mehr machten, hatte mich ganz nach hinten verkrochen. Manchmal suchte ich mir zum Verstecken aber auch die Rumpelkammer aus und kauerte unter den Mänteln, die innen an der Tür hingen. Dort roch es nach Regen und nassem Stoff, und hin und wieder krabbelte eine Spinne vorbei. Je enger und dunkler mein Rückzugsort war, desto leichter ließ sich das Gefühl des Wartens durch ein Gefühl des bewussten Versteckens verdrängen. Dass ich selbst die aktive Entscheidung dazu traf, tröstete mich genauso wie die räumliche Begrenzung und die Finsternis und die Tatsache, dass die sonntäglichen Geräusche mich nur noch gedämpft erreichten.

Vielleicht würde mich dieses Heilmittel auch jetzt vor dem Gefühl bewahren, keine Luft mehr zu kriegen. Ich konnte hinter das Sofa kriechen oder in einen der größeren Schränke im Schlafzimmer oder in die Rumpelkammer unter der Treppe, hinter deren Tür Dans Jacken und Mäntel hingen.

Aber so etwas tat man nun einmal nicht als erwachsener Mensch. Statt mich also an einem dunklen Ort zu verkriechen, bügelte ich Blusen, schrubbte die Küchenspüle, feilte meine Fingernägel, trug eine Gesichtsmaske mit Fruchtsäure für einen jugendlichen Teint auf und sah mir die Nachrichten im Fernsehen an. Ich tat, was jeder andere Erwachsene in jedem anderen Haus in jeder anderen Stadt tun würde.

Als Dan Stunden später nach Hause kam, lag ich immer noch wach im Bett. Ich vernahm die vertrauten Geräusche im Hausflur, hörte, wie er seine Stiefel auszog, in die Küche ging und die Kühlschranktür öffnete. Ich tat so, als würde ich schlafen, aber ich ließ es zu, dass er die Arme um mich schlang, nachdem er neben mir ins Bett geschlüpft war.

»Ich hab dich vermisst«, murmelte er. »Du riechst nach Orange.«

Als ich am nächsten Morgen im Büro meine Jacke auszog und meinen Computer hochfuhr, kam der Chief in die Pressestelle gestürmt, dessen rosiges, robustes Gesicht noch röter war als sonst. Er warf seinen Hut auf den Schreibtisch, ließ sich mit einem wuchtigen Rums in Serians Drehstuhl fallen und wedelte mit einer Zeitung vor meinem Gesicht herum. Er hatte Detective Inspector Harden im Schlepptau, der ziemlich abgehärmt aussah. Hinter ihm stand Doyle, der sich diskret in der Nähe der Tür hielt, um sich stillschweigend verdrücken zu können.

O Gott, was ist denn nun schon wieder los?, dachte ich und wartete schweigend ab, bis mir jemand erklärte, was Sache war. Am liebsten wäre ich in den Materialschrank gekrochen und hätte die Tür hinter mir zugezogen.

»Dieser verdammte Jack Schießmichtot«, stieß Cavendish wutschnaubend hervor, und sein hochroter Kopf über dem engen weißen Kragen schien kurz vorm Platzen zu sein. Japsend zupfte der Chief an seiner Krawatte. »Er hat mich abgepasst, als ich gestern Abend die Wache verlassen habe. In Aberthin gehen offenbar neue Gerüchte um, weil die Jungs von der Spurensicherung vor Ort waren. Ich habe ihm explizit gesagt, dass die Sache streng vertraulich ist.«

»Streng vertraulich gibt es nicht«, murmelte ich tonlos, wie immer, wenn ich diese unzutreffende Floskel hörte.

»Ich habe ihm versichert, dass wir es ihn wissen lassen, wenn sich die Gerüchte bestätigen.«

Aber er will nun mal der Erste sein, der die Neuigkeit veröffentlicht, dachte ich. Und dann: *Moment mal! Wenn sich* welche *Gerüchte bestätigen?*

»Und trotzdem zieht er los und zitiert mich als ›inoffizielle Quelle‹, dieser kleine Scheißkerl!« Er tippte mit der Hand ungeduldig auf die Zeitung, die er mir vorgelegt hatte, und wartete darauf, dass ich sie las.

»Ich habe die heutige Zeitung schon gelesen, Chief«, antwortete ich. »Was ist das Problem? Da steht doch nur, was Inspector Davies gestern in den Interviews gesagt hat. Dass sie den Rest ein wenig ausschmücken würden, war ja klar.«

Der Artikel, den ich gelesen hatte, war zwar reißerisch aufgemacht gewesen, wie es Jacks Art war, hatte aber keine Überraschungen enthalten, sondern nur neben dem Phantombild von mir mit meiner Baseballkappe die grundlegenden Fakten sowie Gwens unzutreffende Aussagen aufgezählt, die natürlich als Tatsachen präsentiert wurden.

»Sie haben die City-Ausgabe also noch gar nicht gesehen?«, schnaubte der Chief ungläubig.

»Nein, ich habe darauf gewartet, dass die Poststelle sie mir hochbringt.«

»Dann werfen Sie mal einen Blick darauf!«

»IST DER BRANDSTIFTER AUCH EIN MÖRDER?«, fragte die Überschrift sensationsheischend. »Menschliche

Überreste in Wohnwagentrümmern gefunden«, lautete der Untertitel.

Ich las die ersten beiden Absätze des Artikels zweimal, bevor ich endlich die Sprache wiederfand. »Was? Was soll das heißen? Stimmt das? Haben wir menschliche Überreste gefunden? Ich hatte letzte Nacht Bereitschaft. Warum hat mich niemand angerufen? Mich *hat* definitiv keiner angerufen.«

»Wir waren uns nicht sicher, was wir da genau gefunden haben, und wollten die Sache daher erst mal unter Verschluss halten, bis wir der Presse heute Konkreteres vorlegen können«, erklärte der Detective Inspector über die Schulter seines Vorgesetzten hinweg und verdrehte die Augen, um mir zu verstehen zu geben, dass er den Chief für einen Schwachkopf hielt.

Auf seinem Posten an der Tür zuckte Jimmy mit den Schultern und wedelte mit der Hand in der Luft herum. »Frag nicht«, hieß diese Geste. Dann schlüpfte er aus der Tür.

»Haben wir jetzt Überreste gefunden oder nicht?«, wollte ich wissen. »Warum hat mich niemand angerufen?«

»Na ja, wir sind uns, wie gesagt, noch nicht ganz sicher, was es ist«, polterte der Chief. Wie viele hochrangige männliche Beamte wurde er lauter, wenn ihm aufging, dass er einen Fehler gemacht hatte. »Wie ich schon zu diesem Jack gesagt habe, handelt es sich um verbrannte Kleidungsstücke sowie ein paar Knochen und Haare. Genaueres wird noch untersucht. Ich habe dem Arschloch ausdrücklich gesagt, dass diese Informationen streng vertraulich sind.«

»Warum haben Sie mich nicht vorher angerufen und die Sache mit mir abgesprochen?«, wiederholte ich hartnäckig meine Frage. »Man kann Journalisten nicht bitten, derart brisante Informationen für sich zu behalten. Sie haben ihm die Gerüchte bestätigt und ihm damit sozusagen grünes Licht gegeben. Er fühlt sich mit Sicherheit im Recht, weil er nicht Ihren Namen genannt und Sie auch nicht wörtlich zitiert hat. So funktioniert das bei denen. Wenn Sie mich vorher angerufen hätten, hätte ich Ihnen geraten, ihn mit ›Kein Kommentar‹ abzuspeisen. Damit hätten Sie seine Spekulationen erst einmal auf Eis gelegt.«

Er schmollte, wich aber immer noch nicht von seiner Position ab. »Wie ich bereits sagte: Ich dachte, es sei klar, dass es sich nicht um einen offiziellen, zitierbaren Kommentar handelt.«

Der Detective Inspector rollte erneut mit den Augen.

»Also, was hat es mit diesen Knochenfunden auf sich?«, fragte ich und wandte mich demonstrativ an den Detective Inspector. Meine Geduld überraschte mich, genau wie die Tatsache, dass ich so ruhig klang, obwohl eine Stimme in meinem Kopf brüllte: *Wer ist gestorben? Wer, um alles in der Welt, ist bei dem Brand gestorben?!* »Und ich meine die interne Version, die nicht für die Presse bestimmt ist«, fügte ich hinzu.

»Wir sind uns nicht sicher, Jen«, antwortete der Detective. »Die Spurensicherung ist vor Ort und kümmert sich um die Bergung. Dort herrscht immer noch das reinste Chaos, aber was wir gefunden haben, sieht aus wie ein Stück Decke und einige kleinere Knochen, die Teil eines Brustkorbs oder Finger sein könnten. Der Wohnwagen selbst ist nicht mehr als solcher zu erkennen. Der Rahmen ist komplett in sich zusammengestürzt, und überall kleben geschmolzene Reste der Inneneinrichtung. Das Ding muss gebrannt haben wie Zunder. Wenn du mich fragst, war der ganze Park eine tödliche Falle. Keiner der Hydranten war an eine Wasserleitung angeschlossen. Wir sind uns nicht sicher, ob sie manipuliert waren oder einfach nur vernachlässigt. Es wird noch eine Weile dauern, bis wir die Lage richtig einschätzen können.«

Kann es sich bei dem Verstorbenen um Justin handeln?, verschaffte sich eine leise, hoffnungsvolle Stimme in meiner linken Gehirnhälfte Gehör. Das hätte mir das Leben unendlich erleichtert, wäre ein regelrechtes Gottesgeschenk gewesen, ein echtes, unwiderlegbares Wunder. Ich hörte keine Stimme in meinem Kopf, die mich bremste und sagte: »Das ist nicht richtig, Jen, man darf niemandem den Tod wünschen.« Nicht einmal die vertraute mahnende Stimme meiner Mutter vernahm ich: »Was du nicht willst, dass man dir tut, das füg auch keinem andern zu.« Mein Gewissen schwieg hartnäckig. Stattdessen dachte ich in aller Klarheit und Seelenruhe: »Bitte, lieber Gott, mach, dass er tot ist. Er hat es verdient.« Ein rabenschwarzes Gebet, aber dennoch ein Gebet.

Meine Tagträume wurden von der Stimme des Chiefs unterbrochen, der strikt darauf bestand, eine Beschwerde bei Jacks Herausgeber einzureichen, die eine Entschuldigung verlangte, ein schriftliches Schuldeingeständnis. Ich wusste, dass dadurch alles nur noch schlimmer geworden wäre und er erneut unterstrichen hätte, was für ein Trottel er war.

»Aber Sie haben es wirklich zu ihm gesagt, oder? Ob nun streng vertraulich oder nicht?«

»Hmpf«, machte er unverbindlich, was so viel wie Ja hieß.

»Dann versichere ich Ihnen, dass wir nicht viel tun können. Lassen Sie es darauf beruhen, es ist nicht mehr rückgängig zu machen.« Wenn man 60.000 Pfund im Jahr verdient, heißt das eben noch lange nicht, dass man über gesunden Menschenverstand oder die Fähigkeit verfügt, den Mund zu halten, wenn es darauf ankommt. »Jetzt können wir nur noch die Fehler ausbügeln und eine neue Pressemitteilung veröffentlichen, in der wir darlegen, wie der derzeitige Stand ist und dass es sich keineswegs um eine Mordermittlung handelt.«

Hoffen wir, dass es auch nicht zu einer solchen kommt, dachte ich insgeheim. Wie ich vor ein paar Tagen zu Dan gesagt hatte, starben ständig irgendwo Menschen, wurden Leichen gefunden, begannen Ermittlungen. Meistens handelte es sich um Zufälle, zur falschen Zeit am falschen Ort. Wie bei der alten Dame, die Dan und seine Männer zu spät gefunden hatten und die von Wildtieren angefressen worden war. Wenn *sie* solches Pech gehabt hatte, dann verdiente Justin es erst recht, zumal wenn man bedachte, was er mir und vermutlich auch anderen angetan hatte, vor allem Suzy Milland. Die Zeit würde zeigen, ob es seine Leiche war, die man im Wohnwagen gefunden hatte.

Die nächsten acht Stunden vergingen wie im Flug, denn sobald die südwalisischen Medien Wind von Jacks Schlagzeile bekommen hatten, klingelten unablässig die Telefone, und in der Pressestelle brach fieberhafte Geschäftigkeit aus. Nur mit Mühe gelang es uns, das Chaos unter Kontrolle zu halten. Nigel sah aus, als stünde er kurz vor einem Nervenzusammenbruch, und der Chief war überall im Weg, rutschte unruhig auf einem Stuhl herum oder ging nervös auf und ab, während wir die Presseanfragen entgegennahmen. Die dicke Paula drückte sich mehrmals vor unserer Bürotür herum, vermutlich weil ihr noch etwas eingefallen war, was sie mir unter die Nase reiben konnte, aber da der Chief in der Pressestelle sein Lager aufgeschlagen hatte, traute sie sich nicht herein.

Um elf Uhr vormittags sprang ich ins Auto und verbrachte den Rest des Tages in Swansea, wo wir noch einmal den Interviewmarathon vom Vortag wiederholten.

Die einzig gute Nachricht war, dass sich trotz der flächendeckenden Berichterstattung keine neuen Zeugen gemeldet hatten, die etwas über die geheimnisvolle Frau mit der Baseballkappe wussten.

Am schlimmsten war das Warten, bis die Spurensicherung mit ihren Pinzetten, ihrem weißen Pulver und ihren Bürsten endlich ihre langsame, penible Arbeit verrichtet hatte. Es würde mindestens vierundzwanzig Stunden dauern, bis sie den gesamten Tatort durchkämmt hatte und die Forensiker erste

Erkenntnisse über die Knochenfunde liefern konnten. So quälend die Warterei auch war, ihr Ende war wenigstens absehbar. Ich kam mir vor wie eine zum Tode Verurteilte, die auf ihre Begnadigung durch den Gouverneur wartete, während die Gefängnismitarbeiter nebenan schon den elektrischen Stuhl vorbereiteten.

Es war acht Uhr abends, als ich endlich nach Hause aufbrechen konnte. Der Schneeregen war in dicke Flocken übergegangen und der Himmel von dichten Wolken verhangen. Ein trügerischer orangener Glanz über den Dächern verriet, dass ein Sturm im Anmarsch war und der Schneefall vermutlich noch stärker werden würde. Prompt kam der Verkehr auf den meisten Straßen von Südwales zum Erliegen, und ich kroch die M4 entlang und brauchte über eine Stunde für eine Strecke, die normalerweise zwanzig Minuten gedauert hätte.

Als ich mich endlich mit hängenden Schultern und bleiernen Beinen den dunklen Gartenweg entlang zu unserem Haus schleppte, sehnte ich mich nur noch danach, die Tür hinter mir zu schließen und die feindselige Welt draußen zu lassen.

Offenbar achtete ich dabei nicht auf meine Umgebung, denn ich sah niemanden näher kommen und hörte auch nichts. Als ich den Schlüssel ins Schloss steckte und die Tür aufstoßen wollte, spürte ich plötzlich eine Hand auf meinem Arm und eine zweite an meiner Schulter. Unsanft wurde ich herumgerissen und dann mit dem Rücken heftig gegen die Tür geschleudert. Die Luft, die aus mir entwich, stieg als weiße Wolke in die Nachtluft auf.

»Pssst, schön leise sein. Ich weiß, dass du gerne ein großes Trara veranstaltest, aber jetzt würde ich dir raten, den Mund zu halten«, warnte Justin und bedachte mich mit einem selbstzufriedenen Grinsen. Er war eindeutig keine Leiche, sondern stand putzmunter und unversehrt vor mir. »Die kleine Jen spielt neuerdings gerne Detektivin, nicht wahr? Ich hätte wissen müssen, dass du Ärger machst, aber ich konnte dir einfach nicht widerstehen. Du sahst so verdammt süß aus an diesem Abend im Hotel, so makellos. Ich wusste, dass du ganz wild auf einen kleinen Fick warst, ich musste nur die richtigen Knöpfe drehen. Aber welchen Teil von ›Ich bin nicht mehr an dir interessiert‹ verstehst du nicht? Erst folgst du mir nach Porthcawl und machst mir eine, ehrlich gesagt, ziemlich peinliche Szene, und dann schleichst du auch noch um den Wohnwagen herum und zapfst Gwen an, diese alte Hexe. Ich habe ja schon davon gehört, dass ihr Mädels ziemlich anhänglich werden könnt, aber das ist wirklich schon Stalking, was du da betreibst. Wenn das so weitergeht, muss ich eine einstweilige Verfügung gegen dich erwirken. Es war zwar nur ein Wohnwagen, aber ich glaube, es ist trotzdem illegal, in einen einzubrechen. Oder ihn niederzubrennen.«

Ich versuchte etwas zu sagen, versuchte, ihn abzuschütteln, aber sein Griff auf meinem Unterarm war so eisern wie eine Handschelle, und mit der anderen Hand presste er mich an den Türrahmen. Die breite viktorianische Veranda schirmte uns von der Straße und den umstehenden Häusern ab, und es waren nirgendwo ein Motor oder Schritte zu hören. Alle hatten sich hinter ihren Vorhängen verschanzt.

»Du würdest sicher gerne wissen, was ich mit dir anstelle, wenn du mein Nein nicht akzeptierst, Süße.« Er genoss seinen Auftritt viel zu sehr, um eine Entgegnung von mir abzuwarten. »Hör endlich auf herumzuzappeln. Es sei denn, du willst, dass ich dir wieder an die Wäsche gehe. In dem Fall mach ruhig weiter, ich finde die Reibung sehr erregend.«

»Was willst du von mir, du kranker Bastard?«

»Moment mal, *du* bist doch diejenige, die mir nachrennt! Hübsches Phantombild übrigens. Nicht unähnlich, aber in Fleisch und Blut bist du natürlich viel attraktiver. Und dein

Fleisch durfte ich wirklich zur Genüge betrachten, nicht wahr?«

»Ich habe keine Ahnung, wovon du redest.«

»Ach nein? Ich gebe zu, dass ich dich unterschätzt habe. Du hast mir wirklich einen gehörigen Schrecken eingejagt, als du wie aus dem Nichts bei Santos aufgetaucht bist. Wie hast du mich eigentlich gefunden? Ist auch egal. Jedenfalls hätte ich nicht gedacht, dass du mich aufspüren würdest. Sicherheitshalber habe ich trotzdem dafür gesorgt, dass nichts im Wohnwagen herumliegt, was mich, äh ... belasten könnte. Allerdings hätte ich vielleicht nicht diesen Idioten damit beauftragen sollen, aber ich hatte anderswo zu tun. Wenn man will, dass etwas gründlich erledigt wird, muss man es selbst übernehmen, aber ich wollte lieber nicht noch länger warten. Du musst meinen Kompagnon knapp verpasst haben an dem Abend, als du die Einbrecherin gespielt hast. Er hat mir erzählt, dass wir Besuch hatten, und mir war sofort klar, dass du das warst, vor allem, nachdem die alte Gwen mir ein paar Tage vorher einen Zettel hingelegt hatte, auf dem stand, dass sich eine junge Frau nach *Paul* erkundigt hat.«

»Warum hast du deinen Wohnwagen abgefackelt?«, fragte ich. Mir brannte noch vieles andere mehr auf der Zunge, aber bei dieser Frage erschien es mir am wahrscheinlichsten, dass ich eine Antwort und damit Zeit zum Nachdenken erhielt.

»Na ja, geplant war das nicht, das gebe ich zu«, sagte Justin amüsiert. »Als dieser Vollidiot von Pootle angerufen hat, um mir das mit deinem Besuch mitzuteilen, bin ich am nächsten Morgen sofort vorbeigefahren, um mich zu vergewissern, dass er wirklich aufgeräumt hat. Aber er lag schnarchend auf der Bank und hat nach Pot gestunken. Pootle hatte noch nie besonders viel Stil, und der Hellste war er auch nicht. Die Feinarbeit und das Geschäftliche musste immer ich übernehmen. Regel Nummer eins ist natürlich: Konsumiere nie die

Drogen, die du verkaufst. Außerdem hat dieser Blödmann den Wohnwagen für seine kleinen Internetauftritte genutzt. Regel Nummer zwei: Man scheißt nicht, wo man isst, nicht wahr? Sein Sperma war bestimmt im ganzen Wagen verteilt, und wer weiß was noch alles für Körperflüssigkeiten. Dass er ab und zu im Wohnwagen übernachtete, wusste ich, aber nicht, dass er dort *Geschäfte* macht. Aber mir hätte klar sein müssen, dass er sich nicht an die Regeln hält.«

»Geschäfte? Was für Geschäfte?«, fragte ich, auch wenn ich längst wusste, was er meinte.

»Jetzt stell dich nicht dumm, Jen. Du hast doch selbst mitgewirkt. Außerdem hast du ja anscheinend die gebrannten CDs mit seinen Videos im Wohnwagen gefunden.«

Ich hatte überhaupt keine CDs gefunden, aber es war vielleicht von Vorteil, wenn Justin glaubte, dass ich Beweise gegen ihn in der Hand hatte.

»Ja, ganz nette Filmchen«, antwortete ich. »›Surfschlampen‹, nicht wahr? *Das* hat natürlich wahnsinnig viel Stil, Justin. Ich hätte wirklich mehr von dir erwartet.«

»Und dein Verlobter von dir sicher auch, oder?«, sinnierte er mit einem halben Lächeln. »›Surfschlampen‹ war Pootles Spielwiese. Ich habe meine eigenen Lieblingsseiten.« Er seufzte, und es klang beinahe reuevoll. »Es war ein Fehler, mich mit dir einzulassen. Eigentlich war das Watch-House viel zu nah an zu Hause. Aber mit der Zeit wird man unvorsichtig. Und träge. Einer von Pootles Versagerfreunden hat mir den Schlüssel für das Ferienhaus besorgt. Mir fehlte noch ein letzter Tausender, und ich dachte, es wäre leicht verdientes Geld. Ein letztes Aufbäumen, bevor ich dieses Land verlasse, um endlich ein bisschen Spaß zu haben. Und jetzt hast du mir meinen schönen sauberen Abgang versaut. Ich musste die Beweise für Pootles Heldentaten loswerden, man weiß schließlich nie. Du hättest ja auch mit der Polizei zurückkommen können.«

»Aber warum musste Gwens Wohnwagen ebenfalls dran glauben?« Ich kannte die Antwort bereits.

»Na ja, wenn ich nur den Wohnwagen von meinem Alten abgefackelt hätte, wäre das zu auffällig gewesen. Jeder weiß, dass Gwen und Len den Verkauf des Geländes aufhalten, also erschien es mir mehr als wahrscheinlich, dass die beiden irgendwo Feinde haben. Sah einfach besser aus, alle drei Wohnwagen abzubrennen. Unverdächtiger.«

»Und was ist mit den Knochen? Den menschlichen Überresten?«

»Pootle war nur noch ein Klotz am Bein«, sagte er mit Nachdruck.

Mir schnürte sich die Kehle zusammen. »Du meinst doch nicht etwa … Du kannst doch nicht …« Mein Entsetzen war mir offenbar deutlich anzusehen, denn er lachte auf.

»Nicht doch. Keine Sorge, Jen. Die Sache mit den Knochen *ist* zwar ein wenig bizarr, aber von Pootle stammen sie nicht, das kann ich dir versichern. Ich muss zugeben, dass ich ziemlich sauer auf ihn war, aber in Brand stecken würde ich ihn deshalb nicht. Ich bin doch kein Monster, Jennifer.«

»Apropos Pootle …« Die Worte blieben mir im Hals stecken. Ich musste Justin dringend etwas fragen, auch wenn ich Angst vor der Antwort hatte. Mit der Frage würde ich ihm meine Schwäche zeigen und ihm noch mehr Macht über mich geben. Aber ich musste es einfach wissen.

»Justin, in dieser Nacht im Ferienhaus … Da lagen zwei Kondome neben dem Bett. War das, weil … War da noch jemand anwesend?«

Er musterte mich, und in seinem Blick lag beinahe so etwas wie Bewunderung. »Das nenne ich eine gute Frage. Du hast einen Blick für Details, Jen, aber vielleicht musst du dich bis zum nächsten kleinen Actionfilmchen gedulden, um herauszufinden, wer die beteiligten Akteure sind?«

»Du meinst also, du und Pootle? Das ist doch nicht ... Wie hast du ...?«

»Du kannst dich nicht einmal mehr daran erinnern, oder? Die halbe Einheit deines Verlobten hätte dich bespringen können, und du hättest nichts davon mitgekriegt. Ist das nicht ein weiterer guter Grund, sich für die nächste Zahlung bereitzumachen, Nancy Drew? Dieses Mal erhöht sich der Betrag allerdings – wegen der Unannehmlichkeiten.«

»Justin, ich kann nicht. Ich werde dir kein Geld mehr zahlen. So reich bin ich auch wieder nicht, verdammt noch mal! Du hast genug Schaden angerichtet. Wie lange soll das noch so weitergehen?«

»Das hängt entscheidend davon ab, ob du mich davon überzeugen kannst, dass du ab jetzt ein braves kleines Mädchen bist. Dein fescher Polizistenfreund soll doch sicher weiterhin glauben, dass du die Unschuld vom Lande bist, oder? Ich finde meine Preise keineswegs überteuert. Sieh es doch mal so: Wenn du das Geld nicht mir gibst, haust du es nur wieder für Schuhe oder Klamotten raus. Betrachte es einfach als Investition in deine glückliche Zukunft.«

»Warum tust du das alles?« Wieder stieg Panik in mir auf. Ich wollte heulen, schreien und betteln, wollte meinen Kopf nach vorne reißen und ihm sein grinsendes Gesicht zertrümmern, irgendetwas, damit er endlich seine Hände von mir nahm. »Du kennst mich nicht. Ich tue so etwas nicht. Das alles ist ein großer Irrtum. Ich bin keine von diesen Frauen.«

»Natürlich, das sagen sie immer. Das Ganze wäre ja auch witzlos, wenn ich es mit billigen Schlampen machen würde. Sex gibt es da draußen im Überfluss, Darling, ein paar Drinks, und man ist dabei. Es macht doch gerade den Reiz aus, ein schwieriges Ziel zu wählen. Ich habe dieses Spiel längst perfektioniert. Man sucht sich ein hübsches kleines Luxushotel aus und hält dort Ausschau nach Frauen von der ruhigen, gebildeten, vernünftigen Sorte, die denken, sie wären allen anderen überlegen. Denn das sind diejenigen, die am meisten zu verlieren haben. Wenn eine Frau nichts zu verlieren hat, gibt es auch nichts, wofür man sie zur Kasse bitten könnte, nichts, was sie vor Mummy und Daddy und ihrem Schatz geheim halten will, nicht wahr?«

Ich empfand aufrichtigen Abscheu, als mir das Ausmaß seiner Aktivitäten, seiner *Geschäfte*, wie er es genannt hatte, zum ersten Mal richtig bewusst wurde. Berechnend und ohne jedes Mitgefühl suchte er sich seine Opfer und beging seine Grausamkeiten mit kühler Gleichgültigkeit – aus Spaß, aus Profit, um sich ein wenig Geld für seinen Urlaub zu verdienen. Ich fragte mich, warum er so ehrlich war und mir das alles erzählte. Dann verstand ich, dass er es genoss, seine Taten vor mir auszubreiten, und arrogant genug war zu glauben, dass ich absolut nichts gegen ihn ausrichten konnte. In einem hatte er recht: Ich hatte eine Menge zu verlieren.

»Guck mich nicht so an, Jen«, lachte er. »Ist doch tausendmal besser, als für seinen Unterhalt zu arbeiten und Steuern zu zahlen, findest du nicht? Jeder macht eben das Beste aus seinen Talenten und sucht sich eine Marktlücke. Na, komm schon. Ich habe dich nicht *vergewaltigt* oder so was. Du wolltest es so. Ich war deine kleine Ferienromanze, dein Ritter ohne Furcht und Tadel. Und ich habe mir Mühe gegeben, dieser Rolle gerecht zu werden und immer genau das Richtige zu sagen, das musst du zugeben.«

»Du hast mich unter Drogen gesetzt. Ich habe das Rohypnol in deinem Wohnwagen gefunden.«

Er lachte leise. »Tja, wirklich ironisch, dass du die Erste bist, die meinem idiotensicheren kleinen Plan auf die Schliche kommt. Und das, obwohl es bei dir am einfachsten war, dich ins Bett zu kriegen. Du musst wirklich nach Aufmerksamkeit ausgehungert gewesen sein. Ich habe nur ein paar Popgruppen und ein bisschen Lyrik erwähnt und ein oder zwei kleine Anekdoten von meinem angeblichen Job als Reisejournalist eingestreut, und schon hast du dich regelrecht in meine Arme geworfen. Das Rohypnol war gar nicht nötig, mein verliebtes Gesäusel und der Merlot haben schon gereicht. Ich gebe zu, dass ich meine magischen Pillen immer dabeihabe, für den Fall, dass ich ein bisschen nachhelfen muss, aber das war dieses Mal nicht vonnöten. Komm mir also nicht mit ›Ich habe es gegen meinen Willen getan‹. Du hast getan, was du tun wolltest.«

Ich spürte die Galle in mir aufsteigen. »Hast du das auch zu Suzy gesagt? Dass sie es selbst so gewollt hat?« Ich hatte natürlich ins Blaue geraten, aber offenbar hatte ich einen wunden Punkt erwischt, denn Justins Gesicht verdüsterte sich für eine Sekunde. Irgendetwas, was lange zurücklag und ihn bis heute zu belasten schien, trat in seinen Blick. Vielleicht war es Schmerz, aber er wurde schnell wieder von Wut überschattet.

»Fang mir bloß nicht von Suzy an«, blaffte er. »Suzy war eine kleine Schlampe, das wollte ich nur nicht wahrhaben. Hat immer heiliger getan als der Papst und geglaubt, sie wäre etwas Besseres. Aber ihr Heiligenschein hat sie nicht davon abgehalten, mit diesem arroganten Anwaltstyp rumzumachen, oder? Hat ihn wahrscheinlich schon monatelang gebumst und immer noch so getan, als wäre sie die Heilige Jungfrau Maria. Sollte ich sie damit etwa davonkommen lassen? Nachdem ihr Vater meine hübsche Fotostrecke gesehen hat, war ihr Image nicht mehr ganz so rein und unschuldig.«

»Und das Baby?«

»Wieso, es war ja nicht mein Baby. Und ich habe ihr auch nicht gesagt, dass sie sich von einer dreißig Meter hohen Brücke stürzen soll, oder? Wie auch immer, das spielt jetzt keine Rolle. Fakt ist, dass ich mit meiner Geduld am Ende bin. Ich will 500 Pfund von dir und das Versprechen, dass du mir nicht mehr hinterherspionierst, sonst verspreche *ich* dir, dass es dir noch sehr viel mehr leidtun wird als der armen, armen Suzy.«

»Fick dich!«, zischte ich, ohne nachzudenken. Ich konnte seine Hand keine Sekunde länger auf meinem Körper ertragen und wand mich verzweifelt in alle Richtungen, aber er ließ nicht locker.

»Langsam, Süße, immer mit der Ruhe. Ich hatte bisher eigentlich nicht den Eindruck, dass du auf Gewalt stehst, aber vielleicht habe ich dich schon wieder falsch eingeschätzt. Macht dich das an, wenn man dich so richtig hart rannimmt? Das kann dir dein geliebter Inspector Dan nicht bieten, was? Du bist also eine dieser Frauen, die nur so tun, als würden sie sich wehren. Was sagst du, Jen? Sollen wir diese These mal auf die Probe stellen?«

Er legte seine Hand unsanft auf eine meiner Brüste und küsste mich heftig auf den Mund.

»Na, wirst du schon feucht?«, fragte er höhnisch und zog meinen Hosenbund nach unten. »Nein? Wie enttäuschend.«

In mir erwachte ein wütender Funke, der sich zu einem dunklen, verzehrenden Feuer ausbreitete. Ich vergaß jede Vernunft und jeden Selbsterhaltungstrieb.

»Und was ist, wenn ich zur Polizei gehe?«, drohte ich. »Ich weiß, wer du bist, und ich weiß, was du Suzy angetan hast. Ich habe das Rohypnol aus deinem Wohnwagen und die Filme. Bestimmt melden sich auch noch andere Frauen, die Aufschlussreiches über dich zu berichten haben.«

»Na klar. Und was hast du gegen mich in der Hand? Du solltest doch am besten wissen, wie wichtig handfeste Beweise sind. Du wirst mein Gesicht auf keiner dieser CDs finden. Das von Pootle übrigens auch nicht, dafür habe ich von Anfang an gesorgt. Diese Filme könnten jeden zeigen und überall gedreht worden sein. Und wenn du im Internet suchst, wirst du feststellen, dass auf ›Surfschlampen‹ ein paar Filme weniger zu sehen sind als gestern. Es steht also Aussage gegen Aussage, Schätzchen. Falls du so dumm sein solltest, mich in deine wirren Verdächtigungen zu verwickeln, muss ich deinen reizenden Arbeitskollegen vielleicht mal meine Version der Geschichte erzählen.

O ja, ich sehe sie schon vor mir: Ich bin ein ganz normaler Durchschnittsmann, der schwach geworden ist und einen One-Night-Stand hatte. Und jetzt steigt mir diese Verrückte nach und beobachtet mich, wenn ich surfe, beschädigt meinen VW, belästigt meine Nachbarn, bricht in meinen Wohnwagen ein, woraufhin dieser auf unerklärliche Weise abbrennt. Ich habe wirklich Angst um meine Sicherheit. Apropos: Ich wette, du hast das eine oder andere Gesetz gebrochen, um mich aufzuspüren. Böses Mädchen!

Du solltest eigentlich wissen, wann du verloren hast, aber wenn du trotzdem meinst, zur Polizei gehen zu müssen, denk dran, dass ich dir immer noch mit einem einzigen Mausklick zu deinem großen Auftritt als Pornosternchen verhelfen kann. Deine Journalistenfreunde würden sich doch sicher auch sehr über dein Filmdebüt freuen, meinst du nicht? Jack Thomson von der Nachrichtenagentur NewsBeatWales zum Beispiel. Er wäre bestimmt begeistert. Hat heute so einen schönen, anschaulichen Artikel geschrieben, der Gute. Und vergiss nicht, mein Liebling: Ich weiß, wo du wohnst und wo du arbeitest.«

Nachdem er mich noch eine quälend lange Minute schweigend angestarrt hatte, ließ er mich endlich los. Ich sollte merken, dass er mich nur »freiließ«, weil er es in diesem Moment beschlossen hatte. Er wusste genau, dass ich keine echte Gefahr mehr für ihn war, dass er mich besiegt hatte. »Ich melde mich noch wegen der Einzelheiten für deine nächste Spende«, kündigte er an. Dann gab er mir einen Kuss auf die Stirn, klappte seinen Kragen hoch und verschwand auf die verschneite Straße hinaus.

Ich sah zu, wie er lautlos davonging. Dann schloss ich die Tür auf und schlüpfte hinein. Nachdem ich mich auf die unterste Stufe unserer Treppe hatte sinken lassen, lauschte ich auf mögliche Geräusche von Justin, aber es war nichts zu hören. Zitternd saß ich in der Dunkelheit und versuchte, mir über die Auswirkungen seiner Drohung klar zu werden. Er hatte recht: Alles, was ich getan hatte, ließ sich tatsächlich so interpretieren, wie er es dargelegt hatte. Es gab also ein Sexfilmchen – na und? Viele Paare drehen heutzutage Home Videos. Ich malte mir lieber gar nicht erst die Demütigung aus, die es für mich bedeuten würde, wenn alle *mich* für die Stalkerin und Lügnerin hielten. Vielleicht würde Justin sogar Anzeige gegen mich erstatten. Die Neuigkeit würde sich im Handumdrehen auf der Wache und im Revier verbreiten, egal, wie »sensibel« man die Sache zu handhaben versuchte. Für mich würde es doppelt so beschämend werden wie für andere Frauen, weil ich immer so hohe Ansprüche an mich gestellt hatte, weil ich stets die seriöse, vernünftige Pressereferentin gewesen war. Ich wusste genau, was die Leute über mich denken würden: Jetzt muss sie endlich von ihrem hohen Ross herunter. Genau das würden Leute wie die dicke Paula denken, und auch alle anderen, die derzeit noch neidisch auf mich waren, weil ich die Verlobte eines Inspectors war, und eines besonders gut aussehenden noch dazu. Sie würden mich als Freiwild betrachten.

Was, wenn Justin versuchte, eine einstweilige Verfügung gegen mich zu erwirken? Mein Fall würde die Instanzen durchlaufen, und die Medien würden sich auf mich stürzen, weil ich keine Anonymität genießen würde. Schließlich galt ich nicht als Opfer eines Sexualdeliktes, wenn Justin den Spieß umdrehte und Anzeige gegen mich erstattete. Jack NewsBeat-Wales würde also meinen vollen Namen nennen dürfen, und ich wusste genau, was er alles über mich schreiben würde. Er würde sich mit dem Stift dafür rächen, dass ich ihn so oft abgewimmelt hatte, ihm Informationen für seine Artikel vorenthalten, mich als moralisch überlegen aufgespielt hatte.

Ich wusste, dass Justin das ohne Weiteres durchgezogen hätte. Er hatte mich bei unserer ersten Begegnung mühelos hinters Licht geführt, hatte eine so subtile und vollendete schauspielerische Leistung abgeliefert, dass ich ohne langes Zögern meinen züchtigen Baumwollslip von Marks and Spencer für ihn ausgezogen hatte. Die Leute würden auf ihn hereinfallen, würden in ihm das sehen, was zu sein er vorgab: ein ehrlicher Kerl, der einen dummen Fehler begangen und eine Frau gegen sich aufgebracht hatte. Dagegen hatte ich nicht die geringste Chance. Allein der Gedanke an das Vieraugengespräch, das der Chief Superintendent mit mir würde führen wollen, war mir unerträglich. Es würde mit den trügerischen Worten beginnen: »Wir glauben das alles natürlich nicht, Jennifer, aber wir müssen leider jeder Anzeige nachgehen …«

Mein professionelles Image war das, was mich ausmachte. Ich war Jen Johnson, die Pressereferentin – effizient, kompetent, maßvoll, damenhaft, beherrscht. Nicht dieses sich windende, stöhnende Etwas in dem Video.

Wie sehr sehnte ich mich in diesem Moment nach Dan, wünschte mich in seine Arme, wo ich sicher war, wo mir niemand etwas tun konnte. Aber er hatte wieder Nachtschicht, und es würde mindestens noch vier Stunden dauern, bis er nach Hause kam. Wenn ich daran zurückdachte, wie sehr ich noch bis vor Kurzem jeder Nachtschicht von Dan entgegengefiebert hatte, wurde mir schwer ums Herz. Andere Frauen und Freundinnen beschwerten sich, wenn ihre Partner nachts arbeiten mussten und abends nicht da waren, und ich freute mich darüber. Denn wenn Dan zu Hause war, herrschten Lärm und Unordnung. Bei ihm lief der Fernseher immer ein bisschen zu laut, und er zappte ununterbrochen durch die Kanäle, zehn Minuten dies, zwei Minuten das und dann dreißig Sekunden etwas anderes.

Wenn er nicht fernsah, lief er mit seinem auf laut gestellten iPod herum und bildete eine kratzige Geräuschkulisse, während ich zu lesen versuchte.

Wenn ich hingegen das Haus für mich hatte, guckte ich mir in Ruhe einen ganzen Fernsehfilm oder eine DVD an oder las – was noch besser war – in völliger Stille ein Buch. Dann machte ich mir ein leichtes, gesundes Abendessen, das ich ohne Eile verspeiste, wobei ich mir ein Geschirrtuch als Lätzchen in mein T-Shirt steckte. Danach spülte ich sofort das Geschirr ab, damit das Haus so sauber wie möglich blieb. Ich genoss es, unbeobachtet zu sein und einfach einmal nichts zu tun. Diese wunderbaren Stunden des Alleinseins hatte ich immer wie einen Schatz gehütet.

Aber heute schien die Leere des Hauses mich mit stummen Vorwürfen zu bombardieren. Jedes Zimmer mit seinen knarrenden Böden machte mir überdeutlich Dans Abwesenheit bewusst. Wir wohnten seit fast drei Jahren hier und hatten das Haus günstig erstanden, weil es einem alten Mann gehört hatte und renovierungsbedürftig war. Aber wir waren nie wirklich dazu gekommen, es zu renovieren.

Wir hatten zwar Wohnzimmermöbel gekauft und die Wände gestrichen und neuen Teppichboden verlegt, aber die Küche war immer noch die alte, und das hintere Zimmer im Erdgeschoss stand voll mit Kisten, in denen sich Bücher, Papiere und Küchenutensilien aus unserer alten Wohnung befanden. Dan war kein besonders guter Heimwerker, aber bei seinen unregelmäßigen Arbeitszeiten kam er ohnehin nur selten dazu, sich größere Renovierungsarbeiten vorzunehmen. Ich selbst hätte zwar Zeit gehabt, hatte aber keine Lust, mich allein um alles zu kümmern.

Jetzt wurde mir klar, dass es noch einen Grund dafür gab,

dass ich meine Wochenenden nicht mit dem Auswählen von Wasserhähnen und Kacheln, Küchenablagen und Herdplatten hatte verbringen wollen. Ich hatte mich versteckt – zu Unizeiten in meinem Wohnheim und jetzt hinter meiner Verlobung, die noch keine Ehe war, hinter meiner Arbeit, den Meetings, hinter vernünftigen Ratschlägen und der kompetenten Handhabung aller Aufgaben. Ich hatte mich versteckt, denn wenn ich mich aus meiner Deckung begeben und die Hochzeit und die Inneneinrichtung unseres Hauses mit Begeisterung in Angriff genommen und die vorübergehende Stelle als Pressechefin angenommen hätte, dann hätte das bedeutet, dass dieses Haus nicht nur irgendein Haus, sondern mein *Heim* war, dass mein Job nicht nur eine Notlösung, sondern meine *Berufung* war und mein derzeitiges Leben nicht nur eine Momentaufnahme war, sondern ein *Dauerzustand*. Weil ich nichts anderes hatte. Weil es *das* war, was mich ausmachte, und sonst nichts. Mehr war ich nicht. Und diesen Umstand hasste ich.

Ich saß im Dunkeln und weinte.

20.

Als Dan die Haustür aufschloss, saß ich immer noch im dunklen Wohnzimmer. Kurz darauf ging das Licht an, und er stand in der Tür, überrascht, mich zusammengesunken auf dem Sofa vorzufinden.

»Was ist los, Jen? Warum sitzt du hier im Dunkeln? Du bleibst doch sonst nie wach, um auf mich zu warten«, sagte er. Es stimmte. Das letzte Mal, dass ich für ihn aufgeblieben war, war schon eine ganze Weile her.

»Ich hab dich einfach vermisst, das ist alles. Und da dachte ich, ich warte auf dich.«

»Ich habe dir eine Nachricht auf dem AB hinterlassen, dass du mich anrufen sollst. Aber du hast nicht zurückgerufen.«

Ich hatte gar nicht daran gedacht, die Nachrichten abzuhören. »Irgendwie kommen wir in letzter Zeit vor lauter Stress kaum noch dazu, miteinander zu reden«, sagte ich.

»Aber das ist nicht mehr nur meine Schuld, oder, Jen?«, antwortete er und blieb in der Tür stehen, statt sich zu mir zu setzen, wie ich gehofft hatte.

»Was soll denn das heißen?«

»Das weißt du genau. Seit wir beschlossen haben, im Juni zu heiraten, ziehst du dich immer weiter vor mir zurück. Das war schon lange vor dieser Sophie-Geschichte so. Ich dachte, dass es uns gemeinsam gelingen würde, das zu ändern. Ich habe mir wirklich Mühe gegeben, aber irgendwie wird es immer schlimmer statt besser. Seit einigen Wochen kriege ich kaum zwei Wörter am Stück aus dir heraus. Bei unserem Wochenende im Aeron Inn warst du in Gedanken meilenweit weg. Du weigerst dich, über die Hochzeit oder die Flitterwochen zu reden. Eigentlich willst du über gar nichts reden. Mir ist durchaus bewusst, dass das teilweise meine Schuld ist, aber ich habe mich mehrmals entschuldigt und weiß wirklich nicht mehr, was ich noch tun soll.«

Ich ging sofort in die Offensive. »Dich noch mal entschuldigen, vielleicht? Gut, dass du unsere *gemeinsame* Hochzeit erwähnst: Findest du nicht, dass wir sie eigentlich auch *gemeinsam* planen müssten, Dan? Aber du bist ja leider viel zu sehr mit deiner eigenen Karriere beschäftigt, um dich in irgendeiner Form zu engagieren!« Schon nach wenigen Sekunden schämte ich mich für meine gereizte Reaktion. Warum griff ich ihn an? Er hatte ja recht damit, dass ich in letzter Zeit distanziert war. Die Gründe dafür hätte es eigentlich überhaupt nicht geben dürfen. Ich wollte ihm sagen, dass ich ihn liebte, wollte, dass er mich tröstete. Aber die Worte blieben mir im Hals stecken und drohten, mich zu ersticken. Statt zu sagen, was ich wirklich fühlte, hatte ich die üblichen beleidigten, kindischen Vorwürfe von mir gegeben.

»Gibt es etwas, was du mir sagen möchtest?«, fragte Dan plötzlich. »Hast du einen anderen?«

Ich war aufrichtig überrascht. »Einen anderen?« Wo war das hergekommen? Er konnte nichts von Justin wissen, oder? Wie konnte er davon erfahren haben?

»Du checkst zwanzig Mal am Tag deine E-Mails und starrst auf dein Handy. Du verhältst dich geheimnistuerisch. Wenn ich anrufe, bist du nicht da oder gehst nicht ans Telefon. Ich hinterlasse dir Nachrichten, aber du rufst nicht zurück. Daher frage ich mich, ob es vielleicht einen anderen Mann in deinem Leben gibt. Es war nicht als Vorwurf gemeint, sondern eine einfache Frage.«

»Es gibt keinen anderen Mann, Dan.«

»Wirklich nicht? Du fragst dich doch bestimmt, wie das so wäre. Schließlich hast du noch nie mit einem anderen Mann geschlafen als mit mir. Zumindest, soweit *ich* weiß. Vielleicht hast du ja den Eindruck, etwas zu verpassen.« Er klang verbittert.

Wie kam er denn auf diese Idee? Es war mir um vieles gegangen, aber nie um Sex, nie darum, etwas verpasst zu haben. Aber wie sollte ich ihm das erklären?

»Ich … nein. Da ist kein anderer Mann, Dan. Ganz sicher nicht.«

»Auch niemand von der Arbeit?«

»Von der Arbeit?« Er riet also wirklich nur. »Wer sollte das denn sein?«

Er zögerte. »Ich dachte, es wäre vielleicht Bodie.«

»Bodie?« Nach einem kurzen Moment der Verblüffung überwog die Erleichterung darüber, dass er Marc für den Übeltäter hielt. Aber Dan fand die Sache überhaupt nicht komisch.

»Lach mich nicht aus, Jennifer«, befahl er mir leise. Seine Stimme klang, als könnte er sich nur mit Mühe beherrschen. Dan nannte mich sonst nie Jennifer, immer nur Jen oder Süße oder Schatz. Dass er meinen vollen Vornamen verwendete, war ein sicheres Anzeichen dafür, wie ernst es ihm war.

»Ich lache nicht über dich«, versicherte ich ihm hastig. »Ich lache über die Vorstellung, dass ich und Bodie … Nein! Nein, nein und noch mal nein! Wie um alles in der Welt kommst du darauf? Ausgerechnet Bodie?«

Ich stand auf und wollte Dan in die Arme schließen, aber er wich vor mir zurück. Dass er sich mir jetzt, wo ich so verzweifelt war, entzog, war mir unerträglich. Wollte er etwa einen Rückzieher machen und mich doch nicht mehr heiraten? Das war doch eigentlich meine Domäne, oder? *Ich* war immer diejenige gewesen, die Zweifel hatte, aber in diesem Moment schienen meine Zweifel plötzlich ganz weit weg zu sein. In der vorletzten Nacht, als Justin mich in meinem Alptraum heimgesucht hatte, war es nicht von ungefähr Dans Name gewesen, den ich im Schlaf gerufen hatte.

»Ich habe beobachtet, wie er im Büro mit dir umgeht«, fuhr Dan fort. »›Fühl mal meine stählernen Arschbacken.‹ War es nicht so?«

Das hatte er sich gemerkt? »Aber das war doch nur …«

»Bei der Weihnachtsfeier ist er genauso um dich herumscharwenzelt, und dir schien es nicht allzu viel auszumachen.«

»Aber das war …«

Allmählich erwärmte er sich für das Thema. Seine Stimme wurde immer lauter und tiefer.

»Ist dir mal aufgefallen, dass wir seit über einem Monat nicht mehr miteinander geschlafen haben, nicht einmal bei unserem romantischen Wochenende im Hotel, das im Übrigen auch schon wieder ein paar Wochen her ist?«

Es war mir aufgefallen. Natürlich war es mir aufgefallen. In letzter Zeit ging ich jeder Situation, die eventuell zu Sex führen könnte, aus dem Weg. Nicht etwa, weil ich Dan nicht mehr begehrte – in vielerlei Hinsicht sehnte ich mich mehr denn je danach, von ihm berührt zu werden –, sondern weil jeder Gedanke an Sex die Nacht mit Justin wieder heraufbeschwor. Was ich auf dem Video gesehen hatte, hatte sich unwiderruflich in mein Gehirn eingebrannt, auch wenn ich an die Nacht selbst kaum noch Erinnerungen hatte.

Justin hatte sich in meinem Kopf und meinem Leben eingenistet, bestimmte meine Träume und suchte mich bei der Arbeit heim. Er lag zwischen Dan und mir im Ehebett und sorgte dafür, dass der Abstand zwischen uns immer größer wurde. Wenn Dan mit mir geschlafen hätte, hätte er die Frau aus dem Video geliebt, nicht mich. Und das wollte ich nicht. Ich wollte nicht, dass diese Frau in unser Haus kam, in unser Leben.

»Die letzten Wochen waren einfach wahnsinnig anstrengend, Dan«, sagte ich und versuchte, jede Aggression aus meiner Stimme herauszuhalten. »Ich schwöre dir hiermit feierlich, dass zwischen Bodie und mir nichts läuft. Sein betrunkener Auftritt bei der Weihnachtsfeier war ihm so peinlich, dass er zu mir gekommen ist und sich bei mir entschuldigt hat. Er hat sogar gefragt, ob du sauer wärst.«

»Aber er hat dich auch im Hotel angerufen, Jen. Zweimal.«

»Was?«

»Ich kenne seine Nummer. Sie stand auf deinem Display.«

»Du hast in meinem Handy herumgeschnüffelt?«

»Nein. Na ja, ich habe einen Blick darauf geworfen. Es hat geklingelt, während du auf der Toilette warst. Und als ich Nachschub in der Bar geholt habe, hat es auch geklingelt, und ich habe gehört, wie du ›Ich liebe dich‹ gesagt hast. Danach hat mich natürlich interessiert, mit wem du gesprochen hast, und auf dem Display stand seine Nummer.«

Ja, jetzt erinnerte ich mich. Bodie hatte angerufen, weil er gedacht hatte, ich hätte Bereitschaft. Mein »Ich liebe dich« war ironisch gemeint gewesen, aber diese Ironie hatte Dan offenbar nicht herausgehört, weshalb er später meine Anrufliste kontrolliert hatte. Es war also richtig gewesen, dass ich sämtliche Textnachrichten von Justin gelöscht hatte. Ich mochte mir gar nicht ausmalen, was passiert wäre, wenn ich es nicht getan hätte.

»Bodie dachte, dass ich Bereitschaft habe«, erklärte ich ruhig. »Also hat er *mich* angerufen statt Serian. Das ist alles. Die Leitstelle hatte unsere Namen auf dem Dienstplan noch nicht ausgetauscht. Das mit dem ›Ich liebe dich‹ habe ich nur gesagt, weil er mir spaßeshalber vorgeworfen hat, ich würde auf der faulen Haut liegen.« Aus dem Kontext gerissen hörte es sich lächerlich an. Ich selbst hätte es auch nicht geglaubt.

Auch Dan machte ein skeptisches Gesicht. Statt zumindest

auf meine Erklärung zu reagieren, sagte er nur kühl: »Ja, genau. Und wo warst du am Dienstagnachmittag und -abend?«

»Was?«

»Ist doch eine ganz einfache Frage. Genau diese Frage habe ich der dicken Paula gestellt, als ich am Dienstag bei euch auf der Wache vorbeigeschaut habe. Sie meinte, du wärst irgendwo unterwegs mit Bodie. So hat sie es ausgedrückt: *unterwegs mit Bodie*. Und sie hat hinzugefügt, dass das meistens so ist, wenn man euch beide nicht im Gebäude findet. Kannst du mir mal erklären, was sie damit gemeint hat?« Es war eindeutig keine Bitte, sondern ein Befehl.

Dienstagnachmittag? Da war ich bei Sergeant Thomas in Swansea gewesen, hatte danach früher Feierabend gemacht und war Dan im Hausflur begegnet. Ich hatte mit ihm geredet, bevor er zu seiner Schicht aufbrach, hatte »Surfschlampen« im Internet gesucht, war joggen gegangen und hatte einen Jugendlichen angegriffen.

»Ich weiß es nicht mehr genau, Dan. Ich glaube, ich bin früh nach Hause gekommen und joggen gegangen.«

»Joggen? Natürlich! Du verbringst so viele Stunden mit Laufen, dass man meinen könnte, du würdest für einen Marathon trainieren.«

Das Gespräch geriet immer mehr außer Kontrolle. Ich spürte, dass die Anspannung zwischen Dan und mir unser übliches Gleichgewicht störte und dass wir unaufhaltsam ins Chaos abglitten. Also bemühte ich mich um eine möglichst ruhige Stimme.

»Ich war nicht mit Bodie zusammen, Dan. Paula hat mich einfach nur auf dem Kieker, weil ich mich nicht brav in ihrem blöden Protokollbuch austrage, wenn ich einen Termin habe. Sie ärgert sich schwarz darüber, dass sie keine Kontrolle über mich hat. Ich war *nicht* mit Bodie zusammen. Wir treffen uns nicht privat, das schwöre ich. Ich liebe *dich*!«

»Warum stand dann heute sein Auto bei uns auf der Straße?«

»Was?« Schon wieder nahm unser Gespräch so urplötzlich eine neue Richtung, dass mir schwindlig wurde.

»Ich wurde zu einem Notfall zwei Straßen von hier entfernt gerufen«, fuhr Dan fort. »Danach bin ich hier vorbeigefahren, um zu sehen, ob du zu Hause bist. Was in letzter Zeit nicht besonders oft der Fall zu sein scheint, wenn du mich fragst. Das Haus war dunkel, aber dein Auto stand vor der Tür, und Bodies Auto war ein Stück weiter am Straßenrand geparkt. Dieses bescheuerte kleine Cabrio, das er fährt. Es steht immer noch dort. Um ein Uhr morgens. Ich glaube, er ist im Schnee stecken geblieben. Aber was wollte er hier, Jennifer?«

Seine Gesichtsmuskeln bewegten sich, und seine Augen verengten sich zu Schlitzen. An seinen angespannten Schultern erkannte ich, dass er mit Mühe das Verlangen unterdrückte, auf jemanden einzuprügeln. Nicht auf mich, das hätte er niemals getan, aber vielleicht auf jemand anderen. Wenn Bodie hier gewesen wäre, hätte er sich mit Sicherheit sofort auf ihn gestürzt. Ich hätte mich nicht gewundert, wenn Dan wutentbrannt durchs Haus gestürmt wäre, Schranktüren aufgerissen und unter der Treppe nachgesehen hätte, in der Erwartung, dort einen zerknirschten, nur mit Boxershorts bekleideten Bodie vorzufinden.

»Dan, er war überhaupt nicht hier. Bodie war noch nie in diesem Haus«, sagte ich flehend und dachte daran, dass Dan vielleicht genau in dem Moment am Haus vorbeigefahren war, als Justin mich festgehalten und geküsst hatte. »Die Fenster waren dunkel, weil ich geschlafen habe. Ich schwöre dir bei allem, was mir heilig ist, dass zwischen Marc und mir nichts läuft.«

»Was ist es dann?«, wollte Dan wissen. »Was ist los mit dir? Wenn es an mir liegt, wenn es daran liegt, dass du mich nicht mehr haben willst, dann sage es mir jetzt.«

Er stellte mir eine Forderung, ein Ultimatum. Vielleicht

war es dieser unerbittliche Dan mit der harten Stimme, den die Menschen erlebten, die von ihm verhaftet oder verhört wurden. Es war dieser Dan, der in atemberaubendem Tempo vom einfachen Polizisten zum Inspector aufgestiegen war, allein durch harte Arbeit und feste Entschlossenheit. Er war die andere Hälfte des Mannes, mit dem ich zusammenlebte, des Mannes mit dem liebevollen Blick und den zärtlichen Händen. Den unerbittlichen, entschlossenen Dan anzulügen war beinahe unmöglich. Er erwartete eine ehrliche Antwort von mir, keine Ausrede.

Ich hätte ihm so gerne die Wahrheit gesagt. Wenn ich darauf hätte vertrauen können, dass er Verständnis zeigte, hätte ich es getan, aber ich glaubte nicht daran. Vielleicht würde er mich eines Tages verstehen, wenn ich ihm alles ausführlich und in Ruhe erklärte. Dabei durfte ich nicht nur die reinen Tatsachen erwähnen – dass ich mit einem Fremden geschlafen hatte, der uns dabei gefilmt hatte und mich nun erpresste –, denn dann hätte er schon nach den ersten Sätzen darauf bestanden, dass ich ihm verriet, wer Justin war und wo er ihn finden konnte.

Ich sah Dan an, dass er nur mit Mühe seine Wut zügelte. Wenn er von Justin erfuhr, würde er ihn sicher zur Rede stellen wollen, und in seiner derzeitigen Verfassung war nicht ausgeschlossen, dass er ihm den Kopf abriss. Das hätte zwar das Ende meines Martyriums bedeutet, aber auch das Ende von Dans Laufbahn als Polizist. Er hätte sich für immer von mir abgewandt, und ich hätte keine Gelegenheit bekommen, ihm meine Beweggründe zu erklären.

Das konnte ich einfach nicht riskieren. Ich setzte mich wieder auf den Sessel und ließ den Kopf in die Hände sinken.

»Du hast mir also nichts zu sagen«, stellte Dan fest. »Wenn *du* schon nicht mehr weißt, was du sagen sollst, wenn *du* nicht mehr den Wunsch verspürst zu diskutieren, dann ist alles zu spät. Dann können wir uns genauso gut gleich eingestehen, dass wir keine Chance mehr haben.« Seine Wut richtete sich nun direkt gegen mich.

»Mir wird einfach alles zu viel, Dan«, sagte ich. »Der ganze Druck, unter dem ich stehe, die Hochzeit, die vielen Erwartungen – alle sind der Meinung, dass ich unendlich glücklich sein und vor Begeisterung zerspringen müsste.«

»Aber das tust du nicht, stimmt's? Ganz im Gegenteil. Wenn du mich nicht heiraten willst, hättest du das von Anfang an sagen müssen. Vielleicht gibt es da so einiges, was du schon vor langer Zeit hättest sagen sollen.«

»Dan …«

»Aber jetzt ist es zu spät, oder?« Es klang eher wie eine Feststellung als wie eine Frage. Er drehte sich um, um nach oben ins Schlafzimmer zu gehen. *Hoffentlich meint er, dass es zu spät in der Nacht ist, um sich zu streiten, und nicht, dass es generell zu spät für unsere Beziehung ist*, dachte ich niedergeschlagen. Ich wollte nicht, dass es zu spät war.

»Dan, bitte.« Ich griff nach seinem Arm, stellte mich ihm in den Weg, aber er schüttelte mich ab.

»Es wird Zeit, dass du dir überlegst, was du willst, Jen. Ich liebe dich, habe dich immer schon geliebt. Aber ich habe keine Lust, nur zweite Wahl zu sein.«

»Dan.« Ich wollte nicht, dass wir so auseinandergingen. Panik stieg in mir auf. Aber er schob mich mit der rechten Hand beiseite, nicht brutal, aber bestimmt. Dann hob er die andere Hand, als wollte er mich warnen.

»Lass. Ich gehe jetzt ins Bett. Im Gästezimmer. Ich muss morgen früh raus. Lass mich wissen, wie du dich entscheidest.«

Ich lag allein unter der kalten Bettdecke und starrte in die Dunkelheit, während Dan nebenan im Gästezimmer übernachtete. Erinnerungen an andere quälende Nächte, die wir getrennt voneinander verbracht hatten, stiegen in mir auf. Diese Nächte, die auf unsere ersten heftigen Streits als Paar gefolgt waren, schienen eine Ewigkeit her zu sein.

Wir hatten nie laut herumgebrüllt oder waren ausfallend geworden, hatten höchstens ein wenig die Stimmen erhoben und uns gegenseitig angebliche Verstöße an den Kopf geworfen, bevor Dan wie immer auf stur geschaltet und mich mit Schweigen gestraft hatte. Für mich hatten sich unsere Anklagen und kleinlichen Vorwürfe wie ausgedörrte Trockengebiete angefühlt, die sich zu einer undurchdringlichen Wüste zwischen uns zusammenfügten.

Wie oft hatte ich dagelegen und mir gewünscht, Dan anschreien und die Sache in aller Ausführlichkeit mit ihm ausdiskutieren zu können, aber ich hatte geschwiegen, weil mir meine Verwirrung und meine Tränen die Luft raubten, weil ich die abweisende, gekränkte Wut der dunklen Gestalt, die neben mir im Ehebett lag, überdeutlich spürte. Während Dan irgendwann eingeschlafen war, hatte ich wach gelegen und unseren jeweiligen Streit in Gedanken noch einmal durchgespielt, in der Hoffnung, eine einvernehmliche Lösung zu finden. Ratlos und abwartend hatte ich seinen Atemzügen gelauscht und mich gefragt: Wie kannst du jetzt schlafen, wo unsere gemeinsame Welt zusammenbricht?

Aber bis zum nächsten Morgen hatten wir stets wieder zueinandergefunden, als würde ein Gezeitenstrom dafür sorgen, dass wir nie zu lange auseinandertrieben. Oder lag es daran, dass ich immer die Erste war, die einlenkte, die die Hand ausstreckte und ihn umarmte?

Nach unserem heftigen Streit, der auf den Anruf von Sophie gefolgt war, war das zum ersten Mal anders gewesen. Ich war ins Watch-House geflohen und hatte meinen Kummer am Abend in Wein ertränkt. Es war der letzte Abend meines alten Lebens gewesen, meines Lebens vor Justin.

Damals hatte ich mich in dem Schutzpanzer sicher gefühlt, den mir meine Opferrolle bot. Endlich einmal besaß ich die Gewissheit, dass ich nicht im Unrecht war, dass ich nicht überreagiert hatte. Es war eindeutig Dan, der das alles zu verantworten hatte. Dan und *Sophie.* Diese Gewissheit ermöglichte es mir, ganz neu in die Zukunft zu blicken, darüber nachzudenken, was sich in meinem Leben ändern sollte. Ich musste mir endlich darüber klar werden, was ich für Dan empfand, musste eine bewusste Entscheidung treffen, statt weiterhin eine über die Jahre geschaffene Illusion von Liebe zu leben.

Während ich mich unter den Dachgiebeln des Watch-House hin und her gewälzt hatte, hatte ich mich an jenen sonnigen, seltsam überirdischen Moment am Strand von Cape Cod zurückerinnert, in dem mir scheinbar alle Möglichkeiten offengestanden hatten. Die Erinnerung war wie ein heller, tröstender Lichtstrahl gewesen, der mir klarmachte, dass es nicht so bleiben musste, wie es jetzt war. Die Welt steckte voller aufregender Möglichkeiten.

Und dann hatte Justin vor mir gestanden, gut aussehend und belesen, genauso verrückt nach Romanen und Lyrik wie ich. Er hatte meine Vorliebe für Indie-Rock geteilt, kannte Robert Frost. »›Der unbegangene Weg‹ ist mein Lieblingsgedicht«, hatte er gesagt und damit in mir den Wunsch ausgelöst, ebenfalls einen unbegangenen Weg einzuschlagen.

Erst jetzt erkannte ich, dass das, was Justin in seinen Opfern suchte, mir an jenem Abend im Schmugglernest überdeutlich im Gesicht gestanden haben musste, unübersehbar in meine Haut tätowiert. *Rette mich, entdecke mich, befreie mich!*, hatte mein verräterisches Herz geklopft, laut genug, dass es in der ganzen Bar und im ganzen Hotel und im ganzen Dorf zu hören gewesen war. *Attraktive Achtundzwanzigjährige, verunsichert und unbefriedigt, sucht Freiwilligen, der sie mit Wein abfüllt und aus der Realität entführt – Bewerbungen willkommen.*

Wenn ich nur einen Mann für eine Nacht in ihm gesehen hätte, wäre es weniger demütigend gewesen, aber Hoffnung, die törichte Hoffnung, dass aus uns mehr werden könnte …

Rückblickend wirkte Justins Vorgehen lächerlich offensichtlich und durchschaubar. Er hatte sich an jenem Abend mit seinem Buch auf die Lauer gelegt und nach einem Zielobjekt Ausschau gehalten. Sein Blick muss sofort auf mich gefallen sein, die einzige Frau, die allein unter lauter verliebten Paaren in der Hotelbar saß und sich mit einem Buch vor dieser Zurschaustellung von Zweisamkeit abschirmte.

Meine verstohlenen Blicke in seine Richtung waren ihm sicher nicht entgangen. Als er mir zugelächelt hatte, war ich errötet und hatte ihm damit zu verstehen gegeben, dass ich reif war, reif, gepflückt zu werden. Jetzt musste er nur noch den richtigen Moment abwarten.

Am nächsten Abend hatte er einfach den beliebtesten Pub der Gegend aufgesucht, dort auf mich gewartet und mich nach meinem Eintreffen geschickt in ein Gespräch verwickelt, bei dem wir – welch Zufall – immer neue Gemeinsamkeiten festgestellt hatten. Die meisten unserer vermeintlich gemeinsamen Vorlieben hatte ich vermutlich zuerst erwähnt, woraufhin er nur noch zustimmen musste. Dass ich auf die Band Elbow stand, konnte ihm ein flüchtiger Blick auf den Beifahrersitz meines Autos auf dem Hotelparkplatz verraten haben, wo mehrere ältere CDs dieser Band herumlagen. Auf den Rücksitz hatte ich außerdem diverse Taschenbücher und die Reisebeilage der *Times* geworfen. Justin hatte nicht einmal besonders ausgeprägte detektivische Fähigkeiten mitbringen müssen. Ich hatte so vieles von selbst preisgegeben.

Er hatte niemanden im Mochyn-Ddu-Pub gekannt, aber dennoch den Eindruck erweckt, regelmäßig dort zu verkehren, vermutlich, indem er mittags ein Sandwich im Pub gegessen hatte. Das reicht meist schon, damit einen beim nächsten

Besuch der Barkeeper grüßt. Und wenn man einen beliebigen einheimischen Surfer fragt, wo an diesem Tag wohl die saubersten Sets reinkommen, und mit ihm ein bisschen über Tubes und Boards plaudert, wird man bei der nächsten Begegnung wie ein alter Freund begrüßt. Und schon sieht es so aus, als wäre man ebenfalls ein Einheimischer – einfacher geht es nicht.

Ich hatte meine Handtasche im Pub und später im Ferienhaus dabeigehabt, ein Geschenk für jeden Hochstapler. Darin waren mein Führerschein gewesen, ein Briefumschlag, auf dem meine Privatadresse stand, mein Dienstausweis von der Polizei, meine Visitenkarten, mein Handy – alles, was er wissen musste. Den Rest hatte ich ihm selbst verraten. Und schon hatte die Jagd begonnen.

Wie hoch wohl die Erfolgsquote bei dieser Methode war? Fiel jede dritte Frau darauf herein, oder vielleicht sogar jede zweite? Das Geschäftsmodell, das Justin zusammen mit Pootle entwickelt hatte, war nicht schwer zu durchschauen: Sie blätterten Reiseführer durch, suchten sich ein geeignetes Hotel aus, legten sich dort auf die Lauer und nahmen ein Opfer ins Visier. Dann stellten sie sich unter falschem Namen vor und betrieben den Prozess der Verführung wie ein Rollenspiel. Am Ende mussten sie nur noch dafür sorgen – ob mit Rohypnol oder ohne –, dass es zum Geschlechtsverkehr kam, und schon hatten sie ihr Video, mit dem sie Geld erpressen konnten. Biss eine Frau nicht an, versuchten sie es eben bei der nächsten. Schluckte sie den Köder, steckten sie die Kohle ein. Eine schnelle, einfache Sache. Man musste nur darauf achten, dass man nicht im eigenen Revier wilderte. Wie hatte Justin so schön gesagt: Man scheißt nicht, wo man isst.

Er hatte angedeutet, dass er sein perverses Spielchen als reines Geschäft betrachtete. Offenbar ein profitables Geschäft.

Und ich war in jeder Hinsicht ein leichtes Opfer gewesen,

hatte mich diesem Mann voll hingegeben, der alles zu sein schien, was ich mir von meinem Verlobten vergeblich wünschte, und in Wirklichkeit nichts davon war.

Zu keinem Zeitpunkt hatte er mich zu irgendetwas gezwungen, zu keinem Zeitpunkt hatte ich etwas getan, von dem ich im Nachhinein behaupten könnte, es nicht gewollt zu haben, zumindest bis mich irgendwann die Nacht und der Alkohol und der Verführer, den Justin so perfekt gespielt hatte, verschlungen hatten. Ich würde wohl nie erfahren, ob es tatsächlich nur der Wein gewesen war, der mir mein Erinnerungs- und Urteilsvermögen geraubt hatte, oder ob Justin mich doch unter Drogen gesetzt hatte.

Am schlimmsten war der Gedanke, dass er mich vielleicht mit Pootle geteilt hatte. Zwei Kondome, zwei Männer? Gut möglich, dass mir Justin irgendwann verraten würde, ob Pootle anwesend gewesen war oder nicht. Ich wollte es gar nicht wissen, wollte die Augen davor verschließen, aber ich traute es Justin zu, dass er sich diese kleine Zusatzinformation aufsparte, um die Daumenschrauben anzuziehen, weil ich ihn verärgert hatte – weil ich ihm seinen *sauberen Abgang* versaut hatte.

Und das alles nur, weil ich den fatalen Fehler begangen hatte, zu glauben, dass mich ein Mann vor mir selbst retten könnte, dass er mich entführen würde – nicht in ein »Happy End« mit Hochzeit, sondern in die entgegengesetzte Richtung. Ich sehnte mich nach einem alternativen Ende, träumte von einer Romanze, die mein Leben für immer verändern würde.

Aber eine Romanze ist nicht dasselbe wie Liebe, das war mir inzwischen bewusst. Eine Romanze ist hell und strahlend und bonbonbunt, während eine echte Liebe auch Gefühle beinhaltet, die in einer Romanze nicht vorkommen: Eifersucht und Wut, Frust und Reue. Diese Gefühle sind zwar unschön, aber wenigstens echt. Sie sind greifbar, man kann sie an sich pressen und ihren Geruch nach Feuer und Nacht einatmen.

Romanzen hingegen verflüchtigen sich, bevor man sie festhalten kann, und lassen nur einen zuckersüßen, klebrigen Nachgeschmack zurück, der bald ganz verschwunden ist.

Immer wenn ich in meiner Beziehung mit Dan meine eigenen Bedürfnisse hintangestellt hatte, wenn ich mich mit seinem Musikgeschmack und seinen bevorzugten Reisezielen abgefunden hatte, weil das einfacher war, als zu diskutieren, war ich den echten, wahrhaftigen Momenten unserer Liebe aus dem Weg gegangen. Auch in ihrer angenehmen Form hatte ich sie nicht zu schätzen gewusst, zum Beispiel wenn Dan mir einfach so eine Tasse Tee gebracht oder die Stelle an meinem Rücken gestreichelt hatte, an der ich kitzlig bin.

Justin war mir als die perfekte Möglichkeit erschienen, mich in einen Traum zu flüchten, eine Fantasie. Stattdessen hatte sich die Begegnung mit ihm als Zeitbombe erwiesen, die jederzeit hochgehen und einen demütigenden Schwall blassrosa Unterwäsche, wogendes Fleisch und wollüstiges Stöhnen ins Internet entlassen konnte. Ich war mir sicher, dass ich nicht Justins einziges Opfer war. Wie viele andere Frauen waren ihm schon in die Falle getappt oder würden ihm noch in die Falle gehen? Wie viele Beziehungen, Karrieren, Leben hatte er schon mit seiner Grausamkeit und seinen Forderungen zerstört?

Suzy Milland hatte die Demütigung nicht ertragen. Sie hatte sich lieber von einer Brücke gestürzt, als sich mit den Konsequenzen, der Unsicherheit, der Schande auseinanderzusetzen.

Als ich in diesem Moment allein in meinem Bett lag, verstand ich sie, verstand, dass der Tod ihr endlich Klarheit gebracht hatte, sie von ihrer Grübelei, ihren Zweifeln, den vielen Fragezeichen erlöst hatte. Ich sah die Fotos von Suzy vor mir und spürte, wie sich ihr Blick in mich hineinbohrte. In diesem Blick schien eine Frage zu brennen, dieselbe Frage, die ich mir schon seit Wochen stellte. Wie weit bist du bereit zu gehen, damit das alles endlich ein Ende hat?

»Es tut mir so leid, Dan«, murmelte ich tonlos im Dunkeln, während sich unter meinen geschlossenen Lidern heiße Tränen sammelten. Der einzige Ort, an dem ich mich jemals wirklich sicher gefühlt hatte – sicher und geborgen –, war in Dans Armen, vor allem wenn wir nachts aneinandergeschmiegt im Bett lagen und das dunkle Schlafzimmer mit unseren Atemzügen aufwärmten. Dann konnte die bedrohliche Finsternis um mich herumtoben wie ein Jahrhundertsturm, ohne mir etwas anhaben zu können, weil Dan bei mir war.

Wenn Dan die Sache mit Justin herausfindet, ist es damit vorbei, dachte ich voller Panik.

Ich musste endlich etwas unternehmen. Aber was? Wie konnte ich das, was Dan und ich miteinander hatten, was wir gemeinsam darstellten, bewahren? Es konservieren – unverändert, unbefleckt, unverdorben? Damit er mich niemals mit Enttäuschung im Blick ansehen musste?

Ein Gedanke, der schon seit Wochen am Rand meines Bewusstseins geflimmert hatte, konkretisierte sich. Ich hätte nie geglaubt, dass ich diesen Schritt einmal gehen würde, aber wir haben alle unsere Stärken und Schwächen. Irgendwann kommen wir an unsere Grenzen und müssen uns geschlagen geben.

Am nächsten Morgen erwachte ich früh und starrte an die Decke, bis das erste graue Licht ins Zimmer schien. Mein Körper fühlte sich schwer und taub an, genau wie mein Kopf. Um halb acht schlich ich auf Zehenspitzen am Gästezimmer vorbei, aus dem leises Schnarchen zu hören war, und zog mir im Hausflur die Turnschuhe an. Zehn Minuten später joggte ich durch den Park. Es wurde gerade erst hell. Ein oder zwei Hundebesitzer huschten vorbei, dick eingemummt gegen die

Märzkälte und die zentimeterdicke, wie Zuckerguss aussehende Raureifschicht, die alles bedeckte.

In meinem Kopf war kein Platz für logische oder strategische Gedanken. Ich trabte im heller werdenden Licht der aufgehenden Sonne dahin, an Enten vorbei, die ihre Köpfe in die Federn steckten, an Vögeln, die auf dem hart gefrorenen Boden herumpickten. Um mich herum erwachte langsam der Stadtverkehr. In Gedanken wiederholte ich wie ein Mantra zwei Wörter: *Ruhe und Klarheit, Ruhe und Klarheit.* Sonst dachte ich nichts. Die Luft war wunderbar still, und die ersten Sonnenstrahlen kletterten über die Baumwipfel. Es roch nach kalter Erde und nassem Fluss. Mein Puls und mein Atem passten sich einander an, ein synchroner, gleichmäßiger Rhythmus.

Ich passierte die Spielfelder und lief hinter der Musikschule und den Sandstein-Reihenhäusern am Stadtrand entlang. Eine Gruppe zwölf- oder dreizehnjähriger Jungen, die ihre Wollmützen tief ins Gesicht gezogen hatten und deren schwarze Schuluniformen unter ihren Winterjacken hervorlugten, kicherte anzüglich, als ich vorbeijoggte. Einer rief: »Zeig uns deine Titten, Baby!« Aber ich nahm die Jungen nur am Rande wahr, als wären sie ein Hintergrundbild, zweidimensionale Gestalten auf einer Leinwand, die flackernd im Nichts verschwanden, sobald ich an ihnen vorbei war.

Während ich durch die unwirkliche weiße Winterlandschaft rannte, eine größere Runde als je zuvor, reduzierten sich meine Gedanken auf einen Instinkt, eine intuitive Lösung für alle meine Probleme. Ich war über jede Rechtfertigung und jede Einteilung in richtig oder falsch längst hinaus und hatte einen Punkt erreicht, an dem anstelle meiner Vernunft ein großes Loch klaffte – eine große schwarze Leere mit schweren Lidern, die nichts mit Schlafmangel zu tun hatten. Das Loch in meinem Kopf störte mich nicht. Ich war schon so weit gekommen. Jetzt gab es kein Zurück mehr.

Ich blieb abrupt stehen und stellte fest, dass ich völlig außer Atem und von Kopf bis Fuß schweißgebadet war. Ich stand am Rand der Brücke, die das Wehr von Whitchurch überspannt. Die Wassermassen ergossen sich sprudelnd und schäumend über den Rand der Wehrmauer, flossen die drei Meter lange Rampe hinunter und bildeten einen wilden Strudel aus Gischt und Bläschen, von dem weißer Dunst aufstieg.

Meine Füße knirschten auf dem schneeglatten Boden, als ich langsam ein Stück auf die Brücke ging und flussaufwärts ins tiefe, ruhige Wasser starrte. Der Fluss wirkte so herrlich sauber und bitterkalt. Ich atmete und starrte, atmete und starrte, und nach einer Weile wurden mein Atem und das Rauschen des Wassers eins in meinem Kopf. Tief unten im Fluss musste eine kühle Klarheit herrschen, eine Ruhe wie nirgendwo sonst. Ich fing an, von zehn rückwärts zu zählen.

21.

Ich weiß nicht, wie lange ich dort stand.

Irgendwann, lange nachdem ich bei null angekommen war, bemerkte ich einen Mann mittleren Alters, der wenige Meter von mir entfernt auf der Brücke stand und mich mit angstvoll aufgerissenen Augen ansah. Er trug Handschuhe und hatte die rechte Hand ausgestreckt, während seine Füße kleine, unauffällige Schritte auf mich zu machten. Neben dem Mann stand ein dicker Golden Retriever, der mich mit schiefgelegtem Kopf aufmerksam beobachtete. Seine schokoladenbraunen Augen waren fest auf mich gerichtet.

Als ich dem Blick des Mannes begegnete, blieb er stehen, schob verlegen die Hände in die Anoraktaschen und lächelte matt.

»Aber, aber, alles halb so wild«, sagte er leise. »Sie haben doch keine Dummheiten vor, oder?«

Während mir langsam bewusst wurde, wie die Situation für den Mann ausgesehen haben musste, blickte ich zurück aufs Wasser und hob dann wieder meinen Blick. Mit schlechtem Gewissen nahm ich zur Kenntnis, dass der Mann kreidebleich im Gesicht war. Ich hatte ihm einen gehörigen Schrecken eingejagt. Um ihn zu beruhigen, zwang ich mich zu einem verkrampften Lächeln.

»Gut möglich, dass ich eine Dummheit begehen werde, aber nicht hier und jetzt«, sagte ich ruhig. »Machen Sie sich keine Sorgen. Es ist alles in Ordnung.«

Dann zog ich mein Handy aus der Tasche und rief mir ein Taxi. Ich war viel zu erschöpft, um zu Fuß nach Hause zu gehen, geschweige denn zu joggen.

Dan war bereits zur Arbeit aufgebrochen, als ich zu Hause ankam. Er hatte mir einen Zettel auf den Küchentisch gelegt, auf dem stand: »Lass uns heute Abend noch einmal reden. Es tut mir leid. Ich liebe dich.« Ich hielt den Zettel lange in der Hand.

Dann duschte ich und zog mich an, bevor ich Nigel anrief und ihm mitteilte, dass ich krank sei und nicht zur Arbeit kommen könne. Zögernd ging ich zu Dans Schreibtisch und nahm sein Adressbuch aus der Schublade, um die Nummer nachzuschlagen. Dann wählte ich und lauschte auf das Freizeichen, ohne mir vorher mit einem Countdown Mut gemacht zu haben. Diese Zeiten waren vorbei. Meine Entscheidung war gefallen, und ich wusste, dass mich nichts mehr aufhalten konnte. Es klingelte dreimal.

Als Sophie den Hörer abnahm, sagte ich: »Sie hatten mich doch gefragt, was ich mir zur Hochzeit wünsche.«

Als ich am Montag wieder zur Arbeit ging, war dort alles beim Alten. Die Welt drehte sich tatsächlich genauso weiter wie vorher. Nigel fragte mich, ob es mir besser ging, und bot mir einen Donut aus einer großen Schachtel an, die er gekauft hatte, um uns ein wenig aufzumuntern. Ich nahm mir einen mit Vanillecreme, und Serian kochte Kaffee für uns. Nachdem ich Presseanfragen zu einem plötzlichen Todesfall und einem Autounfall abgearbeitet hatte, ging ich zum morgendlichen Meeting.

Gegen halb zwölf rief Bodie an und fragte mich, ob ich fünf Minuten Zeit hätte, in sein Büro hinunterzukommen.

»Ich wollte dich vorwarnen, Jen«, sagte er und schloss etwas verlegen die Tür hinter mir. Dann setzte er sich an seinen neuen

Schreibtisch mit Flachbildmonitor und ergonomischer Tastatur, eine Ausstattung, die endlich eines *Sergeants* würdig war. An den frisch in hellem Türkis gestrichenen Wänden hingen seine gerahmten Urkunden und Zertifikate, und an einer Pinnwand war bereits der aktuelle Jahresplan befestigt sowie eine Selbstverpflichtung zur Verbesserung der Kundenfreundlichkeit der Polizei. Bodie würde in Kürze nicht mehr nur stellvertretender Sergeant sein, sondern diesen Posten auf Dauer übernehmen dürfen – seine neuen Schulterklappen waren bereits unterwegs, und er benahm sich schon jetzt seinem Rang entsprechend.

Es hat angefangen, dachte ich, als ich ihm gegenüber Platz nahm und sein ernstes Gesicht sah. *Jetzt kommen sie, die Fragen, die Ungereimtheiten. Die Kripo hat sich die Taschenlampe genauer angesehen. Es sind neue Informationen eingetroffen. Jemand hat sich auf den Aufruf gemeldet.* Bodie hatte eins und eins zusammengezählt und bat mich nun zu dem Gespräch, das ich schon so lange gefürchtet hatte, dem Gespräch, auf das erst die internen und dann die offiziellen Fragen folgen würden, dann die Stellungnahmen und schließlich wer weiß was noch.

»Paula, diese blöde Kuh, hat am Dienstag wieder herumgeschnüffelt und nach dir gesucht«, begann Bodie. »Sie kam zu uns ins Büro, um mich zu fragen, ob ich dich gesehen hätte, weil du eigentlich in Swansea hättest sein sollen, sie dich dort aber nicht erreicht hätte. Als ob ich zwischen einem tätlichen Angriff, einem Raubüberfall und einer Brandstiftung noch Zeit hätte, ihr Auskunft über dich zu geben! Aber weil ich wusste, dass sie nicht gut auf dich zu sprechen ist, habe ich bestätigt, dass ich mit dir in Swansea gewesen sei, um mit den dortigen Kollegen einen Presseauftritt abzusprechen. Damit ließ sie sich problemlos abwimmeln.

Aber am Mittwochabend stand sie schon wieder vor mir und behauptete, sie hätte dich aus dem Kripo-Büro kommen sehen. Sie wollte wissen, was du dort getan hättest und wo ich zu dem Zeitpunkt gewesen sei.« Er zuckte schuldbewusst mit den Schultern. »Unter uns gesagt hatte ich einen Mordshunger und bin schnell rüber zum Supermarkt, um mir eine Pastete mit Rindfleisch und Zwiebeln zu holen, weil ich seit zwölf nichts mehr gegessen hatte. Mittlerweile war es schon sieben Uhr abends. Sie hat rumgestänkert, weil ich angeblich die Sicherheitsvorkehrungen nicht eingehalten und einfach Asservatentüten mit Beweisstücken auf meinem Schreibtisch liegen gelassen hätte, statt sie ordnungsgemäß zu archivieren und einzuschließen. Diese blöde Kuh mischt sich wirklich in alles ein. Keine Ahnung, was ihr Problem ist. Um mir selbst den Arsch zu retten, habe ich behauptet, dass die Beweisstücke noch auf meinem Schreibtisch gelegen hätten, weil ich gerade mit dir die neusten Entwicklungen im Brandstiftungsfall durchgegangen sei. Ich weiß selbst, dass ich die Tüten sofort in Swansea in die Asservatenkammer hätte bringen müssen, aber mir ist erst in Cardiff aufgefallen, dass Doyle sie mir in den Kofferraum gepackt hatte. Außerdem war ich höchstens zwanzig Minuten im Supermarkt, wenn überhaupt. So wie die dicke Paula mich angeguckt hat, hat sie gedacht, dass wir beide es dort regelmäßig zwischen den Kühlregalen treiben.«

Es klang beinahe, als bedauerte er, dass sie damit nicht recht hatte. Aber dann überspielte er die Sache mit einem Lachen und sagte: »Als ob! Dann hat sie noch gesagt, dass es uns neuerdings ja nur noch im Doppelpack geben würde. Keine Ahnung, was sie damit gemeint hat. Was hat dieser Drachen überhaupt um sieben Uhr abends noch auf der Wache zu suchen, frage ich dich? Nach dem Gespräch mit ihr war mir jedenfalls sofort klar, dass sie vorhat, uns so richtig in die Pfanne zu hauen. Dabei habe ich gerade erst eine Standpauke vom Superintendent kassiert, weil ich mal wieder meinen PC nicht gesichert hatte. Irgendwie habe ich eine mentale Sperre, was das angeht, keine Ahnung, warum.

Ich wusste, dass du am Donnerstag wieder in Swansea warst, und dachte daher, dass ich abends auf dem Weg zur Spätschicht bei dir zu Hause vorbeischaue, um dich einzuweihen, damit du der dicken Paula nicht etwas ganz anderes erzählst, wenn sie dich am Freitag mit Fragen löchert. Versionenabgleich, sozusagen.«

Er rutschte auf seinem Stuhl herum und spielte mit dem Hebel, mit dem sich die Rückenlehne verstellen ließ. »Ich habe mir nämlich gedacht, dass du für deine Abwesenheit am Mittwochabend vielleicht auch einen Grund hast, den du nicht unbedingt mit der dicken Paula teilen willst.«

Ich hatte keine Ahnung, was er mir damit sagen wollte.

»Aber du warst doch am Donnerstag gar nicht bei mir, Marc. Ich war den ganzen Abend zu Hause«, sagte ich. Mir war längst klar, dass er von dem Abend sprach, an dem mich Justin vor der Haustür überfallen und bedroht hatte. Laut Dan hatte Bodies Auto auf der Straße gestanden. Jetzt verstand ich auch, warum.

»Ja, ich weiß«, gab Bodie zu und senkte verlegen den Blick. Dann fokussierte er einen Punkt auf der Pinnwand und fuhr fort: »Ich wusste eure Hausnummer nicht mehr und bin daher die ganze Straße abgegangen.« Er räusperte sich. »Na ja, und dann habe ich dich plötzlich von der anderen Straßenseite aus mit einem, äh, mit einem Typen vor der Tür stehen sehen.«

Ich schwieg.

»Und dieser Typ war nicht Dan«, ergänzte er. »Ihr beide saht ziemlich vertraut miteinander aus, und da habe ich gedacht, dass du da vielleicht was am Laufen hast.«

Bodie, das Orakel für Liebeleien und Affären!

»Ich meine, das geht mich natürlich überhaupt nichts an, also habe ich mich einfach wieder aus dem Staub gemacht. Aber inzwischen war die Straße spiegelglatt, und ich Idiot habe mein Auto nicht mehr aus der Parklücke gekriegt, war ja klar. Ich musste es auf eurer Straße stehen lassen und auf der Hauptstraße ein Taxi anhalten, um zur Arbeit zu kommen. Ein Cabrio in Wales! Keine Ahnung, was ich mir dabei gedacht habe.«

Mit diesem Witz versuchte er zu überspielen, wie enttäuscht er von mir war, das merkte ich. Dan war sein Freund und zudem eine ranghöhere Respektsperson. Aber ich war seine Kollegin, und auch mit mir war Bodie befreundet. Er bot mir ein Alibi an und bat mich im Gegenzug, vor der dicken Paula seine Ausrede für die Nachlässigkeit im Umgang mit Beweismitteln zu bestätigen.

»Marc, du Trottel«, sagte ich lächelnd und war selbst überrascht, wie gut mir der amüsierte Tonfall gelang. »Der Mann, den du gesehen hast, war ein alter Freund von der Uni. Ich war nach der Arbeit mit ihm Kaffee trinken, und er hat mich nach Hause gebracht, das ist alles. Als du uns gesehen hast, hat er sich gerade verabschiedet, um zu seiner *Frau* nach Hause zu fahren.«

Die Lüge ging mir ohne Zögern über die Lippen. Inzwischen hatte ich Übung. »Übrigens hat Dan dein Auto in unserer Straße gesehen, als er am Donnerstagabend nach Hause kam. Wir hatten sogar einen Streit deswegen, weil er dachte, dass du und ich – wie hast du es noch mal genannt? – *etwas am Laufen haben.*« Dieses Mal war mein Lächeln echt, als ich den großen, starken Bodie vom Ziegenbart bis zum Haaransatz erröten sah.

»O Gott!«, stöhnte er. »Mann, ich bin so ein Idiot! Deshalb war Dan letzte Woche so kurz angebunden. Du hast ihm doch hoffentlich gesagt, dass wir nicht … du weißt schon … oder? Er weiß, dass wir nicht …?«

»Ja, das weiß er«, beruhigte ich ihn. »Es war nur ein alberner kleiner Eifersuchtsstreit. Schon vergessen.«

»Ich bin also nach wie vor zu seinem Junggesellenabschied eingeladen? Und zu eurer Hochzeit?«

»Natürlich.« Ich erhob mich vom Stuhl, erleichtert darüber, dass ich wenigstens vorerst keine Fragen oder Verhöre über mich ergehen lassen musste.

»Äh, und die Sache mit letzten Mittwoch?«, fragte er unsicher.

»Ich habe die dicke Paula heute noch gar nicht gesehen, aber trotzdem danke für die Warnung. Soweit *ich* weiß, warst du den ganzen Mittwochabend im Kripo-Büro und hast Beweise gesichtet, bevor wir gemeinsam die neuen Erkenntnisse im Brandstiftungsfall durchgegangen sind. Wenn sie dich nicht im Büro angetroffen hat, warst du bestimmt nur kurz auf dem Klo.«

»Danke, Jen.« Er lächelte mich dankbar an. »Hat ja keinen Sinn, dass wir uns beide Ärger einhandeln, nicht wahr?«

»Absolut nicht«, stimmte ich zu.

Ein paar Tage später fanden wir heraus, dass die dicke Paula vorerst niemandem mehr Ärger machen würde. Zwei weibliche Verwaltungsangestellte hatten Beschwerde gegen sie eingereicht, weil sie sich seit Jahren von ihr schikaniert und belästigt fühlten. Daraufhin hatten sich noch zwei weitere Opfer ihrer herrischen Art gemeldet. Die dicke Paula war vom Dienst suspendiert worden, bis der Fall in einer internen Untersuchung aufgeklärt worden war.

Aber auch sechs Monate später waren die Beschwerden noch nicht vom Tisch, und so wurde der dicken Paula nahegelegt, sich einen anderen Job zu suchen.

22.

Ich muss wirklich zugeben, dass es eine rundum gelungene Hochzeit wurde. Auch wenn ich das niemals für möglich gehalten hätte, genoss ich sie in vollen Zügen. Wenn ich der Typ Frau gewesen wäre, der von der eigenen Hochzeit träumt, hätte ich gesagt, dass der Tag genau so war, wie ich ihn mir immer erträumt hatte. Auch Dan war begeistert.

Ich war heilfroh, dass wir uns im letzten Moment auf eine kleine, bescheidene Feier mit nur fünfunddreißig Gästen geeinigt hatten, die wie geplant in einem Hotel in dem malerischen Marktflecken Cowbridge stattfand. Allerdings hatten wir den ursprünglich gebuchten großen Wintergarten des Hotels gegen einen kleinen, weniger förmlichen Ballsaal eingetauscht. Dadurch, dass ich die Anzahlungen so lange hinausgezögert hatte, ließen sich die Buchungen noch problemlos ändern.

Ein paar Wochen vor dem großen Tag hatte ich in einem Kaufhaus doch noch mein Traumkleid gefunden, ein blaues Seidenkleid im Stil der Dreißigerjahre. Außerdem hatte ich unsere Bestellung bei Blooming Marvellous storniert und stattdessen zwei Sträuße cremefarbener Rosen bei dem Blumenladen gleich neben dem Hotel geordert, einen für mich und einen für Beck, die meine inoffizielle »Brautjungfer« war. Auch Izzy durfte sich ein kleines Sträußchen an ihr Kleid heften. Beck hatte sich ein paar Wochen vor der Hochzeit von Stephen getrennt, weshalb sie ohne männliche Begleitung kam, ein Umstand, über den sie nicht enttäuscht, sondern erleichtert zu sein schien.

Claire, unsere Standesbeamtin, hielt Wort und gestaltete die Trauungszeremonie zügig und schlicht. Trotzdem war ich bewegter, als ich es jemals für möglich gehalten hätte. Meine Mutter tupfte sich den ganzen Tag lang Tränen der Rührung aus den Augenwinkeln und behielt tapfer ihre neuen hochhackigen Schuhe an. Da Dan keine Familienmitglieder mehr hatte, sprang mein Vater als inoffizieller Trauzeuge ein. Bodie und Doyle komplettierten schick gekleidet seine Gästeliste, genau wie Inspector Karen Smart mitsamt Lebensgefährtin und zwei Sergeants aus seiner Einheit.

Ich lächelte, bis mir die Mundwinkel wehtaten. Auch Dan strahlte von Anfang bis Ende – ein breites, zufriedenes Lächeln, das mir im Herzen wehtat, aber auf eine schöne Art.

Alle lobten das warme Mittagsbuffet und die entspannte Atmosphäre. Da es kaum Programmpunkte gab, fanden Dan und ich reichlich Zeit, mit unseren Gästen zu plaudern und anzustoßen.

Als sich die meisten nach dem Mittagessen und Kaffeetrinken in die Bar oder auf ihre Zimmer zurückzogen, bevor die Feier am Abend in etwas größerem Rahmen weiterging, vergewisserte ich mich, dass Dan beschäftigt war und sich in angeregter und feuchtfröhlicher Atmosphäre mit meinem Vater unterhielt, bevor ich aus der Hintertür des Hotels schlüpfte.

Am Ende der sonnigen Grünfläche hinter dem Gebäude stand ein Mann unter einer Eiche, der im tiefen Schatten des mächtigen Baumes kaum auszumachen war. Sein Anzug war dunkel und adrett, genau wie seine Haare. Er sah aus wie ein Hochzeitsgast, aber das war er nicht. Nicht ganz.

Bis heute ist mir das Gespräch mit diesem Mann noch genau in Erinnerung, der Moment, in dem wir uns im Schatten der Eiche begrüßen.

»Hallo, Jennifer«, sagt er. »Ich bin Vitali. Sophia lässt die besten Grüße ausrichten.« Er gibt mir zur Begrüßung die Hand, eine erstaunlich elegante Hand mit langen Fingern. Wir treten hinter den breiten Stamm der Eiche, damit uns niemand beobachten kann.

»Das telefonische Missverständnis tut ihr sehr leid«, fügt Vitali hinzu. »Sie entschuldigt sich nochmals für die dadurch entstandenen Unannehmlichkeiten. Das Ganze ist ihr äußerst peinlich.«

»Keine Ursache«, antworte ich. »Sie hat seither mehr als hinreichend erklärt, wie es dazu kam.«

Wir sehen uns im Licht des späten Nachmittags an.

»Daniel hat sich eine sehr hübsche Braut ausgesucht«, lobt er lächelnd. »Hatten Sie einen schönen Tag?«

»Einen wunderschönen Tag, danke der Nachfrage.«

»Ich wünsche Ihnen alles Glück dieser Erde«, sagt Vitali und hält dann inne und senkt den Blick auf seine Hand. Darin hält er eine unscheinbare rechteckige Schachtel mit einer rosa Schleife. »Möchten Sie Ihr Geschenk jetzt gleich haben?«, fragt er.

Ich zögere einen Moment, aber ich kann ohnehin nicht mehr so tun, als enthielte die Schachtel eine Überraschung, als hätte ich ihren Inhalt nicht selbst in Auftrag gegeben. Ich nehme sie entgegen, starre einen Moment darauf und bedanke mich dann.

»Gern geschehen. Am besten verwahren Sie die Schachtel an einem sicheren Ort und öffnen Sie später, wenn Sie allein sind. Anschließend verbrennen Sie bitte beides – das Geschenk und die Schachtel. Verstanden?«

»Ja, natürlich.«

Er bleibt abwartend stehen, weil er weiß, dass ich Fragen habe. Vermutlich hat ihn das die langjährige Erfahrung mit solchen Situationen gelehrt. Um das Gesicht herum sind Vitalis dunkle Haare von grauen Strähnen durchzogen, die zur Farbe seiner Augen passen.

»Hat er etwas gesagt?«, frage ich schließlich. Vitali verkneift sich ein Lächeln. »Nur unzusammenhängendes, ziemlich unhöfliches Zeug. Er hat keinerlei Reue gezeigt.« Wieder blickt er auf seine Hände hinunter. »Anfangs hat er seine …« Er sucht nach dem richtigen Wort. »… seine Lage nicht so recht wahrhaben wollen. Nachdem ich ein wenig Überzeugungsarbeit geleistet hatte, wurde er empfänglicher, und nachdem ich mich nach der Gesundheit seiner Eltern erkundet hatte, war er richtiggehend *fügsam*. Ich habe meine Arbeitsanweisung genau befolgt und ihn gewarnt, dass er nur ›einen Mausklick davon entfernt ist, etwas noch Wertvolleres zu verlieren, wenn er Derartiges noch einmal versucht‹. Ich hoffe, ich habe das korrekt wiedergegeben.«

»Haben Sie.«

»Es gab einen kleinen, äh, Kollateralschaden, fürchte ich«, fügt er nach einem Moment hinzu. »Wir wurden nämlich *unterbrochen*. So etwas kommt vor. Die Informationen, die wir im Vorfeld erhalten, sind bisweilen ein wenig ungenau. Aber ich glaube, der kleine Nebenschauplatz war integraler Bestandteil des ursprünglichen Auftrags, daher werde ich Sie nicht mit Einzelheiten belästigen.«

Ich bin mir fast sicher, dass ich die Details tatsächlich nicht hören will, weil sie nicht das Geringste ändern. Also sage ich: »*Sie* sind der Profi. Ich vertraue Ihrem Urteil voll und ganz.«

Er schmunzelt ein wenig. »Sophia hat mir übrigens nie gesagt, worum es bei der Sache ging«, sagt er.

»Sie hat nicht danach gefragt. Sie wollte nur wissen, was ich mir zur Hochzeit wünsche, und das habe ich ihr gesagt. Mehr war nicht nötig.«

»Dann werde ich jetzt auch nicht weiter nachfragen. Sie haben zweifellos Ihre Gründe.«

»Dan darf nie etwas davon erfahren.«

»Natürlich nicht.«

Ich sehe Vitali in die Augen, und er erwidert meinen Blick. Er sieht aus wie ein Hochzeitsgast, aber er ist keiner. Nicht ganz. Seine ruhigen grauen Augen verraten nichts, und ich stelle mir lieber nicht vor, was darin zu lesen wäre, wenn sie Ausdruck seiner Seele wären.

»Macht Ihnen Ihre Arbeit Spaß?«, frage ich plötzlich unwillkürlich.

Diese Frage hat er nicht erwartet. Er lächelt von einem Ohr zum anderen, und dieses Lächeln zaubert eine überraschende Wärme in sein Gesicht. Er deutet eine förmliche Verbeugung an. »Ich bin stolz darauf, sagen wir es mal so.« Seine Stimme ist präzise und modelliert, und er hat einen leichten Akzent. Ich achte immer noch auf Stimmen.

Er weiß, dass ich noch mehr Fragen habe, und wartet geduldig.

Ich kann der Versuchung nicht widerstehen. »Gibt es noch weitere Schachteln? Ich meine, weitere ›Geschenke‹ ohne Schleife, die Sie bereits entsorgt haben?«

Er lächelt das Lächeln eines gütigen Onkels oder Priesters. »Das Geschäftliche gehört doch eigentlich nicht auf eine Hochzeit, Mrs *Collins*.« Jetzt erreicht sein Lächeln auch seine Augen, und er wird nachgiebig, vielleicht sogar ein wenig nachgiebiger, als es sonst seine Art ist. »Na gut, es könnte durchaus noch mehr Schachteln geben. Manchmal lasse ich mich von meinem Schaffensdrang hinreißen.«

»Gut.«

Ich spüre seine Anerkennung, erkenne sie daran, dass die winzigen halbmondförmigen Grübchen neben seinen Mundwinkeln noch tiefer werden. »Ich denke, Sie und ich verstehen einander. Wirklich schade, dass wir uns nie wiedersehen werden. Sie wären eine echte Bereicherung für die Familie.«

»Ja, ich glaube, Sie haben recht«, antworte ich. »Wir verstehen einander wirklich.« Ich presse die Schachtel an meine Brust und nicke ihm zum Abschied zu, bevor ich mich dem Rest meines Hochzeitstages zuwende, dem Rest meines Lebens. In diesem Leben werden Vitali und alles, wofür er steht, wieder aufhören zu existieren.

Kurz darauf halte ich mit der Hand an der Tür noch einmal inne und drehe mich um, weil ich ihm ein letztes Mal zulächeln will, aber der Garten ist leer, und unter dem Baum ist nur der Schatten zurückgeblieben.

Im Laufe der Monate habe ich immer wieder an Vitali und mein Hochzeitsgeschenk gedacht, daran, was das alles zu bedeuten hatte. Ich werde niemals wieder mit irgendjemandem darüber sprechen können, wie groß die Versuchung auch sein mag. Die Sache mit dem Hochzeitsgeschenk ist jetzt mein Geheimnis, das ich bewahren muss, genau wie Dan sein Geheimnis zu bewahren versucht hat. Aber ich werde mich dabei geschickter anstellen als er.

Wie eigenartig, dass unsere Geheimnisse direkt miteinander zu tun haben. Als ich an jenem längst vergangenen Oktobermorgen Sophies Stimme aus seinem Handy gehört hatte, hatte ich daraus geschlossen, was jede Verlobte daraus geschlossen hätte: dass es eine andere Frau gab, dass er eine Affäre hatte. Wie konnte er nur? Wie konnte er es wagen?

Aber der arme Dan hatte ein ganz anderes Geheimnis gehütet. Dass Daniel Collins nicht sein echter Name war, zum Beispiel. Er hatte diesen Namen angenommen, weil er vor vielen Jahren beschlossen hatte, dass er jemand anders werden wollte. Seit damals lebte er mit einer Lüge, einer Lüge, die es ihm ermöglichte, ein Mann ohne Makel zu werden, ein Mann ohne Fehl und Tadel. Er lieferte niemandem einen Anlass, an seiner Identität zu zweifeln, am allerwenigsten mir.

Nach Sophies Anruf war er gezwungen, mich einzuweihen, und ich verstand seine Beweggründe, als ich ihm endlich zuhörte. Dazu war ich anfangs viel zu aufgebracht gewesen. Die Geschichte, die er mir an jenem Oktoberfreitag aufgetischt hatte, hatte in meinen Ohren wie ein absurdes Märchen geklungen, das er sich ausdachte, um einen Seitensprung zu vertuschen. Aber nachdem ich mir dann doch die Zeit genommen hatte, ihm zuzuhören, war mir einiges klar geworden. Nicht sofort, sondern im Laufe der Wochen und Monate, die vergingen.

Ich verstand, warum er den Nachnamen seiner Großtante Alice angenommen hatte, nachdem er als Junge zu ihr nach Bristol gezogen war. Er hatte es getan, weil er nichts mehr mit seinem Vater und dessen Familie zu tun haben und schon gar nicht deren Namen tragen wollte. Er hatte es getan, damit er als Daniel Collins neue Ausweispapiere beantragen und später zur Polizei gehen konnte, um die Laufbahn einzuschlagen, von der er immer geträumt hatte. Die Anforderungen an Polizeianwärter sind streng, und Bewerber werden einer gründlichen Sicherheitsuntersuchung unterzogen. Familiäre und sonstige Verbindungen werden genauestens durchleuchtet, um sicherzugehen, dass der Kandidat keinen unerwünschten Ballast mitbringt – Vorstrafen, Schulden oder – wie in Dans Fall – zwielichtige Verwandte. Dan wusste, dass ein junger Mann, dessen Vater einer bekannten Londoner Verbrecherfamilie mit Verbindungen nach Osteuropa angehörte (in die Ukraine, um genau zu sein), niemals in den Polizeidienst aufgenommen worden wäre.

Das wäre nicht angemessen gewesen, nicht transparent.

Und selbst wenn er es wie durch ein Wunder in die Ränge der Polizei geschafft hätte, hätte er immer wieder das Klischee widerlegen müssen, dass »der Apfel nicht weit vom Stamm fiel«, hätte akzeptieren müssen, dass er nicht befördert wurde, obwohl er es verdient hatte, dass man nicht offen und ehrlich mit ihm umging, hätte mit den Gerüchten, den Beleidigungen, dem Getuschel leben müssen.

Seine Mutter, die ebenfalls Alice hieß, war erst siebzehn gewesen, als sie von Bristol nach London abgehauen war, zu den funkelnden, faszinierenden Lichtern der Großstadt. Sie war jung und verhängnisvoll hübsch gewesen und hatte sich Arbeit in einer kleinen Boutique gesucht, in der sie Dans Vater Tom aufgefallen war. Er war damals sechsundzwanzig gewesen, ein großer, dunkler, gut aussehender junger Mann, der im aufstrebenden Familienunternehmen als Fahrer und Organisator tätig war. Er zeigte gerne, was er besaß, und schmeichelte Alice, machte ihr Versprechungen. Sie brauchte drei Tage, um sich in Tom zu verlieben, drei Monate, um zu bemerken, dass das vermutlich ein Fehler gewesen war, und den Rest ihres kurzen Lebens, um zu versuchen, ihn wieder auszubügeln.

Dans frühe Kindheit war wie die Flugbahn eines Bumerangs verlaufen, weil sie immer wieder versucht hatte, seinen Vater zu verlassen, und mitten in der Nacht die Koffer gepackt hatte, um mit dem Taxi in ein billiges Hotel zu fahren. Auf diese Fluchtversuche folgten meist Gebrüll und zerbrochene Möbel und manchmal das beruhigende Eingreifen von Toms älteren Brüdern Karol oder Josef, woraufhin Alice immer wieder unter Tränen zu Tom zurückkehrte.

Als Dan zehn Jahre alt war, starb seine Mutter bei einem Autounfall. Zumindest dieser Teil seiner offiziellen Lebensgeschichte entsprach der Wahrheit. Allerdings war sie nicht mit seinem Vater verheiratet gewesen, sondern nur seine Geliebte. Dan erfuhr früh, dass sein Vater eine offizielle Frau und eine Tochter in Bethnal Green hatte, und eine weitere Geliebte in Odessa.

Die Eltern von Dans Mutter lebten zu diesem Zeitpunkt nicht mehr, daher war seine nächste Verwandte mütterlicherseits die Tante seiner Mutter, die nach alter Familientradition Alice hieß und als Witwe in Bristol wohnte. Sie hatte ihrer Nichte und deren Sohn schon in der Vergangenheit Unterschlupf gewährt, wenn sie wieder einmal auf der Flucht vor Tom gewesen waren, und sie wurde auch jetzt ihrer Verantwortung gerecht und nahm Dan auf und kümmerte sich um ihn.

Dans Vater besuchte ihn nur alle paar Monate, immer dann, wenn er sich gerade an ihn erinnerte. Manchmal nahm er Dan auch mit nach London, damit seine Onkel ihn sehen konnten, aber gegen Ende hatte er die Angewohnheit, zu den unpassendsten Zeiten vor der Tür zu stehen, betrunken, trotzig und voll unterdrückter Aggression und Selbstmitleid. Er wusste, dass er langsam dahinsiechte, dass er aufgefressen wurde von der Wucherung in seinem Darm, durch die er zum Zeitpunkt seines Todes nur noch fünfzig Kilo wog.

Als er schließlich seinem Leiden erlag, bat der inzwischen fünfzehnjährige Dan seine Großtante, ihn offiziell zu adoptieren. Sie hatte längst Muttergefühle für ihn entwickelt und kam seinem Wunsch mit Freuden nach. Großtante Alice war ganz und gar keine Lady Bracknell und auch nicht besonders wohlhabend. Sie hinterließ Dan nach ihrem Tod kein schickes Stadthaus, wie er immer behauptet hatte. Aber Onkel Karol, der immer schon eine Schwäche für Dan und wenig Verständnis für seinen sprunghaften Bruder gehabt hatte, wollte sich nun wenigstens um seinen inoffiziellen Neffen kümmern. Er bezahlte Dans Unterhalt, solange die Großtante noch lebte, und legte einen Treuhandfonds für Dan an, der ihm mit achtzehn Jahren ausbezahlt wurde und genug Geld für sein Studium und eine Wohnung enthielt.

Auf Dans entschiedene Bitte hin half er seinem Neffen auch auf anderem Wege. Es ist nicht so schwierig, wie man meinen könnte, ein offizielles Dokument wie etwa eine Geburtsurkunde zu fälschen und die Namen der eigenen Eltern aus dem Stammbaum zu tilgen. Wenn man die richtigen Leute kennt, lässt sich so etwas problemlos arrangieren. Und mit dieser Geburtsurkunde kann man dann einen Pass beantragen. Sobald man dieses offiziellste aller Ausweisdokumente in den Händen hält, ist man ein neuer Mensch. Allerdings sollte man dafür sorgen, dass man, wenn man Jahre später heiraten will und auf dem Standesamt sitzt, nicht vergisst, wie der angebliche Mädchenname der eigenen Mutter lautet.

Im Prinzip hatte Dan also Urkundenfälschung begangen, aber mit diesem verhältnismäßig kleinen Gesetzesverstoß befreite er sich von seinem argwohnerregenden familiären Hintergrund, ließ all jene hinter sich, die sich noch an die unglückliche Verbindung zwischen Tomasz Petrovic und Alice Lancaster erinnerten. In sicherer Entfernung von London, jenseits der Severn-Brücke, die England mit Wales verbindet, studierte er und wurde schließlich zur Polizeiausbildung angenommen, nachdem eine gründliche Sicherheitsüberprüfung von Daniel Collins, Sohn von Alice und John Collins, nichts Besorgniserregendes zutage befördert hatte.

All dies ist nichts, was man seiner neunzehnjährigen Freundin erklären will, zumal, wenn man sie gerade erst kennengelernt hat und noch nicht weiß, ob man ihr vertrauen kann. Und wenn man sie nach einer Weile besser einschätzen kann und weiß, dass sie schweigsam und zuverlässig ist, fällt einem nicht ein, wie man es am besten ins Gespräch einfließen lässt.

Der Kontakt zwischen Dan und seiner alten Familie wäre sicher für immer eingeschlafen, wäre Onkel Karol, der selbst keinen Sohn hatte, nicht an einem plötzlichen Herzinfarkt gestorben. Er hinterließ dem eigentlich nicht mehr zur Familie gehörenden Daniel Petrovic, der in seinem vor vielen Jahren verfassten Testament als einziger Erbe genannt wurde, ungewollt eine nicht unerhebliche Summe Geld sowie – was deutlich heikler war – Ausschüttungen aus verschiedenen undurchsichtigen Investitionen.

Teile des Familiengeschäfts waren inzwischen recht seriös, darunter ein interkontinentales Import/Export-Unternehmen, das offiziell mit Autoteilen und Baumaschinen handelte und in der Speditionsbranche tätig war. Unter den gehandelten Waren befanden sich auch hin und wieder Drogen, Waffenladungen, Bargeld und sogar Menschen, aber die offiziell Beschäftigten wussten davon nichts, genauso wenig wie die Unternehmensanwälte, die in Odessa und London um Onkel Karols Vermögen und Daniel Petrovics Verbleib stritten.

Wenn Dan nicht nach London gereist wäre, um die Papiere zu unterschreiben, die die Anwälte ihm vorlegten, hätten sie vielleicht auf eigene Faust nach ihm gesucht und angefangen, Fragen zu stellen, und wer weiß, was sie dann herausgefunden hätten?

Sophie, die Tochter von Onkel Josef, hatte das Treffen mit den Anwälten eingefädelt. Sie hatte inzwischen eine wichtige Führungsrolle im Familienunternehmen eingenommen und war ganz die Tochter ihres Vaters. Man konnte sich darauf verlassen, dass sie Probleme und Schwierigkeiten effizient und diskret löste. Wenn es nur um Onkel Karols Testament und sein Privatvermögen gegangen wäre, hätte man sicher eine Möglichkeit gefunden, die Sache ohne Dan zu regeln, aber die Ausschüttungen kamen von Firmen, die nichts mit den *Privatgeschäften* der Familie zu tun hatten. Die Anwälte dieser Firmen wollten sich natürlich vergewissern, dass der richtige Mann seine Anteile an Sophia Petrovic überschrieb. Da Dan seinem Vater und seinen Onkeln sehr ähnlich sah und seine alte Geburtsurkunde vorzeigen konnte, die er vorsichtshalber behalten hatte, ging die Transaktion problemlos über die Bühne.

Und dann war es vorbei – das heißt, es wäre vorbei gewesen, wenn ich nicht Dinge gefunden hätte, die ich nicht hätte finden sollen: die beiden Belege von der unerwarteten »Geschäftsreise« zu einer »Konferenz« nach London, die später nicht in Dans Polizei-Spesenrechnung auftauchten; die gedämpften nächtlichen Telefongespräche mit Sophie, die ich mitbekommen hatte; die Quittung über die Lilien, die er mir nie geschenkt hatte – es war das Beerdigungsgesteck für Onkel Karol gewesen. Dan war zwar so umsichtig gewesen, alle Ausgaben bar zu begleichen – das Benzin, das Hotelzimmer, die Blumen – und dadurch keine Spuren auf seiner Kreditkartenabrechnung zu hinterlassen, aber die Quittungen waren noch in der Jacke seines besten Jacketts gewesen, wo ich sie gefunden hatte. Nun ja, wo ich danach gesucht hatte.

Dann rief Sophie an, um ihm mitzuteilen, dass die Transaktion erfolgreich beendet sei.

Als Dan an jenem sonnigen Oktobermorgen versucht hatte, meiner wirbelsturmartigen Rage standzuhalten und mir all dies zu erklären, hatte ich mit Sarkasmus und Ungläubigkeit reagiert. *Ach, sie ist also deine Cousine, Dan? Natürlich! Komisch, dass ich noch nie von ihr gehört habe. Hast du nicht immer behauptet, du hättest keine lebenden Verwandten?*

Was für eine erbärmliche Lügengeschichte, hatte ich gedacht.

Aber es war die Wahrheit gewesen. Nachdem ich Zeit gehabt hatte, Dans Erklärung zu verdauen, hatte ich mit Sophie gesprochen, die mir Dans Geschichte bestätigte. Es war nur um diese eine Familienangelegenheit gegangen, das Testament, das Erbe. Eine einmalige Sache, die sich nicht wiederholen würde. Ich bat Sophie, nie wieder bei Dan oder bei uns zu Hause anzurufen, und sie antwortete, dass es dafür auch keinen Grund gebe. Natürlich hätte ich damals niemals für möglich gehalten, dass *ich* einmal Grund haben würde, *sie* anzurufen.

Seltsam, wie man die einfachsten Dinge falsch interpretieren, durcheinanderbringen, missverstehen kann. Als wir in unsere Flitterwochen aufbrachen, sagte Dan zu mir, dass ihm in den Wochen vor und nach der Hochzeit eine deutliche Veränderung an mir aufgefallen sei, die ihm sehr gefalle.

»In den letzten Jahren sind mir immer öfter Zweifel gekommen, ob du überhaupt noch etwas für mich empfindest. Du warst so gleichgültig mir gegenüber, allem gegenüber, Jen«, sagte er. »Nichts schien dich zu berühren, du warst nie wirklich sauer oder frustriert und hast nie geweint, aber auch nie richtig gelacht. Du hast auf alles so cool reagiert, so ruhig und logisch, dass ich immer den Eindruck hatte, unsere Beziehung wäre nur ein Probedurchlauf, eine Prüfung, durch die ich immer wieder fiel. Manchmal habe ich mir regelrecht gewünscht, dass du mal die Beherrschung verlierst und mich anbrüllst oder etwas kaputt schlägst. Die Versuchung war groß, mich richtig danebenzubenehmen, um dir endlich einmal eine echte Reaktion zu entlocken. Aber am Ende habe ich meistens doch lieber das Zimmer verlassen, weil ich dich am liebsten geschüttelt hätte vor Wut über deine Gleichgültigkeit und mir nicht zugetraut habe, mich zu beherrschen.

Ich wollte dir so oft die Wahrheit sagen. Schließlich bist du seit Langem meine einzige Familie, die einzige Person, die mir etwas bedeutet. Aber ich wusste nicht, wie ich es formulieren sollte. Wenn du nur ein bisschen weniger rational und perfekt gewesen wärst, hätte auch ich weniger perfekt sein können, dann hätte ich mich vielleicht überwunden. Na ja, jedenfalls habe ich in letzter Zeit den Eindruck, dass die alte Jen wieder aufgetaucht ist, die Jen, die ich damals an der Uni kennengelernt habe.«

In gewisser Weise hat er damit gar nicht so unrecht. Ich habe mich tatsächlich wiederentdeckt. Vielleicht habe ich das Justin zu verdanken, weil er mich gezwungen hat, für mein

Leben zu kämpfen und es wieder schätzen zu lernen. Er hat in mir die Erkenntnis reifen lassen, dass ich in meinem Leben nicht länger nur außenstehende Beobachterin sein kann, sondern meines eigenen Glückes Schmied bin und es hegen und pflegen muss. Durch Justin habe ich meine Kompromissbereitschaft entdeckt, und meinen Mut.

Aber ich habe auch meine Grausamkeit entdeckt. Vermutlich besteht die Herausforderung nun darin, den Deckel dieses Lochs in meinem Herzen wieder zu schließen und auch in Zukunft geschlossen zu halten, die dunklen Dinge einzusperren, die darin noch schlummern mögen. Ich kann nur hoffen, dass mich meine Vergangenheit nicht eines Tages einholt, dass nicht an einem schönen, sonnigen Vormittag, an dem Dan und ich gerade zu einem romantischen Wochenende aufbrechen wollen, das Telefon klingelt …

Aber es bringt nichts, sich um Dinge zu sorgen, die man ohnehin nicht in der Hand hat. Damit werde ich mich auseinandersetzen, wenn es so weit ist.

Unsere Flitterwochen, die wir vier Monate nach der Hochzeit antraten, waren herrlich. Wir flogen nach New England und bestaunten die lebhafte Herbstfärbung der Bäume und machten einen Ausflug an die blauweiße Küste von Cape Cod. Danach ging es zum Whale-Watching nach Nantucket, und Dan versuchte sogar, *Moby Dick* zu lesen. Der Anfang gefiel ihm gut, aber ich werde ihm keinen Vorwurf machen, wenn er den Roman nicht zu Ende liest. Wenn ich ehrlich bin, habe ich diesen Schinken selbst nie ganz gelesen.

Den Schluss unserer Reise bildeten vier Tage in New York, wo ich schon immer hatte hinreisen wollen. Dan und ich fanden die Architektur einfach umwerfend.

Epilog

Vielleicht sollte ich erwähnen, dass doch noch eine Überraschung auf mich wartete, als ich im Herbst aus den Flitterwochen zurückkehrte.

Zwischen März und unserer Hochzeit hatte ich insgeheim ständig auf eine neue SMS oder E-Mail von Justin gewartet. Ich hatte überall nach Neuigkeiten über ihn gesucht – in den Polizeiakten, in der Zeitung, auf Facebook –, hatte sogar von Zeit zu Zeit die Website »Surfschlampen« besucht. Man wusste schließlich nie. Aber ich hatte keine neuen Videos von Justin oder Pootle entdeckt. Vielleicht hat Justin ja doch noch einen Funken Anstand in sich entdeckt, redete ich mir ein, vielleicht hat er beschlossen, von jetzt an ein ehrliches Leben zu führen. Möglicherweise hat er seine Fehler eingesehen und ist ein ganz neuer Mensch geworden. Oder ihn langweilt die Welt der Internetpornographie. Oder …

Nach der Hochzeit und Sophies Geschenk hörte ich auf zu suchen.

Ende Oktober, kurz nach meiner Rückkehr aus New York, übernahm ich vertretungsweise die Leitung der Pressestelle, während Nigel Kathy Collier als Kommunikationschef vertrat, die ihren Mutterschutz am Ende sogar noch verlängerte. Nach dem Morgenmeeting kam Bodie ins Büro gestürmt und erklärte, dass er Hilfe bei einer Pressemitteilung über eine vermisste Person namens Paul Mathry aus Swansea brauche.

Paul Mathrys Eltern machten sich Sorgen, weil sie seit

sechs Monaten nichts von ihrem Sohn gehört hatten. Paul war nicht gerade ein vorbildlicher Sohn. Er hatte zwar keine Vorstrafen, war aber meist arbeitslos und reiste in der Weltgeschichte herum. Außerdem nahm er Drogen und hatte das eine oder andere krumme Ding am Laufen. Seine Eltern waren es gewohnt, dass er sich manchmal monatelang nicht bei ihnen meldete, es sei denn, er brauchte Geld. Aber sein letzter Anruf war im April gewesen, und im Sommer hatten sie einen Anruf von einem Veranstalter für Surfreisen erhalten, bei dem er für August eine Reise gebucht hatte – für sich und einen männlichen Mitreisenden, wie der Reiseveranstalter sagte.

Es handelte sich um eine achtwöchige Tour an die besten Surfstrände Australiens, inklusive Unterkünften und Transfers. Paul hatte zwar die Anzahlung geleistet, aber keine Flüge bestätigt, genauso wenig wie sein Reisebegleiter. Nun forderte der Reiseveranstalter die noch ausstehende Summe von tausend Pfund, und die Mathrys waren erstaunt, dass sich Paul eine solche Luxusreise leisten konnte.

»Jetzt müssen seine armen Eltern die Kohle abdrücken«, seufzte Bodie, als wollte er sagen: Diese jungen Leute von heute, also wirklich! »Wir gehen natürlich wie üblich vor und veröffentlichen einen Suchaufruf, Jen, aber ich würde mich nicht wundern, wenn wir in ein paar Monaten seine stinkende Leiche in irgendeiner Drogenabsteige oder im Straßengraben finden würden.«

»Schon möglich«, antwortete ich.

»Irgendwie ein komischer Zufall«, sagte Bodie nachdenklich. »Den Mathrys hat nämlich auch einer der Wohnwagen unten in Aberthin gehört, die bei dem Brand in Flammen aufgegangen sind. Du erinnerst dich? Es wurmt mich immer noch, dass wir niemanden dafür drangekriegt haben. Allerdings war es natürlich auch keine Hilfe, dass diese dumme Tussi vom *Chronicle* sich nicht gemeldet und zugegeben hat, dass sie eine Woche vor dem Brand vor Ort war und die Wohnwagenbesitzer ausgefragt hat, um der Baufirma etwas anzuhängen. Wir haben so viel Zeit mit diesem blöden Phantombild verplempert. Zum Glück hat uns der Verwalter des Wohnwagenparks irgendwann angerufen und die Sache aufgeklärt. Wir hätten die Zeitung wegen Behinderung der Ermittlungen verklagen sollen.

Ich verwette meine Polizeimarke darauf, dass einer der anderen Parzellenbesitzer das Feuer gelegt hat. Wie ich gehört habe, ist das Gelände letzten Monat für eine ansehnliche Summe verkauft worden. Die verbleibenden Wohnwageninhaber haben also eindeutig davon profitiert, dass die zwei alten Leute ihren Wohnwagen verloren haben. Wenn *das* kein Motiv ist, dann weiß ich es auch nicht. Immerhin können die Mathrys mit der Kaufsumme die Reiseschulden für ihren missratenen Sohn bezahlen, aber ein Tausender bleibt ein Tausender.

Wenn ich es nicht besser wüsste, würde ich sagen, dass Paul Mathry nur noch ein Häufchen Asche im Wohnwagen seines Vaters ist, aber die Forensiker haben mir versichert, dass die gefundenen Knochen von einem Hund stammen. Laut Mr Mathry handelt es sich um einen der Spaniels, die die Familie früher hatte. Warum verbuddeln die Leute ihre Hunde im eigenen Vorgarten, das ist doch unhygienisch!«

Er wedelte mit dem Foto herum, dass Mr und Mrs Mathry ihm für die Vermisstenanzeige zur Verfügung gestellt hatten. »Das Foto ist zwar schon älter, aber ganz okay«, urteilte er. »Es war das einzige, das die Mathrys von ihrem Sohn hatten. In dieser Familie gab es wohl nicht besonders viele Kodak-Momente in den letzten Jahren.«

»Kodak-Momente? Was soll das sein?«, fragte Serian, die uns von ihrem Schreibtisch aus zuhörte.

»Neben dir kommt man sich ja vor wie ein alter Mann«, schimpfte Bodie. »Das war vor deiner Zeit. Kodak-Momente sind Bilderbuchmomente, denkwürdige Schnappschüsse, du weißt schon.«

Gut, dass es dunkel war auf meiner Veranda, als du Paul Mathry dabei beobachtet hast, wie er mich befummelt hat, sonst wäre ich jetzt wirklich in Erklärungsnot, dachte ich. Aber nachdem Bodie mir das Foto in die Hand gedrückt hatte, wurde mir klar, dass es keine Rolle gespielt hätte, wenn Bodie sein Gesicht gesehen hätte.

Das Foto zeigte Paul Mathry im Alter von etwa neunzehn Jahren, neben einem blassen, dunkelhaarigen Mädchen, bei dem es sich natürlich um Suzy Milland handelte. Das Überraschende an dem Foto war, dass darauf nicht Justin, sondern sein Kumpel Pootle zu sehen war.

Ich war wie selbstverständlich davon ausgegangen, dass Justin »Paul Mathry« war, weil den Mathrys der Wohnwagen gehörte und weil ich Justin mit Suzy auf dem Foto gesehen hatte, das ich dort gefunden hatte. Daraus, dass Justin für mich »Paul« war, hatte ich wiederum geschlossen, dass er und Suzy ein Paar gewesen waren. War es in Wirklichkeit Pootle gewesen, der all die Fotos der windzerzausten Suzy geschossen hatte? *Es war nicht mein Baby*, hatte Justin gesagt, als ich ihn auf Suzys Schwangerschaft angesprochen hatte. Hatte er ausnahmsweise die Wahrheit gesagt?

Während Bodie neben meinem Schreibtisch wartete, machte ich mich an die Arbeit, scannte das Foto ein und schnitt Suzy digital aus dem Bild heraus, damit es an Jack NewsBeat-Wales und die anderen Pressevertreter verschickt werden konnte. Bodie gab sich unterdessen die größte Mühe, Serian auf die Nerven zu gehen.

»Hat dieser Paul ein Auto? Eine Kreditkarte?«, fragte ich nach ein paar Minuten und ging damit die üblichen Fragen für Vermisstenmeldungen durch.

»Na ja, wir haben den alten Campingbus, den er laut seinem Vater fährt, ein paar Straßen vom Haus der Mathrys entfernt gefunden. Ordnungsgemäß geparkt und abgeschlossen, alles normal. Keine Anzeichen für Schäden oder andere verdächtige Umstände. Eine Kreditkarte hatte er nicht. Hat mehr oder weniger von der Hand in den Mund gelebt, und vom Geld seiner Eltern.«

»Dürfen wir die Mathrys zitieren, wenn wir um die Mithilfe der Bevölkerung bitten? Damit es ein bisschen ergreifender und persönlicher wird?«, stellte ich meine gewohnte Frage.

»Das ist, glaube ich, keine gute Idee. Ich könnte natürlich fragen, aber ich hatte den Eindruck, dass Paul nicht gerade Mummys und Daddys Augenstern ist. Muss wohl in der Vergangenheit familiäre Probleme gegeben haben. Die Mathrys sind ein ganz normales, nettes Ehepaar, aber das schützt anscheinend auch nicht vor missratenen Kindern.«

Als Nächstes kam ich auf die Frage zu sprechen, die mich am meisten interessierte. »Wissen wir, wer der Freund ist, der mit nach Australien reisen sollte?« Ich achtete darauf, möglichst beiläufig zu klingen.

»Nein, in der Buchung stand nur ›Paul Mathry plus Begleitung‹. Das zweite Ticket wäre erst nach vollem Ausgleich der Rechnung personalisiert worden. Aber wir können natürlich einen Aufruf nach dem Reisebegleiter starten. Vielleicht meldet er sich ja, aber ich bezweifle es. Wahrscheinlich auch ein Drogensüchtiger. Schreib einfach meine üblichen Zitate in die Vermisstenanzeige, Jen. Machst du das? Bei dir klinge ich immer so schön sachlich und gleichzeitig besorgt.«

»Wird erledigt«, versprach ich.

Ich schrieb also die Vermisstenanzeige, indem ich die Informationen, die ich gerade erhalten hatte, zusammenfasste und aufbereitete und ein paar Kommentare von Bodie erfand. Dann stellte ich den Aufruf zusammen mit Pauls Foto auf den Presseserver. Nach kurzem Zögern nahm ich das Originalfoto und heftete es in meinem »Totenbuch« ab.

In den darauffolgenden Tagen dachte ich oft an meinen Anruf bei Sophie zurück, und auch heute noch gehe ich manchmal die Informationen, die ich ihr gegeben habe, und den genauen Wortlaut meines Auftrags in Gedanken durch. Dann frage ich mich, wen sich Vitali im Frühjahr vorgeknöpft hat, um mir mein Hochzeitsgeschenk zu besorgen, wessen Finger es waren, die in der Schachtel mit der rosa Schleife lagen, bevor ich sie verbrannt habe.

Ich hatte mir meine Freiheit zurückgewünscht, hatte mir gewünscht, dass mein Problem aus meinem Leben verschwand. Wie das genau erledigt werden sollte, hatte ich nicht präzisiert. Sophie und ihre Familie hatten mit solchen Dingen viel mehr Erfahrung als ich. Alles, was ich Sophie gegeben hatte, war ein Name, ein einziger Name, sowie Namen und Adresse der Eltern.

Aber Vitali hatte etwas von einer Unterbrechung gesagt, von einem »Kollateralschaden«. Er hatte angedeutet, dass er gezwungen gewesen war zu improvisieren, und ich ging davon aus, dass er sich um alle unvorhergesehenen Eventualitäten gekümmert hatte. Das Endergebnis war in jedem Fall so, wie ich es mir gewünscht hatte. Ich erhielt von Justin keine Textnachrichten, E-Mails oder Drohungen mehr. Mein Problem war aus meinem Leben gelöscht.

Alle anderen offenen Fragen blieben unbeantwortet. Niemand wurde für die Brandstiftung im Wohnwagenpark von Aberthin verhaftet, und es tauchten keine Fingerabdrücke auf. Auch die Frau auf dem Phantombild wurde nicht von weiteren Zeugen erkannt, zumal Anne Nolan vom *Chronicle* zugab, dass sie mit ihrer schwarzen Kameratasche auf dem Gelände herumgeschnüffelt hatte. Dans LED-Taschenlampe liegt immer noch auf ihrem Regalbrett in der Asservatenkammer, wo die Tüte jeden Tag staubiger wird. Bald wird sie vollkommen hinter neueren von der Kripo sichergestellten

Beweisen verschwunden sein, bis man sie irgendwann ganz vergessen wird.

Ich publizierte insgesamt drei öffentliche Aufrufe bezüglich des Verschwindens von Paul Mathry, aber auch jetzt, ein Jahr später, hat ihn niemand gesehen.

Seinen mysteriösen Reisebegleiter haben wir ebenfalls nicht gefunden.

Viel öfter als gedacht ziehe ich unser in schwarzes Wildleder gebundenes Hochzeitsalbum aus dem Regal im Arbeitszimmer und blättere zufrieden die glänzenden Fotos durch. Dan und ich wirken unendlich glücklich. Er sieht schneidig und adrett aus in seinem dunklen Anzug, und ich elegant und ein wenig rätselhaft. Ein strahlendes, respektables Paar. Das Foto von uns, wie wir neben der knorrigen Eiche in der Sonne stehen, drückt genau das aus, was es ausdrücken soll: *Mr und Mrs Collins, endlich glücklich verheiratet.*

Der Mann an meiner Seite mag nicht ganz derselbe sein, in den ich mich als Studentin verliebt habe, aber er ist genau der Ehemann, den ich mir gewünscht habe und den ich liebe und schätze. Auch die Frau auf dem Foto ist nicht das Mädchen, das er damals kennengelernt hat, oder die junge Frau, um deren Hand er ein paar Jahre später angehalten hat. Auch nicht die Verlobte, die verrückt vor Wut in ihrem Auto davongefahren ist und sich in ein kleines Luxushotel an der Küste geflüchtet hat. Diese Jennifer ist irgendwo entlang der windgepeitschten Landstraße nach Gower verschwunden. Vielleicht irrt sie immer noch dort herum, wo sich Meer und Himmel und Land treffen, und wartet. Aber Dan liebt und bewundert die Frau auf dem Hochzeitsfoto genauso sehr – sogar noch mehr, glaube ich.

Auch Suzy und Justin sehen glücklich aus auf ihrem gemeinsamen Foto. Jedes Mal wenn ich sie aus ihrem Versteck in meinem Gedichtband von Robert Frost ziehe und neben unser Hochzeitsfoto lege, lächeln sie mir entgegen. Aber ein Mensch besteht aus so viel mehr als dem Lächeln auf seinem Gesicht. Wer glaubt, auf den ersten Blick Raubtier von Beute unterscheiden zu können, irrt gewaltig.

Wenn ich mir dieser Wahrheit bewusst gewesen wäre, wäre ich vielleicht nicht mit einem völlig Fremden im Bett gelandet und gezwungen gewesen, zu tun, was ich getan habe. Für Justin Reynolds, wer auch immer er war, und Paul Mathry, wo auch immer er ist, gilt dasselbe. Hätten sie diesen Umstand beachtet, besäßen sie vielleicht noch alle ihre Finger oder – wer weiß – ihr Leben. Manchmal besteht der Schafspelz, den ein Wolf wählt, aus ausgeblichenen Haaren, Flip-Flops und Lederarmbändern, manchmal aus einem dunkelblonden Bob, Businesskostüm und einer seriösen, angenehmen Telefonstimme. Hinter dem Lächeln beider kann sich ein Raubtiergebiss verbergen. Man kann nie vorsichtig genug sein.

„Ein Autor höchster Güte, der Schrecken aus dem Alltäglichen erschafft und der einem den letzten Atem nimmt." Daily Mail

592 Seiten
ISBN 978-3-442-47458-5
auch als E-Book erhältlich

Dein Wille geschehe, mein Tod komme – ein Seelenbrecher verfolgt einen mörderischen Plan.

544 Seiten
ISBN 978-3-442-31250-4
auch als E-Book erhältlich

Mit einem harmlosen Diebstahl fing es an, und endete mit dem größten Coup aller Zeiten.

512 Seiten
ISBN 978-3-442-47871-2
auch als E-Book erhältlich

Du glaubst, du kennst mich. Tust du nicht. Ich blute für dich.

350 Seiten
ISBN 978-3-442-47339-7
auch als E-Book erhältlich

Er war zur falschen Zeit am falschen Ort, und jetzt lässt ihn der Albtraum nicht mehr los ...

www.goldmann-verlag.de
www.facebook.com/goldmannverlag

GOLDMANN
Lesen erleben